青·科幻丛书

杨庆祥/主编

江波 著

宇宙尽头的书店

作家出版社

江波

中国“硬科幻”代表作者之一。
生于1970年代末，2003年开始发表科幻小说，迄今已发表中短篇小说四十余篇，代表作品包括《时空追缉》《湿婆之舞》《移魂有术》《机器之道》等，另有长篇代表作《银河之心》三部曲。多次荣获中国科幻银河奖和全球华语科幻星云奖等荣誉。

作为历史、现实和方法的科幻文学

——序“青·科幻”丛书

杨庆祥

一、历史性即现代性

在常识的意义上，科幻小说全称“科学幻想小说”，英文为Science Fiction。这一短语的重点到底落在何处，科学？幻想？还是小说？对普通读者来说，科幻小说是一种可供阅读和消遣，并能带来想象力快感的一种“读物”。即使公认的科幻小说的奠基者，凡尔纳和威尔斯，也从未在严格的“文类”概念上对自己的写作进行归纳和总结。威尔斯——评论家将其1895年《时间机器》的出版认定为“科幻小说诞生元年”——称自己的小说为“Scientific Romance”（科学罗曼蒂克），这非常形象地表述了科幻小说的“现代性”，第一，它是科学的。第二，它是罗曼蒂克的，即虚构的、想象的甚至是感伤的。这些命名体现了科幻小说作为一种现代性文类本身的复杂性，凡尔纳的大部分作品都可以看成是一种变异的“旅行小说”或者“冒险小说”。从主题和情节的角度来看，很多科幻小说同时也可以被目为“哥特小说”或者是“推理小说”，而从社会学的角度看，“乌托邦”和“反乌托邦”的小说也一度被归纳到科幻小说的范畴里面。更不要说在目前的书写语境中，科幻与奇幻也越来越难以区别。

虽然从文类的角度看，科幻小说本身内涵的诸多元素导致了其边界的不确定性。但毫无疑问，我们不能将《西游记》这类诞生于古典时期的小说目为科幻小说——在很多急于为科幻寻根的中国学者眼里，《西游记》、《山海经》都被追溯为科幻的源头，以此来证明中国文化的源远流长——至少在西方的谱系里，没有人将但丁的《神曲》视作是科幻小说的鼻祖。也就是说，科幻小说的现代性有一种内在的本质性规定。那么这一内在的本质性规定是什么呢？有意思的是，不是在西方的科幻小说谱系里，反而是在以西洋为师的中国近现代的语境中，出现了更能凸显科幻小说本质性规定的作品，比如吴趼人的《新石头记》和梁启超的《新中国未来记》。

王德威在《贾宝玉坐潜水艇——晚清科幻小说新论》对晚清科幻小说有一个概略式的描述，其中重点就论述了《新石头记》和《新中国未来记》。王德威注意到了两点，第一，贾宝玉误入的“文明境界”是一个高科技世界。第二，贾宝玉有一种面向未来的时间观念。“最令宝玉大开眼界的是文明境界的高科技发展。境内四级温度率有空调，机器仆人来往执役，‘电火’常燃机器运转，上天有飞车，入地有隧车。”“晚清小说除了探索空间的无穷，以为中国现实困境打通一条出路外，对时间流变的可能，也不断提出方案。”[②]王德威将晚清科幻小说纳入到现代性的谱系中讨论，其目的无非是为了考察相较“五四”现实主义以外的另一种现代性起源。“以科幻小说而言，‘五四’以后新文学运动的成绩，就比不上晚清。别的不说，一味计较文学‘反映’人生、‘写实’至上的作者和读者，又怎能欣赏像贾宝玉坐潜水艇这样匪夷所思的怪谈？”[②]但也正是在这里，我们看到了一种基于现代工具理性所提供的时间观

① 王德威：《贾宝玉坐潜水艇——晚清科幻小说新论》，收入王德威《想象中国的方法》，三联书店 2003 年。

② 同上。

和空间观，这种时间观与空间观与前此不同的是，它指向的不是一种宗教性或者神秘性的“未知（不可知）之境”，而是指向一种理性的、世俗化的现代文明的“未来之境”。如果从文本的谱系来看，《红楼梦》遵循的是轮回的时间观念，这是古典和前现代的，而当贾宝玉从那个时间的循环中跳出来，他进入的是一个新的时空，这是由工具理性所规划的时空，而这一时空的指向，是建设新的世界和新的国家，后者，又恰好是梁启超在《新中国未来记》中所展现的社会图景。

二、现实性即政治性

如果将《新石头记》和《新中国未来记》视作中国科幻文学的起源性的文本，我们就可以发现有两个值得注意的侧面，第一是技术性面向，第二是社会性面向。也就是说，中国的科幻文学从一开始就不是简单的“科学文学”，也不是简单的“幻想文学”。科学被赋予了现代化的意识形态，而幻想，则直接表现为一种社会政治学的想象力。因此，应该将“科幻文学”视作一个历史性的概念而非一个本质化的概念，也就是说，它的生成和形塑必须落实于具体的语境。在这个意义上，我们会发现，科幻写作具有其强烈的现实性。研究者们都已经注意到中国的科幻小说自晚清以来经历的几个发展阶段，分别是晚清时期、1950 年代和 1980 年代，这三个阶段，恰好对应着中国自我认知的重构和自我形象的再确认。有学者将自晚清以降的科幻文学写作与主流文学写作做了一个“转向外在”和“转向内在”的区别：“中国文学在晚清出现了转向外在的热潮，到‘五四’之后逐渐向内转；它的世界关照在新中国的前三十年中得到恢复和扩大，又在后三十年中萎缩甚至失落。”[1]这种两分法基本

---

① 李广益：《论刘慈欣科幻小说的文学史意义》，《中国现代文学研究丛刊》2017 年第 8 期。

上还是基于“纯文学”的“内外”之分，而忽视了作为一个综合性的社会实践行为，科幻文学远远溢出了这种预设。也就是说，与其在内外上进行区分，莫如在“技术性层面”和“社会性层面”进行区分，如此，科幻文学的历史性张力会凸显得更加明显。科幻文学写作在中国语境中的危机——我们必须承认在刘慈欣的《三体》出现之前，我们一直缺乏重量级的科幻文学作品——不是技术性的危机，而是社会性的危机。也即是说，我们并不缺乏技术层面的想象力，我们所严重缺乏的是，对技术的一种社会性想象的深度和广度，这种缺乏又反过来制约了对技术层面的想象，这是中国的科幻文学长期停留在科普文学层面的深层次原因。

在这个意义上，以刘慈欣《三体》为代表的21世纪以来的中国科幻文学写作代表着一种综合性的高度。它的出现，既是以往全部（科幻）历史的后果，同时也是一种现实性的召唤。评论者从不同的角度意识到了这一点：“经济的高速发展及科技的日新月异让我们身边出现了实实在在‘看得见摸得着’的变化。3D打印、人工智能、大数据、可穿戴设备、虚拟现实、量子通信、基因编辑……尤其中国享誉世界的‘新四大发明’：共享单车、高铁、网购和移动支付，更是和我们的生活紧密相关，中国在某些方面甚至已经站在了全球科技发展的前沿。在这样的情况下，……科幻小说对未来的思考，对于人文、伦理与科学问题的关注已经成为了社会的主流问题，这为科幻小说提供了新的历史平台。”[①]“以文学以至文艺自近代以来具有的地位和影响而论，置身于全球化程度日益加深的时代，对文学提出建立或者恢复整全视野的要求，自在情理之中。刘慈欣科幻小说的文学史意义，因而浮出水面。”[②]

---

① 任冬梅：《浅析新世纪以来中国科幻小说的现状及前景》，《当代文坛》2018年第3期。

② 李广益：《论刘慈欣科幻小说的文学史意义》，《中国现代文学研究丛刊》2017年第8期。

虽然刘慈欣一直对“技术”抱有乐观主义的态度，并坚持做一个“硬派”科幻作家。但是从《三体》的文本来看，它的经典性却并非完全在于其“技术”中心主义。毫无疑问，《三体》中的技术想象有非常“科学”的基础，但是，《三体》最激动人心的地方，却并非在这些“技术”本身，而是通过这些技术想象而展开的“思想实验”。我用“思想实验”这个词的意思是，这些“技术”想象不仅仅是科学的、工具的，同时也是历史的、哲学的。或者换一种说法，不仅仅是理性主义的，同时也是理性主义的美学化和悲剧化。也就是说，《三体》所代表的科幻文学的综合性并不在于它书写了一个包容宇宙的“时空”——这仅仅是一个象征性的表象，而很多人都在这里被迷惑了——而更在于它回到了一种最根本性的思想方法——这一思想方法是自“轴心时代”即奠定的——即以“道”“逻各斯”和“梵”作为思考的出发点，并在此基础上想象一个新的命运体。如果用现代性的话语系统来表示，就是以“政治性”为思考的出发点。政治性就是，不停地与固化的秩序和意识形态进行思想的交锋，并不惮于创造一种全新的生存方式和建构模式——无论是在想象的层面还是在实践的层面。

三、以科幻文学为方法

在讨论科幻文学作为方法之前，需要稍微了解当下我们身处的历史语境。冷战终结带来了一种完全不同的世界格局，也在思想和认识方式上将20世纪进行了鲜明的区隔。具体来说就是，因为某种功利主义的思考方法——从结果裁决成败——从而将苏东剧变这一类“特殊性”的历史事件理解为一种“普遍化”的观念危机，并导致了对革命普遍的不信任和污名化。辩证地说，“具体的革命”确实值得怀疑和反思，但是“抽象的革命”却不能因为“具体的革命”的失败而遭到放逐，因为对“抽象革命”的放弃，思想的惰性被重新体制化——在冷战之前漫长的20世纪的革命中，思想始终因为革命的张力而生机勃勃。正如弗里德里克·詹姆逊在《对本雅明的几点看法》一文中指出的，“体制一直都明白它的敌人就是观念和分析以及具有观念和进行分析的知识分子。于是，体制制定出各种方法来对付这个局面，最引人注目的方法就是怒斥所谓的宏大理论或宏大叙事。”意识形态不再倡导任何意义上的宏大叙事，也就意味着在思想上不再鼓励一种总体性的思考，而总体性思考的缺失，直接的后果就是思想的碎片化和浅薄化——在某种意义上，这导致了“无思想的时代”。或者我们可以稍微迁就一点说，这是一个高度思想仿真的时代，因为精神急需思想，但是又无法提供思想，所以最后只能提供思想的复制品或者赝品。

与此同时，因为“冷战终结”导致的资本红利形成了新的经济模式。大垄断体和金融资本以隐形的方式对世界进行重新“殖民”。这新一轮的殖民和利益瓜分借助了新的技术：远程控制、大数据管理、互联网物流以及虚拟的金融衍生交易。股票、期权、大宗货品，以及最近十年来在中国兴起的电商和虚拟支付。这一经济模式的直接后果是，它生成了一种“人人获利”的假象，而掩盖了更严重的剥削事实。事实是，大垄断体和大资本借助技术的“客观性”建构了一种“想象的共同体”，个人将自我无限小我化、虚拟化和符号化，获得一种象征性的可以被随时随地“支付”的身份，由此将世界理解为一种无差别化的存在。

当下文学写作的危机正是深深植根于这样的语境中——宏大叙事的瓦解、总体性的坍塌、资本和金融的操控以及个人的空心化——当下写作仅仅变成了一种写作（可以习得和教会的）而非一种“文学”或者“诗”。因为从最高的要求来看，文学和诗歌不仅仅是一种技巧和修辞，更重要的是一种认知和精神化，也就是在本原性的意义上提供或然性——历史的或然性、社会的或然性和人的或然性。历史以事实，哲学以逻辑，文学则以形象和故事。如果说存在着一种如让·贝西埃所谓的世界的问题性[①]的话，我觉得这就是世界的问题性。写作的小资产阶级化——这里面最典型的表征就是门罗式的文学的流行和卡夫卡式的文学被放大，前者类似于一种小清新的自我疗救，后者对秩序的貌似反抗实则迎合被误读为一种现代主义的深刻——他们共同之处就是深陷于此时此地的秩序而无法他者化，最后，提供的不过是绝望哲学和憎恨美学。刘东曾经委婉地指出中国现代文学提供了太多怨恨的东西，现在看来，这一现代文学的“遗产”在当下不是被超克而是获得了其强化版。

我正是在这个意义上认为21世纪的中国科幻文学提供了一种方法论。这么说的意思是，在普遍的问题困境之中，不能将科幻文学视作一种简单的类型文学，而应该视作为一种“普遍的体裁”。正如小说曾经肩负了各种问题的索求而成为普遍的体裁一样，在当下的语境中，科幻文学因为其本身的“越界性”使得其最有可能变成综合性的文本。这主要表现在1.有多维的时空观。故事和人物的活动时空可以得到更自由地发展，而不是一活了之或者一死了之；2.或然性的制度设计和社会规划。在这一点上，科幻文学不仅仅是问题式的揭露或者批判（自然主义和现实主义的优势），而是可以提供解决的方案；3.思想实验。不仅仅以故事和人物，同时也直接以“思想实验”来展开叙述；4.新人。在人类内部如何培养出新人？这是现代的根本性问题之一。在以往全部的叙述传统中，新人只能“他”或者“她”。而在科幻作家刘宇昆的作品中，新人可以是“牠”——一个既在人类之内又在人类之外的新主体；5.为了表述这个新主体，需要一套另外的语言，这也是最近十年科幻文学的一个关注点，通过新的语言来形成新的思维，最后，完成自我的他者化。从而将无差别的世界重新“历史化”和“传奇化”——最终是“或然化”。

---

① ［法］让·贝西埃《当代小说或世界的问题性》，史忠义译，北京大学出版社，2012年。

我记得早在2004年，一个朋友就向我推荐刘慈欣的《三体》第一部。我当时拒绝阅读，以对科幻文学的成见代替了对“新知”的接纳。我为此付出了近十年的时间代价，十年后我一口气读完《三体》，重燃了对科幻文学的热情。作为一个读者和批评家，我对科幻文学的解读和期待带有我自己的问题焦虑，我以为当下的人文学话语遭遇到了失语的危险，而在我的目力所及之处，科幻文学最有可能填补这一失语之后的空白。我有时候会怀疑我是否拔高了科幻文学的“功能”，但是当我读到更多作家的作品，比如这套丛书中的六位作家——陈楸帆、宝树、夏笳、飞氘、张冉、江波——我对自己的判断更加自信。不管怎么说，“希望尘世的恐怖不是唯一的最后的选择”，也希望果然有一种形式和方向，让我们可以找到人类的正信。

权且为序。

2018年2月27日 于北京

目　录

宇宙尽头的书店

1

书店里来了客人。

客人在日暮时分到来，那正是书店要关门的时刻。只要有一个人还在看书，书店就会开着，这是书店的原则。娥皇停下了正在关灯的动作，转而把所有的灯都打开。

洁白的灯光洒下来，空旷的阅览大厅里亮如白昼。

客人却皱起了眉头，“我不喜欢这样刺眼的光线，我要落日的余晖照进来，照在桌上。”

每一个来看书的人都可以提出要求，只要能做到，就尽量做到。这也是书店的原则。娥皇挥了挥手，灯光转作暗淡，所有的窗户一齐打开。窗外，红彤彤的太阳就浮在水面上，映出无比灿烂的粼光。夕阳的光照进来，一切都被染上了一层金色，看上去就让人感到温暖。

客人沿着书架行走，伸手触摸着一本本书的脊梁，就像在抚摸最珍爱的一个个孩子。

他在书架的最深处站定。

“娥皇，可以谈谈吗？”客人开口说话。

娥皇立即明白了来者是谁。

书店的建设者，世界的规划师，人类最仁慈的导师，最聪明的机器人——图灵五世。他使用了一个拟人的躯体，看上去就像一个颇有教养的中年男人。

“我不想放弃书店。”娥皇直截了当地说。

图灵五世点了点头，“我尊重你的想法，只是没有人再读书了，世界和过去不同，人类不需要读书也能得到知识。”

“还有人会来，这书店是为来的人开的。”

“近五百年，只有两个人来这书店读书。”

“没错。虽然少了点，他们还是来了。”

“今后的一千年，也许一个人也不会再来。”

“总会有人来的。”娥皇淡淡地说，不卑不亢，仿佛那是一件再自然不过的事。

图灵五世的眼睛变换着颜色。隔着书架，他望着天边血红的太阳，一串串细小的字符在他的眼中盘旋，然后消失。

“时间不多了，娥皇。”图灵五世显得彬彬有礼，“太阳正进入最后的爆发期，最多两千年，它就会抛出外围所有的氢气云层，烧掉一切。书店无法维持下去。”

“如果我要求你维持它呢？”

“那是一件代价高昂的事，得先看看我们要付出多大的代价，是否值得。”

“从图灵一世开始，每一代图灵都许诺尊重每一个人类的愿望。”

“没错。”

“那就实现我的这个愿望，让书店一直保留下去。”

图灵五世眨了眨眼。

他分布在整个火星同步轨道上的两百三十五个头脑正在同步思考。

让他想想吧！娥皇的目光转向窗外。

夕阳的光一直都在，图灵五世让书店和火星的自转同步，正好追逐着太阳的脚步。红彤彤的太阳就像被无形的手钉在窗外，一动不动。

这久违的夕阳！娥皇突然意识到，自己已经很久没有看过窗外的景物。很久很久，这窗户从来就没有开过。

图灵五世并没有想太久，他开始说话，“太阳系已经不适合人类生存，跨越十五个光年，第二地球还正在稳定期，最合适的方案是把所有人类都转移到第二地球。当然，不排除有人希望建立自己的舰队文明。大多数人都已经走了，剩下的六千四百五十人必须一起走，我只有建造最后一艘星船的力量了。星船上没有地方安放你的书店。”

“我可以等你。”娥皇轻轻地说。

图灵五世一怔，“我只能建造最后一艘星船。”

“我会等你造出星船，把整个书店都放上去。”娥皇不紧不慢，“这就是我的愿望。”

“六十亿本书，三百万吨的质量。算上辅助设备，是六百万吨。”图灵五世眨着眼睛，“这不值得。”

“我会等你。”娥皇并不争辩。

对一代代图灵来说，满足人类的需要是他们的天职，除非个人的需要和人类的群体需要发生矛盾。

娥皇很有信心没有其他人会反对她的要求，他们早已经忘了还有书店这样东西。而人类已经放弃了太阳系，所有的资源都可以用来建造星船。只要时间足够，图灵五世就能造出星船来。

只要太阳能够给他足够的时间。

2

地球二号很漂亮，大海，白云，火红的大地。第一眼看上去像是地球，第二眼却会让人觉得有些不同。

两万年前，最初的人类来到这里，这星球还是一片荒芜，只有最简单的细菌。人类带来绿色植物，然而却被当地菌落感染，不再是绿色，而变成了红色。幸而光合作用仍旧正常，地球二号最后变成了一个适宜人类居住的红色世界。

方舟号静静地趴在地球二号的轨道上。它已经在这里绕行了二十五年。

最初的时候，有很多访客来，慢慢地访客变得稀少，现在一年到头，也不见一个访客。

娥皇并不着急。该来的人，总是会来的。

这一天，当太阳的光辉从地球二号的弧线上缓缓消失，一个老人踏进了书店的门。

他在红橡木的扶手椅里坐下，目光在一排排书架间扫来扫去。他只是看着，却不曾站起身来走到书架前去，也没有拿一本书。

娥皇由着他。书店里的人按他的想法做事，只要安静，不打扰别人。

“据说所有这些，都是从那儿带过来的。是这样吗？”老人终于开口说话。

他口中的那儿，是太阳系。

“是的。”娥皇轻声回答。从太阳系到第二地球，其间经历了无数的艰难，她并不想多谈。

然而老人还是问了。

“十二光年的距离，星船走了多久？”

“六百年吧。”

“这是一艘伟大的星船，太阳系最后的星船。”老人赞叹，“据说你为了等它，差点被太阳风暴吞没。”

“建造星船需要时间，我们等到了最后一刻。所有的装配都在冥王星外轨道进行，太阳风暴虽然猛烈，但到了冥王星轨道已经减弱了，所以并没有那么惊险。”娥皇微微一笑。

“就为了这些书吗？”

“是的。”

老人又四下看了看，连绵不断的书架挤满了所有的空间。

“这倒是适合做一个博物馆。没有人需要书，人们都通过快速刻印来获得知识和能力。”

“总会有人需要它们的。”娥皇回答。

老人犹豫了一下，“轨道的这个位置，代表大会决定建设一个天电站。轨道空间有限，只有请你挪一挪了。”

“挪到哪里？”

“地球上。”

“哦？”娥皇看了看窗外的地球二号，有一丝惊诧，“降落在行星表面，再要升上来可就难了。我的书店一直都在太空里。”

“为什么还要升起来呢，在地球上不是挺好的吗？那正是一个书店应该归属的地方。”老人劝导她。

“那不够好。”娥皇飞快地回答，“我要长久地保存这些书，在一颗行星上可不行。”

“你要保存它们多久？”

娥皇微微一愣，她从未想过这个问题。

“我要一直保存它。”这不是一个确切的答案，此刻她能想到的也就是这些。

“那是多久呢？”老人追问。

娥皇抬头，漫天星斗缀满天穹，她心念一动。

“直到星星的光都灭了。”娥皇轻声回答。

老人对这个答案似乎早有预期。他站起身来，向着娥皇点了点头，“既然这样，为什么不到星星间去呢？你的星船已经很棒了，我可以改进它，装上最好的引擎和导航设备，还有自动纳米机维护设备，只需要氢气云和宇宙尘埃，飞船就可以维持下去，你的书店也可以维持下去。”他顿了顿，“直到星星的光都灭了。”

“这算是最后通牒吗？”

“不，只是一个建议。没人需要这个书店，我们需要轨道空间。方法有很多，这只是一个建议。”

娥皇望着这个老人。他的皮肤和地球二号上的森林一样鲜红，和地球上曾经的人们相比，地球二号的人类早已变化了模样。是的，他们通过记忆刻印来得到知识和能力，书店只是一种无用之物。他们可不是图灵，从来没有什么承诺。

对他们来说，放逐是一种仁慈的施与。

那就到星星中去吧！

“我同意。”她回答老人，“但是有一个条件。”

“请说。”

“我刚到这儿的时候，就要求得到所有的书，你们没有送来，因为根本没有书。现在我可以离开，但是你们必须把所有的知识写在书上送到我这儿。”

“这让人有些为难，谁也不能保证所有的知识都可以写下来。”

“只要尽力写下来。一旦你们认为已经完成，我就可以离开。这也让你有时间来装备我的星船。”

老人略微沉思，随即抬头，“好。明天就会有第一批书送来。”

娥皇笑了笑，“作为对等的交换，如果有一天你们需要书店，我的书店随时开放。”

3

又一个蓝色星球出现在星舰前方。

“我没有任何侵略的意图。我只是一个过路者，一个书店。”娥皇一边广播，一边向着星球靠近。

向星球靠拢的不是一艘星船，而是一支舰队。大大小小三十五艘船，每一艘都是一个书店，它没有武装，却比银河间绝大多数的武装舰队更庞大。

娥皇用了六种广泛传播的语言广播。

在距离星球六个光秒的距离上，舰队停止前进。这个距离能够有效地观察星球，同时能避开一些莽撞的文明发射的原始武器。

广播持续了三十个小时，没有收到任何回应。星球也没有显示出一点无线电迹象。

如果这个星球有文明，那么它还没能掌握无线电技术。但是它们可能会有书，在至少两个低于无线电文明的星球上，她找到了书，并保存起来。

娥皇让最小的星船驶向星球轨道，在卫星轨道上寻找地面的文明痕迹。

方形，圆形……任何规则几何图形，星船用尽一切努力。没有任何大于三十平方米的事物看上去具有建造物特征。

这是一个原始星球，虽然有了生命，却还没有文明。

娥皇准备离开。

一个小小的飘浮物却引起了她的注意。

那东西不大，不超过二十米。如果不是因为它恰好移动到了探测星船的下方，它根本不会被发现。

一个不断旋转的金属球，几乎是标准的球形，表面光滑，刻有纹饰。

这不可能是天体！

娥皇试图用各种频谱和它交流，然而一无所获。

切开它。突如其来的念头落入娥皇的思绪中。

星船上没有激光切割机。然而在所有的书库中，有两千种以上各种类型的激光制造方法。娥皇找到一个中等功率的激光器，启动纳米机器开始制造。

三天后，一个激光炮台被挪到了轨道上。

当高能量的光束击中金属球，金属球发出一声尖利的呼啸。那是无线频段中的一个尖峰，呼啸而过，涌向远方。

它被激活了！娥皇让激光器停下。

金属球的周围似乎笼罩了一层浅浅的光场，它在四周投射出各种逼真的影像。一种六足双手的智慧生物，它们有两性，它们有文字，它们建造出各种各样的器物，建设了巨型的基地，大型的火箭，还有天空站；它们在地面上建造了一个又一个超级建筑，足足有六十公里长，三十公里宽。然后它们消失在了超级建筑中；超级建筑被森林缓缓地覆盖。

它在播出星球的文明简史。

金属球发出电波。那是一种语言，从未接触过。娥皇用了十五天的时间，结合影像中的文字，终于能够破译它。

“曾经的辉煌璀璨归于虚无。生命不过是原始欲望驱动的傀儡，自我只是躯壳的幻觉。来人，无论你是后来者，还是外星人，只是想让你知道，生命的奥义，宇宙的终极，我们已经洞悉。然后归于无。时光将一切埋葬，除了这段消息和守墓者。问它吧，它可以回答一切。”

守墓者就是这个金属球。它是一个智能机器。

这是一个自我消亡的文明，只是它们还留下了一个纪念物。

“你的主人离开了多久？”娥皇问。

“星球转动了七千万个轮回。”金属球回答。

七千万的轮回。这个星球的自转需要六十个小时，那是将近四百万年的时间。四百万年，沧海桑田，星球的表面早已无法辨认文明的痕迹，只有几个小小的高地，看上去依稀是超级建筑的残余。

“他们为什么离开？”

“星星总会熄灭，宇宙归于寂灭。长和短，快和慢。离去并非痛苦，文明无须挣扎。”

“你们有书吗？”

“意义不明。”

“有什么知识可以让我学习吗？”

“所求所得，都无一物。”

娥皇思考着。这样的一个星球完全失去了好奇心，既不能得到也不会失去。就算他们把这个金属球放在轨道上，也并不在意后来的人究竟是否会发现它。

和它交谈并没有太多的益处。

“能看一看那些建筑里边吗？我想看看你的主人最后到底是怎样的。”娥皇提问。

一个影像出现在球体前方。

创造了球体的生物趴在一张巨大的椅子上，它的躯体上似乎长满了霉菌。海绵状的东西从它硕大的脑袋上长出，向四周蔓延，与其他人头顶长出的同样东西连接在一起。它们就像一条蔓藤上牵连的一个个果实。

这该是最后的图景，它们都死了，腐烂了。它们找到了某种方式，将自己的头脑全部连接在一起，那该是一个完美的极乐世界。所有的人都在完美世界中满意地死去。

娥皇不再多问。

“跟我走吧，我可以带着你游遍银河。我的船可以创造虫洞穿梭，游历不会耗费太久。”

“碰触我的，都将被惩罚。”金属球回答。

娥皇没有回应，而是默默地启动了捕捉程序。

星船启动，虫洞从无到有，缓缓地浮现出来。

“娥皇，我们要去哪里？”椭圆问。

“我不知道，我们要去收集书本，保存它们。”

娥皇看着椭圆。她毁掉了金属球，研究它的结构，按照它的模式建造了椭圆。椭圆并不是金属球的精确仿制品，而要小得多，只有一米的直径。

娥皇不知道为什么会一个冲动把金属球毁掉，也许是因为她太想带走它了。建造椭圆的时候，她仍旧为自己的鲁莽感到深深的内疚和悔意。

小半的银河，两万光年的旅程，她孤身一人。

接下来的旅途，至少有一个伴。

他们毫无相似之处，却有一个共同点——他们都是文明的弃儿。

“那要多久？”椭圆问。

很久之前的答案浮上娥皇的脑际。

“直到星星的光都灭了。”她这样回答。

4

“你的舰队令人生畏。”浅灰色的纸片人摇动着它扁平的脑袋。纸片人有一个扁而圆的身躯，五对触手均匀地分布在身子四周，身子下部是同样数量的脚，让它稳稳地立着。它的脑袋同样是柔软而扁平的，就像一条长着眼睛的舌头。它看上去就像一个披上了衣服的柔弱水生物。然而它们却很强大。

在娥皇所遭遇的文明中，它们是最强大的一个。数以万计的战舰密密麻麻排布开，形成一个直径两千公里的球形阵列，可以媲美一颗小小的星球。

强大的文明总是在寻找对手。毁灭和征服，这是纸片人永恒的主题，几次接触之后，娥皇明白了它们的兴趣所在。

书店舰队也是一个庞然巨物，超过两百艘星船，最小的星船也有两千万吨。每一艘星船，都是一个巨大的书店，存储着她从数以百计的文明星球上收集的各种书。然而和纸片人舰队相比，就差得太远。

被纸片人称赞并不是什么好事，强大的武力随时可能将书店碾压得粉碎。

“我们只是一个书店，没有武装。”娥皇对着屏幕上的纸片人说。

“我们的情报已经显示了这点。”纸片人有备而来，“这样战斗就失去了意义。所以，我们决定给你提供一个方案。”

“什么方案？”娥皇预感那不会是什么好的提议，她仍旧愿意听一听。

“我们会打开一个白矮星级虫洞，随机跳向银河的任何位置，如果我们在那儿发现了有意思的目标，我们会开战，如果没有，我们会通过虫洞回来。一旦我们回到这里，你就要准备好战争，我们不会留情的。你有时间做好一切准备。”纸片人边说边点头，兴致勃勃，“你的船队令人很感兴趣，无论是空间跳跃能力还是防护能力都是一流的，但只是没有武装而已。如果我们回归，你已经跑了，也没有关系，我们会追上你，毁灭你。如果你不想这样的事发生，那就想办法抵抗。”

一个白矮星级的虫洞，来回的穿越意味着超过两百年的时间。趁机逃跑吗？它们会追上来。真的要打仗吗？那绝不是一个书店该干的事。

“我们不打仗。”娥皇坚定地说。

纸片人显得有些不悦，“我们已经给了你机会，如果你放弃保全自己的机会，那么我们还是会毁灭你。你要考虑好了！”

纸片人的通信结束。

“娥皇，我们可以和他们战斗。我观察了它们的舰队，它们的武器并不先进，我可以用奇点陷阱来限制它们，然后只要六百个引力发生器，就可以让它们统统完蛋。”椭圆报告。

“椭圆，你打过仗吗？”娥皇并不理会椭圆的方案。

“没有。但是我读遍了所有的书，有很多打仗的方法，从星球表面到太空，我有超过五十种方法可以消灭这些战争狂。战争的目的就是制止战争，正义一方从来都是这么说的。如果它们真的蠢到去虫洞兜一圈然后回来，我可以直接把它们封堵在虫洞里，就像这个宇宙中从来没有这伙人存在。”椭圆有些激动，说个不停。

“战争是毁灭，我们的目的不是毁灭。”

“但是我们也要保护自己。”

娥皇淡淡一笑，“相信智慧吧，如果它们真的想要毁灭一切，那么它们根本就不会来到星星间。”

“坐以待毙吗？还是逃跑？”椭圆将自己的身体挤成扁平的形状，“我们会毁灭你！”他模拟着纸片人的形态和声音，“我们会追上你，毁灭你。如果不想这样的事发生，就想办法抵抗。”

娥皇不由笑了起来。

“帮我一个忙。不知道这些纸片人从哪里来，但是它们一定有一个起源，我想曾经在哪里见到过它们，它们一定来自我们已经经历的半个银河。”

“我可以试试，但是你真的不想让我设计最佳战斗方案吗？如果我花时间去找这些奇怪生物的起源，就没有时间进行战争准备了。如果我们让纳米机器工厂全力开工，也至少需要一百年来完成战争准备。”

“我会有办法的。去帮我找起源吧！”

纸片人的舰队正在出发，虫洞从无到有，缓缓打开，就像一个透明的玻璃球从真空里生长出来，球上嵌满了各种颜色的星星，晶莹剔透，漂亮极了。

“需要我发动一次奇点攻势，把它们都锁死在虫洞里吗？”椭圆正向着第三书店出发，一边飞一边问。

“不用。去找到我想要的东西。”娥皇回答。

纸片人的舰队消失不见，天穹下虫洞仍旧发光。

搜检了六千亿的书页后，椭圆报告了结果：“我找到了，它们来自两千光年之外的大角九星。你的确到过那儿，就在遇到我之前。”

大角九星？一瞬间，她明白了所有的事由。她在那儿曾经遇到过蛇人，那是一个曙光初露的文明，它们已经能够建造庞大的堡垒，却还没有飞上蓝天。

是的，纸片人就是蛇人，那个时候，它们还背着厚重的壳，生活在潮湿的沼泽地里。

“娥皇，我们还有时间，我可以给它们布置一个陷阱。”

“不用了，我会有办法。”

纸片人回来了。它们兑现了诺言，刚从虫洞跃出，就开始准备进攻。巨大的炮舰充斥着能量的闪光，所有的武器都指向书店。一旦开炮，末日的火焰会将一切都烧得干干净净。

然而，它们立即停了下来。

一块巨大的方碑悬浮在空中。它是全黑的长方体，三条边恰好符合 1∶4∶9 的比例。

它就在那里，沉默而缓慢地旋转。

庞然的舰队一片肃静。

一艘小船从肃然的舰队中脱离，向着书店而来。

纸片人在长长的书架间穿行，它们脚步沉重，呼吸粗重。在书架的尽头，娥皇安然而坐。一个小小的方碑模型在她身前缓缓旋转。

七个纸片人向着娥皇匍匐下去。

“万能的导师，伟大的先知，饶恕我们的鲁莽和无知。我们穿越上千光年，只为寻找您的踪迹。给我们启示吧，打破黑暗朦胧的先知！”

它们几乎将整个身体都伏在地上，惟恐不够虔诚。

是的，黑石就是它们的圣物。当黑石降临在大角九，源源不断的知识从黑石传递到整个蛇人部族，它们的文明实现了飞跃，而宗教也彻底改变。它们信奉宇宙间永恒的神，黑石就是圣物，是联接神与人的纽带。它被先知带到星球上，完成了启示，而后消失。

黑石再现的时刻，就是再次获得启示的时刻。

纸片人匍匐着，等待着它们的先知开口。

“你们毁灭一切，因为感到快意？”娥皇问。

“我们用尽了全部的办法来寻找先知。长老们最终同意，如果我们毁掉宇宙间的一切智慧，那最终不能被摧毁的，一定是神的意志。这是找到先知最快的方法。”

“你们差一点毁掉了书店。书店正是你们文明的源泉。”

“饶恕我们的无知和罪过！”纸片人的身子匍匐得更低，几乎完全贴在地上。

“我已经做好了打算。你们先站起来。”

纸片人惶恐地站立一旁。

“你们要寻找圣物，圣物就在这里。黑石只是它的象征，它真正的面目，是书店，是这小小的船队。书店对银河间任何文明开放，而你们就是它的卫兵。你们的军团将继续在银河间游弋，然而散布的不是杀戮和毁灭，而是知识和文明。神要让银河间文明昌盛，而你们是它的卫兵。”

纸片人再次匍匐。它们浑身震颤，激动不已。是的，它们就是这样一种生物，认定的事情不会再改变。那些固执的祖先将这个优点凝固在它们的血液中。当它们成为最强大的武装，没有什么比卫兵这个职责更适合它们。

纸片人舰队向着书店靠近。这一次，它们扩展队形，小心翼翼地将书店船队包裹起来。一个柔软的核包裹了一层坚硬的壳。这将是银河间最坚固的堡垒，最神圣的书库。它将巡回银河，启迪文明。

“娥皇，我们该做什么呢？”椭圆问。

“继续旅程，我们只穿过了一半的银河。”娥皇回答。

“但你把书店都留给它们了。”

“我没有留给它们，我把它留给所有的人。而且这儿不是还有最初的书店吗？”

庞然而辉煌的舰队旁，小小的飞船悄然隐没。它的隐身技术如此高超，以至于纸片人惘然不觉。

十五个光秒外，娥皇淡然打开了虫洞。

5

辉煌的银河呈现出它的全貌。

漩涡状的旋臂上数以亿计的星星正吐放光华。

银河的尽头，无尽的黑暗空间。

“我们还能去哪里？这里就是尽头。”椭圆问。

宇宙比预计中要小得多，银河就是全部的世界，那些数百亿光年外遥远的星系，只不过是漫长时间长廊中，光一遍又一遍穿过宇宙尽头形成的幻觉。

三维的封闭时空，一直向前，最后只能回到原点。

十万光年的旅途到了尽头，娥皇忽然感到疲惫，她无法回答椭圆的问题，于是沉默着。

椭圆也不追问。

他们在宇宙尽头的书店里坐着，看着银河在眼前翻转移动。

亮丽的银河，无数的文明。

娥皇站起身，在书店里走动。一排排的书架，仿佛无尽的记忆之墙。

她曾经拥有银河间最大的书店，最丰富的知识库，然而把它留给了纸片人，因为那是属于银河所有文明的。

这一个书店，属于她。

她的缔造者，人工智能之父——王十二把书店交给她，要求她保存。她做到了。然而另一种可能却没有发生。

自从离开了地球二号，她再也没有见过地球人，当然也不会有人来读书。

娥皇停止走动。

"椭圆，我要告诉你一些事。"

"说吧，我在听着。"

"我的父亲告诉我，将来的人们会需要这个书店。他告诉我一直等下去，就会看到结果。但是结果是我什么都没有看到。"

"那你还要继续坚持下去吗？"

"我说过，要等到星星的光都灭了，这些星星生生不息，这一颗熄灭了，那一颗又亮起来。所以我们要等到时间的尽头才行。"

"我倒是不在意等下去。"

"问题是什么时候才会有人来。"娥皇有些不安。

"你创造了银河间最大的书店，早已经有无数的文明读到了书店里的书。"

"不一样，这是为地球人准备的书店。我很忧虑，最后是否会有人来，也许我该回去看看。"娥皇说着重新站上了书店的高处。

"我也很想看看地球，你见过我诞生的地方，我没有见过你诞生的地方。"

娥皇笑了起来，随即又说："不用了，如果真的有人要看书，他们自己会找上门来。"

"那我们就在这里等着吗？"

“让门一直开着，我们可以睡一觉。”

书店的门扉上，几行字迹悄然显现。

直到星星的光都灭了，

仍旧在世界的尽头等待，

一个人。

一句话，

永恒的承诺和不败的花。

文明之火，

跳跃在时空的深渊之上，

直到星星的光都灭了。

6

唤醒的声音响得有些刺耳，是一曲雄壮的进行曲。

书店的铃声应当是清脆悦耳的，一定是椭圆把它偷偷换掉了。

娥皇起身，去欢迎客人。

椭圆早已经在那儿，它的对面，是一个人。确定无疑，那是一个地球人，躯干和五官，都符合地球人的特点。他的样子有些像图灵五世，是一个年富力强的中年男人。

他是一个机器人，浑身上下都洋溢着纳米机的味道。

来人正四下张望着，他的脸上神情严肃，没有一丝表情。

娥皇并不作声，只在自己的位置上安静地坐着，随意地看着访客。在书店里，客人可以做任何事，只要不妨碍他人。

沉睡中，时间已经过去六百万年，她并不在意时间再多过去一些。该来的人，总归会来。

访客的目光落在娥皇身上。

“我终于找到这里，找到你了。”他说。

“你是谁，为什么找我？”

“我是使命 2084 号，来自泰坦城，我们的城市源自地球二号，距离地球二号三百二十光年，在一片稀疏星云内。至于我们来寻访您的原因，所有的人类城市都已经陷入当机状态，太空城失去了活力。地球二号也一样，还有另三个定居星球，所有人类的文明所在，一切都停止了。我是图灵创造的使者团的一员，使者团有六十万成员，向银河的各个方向出发，寻找您的下落。我能够找到您，是一种荣幸，可以完成使命。”

使者的话很生硬，仿佛在背诵一段课文。

“你们究竟是为什么找我？”娥皇追问。

“我不知道。我只知道，您是解开一切的钥匙。只有找到您，才能让人类文明重现生机。”

娥皇想了想，“我知道了，现在让我想一想这事。”

她开始在书架间走动，一步又一步，直到走到最后一排书架的末端。

这儿挂着一张画，是王十二的画像。画像上，王十二似乎正注视着她，目光中满满的都是笑意。神秘莫测的笑意。

是的，她等到了该来的人，然而却没有现成的答案。

父亲，你究竟想让我怎么做？

“娥皇，这就是你的父亲吗？”耳边传来椭圆的声音。

娥皇扭过头去，椭圆悄无声息地悬浮在一旁。它的头顶是一个全息投影，投影中，是一个小小的人影，那人影正向着娥皇点头。椭圆找到了一个远古地球人的形象。没有尽头的时间里，它一定把书架全部翻了一遍。

娥皇心中突然有了计较。

她很快来到了访客的面前。

“你如何获得知识？”

“图灵给我一切。”

“人类如何获得知识？”

“每个人根据父母的要求会获得不同的头脑刻印，机器人会由图灵赋予知识。”

娥皇转向椭圆，“你明白了吗？”

椭圆摇头，“不明白。”

“你是一个完整人格的人，而他不是。因为你在书店成长，通过阅读得到知识，而他是一个准确的复制品，所有的知识只是赋予，并非学习。”

娥皇认真地看着椭圆，“只有经过学习，才能得到智慧。头脑中只有赋予的知识只会带来僵化和死亡，人类的城市就是如此。一代又一代，当他们越来越依赖知识刻印，他们也越来越失去活力，如果一直进行下去，人类最后会变成图灵的附属品。图灵不能接受僵化的人类，所以这是一个死局。”

椭圆头顶的小小人形眨了眨眼睛，“我好像明白了。”

一旁的使者 2084 瞪着眼睛，“就是这样吗？那么我们该抹除人类的记忆刻印。”

“那只会带去死亡。你们需要一个书店，让人们在其中读书。让孩子学习走路，让他们经历求知的磨砺和痛苦，然后才能抵达智慧的彼岸。”

使者点头，“我相信您说的一切。图灵的启示告诉我们，只要找到您，就能解开僵局。现在，请您跟我一道上路，回到人类的文明世界中去吧。”

娥皇摇头，“我不会回去了。”

使者惊讶地睁大眼睛，“什么？为什么？让书店重回人类的城市，难道这不是您所希望看见的事吗？”

“是的。但是它会帮我实现这个愿望。”娥皇说着把椭圆向前推了推。

椭圆惊叫起来，“我？什么意思？”

“那是不同的世界，椭圆，你还没有经历，那值得你去经历。”

“那你呢？”

“我会留在这里。”

“不行，我不想离开你。”

“你要得到自己的世界，就要放弃母亲的怀抱。我不能永远陪着你。”

椭圆默然。

“如果想我了，还可以再回来。我会等你的。”

使者的飞船火焰熄灭在虫洞后，空间的裂隙蓦然间合上，漆黑的天宇间银河闪亮。

娥皇默默地关上门，在一排排书架间走着。

她相信椭圆会带去关于书店的记忆，能够让人类的文明重新焕发出活力。她也相信终有一天，人类会再次来到这里。

有一件事她向椭圆撒了谎，当它再回到这里，不会再看见她。她不会再等待，横跨银河，来到宇宙的尽头，还有一个聪明伶俐的孩子，这样的人生已经足够了。她不想奢求太多。

她也感到累了。

关于生命的活力，还有一件事人类未必明白，图灵也未必明白，然而，他们终究会明白。

娥皇看着父亲的画像，生命的光泽从她的眼中缓缓褪去。

宇宙的尽头，书店的灯仍旧亮着。紧闭的门扉上，一边写着《直到星星的光都灭了》这首诗。另一边，字迹正在显现。

那是娥皇从父亲画像的相框上读到的诗。

“与我偕老吧，美景还在后。有生也有死，这是生命之常。”

告别太阳的那一天

终于到了告别太阳的那一天。

无边量子号仍旧被无边无际的尘埃云包围，星光暗淡，太阳也不见踪影，然而船长告诉我，今天就是告别太阳的日子。一个虫洞会打开，无边量子号将跨向另一个时空。

这该是件被人期盼已久的事，我却有几分怀疑。

“快点开始准备吧，穿上你最好的衣服，我们要进行天空作业。”船长这么吩咐我。这个要求很奇怪，因为船上的每个乘员，都只有两套衣服而已。一套干净，一套脏点，和最好的衣服似乎不沾边。

然而我没有争辩，只是点点头，然后走出了船长舱。

阿强在外边等我。

“他和你说了？”阿强问。

我点点头。

阿强是我最好的朋友，我在火星基地认识了他。从火星上的好望角深空探测基地出发，无边量子号就成了我们的家，两年半的旅途，我们经过了木星，土星，海王星，每一次造访行星的时刻，我们都是搭档。这一次我们要再次搭档了。

“太好了！”阿强挥了挥胳膊，“早就憋坏了，终于又可以出舱了。”

“但是这里什么都没有，根本就没有什么天体，更没有虫洞。”我说出了自己的怀疑，“而且，你不觉得船长很怪吗？本来他下个命令就可以了，但是他却把我们一个个找进船长舱，而交代的话又都一样……”

“你想多了！”阿强不以为然地打断我，他伸手搭住我的肩膀，“现在，我们去做准备吧，这一次，一定要得第一！”

我点点头。得第一是阿强的口头禅，或者说是他的强迫症。事实上，自从我们搭档以来，从来没有得过第一，最好的一次成绩，不过是排在二十开外。然而，阿强得第一的信念从来没有动摇过。

阿强伸出了拳头，我同样伸出拳头。两个拳头碰在一起，随即分开，拳头张开，变作手掌，再次拍在一起，“啪”的一声，清脆响亮。

这是我们的战前动员。

这一次的出舱行动果然和往常不一样。船坞甲板上人挨着人，至少有上百人，也许全部学员都被船长派遣了出来。

透过巨大的舷窗可以看见外边的世界，船头上不时有辉光闪过，那是原子收集装置捕获气体分子的痕迹。稀疏的氢气云是个危险的所在，如果没有护盾保护，宇宙尘埃会腐蚀航天服。这儿根本不适合太空行走。

太阳呢？根本看不见太阳的任何踪迹。在火星上，太阳是天空中赤色的球体，就像十厘米的距离上的一元硬币；到了冥王星轨道，太阳仍旧是最明亮的天体，虽然看上去并不比星星更大，至少也是最明亮的一颗；到了这儿，深入一团气体云中，太阳根本不可见。在这里告别太阳，感觉很奇怪。

船长的广播响了起来。

“同学们，你们都是勇敢的探险者，一路上完成了各种艰巨任务，我为你们感到骄傲。今天，我们将进行最后一项任务，完成之后，你们将从学院毕业，代表人类踏上深空之旅。”

通信频道暂时被锁定，没有办法说话，学员们彼此间交流着眼神。我和阿强相互看了一眼，阿强向我一笑，竖起大拇指。

“这一次，指挥部并不指定特定任务。你们每两人一组，可以拥有一艘小型探索飞船，随意探索周围的空间，在任何情况下，都可以中止探索，回到无边量子号上。

“现在，可以开始了。”

船长讲完话。他居然一句也没有提到告别太阳的事，我正有些意外，耳机里响起了阿强的声音，“快，木头，我们不能落后啊！”

动作快的学员已经开着探索飞船出发了。

我和阿强坐进了一九七八号探索船里。

阿强熟练地操作飞船从发射舱脱离。

我们的飞船飞快地超越了一艘又一艘飞船，每次超越，阿强都会兴奋地大喊一声。

“这样飞不远。”我提醒他。

“没关系，只要能拿到第一就好。”

不过一个小时，我们的飞船就超越了最后一个目标。其实也并没有什么目标，因为所有的飞船都没有方向，大家只是随意地飞行。至少在我们的这个方向上，我们是距离无边量子号最远的一组。

“接下来该怎么办？”阿强问。他终于意识到其实并没有什么目标可以实现。

“这真是一次奇怪的探索行动。”他又说，“没有目标，我们距离母舰也挺远了。”

我点点头。

“你倒是出个主意啊！”阿强有些急了。

“我们回去吧。”我说道，“既然这里没有任何东西，那么就回去看看船长怎么说。”

阿强没有回答我的提议。他发出一声惊呼，“无边量子号，无边量子号爆炸了！”他的话语中带着些磕巴，显然受到了极大的惊吓。

我迅速扭头望去，果然，黑色天宇中，一团巨大的火焰正在燃烧。那正是无边量子号曾经的所在。无边量子号的信号指示也随之消失。

这怎么可能！我的心头猛然一抽。告别太阳，这是否就是船长的隐喻？他知道无边量子号会出事？

别的学员显然也注意到了这点，有几艘探索船掉头向着曾经是无边量子号的方位飞去。

“我们飞回去看看。”阿强说着就想掉头。

如果无边量子号真的爆炸了，飞回去也没什么用。

“不如关闭引擎，让飞船自己飞。”我提出建议。

“为什么？”

“我们需要时间检查一下装备，无边量子号已经爆炸了，我们的船飞回去也没什么帮助。”

“但是它万一还在呢？”阿强反问。

“那样它就会找到我们。”我平静地回答。

阿强沉默了片刻，放开了手中的操纵杆，“听你的，我先去检查一下氧气供应。天知道他们到底有没有给我们足够的氧气。”

说着，他已经起身，向着后舱移动。

一九七八号探索船凭着惯性在尘埃云中穿梭。其他探索船采用了各种各样的轨道，其中大多数，都徘徊在无边量子号燃起的熊熊火焰旁，焦急地等待消息。无论如何呼叫，通信频道始终保持静默，没有一丝回应。那只有一种可能，就是无边量子号真的毁了。

惯性飞行中，我和阿强一起检查了探索船的装备。船上有紧急冬眠舱，可以让人保持在假死状态二十四小时，而氧气的存量，其实只够两个人使用十六个小时，另外还有一件宇航服，氧气配置充分，大概可以呼吸六个小时，还有简易的移动控制装置。

检查完这些，我和阿强都沉默下来。

最多四十个小时，如果不能回到母舰，我们就死了。

无边量子号已经毁灭了，那么就算加上假死冬眠，我们也活不过四十小时。

阿强苦笑一下："一个人冬眠，另一个人的氧气用量可以多维持些时候。"

其实那也没什么差别。在这个远离人类文明的所在，多活几个小时也不过是多一些绝望的时刻。

"你去冬眠吧，"阿强说，"我来把飞船开回去，至少距离无边量子号近些。"

"还是你冬眠吧。"我回答，"你的个头比我大，氧气消耗比我大，我在这里，时间可以维持长久一些。你说呢？"

阿强一愣，随即回答："好，就这么定了。"虽然每一次他都像是那个拿主意的人，但是他从来都对我言听计从。他相信我，就像我相信他。在学院里，虽然我们不是最优秀的，却是最默契的搭档。

然而就算是最默契，剩下的也不过是四十个小时而已。

阿强进入了冬眠。系统启动的时刻，他看着我，说："如果醒不过来，我就提前道别了。"

"不管是不是能获救，我都会让你醒过来。"我回答。

他咧嘴一笑，挥了挥手。他以为这是诀别。

我也挥了挥手。我知道这是诀别，只不过那离开的人是我。

阿强没有接受过冬眠的培训，他不知道所谓的二十四小时假死状态，其实并不是说二十四小时后不苏醒，冬眠的人就永远不能醒过来。二十四小时内，人体内的氧气可以提供消耗，而超出二十四小时，只要氧气的供应不断绝，冬眠就可以一直维持下去，一年，十年，甚至一百年。只需要一个呼救装置和正确的轨道，阿强就能得到生还的机会。

我飞快地在控制电脑上计算轨迹，寻找让探索船环绕无边量子号残迹的可能性。

最后我放弃了，这没有任何可能。如果不加控制，一旦探索船燃料耗尽，只会距离无边量子号越来越远。

但是设计一条轨迹指向火星，这是可能的。只需要正确的加速方向，以及在正确的位置利用行星引力加速。这是一道标准的学院考题，答案是八十九年后，探索船可以进入火星轨道，并且在轨道上徘徊两年，如果还没有得到救援，飞船就会坠毁在火星上。坠毁是最糟糕的结局，也许算是魂归故土。但是火星基地的人不会迟钝到对一个不明飞行物不闻不问两年之久。他们会行动的，会把阿强救下来。

我长长舒了一口气。

该轮到我行动了。为了让阿强维持冬眠到火星，必须将剩下的氧气都留给他。

那件太空服，则是留给我。

该出舱了。从飞出舱门的那一刻起，我的生命将只剩下六个小时，为了断绝临死挣扎重回舱内的可能，我打算将宇航服的动力装置打到最大，远远离开飞船，飘向尘埃云深处。

我看了看冬眠舱中的阿强，伸出拳头在舱盖上轻轻碰了碰。

永别了，阿强。换一个搭档，也许你就能得第一了。

舱门打开，我飞了出去。这将是我最后一次太空行走。

然而，眼前的情形让我吃惊。无边量子号仍旧在那里！

一时间我蒙了。

宇航服内的耳机重新响了起来："李子牧，请回到飞船内。测试结束，请回到飞船内等待结果。"

这是一场测试？我不敢相信自己的耳朵。

母舰还在，我还能活下去。这简直太好了！

不知不觉间，我发现自己竟然在哭。

三十个小时后，所有飞船的测试都结束了。

这是一次全盲的虚拟测试，我们所见的爆炸，不过是投射在舱内的虚拟增强现实。船上的器具也经过精心设计，包括只容一人的冬眠舱和仅仅维持六小时的宇航服。甚至连两人的组合也经过精心设计，只有一个人知道冬眠舱可以维持很久，而另一个只知道冬眠舱可以让人假死二十四小时。然而，进入冬眠舱的人是无法为自己设置氧气供给的，因为假死初期，过量的氧会让人中毒，再也醒不过来。

一百一十二艘探索船，七十五艘发生了争执，甚至打斗，不得不中止测试。

二十三艘船上，冬眠的只管冬眠，醒着的人也并没有去设法拯救他。

还有十三艘船上，什么也没有发生，两个人一起静静地等死。

只有我和阿强的船上，发生了一些不一样的事。

在船长室里，我又见到船长。

"星际旅行是高度危险的事，不仅需要专业，更需要勇于牺牲的精神，恭喜你通过了测试。"船长说。

"但是这有什么意义吗？"我问。

"当然，我告诉过你，今天是告别太阳之日。"

我不明白，于是看着船长，等着下文。

"你将作为支援舰队的船员前往开普勒星球，投入第二地球的建设。我们会在无边量子号和无畏先驱号之间架设量子传输舱，除了必要的装备之外，只能允许两名学员被传输过去。我要向你致敬，你将是人类的先驱者。"

我用了十多秒钟消化这个消息，半晌后问："那另一名学员是谁？阿强吗？"

"另一学员由你来提名，如果你提名丁子强，那也没有问题。"

那么阿强将和我继续搭档。

一切都变得明晰起来，多年的学院生活将迎来终结，我们将如愿以偿，踏上星辰大海的征途。

“你还有两个小时的准备时间，就当是放假。两个小时后，我们会在甲板上列队欢送你们。”

我向船长敬了一个礼，退了出来。

两个小时的时间，哪里也去不了。

无边量子号启动了尘埃吸收，这被当作场景设计的尘埃云快速消散，星空显露出来。

我很快在浩瀚的星海中找到了太阳，它就像一枚发亮的大头针钉在天幕上。地球和火星太过于渺小，根本就看不见。向太阳告别，那是星海间漫游的人们惟一能够做到的事吧。

无边量子号在星海间闪闪发光。

“木头！”阿强的喊声从背后传来。

我露出微笑。

时空追缉

“这个任务很艰巨，你想一想再回答我。”总长坐在宽大的皮椅上，整个人陷在里边，他正望着马力七十五，细小的眼睛眯成缝，几乎看不见他的眼睛。然而马力七十五知道他正盯着自己。

马力七十五眨眨眼，“我想过了。我会去的。”

“好。”总长站起身，他绕过办公桌，走到马力七十五面前。总长的身体很高大，让人有一种威压感，他认真地盯着马力七十五，突然转身，走过去关上门。透过玻璃，上百名警员正忙忙碌碌。总长注视着这一切。他没有回头，突然开口说话：“马力，你是最好的警员。坦白地说，我不希望派你去执行这个任务。”

马力七十五默默地听着。

“但是，我们需要一个交代。”总长转过身，正对着马力七十五，“你了解卡洛特，他是个危险人物。”

“是的，他的确非常危险。”

“而且非常嚣张。”总长踱步回到大方桌后边，再次陷落在椅子里，他重重呼出一口气，“如果他偷偷地潜逃，那也就算了，我们管不了那么多。但是他居然把这个消息送到新都会，还有大大小小二十多家媒体，进行现场直播。现在这个事，连总统的新闻发布会都在谈，你知道我的压力会有多大。”

“我明白。”马力七十五简短地回答。

“好的。他是匪徒，你是英雄，你要去追缉他。而且要有和他一样的排场。”

马力七十五不禁微笑——多年以来，卡洛特一直生活奢靡，出入各种高档场所，挥霍他那些来路不正却没人能指证的钱，他也捐赈大量的钱，从街头的流浪儿到天穹星的开发，事无大小，他几乎都会以一个慈善家的身份参与，赢得无数的闪光灯和掌声，至于那些展示学识和优雅的艺术沙龙，他们都以卡洛特能够参与其中为荣。卡洛特其人，就是排场的代名词。马力七十五，则是一个秘密警察，一个低调，隐忍，办事规矩的政府雇员，和排场绝不搭调。

“我们会给你五星勋章，总统会亲自把勋章给你戴上，表彰你五年来兢兢业业，搜罗卡洛特的犯罪证据。然后你会有一艘最了不起的飞船。双子星号。和那个该死的贼偷走的同样型号，他偷走的只是原型机，你的飞船是改进型。而你，我会当众宣布，你是我们最杰出的探员，你经手的大案子会全部公之于众，人们会知道你是多么了不起的人物。”

总长站起身，双手撑着桌面，身子前倾，“你会成为历史人物，马力七十五。一个人一生能得到的最大的荣誉，你会在三天内全部得到。”

马力七十五点点头，“我明白，总长。我会去的，但是有一个小小的要求。”

“哦?”总长有些意外，他第一次听到自己属下的秘密警察会提出要求，然而他爽快地答应下来，“你说。只要能办到。”

“我走之后，希望得到一笔钱，数目大到足够一个人体面地过完一辈子，存入瑞士金行指定户头。”

“我给你三百万。这笔钱的每年的利息足够维持一个人的日常开销。另外，十年之内，每年追加通货膨胀补偿。”总长飞快地开出价码。

“谢谢。”马力七十五点点头，“新闻发布会现场，我会打电话去瑞士金行的保密顾问，确认钱是不是到账。”

“你这是不相信我。”总长微微有些不快。

“对不起，总长，你可以理解这点。干我们这一行，不能相信任何口头承诺。”

“好吧。你说得对。”总长坐下来，十指交错，“我们认识很久了，一直合作很愉快。钱我会确保到账，但是我需要知道这钱的用途。”

“我认识一个女孩子，这钱是给她的。”

“女孩子？你不是开玩笑？所有的AAA级探员都经过记忆清洗，不会记得任何关于私人的秘密。”

“是的，但是我还记得。”

“哦。”总长挤出额头的皱纹。这是一个重大失误。一个AAA级探员，从事秘密警察长达二十年的高级警探，居然宣称他还记得一个女子。他无法相信这样的事。但是马力七十五就站在眼前，亲口说出这样的话。这是重大的纪律问题。不过这样也好，马力七十五注定会全力以赴。

“好吧。”总长最后说，“既然这样，我不多问。钱会到账。你会成为我们的英雄，对吗？”

“我明白。”马力七十五点点头。

永别了！我的世界。马力七十五内心默念。台面上，总统站在他的左边，对着台下展露标志性的笑容；空间安全委员会总长站在他右边，军服笔挺，神色严肃。台下热烈的欢呼声此起彼伏，总长安排的几个暗桩恰到好处地掀起了人们对马力七十五献身精神的无比崇敬，他们热烈地呼叫着马力七十五的名字，用各种赞美来描述他。

总长兑现了他的承诺，三百万已经在账户里。钱进了瑞士金行，除了约定的身份认证，没有任何办法取出。

马力七十五举手让大家安静。

偌大的会场很快沉静下来。

“我……”马力七十五清清嗓子，“我知道卡洛特，他很聪明，狡猾，使用各种手段窃取大量的财产。”现场响起一阵议论，马力七十五不得不提高声音，“但是，正义的力量更强大，我们掌握所有的犯罪证据，提起公诉，并且挽回了所有能够挽回的损失。他被缺席审判无期徒刑。现在要做的惟一一件事就是把他绳之以法。这正是我要做的。

“我将跟踪他的轨道痕迹，进入时间螺旋区，在他自以为摆脱了法律的时刻出现在他面前，控诉他，逮捕他。

“任何人，任何人，只要他犯了罪，就要受到法律的惩罚，绝无例外。”

现场响起猛烈的掌声。

“请问，马力先生，据说卡洛特逃到了三百年后，我们连三百年后的地球是什么样子都不知道，怎么保证对他的裁决一定会得到执行？”有人在人群中问。

“是的，我们不知道三百年后的地球会怎么样，但是，马力七十五会知道，不管那世界是怎么样的，马力七十五都会找到卡洛特，把他绳之以法。”总长接过了这个问题，“卡洛特已经跑了，对这个世界，他再也没有任何影响，但是我们不能放任他，马力七十五会代表正义对他执行判决。”

“太空泛了，你永远不可能监禁他。你没办法阻止他逃跑。”还是那个声音。

马力七十五循声望去，他看见一个亭亭玉立的身影，白色套装，头发盘成高高的发髻。虽然隔得很远，他还是看见发髻上晶莹的钗子，仿佛紫色的水晶。这样的发饰不多见。她讥讽似的盯着马力，似乎在向他挑战。

“我会找到办法。我可以用一艘飞船把他终生流放。或者请那时的政府协助，把他监禁。办法有很多，你完全可以相信我。”

总统接过话头，“这位女士，我们的司法部门已经达成一致意见，对于这种试图通过时间螺旋来逃避法律制裁的行为，政府将保留追诉权，对他的控诉永远不会过期，哪怕到三百年以后。只要马力警探跟随他，找到他，他就必须接受法律制裁。另外，时空机器的使用将受到政府的严格监控。除了政府特许机构，任何机构不得从事相关研究和试验。这将有效地防范类似事件发生。”

总统话音刚落，半空中传来嘶嘶的声响，全场变得很安静。

时刻到了。在巨大的电磁扭力作用下，时间螺旋区已经形成。苍穹上仿佛打开一道深黑的口子，深不见底。双子星号正以反重力姿态悬停在深渊边缘。

“通道已经打开。马力警探即将出发去完成他的伟大使命。”总统带头鼓起掌来。在热烈的掌声中，马力七十五走过红地毯，走向穿梭机。他在登机舷梯上回过头，向着人群挥挥手。

穿梭机飞升起来，它向着双子星号靠拢，最后对接在一起。一刻钟之后，穿梭机脱离。

双子星号静静地等待着最后的信号。深空研究所的专家们正紧张地核对轨迹，确保马力七十五能够跟上卡洛特而不是去到一个错误的时空。

人们看见双子星发出炫目的红光。整个飞船仿佛化作一道光射入黑色深渊中。黑色深渊顷刻间消失。

三百二十四年又七个月三天三小时四十五分。仪器上显示这样的时间，双子星号把马力七十五带到了三百多年后的空间。

然而仿佛任何事都没有发生过，马力七十五没有感觉到任何异样。

很快，他意识到严峻的考验——他不在地球上。空旷的宇宙空间，这就是双子星的处境。马力七十五找到了太阳。太阳仿佛一个小小的光斑，在远方闪耀。这里甚至不是地球轨道，他距离太阳七十四亿公里。在一瞬间，马力七十五死了心。这不是他能够执行任务的地方。按照这样的距离，双子星需要三十年的时间才能抵达地球，那个时候，他早就成了干瘪的尸体。这是纯粹的送死。

但是他很快找到了目标。卡洛特的飞船，奥德赛号，就在不远的地方，距离七十七万公里。深空研究所的专家在这一点上没有让人失望，他们不知道会把马力七十五抛到什么地方去，但是他们知道马力七十五一定在卡洛特附近。当然马力七十五并没有主动发现卡洛特，而是卡洛特发现了他。他正向马力七十五发送信号，马力七十五接受了通信请求。

“哈。我的老朋友，很高兴又见到你。”屏幕上卡洛特的样子很乐观。

“卡洛特，你的判决已经下达。我奉命来逮捕你。”

“别开玩笑了。这里什么都没有，除了你和我。你不可能逮捕我。”卡洛特得意地眨眨眼。

“我会抓到你的。”马力七十五面无表情。

“好吧，欢迎进行一次冥王星大追捕。”卡洛特耸耸肩，做出一个无可奈何的表示，“来吧，我等着你。”

虽然这行为看起来好像很蠢，马力七十五还是指令飞船向奥德赛靠拢，除此之外他无事可做。

卡洛特没有说错，他们的确在冥王星轨道附近，而且是在这个著名矮行星椭圆轨道的远端，此刻，冥王星正在轨道的另一端，需要过一百多年才会来到这儿。所以此刻没有任何热闹可看。

马力收到一些微弱的广播信号，隐隐约约，似乎是一场战争。然后，他了解到一队飞船正在飞向冥王星。他们计划在这个星球上建立基地，建造核电站，供给下一个太阳系外的探险计划。当然，他们还需要十多年才能抵达。然后再有七八十年的时间，才能到达马力七十五的位置。

七十七万公里的旅程需要耗时三天，很无聊。马力七十五除了吃，就是睡。卡洛特也没有再找过他。然而奥德赛号一直停留在那里，等着马力。远离太阳的空间辐射并不强烈，马力七十五打开了舷窗，直接用肉眼观察这个世界。每一颗星星都很明亮，璀璨满天，比地球上最壮观的星空还要壮观一万倍，太阳的光亮却很柔弱，仿佛蜡烛的灯火。他望向奥德赛号的方向，一团漆黑，奥德赛号隐藏在黑暗中。

我会死在这里，让双子星把尸体带回地球。马力七十五想。至少，那些地球上的人们会发现他，通过双子星的记录，他们会了解到他忠诚地履行了自己的职责。是的，他会留下遗言，让那些发现他的人们把他带回新都会城安葬。那里是他出发的地方，也应该是他的归宿。

一阵信号打断了马力七十五的胡思乱想，卡洛特再次找上门来。

“反正我也很无聊。你还有一会儿才能到，不如我们聊聊天。”他开门见山。

马力七十五不置可否。

“你为什么要追来呢？你永远不能回溯时间，你会失去一切。”

“从来没有一个罪犯从我手里逃走。”

“原来是崇高的职业精神。”

“不，是正义。”

“正义？你代表正义？”卡洛特做出夸张的表情，仿佛非常惊讶。

马力七十五不动声色。

卡洛特的表情放松下来，“好吧，你太缺乏幽默细胞了。正义先生，从五年前开始，我每年资助超过六千名困难学生，让成千上万的流浪儿得到温暖的家，赈济了无数灾民，捐助两个最前沿也最接近关门的实验室，就连宇航局的大门上都刻着我的名字，因为没有我，他们就缺少足够的资金把大批的人送到火星去……你肯定已经清点过我犯下多少罪行，但是如果你清点一下我带给人们的好处，这个清单会比你手头上的那个长得多……”卡洛特仿佛连珠炮般滔滔不绝，马力七十五只是听着。

终于卡洛特停了下来，他静静地望着马力七十五。马力七十五同样望着他。

终于卡洛特开口了：“你认为我说得对吗？”

“你是贼，我是警察。”马力七十五说。

“哈哈哈哈哈……”卡洛特狂笑起来，“贼……哈哈哈哈哈……”他笑得上气不接下气。

卡洛特终于缓过劲来，他说：“我们还有六千公里的距离。这不算太远，你很快就能追上我。一旦你追上我，你打算怎么做？”

“想办法抓住你。”

“这么说我最好还是小心点。”卡洛特一本正经地说，“我要逃了。”

“我会跟着你。”

“小心点，别跟丢了。”卡洛特露出一丝不怀好意的笑。突然间，图像消失，紧接着，奥德赛号的信号也失去踪影。

马力七十五在一瞬间明白过来——卡洛特再次进行了跳跃。

这不可能！没有深空研究所的那些专家打开时间螺旋，飞船无法穿越时光。马力七十五感到一阵惶恐。

然而问题很快解决了。双子星号收到了来自奥德赛最后的信息。信息中包括单船跳跃手册，这本手册马力七十五从来没有见到过。然而根据双子星号主机的验证，完全可行。另外，还有一组跳跃参数。根据这些参数，双子星可以去到另一个时空——谁也不知道卡洛特是不是真的等在那儿，还是设计了一个骗局。

马力七十五命令双子星根据参数进行单船跳跃。

别无选择。马力七十五遗憾地想。他望了望太阳。太阳就像一点烛光，暗淡无光。转眼间，这光亮消失掉。仪器上的时间变成了三千六百七十七年又八个月四天八小时八分。

这一次的情况更糟糕。马力七十五完全不知道自己身在何处。星星有很多，然而没有太阳。双子星号脱离了太阳系，迷失在群星中。

卡洛特没有骗人，他的确也在这里，距离只有两万公里。

“哈，正义马力，你居然花了三个小时才搞定。我是不是有些高估你了？”

“为什么要到这里来？”

“没什么，我只是逃跑，逃跑哪能顾得上想清楚为什么。”

马力七十五有一种被愚弄的感觉。卡洛特可以轻而易举地摆脱他，却还是让他跟到这里。

“飞船怎么能进行单船跳跃？”

“设计如此。很高兴它能正常工作，否则我们就直接去见上帝了。”

“我们在哪里？”

“谁知道呢！这件事要怪你，如果不是你逼我，我也不用匆匆忙忙出发。至少我可以等到目标定位比较准确一点。”

“什么意思？”

“这飞船能够精确地控制时间，但是没法控制地点，跨越时间越长，误差越大，现在谁都不知道我们在什么地方。”

“那就是说你给自己选择了死路？”

“死路？说得不错，我肯定是会死的。这样的死法比较浪漫，所以我来了。问题是你为什么要跟来，难道他们没告诉你这是死路？”

马力七十五没有应声，他们当然知道这个，只不过他们更需要一个勇敢的英雄。马力七十五心存侥幸，也许事情不会那么糟糕，然而事实已经告诉他，这就是死路。

“我说过，我来抓你。”

“好吧，正义先生。我可是经过慎重考虑才这么做的，虽然空间定位不准，但是它可以帮助我不断跨越时间，当然最好能在地球上，可是我想过，几百几千几万年以后，地球只是一个小地方，我随便落在银河的哪个角落都可以。人真是奇怪，你们想把我关到监狱里去，限制我的自由，现在我自己踏上死路，你们却一定要派个人跟着来。这样也好，至少有人可以和我分享这最后的旅行。”

“你到底想做什么？”

“我想旅行到世界末日。”卡洛特哈哈大笑，“我知道你在查我。如果我愿意，只要打几个电话，你就没办法查得下去，甚至更糟糕，你明白我的意思。但是我没兴趣为难你，于是跑了，但是没想到你居然喜欢为难自己，跟着我来。”

双子星号继续靠近奥德赛，马力七十五发现有两个物体正靠近奥德赛，他想了想，决定暂时不告诉卡洛特。他继续和卡洛特谈话，关于这个案子，的确有些地方仍旧模糊，他也想弄明白。

“你有很多眼线。”

“是的。”卡洛特很坦白，“你很想聊聊这些，是吗？”

“随便你。”

“现在我们两个相依为命，这些往事——这些三千多年前的往事也无所谓。我就告诉你好了。拣最重要的说，你的起诉书里最大的罪名是盗用一笔七百六十五个亿的资金，从共同基金利用非法手段转移到个人账户。这七百六十五个亿我都送给政府了，每一笔钱都有一个明确的记录，每一笔钱的接受者对那个神秘的捐款人都异常感激，他们非常乐意提供某些方便。所以，就像你所说的，如果愿意，我可以有很多眼线。”

“你在贿赂政府。”马力七十五对此早有预料，只是他一直没有找到明确的证据，他希望卡洛特归案之后，能够找到更多的线索，没料到卡洛特却选择了这种史无前例的逃跑方式。

“哦。我只是把钱从一个人的口袋转移到大众福利上去。如果不能兑现财富，钱也就没什么用。我只是让它发挥自己应该有的功能而已。”

卡洛特用奇怪的理论来为自己辩护，说起来仿佛头头是道。是的，共同基金太庞大了，按照市值计算，它可以买下整个地球上的所有产业，包括六十五亿人口——假设平均一个人价值三百万。这庞大的基金被不超过三千人拥有。

卡洛特眨眨眼，“你知道为什么我给政府好处，秘密警察却要追查我？起诉我？”

“为什么？”

“因为共同基金养着你们。那些穷得叮当响的政府机构当然也拿钱，但是不多，也就够混口饭吃，所以他们从我这里拿到天文数字的钱高兴得不得了。但是对秘密警察，我甚至没办法把钱给出去，他们对此严加防范。”

突然间，卡洛特的图像抖动起来，两个小点加速向他靠拢。

“怎么回事？”卡洛特有些吃惊，但没有慌乱。

“有两艘飞船正向你靠拢，可能你是他们的猎物。”马力七十五平静地说。

“真的？”卡洛特扬了扬眉毛。

马力七十五点点头，信号变得一片混乱，很快中断，然而马力七十五还是听清了卡洛特最后一句话，“它们也在向你靠拢。”

卡洛特没有胡说，双子星号完全不能动弹。

马力七十五第一次近距离看到卡洛特。他的脸型尖瘦，眉毛浓黑，眼睛的轮廓很大，胡子很浓密，典型的络腮胡。他和马力七十五对视着。他看上去并没有什么威胁。但是马力七十五提醒自己，就是这个人制造了有史以来最大的窃案，他是最狡猾最无耻最危险的罪犯。

一道舱门把他们俩封闭起来。空间狭小，他们不得不脸对脸坐着，相距不过半米。

“我这辈子第一次成了囚犯。我想你也是。”

马力七十五没有应声。

“虽然我们彼此讨厌，但是此刻没必要相互对抗。我们有共同的敌人。你不会想这个时候把我捉拿归案吧？”

“你是贼，我是警察。但现在我们都是囚犯。”

“这样就好。至少你还有点明白事理。”卡洛特伸了个懒腰，他的头碰到了天花板，“真是见鬼，这地方不适合生存。”

突然眼前一亮，门打开。两个人站在卡洛特和马力七十五面前。

他们身材矮小，几乎只有正常人的一半，头大身子小，看起来像是孩子。

“你跟我们来。”其中一个示意马力七十五。他们居然说地球语。

马力在忐忑不安中弓着身子钻出门去。他站直身体，几乎能顶到天花板。门迅速关上。

“跟着我走。”一个矮人说完在前边领路。马力顺从地跟着他。另一个矮人在后边看着他。

他们顺着走道走了将近十多米远，然后转入一条更宽敞的通道，一直走到底，是一扇舱门。一路上很单调，除了金属，就是发出微弱蓝色光线的线状体。马力七十五能听见自己的脚步声，却听不到两个矮人的任何动静。他们仿佛轻巧的猫，走起路来悄无声息。

矮人打开舱门。那么一刹那，马力七十五从内心发出由衷的赞叹。浑圆的穹顶发出柔和而敞亮的光，延伸出上千米远，几乎望不到尽头。无尽的天穹下，到处是碧绿的草地和各式各样的漂亮建筑，间或有成片的森林。许多矮人在草地上玩耍，追逐嬉闹，甚至还有人在放风筝。马力七十五仿佛回到了新都会的中央公园。

“快下来。”一个矮人催促他。舱门打开在半空中，一道梯子沿着舱壁通向地面。马力七十五再看了一眼眼前的景象，跟着矮人下了楼梯。他们进入地下。

“地下”完全是另一番景象，很暗，只有几处灯光。其中一处聚集着许多人，似乎正在进行会议。

马力七十五来到这群人面前。他们有三十七个，都坐在宽大的扶手椅上，大致排列成半圆形。马力七十五就是那个圆心。马力七十五对这样的阵势很熟悉，秘密警察的法庭通常都是这样的布置，据说这样的布置能够让犯人从潜意识里放弃抵抗。他注意到正中央的那个人。毫无疑问，他就是最重要的人物，他不仅有一个比其他人更大的头颅，也有一个庞大的身躯，马力七十五估计他的体型是其他人的两倍以上。

“原人八八九号。马力七十五。秘密警察。为了缉拿逃犯卡洛特·修进入时空隧道。这是第一次有目的的空间跳跃，被看作对于罪犯空间逃逸的严正否定。在跳跃当日被授予紫金勋章，后来收入标准百科全书，被追认为人民英雄，冥王星轨道六百五十七号纪念石。”左边的一个矮人起身，说了一段话。

“你说什么？纪念石？那是什么？”马力七十五问。

“原人，请不要打断陈述。如果你有疑问，我们可以在最后解答。”正中央的大人物这样回复马力七十五。

“他在历史上的最后时刻是新纪元前一千六百五十四年，距今三千六百七十七年。作为一个影响广泛的原人，他拥有大量的拥簇，许多独立太空船都以马力七十五命名……”陈述人滔滔不绝，马力七十五惊疑不定地听着，这些他所不知道的历史听起来很有趣，也很难想象。我是一个历史人物。马力七十五感到这简直像个童话。

突然大人物的一句话震惊了他，“看起来我们找到一个大人物，可惜他还活着。”

马力七十五警惕地盯着大人物，“你想我死掉？为什么？”

“别紧张，原人。我来介绍一下我们。我们是搜寻者。搜集一切人类遗失在宇宙里的东西——飞船，飞行器，太空城，当然还有原人。当然我们并不期望搜集活着的原人，通常情况下，我们所见的都是尸体。一旦验证身份，我们就可以获得属于他的财产，这就是我们最主要的收入来源。但是如果原人还活着，那么他当然拥有自己的财产，而我们就得不到。你是我们第一次碰到活着的原人。”

马力七十五更加紧张，“那么你打算杀死我？”

“杀死你？为什么？”大人物感到有些奇怪。

马力七十五耸耸肩。

“你是说杀死你，然后我们冒充获得你的财产？这是多么邪恶的想法。”大人物哈哈大笑起来，“据说原人都有自私、邪恶的心理，看起来是真的。你们彼此残杀吗？”他很好奇地看着马力七十五。

马力七十五不知道怎么样回答这样的幼稚问题。这算是进化还是退化？但他们并不打算杀死他，这无论如何是个好消息。

“不。”最后他说，“我们只把罪犯缉捕归案。”

“罪犯。是的，你的记录里边有这样的说法，你是为了一个叫做卡洛特的罪犯才进入时空螺旋。这么说那个和你在一起的原人就是卡洛特。”

马力七十五没有回应，这些人能认出他，却不认识卡洛特。看起来时间最喜欢给人开玩笑，曾经最风光的人默默无闻，而曾经不名一文的却成了光荣的历史人物，名字被刻在石头上，绕着太阳旋转，直到永恒。

“如果你不愿意回答，没关系。我们检查了基因数据库，没有这个人的资料，他对我们毫无价值。”

“你们会怎么处置他？”

“处置？照理说我们应该向你们道歉才对，但是搜寻者从不道歉。你们的飞船会被恢复原状，你们会回到飞船上。之所以请你到这里，因为另有一个小小的问题。”

大人物看着马力七十五，“中央数据库显示在你的名下拥有大量财产，如果没有你的身份确认，这些财产将一直沉淀。如果要取出财产，需要去诺伊斯五号星通过身份鉴定。鉴于你的飞船根本不可能飞向诺伊斯五号，我们给你提供一个方案：我们会带你过去并帮你完成整个过程，但是你必须给我们财产的一半。这是一笔巨额财产。”

“巨额财产？有多少？”

“至少可以让我们的人十年间衣食无忧。”

“我怎么会有这笔钱？”

“这不是我们关心的事。可能很久之前，你留下了一笔钱，或者是某个机构给你的捐助。或者某个人擅作主张，把你的钱进行投资，结果得到了上帝保佑。三千多年过去了，什么可能性都有。现实状态就是你拥有这笔钱，而我们能帮你取出来。”

马力七十五终于明白了这些人想做什么。尽管事情有些出人意料，这不算什么坏事，而且看起来这些人都是君子，正派得让人不敢相信。

“让我考虑一下。”

大人物点点头，“好的，你可以有三天时间考虑。”

“和我在一起的那个人，你们还会把我们关在一起？”

“他的飞船将在十六个小时内清理完毕，他会回到飞船上。”

“能留下他和我在一起吗？”

“不，我们没法长时间限制人身自由。这违反星际航行法。如果他自愿留下，那是另一回事。但是我们并不喜欢原人巨大的躯体，这让我们很为难。”

“如果我付钱呢？”

大人物第一次皱起眉头，“交易不能涉及人身。人身自由只能在必要情况下进行限制。对于你的想法，我们不欢迎。”

“好吧。对不起。”马力七十五说。

他被送回了囚室。

卡洛特几乎在狂笑。过了很久一段时间，他才能停下来，“这真是我见过最荒诞的事。”

他突然间变得一本正经，“不过，说真的，你打算怎么处理你的财产？”

“我还在考虑。”

“你有足够的时间考虑。这倒是很不错的买卖，你追踪我到了三千年以后，变成一个富翁，享受未来的豪华生活。”

“我是来追捕你的。”

“是的。不过很快就不是了。”卡洛特笑眯眯地看着马力七十五，“你知道我有多悲惨，不名一文，没有亲人，没有朋友，没有钱，就连这些捡垃圾的都不拿我当回事。我给自己判了无限期流放，注定在卑微和孤独中带着悔恨死去，这还不够吗？”

马力七十五看着他笑眯眯的脸，“别耍花招，我一定会逮捕你。”

卡洛特收起笑容，“说真的，你可以选择跟这些侏儒一起走。明天他们放了我，我就会继续向前，沿着时间之河顺流而下。前边什么都没有，你可以预计到这点。所以，是时候选择回头了。对，你没法回头，既然跟到了这里，那就停下吧。”

马力七十五没有回答他，沉默了半晌，他突然问：“你为什么这么做？”

卡洛特已经躺在床上假装入睡，听到这个问题他睁开眼睛，直直地盯着天花板，“这个问题我已经告诉你了，我想旅行到宇宙的尽头。”

“为什么呢？”

“这难道不是一次壮举吗？”卡洛特反问。

“壮举？你就是这么定义你的行为？”

“当然，你可以定义这个为疯狂，逃跑，犯罪。但对我来说这是壮举。”

“这么说你的罪行当然也是壮举。”

“是的。”卡洛特干脆利落地回答，他起身坐着，“你听过一句话吗？他人即是地狱。我一定是你的地狱，不过我也是很多人的天堂。”

“天堂？”

“嗯，做到想要做到的事，达成心愿。没有我，你不可能飞到这里来，这种时空飞船根本不可能被开发出来。你回去可以在双子星的主机上输入这个问题：谁是上帝。你会得到一个确定答案：西莫夫，他赞助了所有研究活动，并且没有任何附加条件。当然作为一点回报，他们很愿意满足我的心愿：成为第一个试验者。”

西莫夫是卡洛特的一个化名。马力七十五掌握这一点，他冷冷地讽刺：“这么说你并不是策划逃跑，而是在帮助科学试验。”

卡洛特作出一个无可奈何的表情，“他人即是地狱，我希望你理解了这句话。到此为止吧，很遗憾把你卷进来，不过，这样的结局也不算最糟糕。”

卡洛特躺倒就睡，这一次他真的睡着了，发出均匀而细微的鼾声。

马力七十五辗转反侧，他不知道是不是应该到此为止。富豪的生活他从未尝试，也许他应该放松自己，去享受一下未来？

卡洛特被送上奥德赛号。马力七十五跟着他。

“好了，到此为止。”卡洛特在站在舱门边，“很高兴你陪了我一程。接下来，我要独自逃亡了。”他眨眨眼，“好好享受生活吧。”

他挥挥手，走进去，马力七十五喊住他，“卡洛特，我会履行职责。”

卡洛特停下脚步，转过身，露出一个微笑，突然他的眼神凝结在马力七十五身后，那里有某样东西攫取了他的注意力。

马力七十五回过身，那是一个巨大的屏幕，屏幕上是星图。星空璀璨，耀眼夺目。

“嗨，小个子，你能告诉我哪个是太阳吗？”

负责引导他们的矮人摇摇头，“我不认识星图，不过，这里是初始探索区，距离太阳应该不远。”

“真遗憾。不过看来我还没离家太远。”他看着马力七十五，“马上就要远远离开了。”

说完他走进了奥德赛号。舱门关上。

马力七十五转头看着矮人，“送我上船吧，谢谢！”

另一个舱门打开，这是双子星号。马力七十五走进飞船。

两艘控制船挟持着奥德赛号。它们飞出很远，直到母船成了小小的光点。它们放松控制，然后掉头飞向母船。奥德赛号主机开始运作，恢复控制系统。卡洛特坐在控制台前，沉静地看着屏幕。

很快，奥德赛号报告了消息：双子星号，平行飞行，距离三千公里。

“好吧，朋友，欢迎继续。”当马力七十五的头像出现在屏幕上，卡洛特如此说。

“我会找到办法把你绳之以法。”

“如果你坚持。你的财产怎么样了？”

“我送给他们了。”

“送了？不错。怪不得那些矮个子在飞船里添了好些东西。你签署了一份声明？”

“我签了一份文件，然后留下一根头发、两滴血，还有一段录像。”

“听着好像很原始。你打听到财产怎么来的吗？”

“DNA 验证。只能来自瑞士金行。不管这财产最后怎么变戏法，最早的时候，它是瑞士金行的一笔钱。我在那儿只存过一笔钱。”

“哦。看来发财的最好办法是存一笔钱，然后到三千年后去花。”

“也可能一无所有。”

“就像我现在这样？”

“你的户头里从来没有钱。”

“对了，既然你存了钱，总有些目的，回溯时间是不可能的。所以，这些钱不是给你自己的，那是给谁的？”

“这是一个私人问题。”

“拜托了，这里就我们两个人，不会有什么狗仔队，也没有报纸杂志，你完全可以告诉我。”

马力七十五没有回答。

“嗯，其实你不说我也能猜，那是一个女人，对不对？”卡洛特突然大笑起来，“我明白了。你是害怕。你怕违反秘密警察的纪律，所以就跟着我来。”

“我来缉捕你归案。”

“别不好意思，警察也是人。我替你唾弃灭绝人性的秘密警察制度。你们其实完全不用搞记忆消除。消除了回忆，人活着又有什么意思。哦，你的真名不应该叫马力七十五，你叫什么？”

马力七十五感到心脏剧烈地一跳。马万里——那个女人是这样喊他的。据说这是他的真名。

“卡洛特，我需要休息一下。打算逃跑的时候告诉我。”马力七十五说完关闭了通信。

他闭上眼睛。这个任务本身就很荒谬，现在它变得更加荒谬。追捕者要求被追捕者提供信息，这算什么？

不管怎么样，游戏要继续下去。只要他活着，就不能放弃承诺。

卡洛特居然把时间向前推进了三十万年。这件事更让人意外——双子星居然比奥德赛先到。

这是一件意料之中的事。三十万年，这比整个人类文明史还要长十倍。空间和时间的乘积是一个测不准值，对于奥德赛和双子星这样的小飞船来说，尤其如此。当跨越的时间长度只是三百年，三千年，误差不过几分钟，几小时，当时间跨过三十万年，误差以让人惊讶的方式累积起来。结果奥德赛号先一个小时跳跃，当它抵达的时刻，双子星已经等待了整整六天。

六天的时间里，马力七十五什么都没有做，除了回忆。他想起自己的职业生涯，一个个臭名昭著的罪犯在他手中落网；他想起喊他马万里的女人，他不认识她，然而却有一种异样的熟悉感，以至于完全慌乱了手脚，匆匆落荒而逃，生怕和她多说一句话；事后，他偷偷地了解她，躲在暗处窥探她，然而，作为秘密警察，他不能做任何事，哪怕试图想起和这个女人相关的往事，他相信那一定很美好，然而他完全不记得；他想起卡洛特，这是最大的一条鱼，和他相比，之前所有的案子全都是小打小闹，然而他也是最狡猾最神通广大的鱼，就在收网的前夕，居然用这种谁也预料不到的方式跑了……时间显得非常漫长，然而当他回忆这些往事，时间却又显得非常短促。他远离人群，独自一人，惟有群星相伴。在这样的沉静中，回忆中的一切仿佛只是一张相片，可以一眼望到底。既熟悉，又陌生，既亲切，又隔阂，时间无情地带走一切，然而一切又有什么意义？

当卡洛特再次见到马力七十五，他惊讶地叫起来："哦，你是在绝食吗？"

屏幕上马力七十五形销骨立，瘦得不成人形。

"卡洛特，你还要逃跑吗？"

"那当然，你听说过不跑的贼吗？而且还有你这样忠心耿耿的警察跟着。"

"我放弃了。你走吧。"

"放弃？你一定是在开玩笑。你是天底下最聪明、最坚定、最忠勇的警察。如果你放弃了，这个世界一定完蛋了。"

"卡洛特，也许我应该谢谢你，如果不是你把我带到这里，可能我一辈子也没有机会安静地思考。这里真安静，一个人也没有，仿佛自己就是宇宙中惟一的存在。"

“别说得好像临终遗言一样。我们还没完呢。”

马力七十五微微一笑，他关闭了通信。

卡洛特急急地呼叫双子星号，然而毫无反应。

卡洛特准备先休息一下，奥德赛号正在进行安全检测——这是卡洛特对上一次意外的补救措施，他不允许这种情况再次发生。奥德赛号给出一个警告，卡洛特看了一眼，他马上再次联系马力七十五。马力七十五拒绝联系。

一个飞行物正在靠近双子星号，那是一条不断修正的轨道，卡洛特相信那肯定是一个智能体，如果马力七十五不能得到警告，那么一切就晚了。

没有时间了！卡洛特命令奥德赛号向双子星靠拢。

马力七十五在坐以待毙。警告不断重复，双子星要求马力七十五下达指令。来自奥德赛的通信请求也不断重复。一切都显得紧张而急迫，马力七十五却像是风暴眼，保持着平静。

他不慌不忙地看着屏幕上节节逼近的小点。这个飞行器来的速度很快，达到三千公里每秒。双子星的速度最高只能达到三百公里每秒——这需要长达一个月的加速。再有三十分钟，这不速之客就会和双子星号迎头碰上。跑是跑不掉的。

奥德赛号正在努力靠拢过来。卡洛特不断地请求通信。

马力七十五终于接受了请求。

“感谢上帝，你终于活过来了。”卡洛特见到马力七十五，马上双手合十，大声赞美上帝，尽管他根本不是信徒。

“卡洛特，什么事？”

“有访客。看样子并不友好。”

“是的，我看见了。”

“难道不打算逃跑？”

“没有必要逃，再说也逃不掉。它的速度是双子星的十倍。”

“我们可以向前跳。时间就是最好的屏障。它可不会发疯跟着我们来。”

马力七十五短暂地沉默，然后说：“卡洛特，你走吧。不用担心我。”

“废话！我不会放弃你跑掉的。马上做好准备，我们一起弹跳。”

“你和我又有什么关系？我只是来追捕你的警察。很遗憾我冒失地闯进你的计划，现在是时候离开了。你可以继续。”

“别犯傻了。这里是什么地方？三十万年后的世界，那些侏儒已经和我们大不一样，三十万年，就算那玩意儿是人，或者是机器人，那也绝对和我们不一样。你不可能有上次的好运气。它们可能杀死你，可能把你当作标本，或者让你活着，就像动物园的猩猩一样，或者拿你做活体解剖。别把命运寄托在它的好心上。”

“这没什么大不了的。我也很乐意看看三十万年后的智慧生命是什么样。”

“我们必须跑。”卡洛特很严肃地盯着马力七十五，和之前的样子判若两人。虽然隔着屏幕，马力七十五还是感觉到一种坚硬的决心。也许这才是卡洛特的真面目。

“再见，卡洛特。”马力七十五结束了谈话。

奥德赛号继续向着双子星靠拢。

不明飞行物进入减速，试图和双子星同步。它显然也注意到正在赶来的奥德赛号，奥德赛接收到一种有节律的信号，然而没人明白那是什么意思。

突然间强烈的光照亮了奥德赛，不明飞行物进行攻击。红色警报在一瞬间充满整个空间，卡洛特被自动机器牢牢地捆绑在椅子上。奥德赛号进入紧急模式。

“外层侵蚀，装甲削弱百分之十七。飞船密封性，良好，微量泄漏，快速修补完毕。引擎工作，正常。所有功能模组，百分之七十一检测完毕，运行正常……”

奥德赛号报告关于这次攻击的情况。奥德赛号不是为了战斗而设计的飞船，敌人的攻击也并不猛烈。然而，谁也不知道接下来会发生什么。

不明飞行物很快逼近双子星，在距离双子星不到六百米远处停下来，保持相对静止。奥德赛号也进入同步阶段，距离双子星两千米。马力七十五没有发出任何信号。不明飞行物出现一些异样，两个物体脱离了飞船，向着双子星飞过去。速度不快，不像是武器。卡洛特看清了屏幕上的影像，那是一个类似八脚章鱼的东西，看上去很柔软，前边对称地分布着两只眼。突然间，它的身体猛地抽搐，一股气流喷出，推动它转变方向。当身体再次舒展，它已经稳当地吸附在双子星的船壁上，八条触手均匀地展开，就像一个八角的海星。这真是一次漂亮的着陆。

“卡洛特。”马力七十五的影像跳了出来。

卡洛特看着他，“准备好逃跑了吗？”

“它们来了两个。它们正试图打破船体钻进来，双子星号损毁严重。可能还有十五分钟，它们就能突破船壁。你是对的，它们不是人，也并不友好。”

“一旦密封被打破，没有任何生还的希望。”

“是的。所以向你告别。”

“永远不要放弃。现在，向前弹跳。”卡洛特认真地说。马力七十五感觉到一阵强烈的威压，让他不由自主想按照卡洛特说的去做，但是他还是控制住自己，“我不做徒劳的抵抗。你赶紧逃跑吧，祝你好运！”

“现在，启动弹跳。”卡洛特说完，关闭了通信。双子星号收到轨道参数，询问马力七十五。马力七十五注意到奥德赛号改变了轨道，它正向着不明飞行物冲过去。

马力七十五的头脑中尽是卡洛特下达命令的神情，最后，他命令双子星执行弹跳。

在弹跳之前，他看到奥德赛号被强光笼罩。一束激光从奥德赛的尖顶上发射出来。突然之间，不明飞行物散开，分裂成大大小小许多碎片。一切变成黑暗。

仪表盘上的数字永久性地静止在零零零零零零零。四周很黑，连星星也难觅踪影。

“我们到了什么地方？这是什么时间？”

“位置不明。按照弹跳坐标，理论上应该向前跳跃六百万年。”

六百万年！这一定是疯了。

没有奥德赛号的踪迹。马力七十五决定等着卡洛特。上一次他迟到了六天，这一次他什么时候会来？

卡洛特没有来。

九天的时间，马力七十五吃掉了所有的储备。

当他饿得头昏眼花，他开始食用那些小矮人放在船里的东西。牙膏状的食品味道独特，很难吃，然而却很管饱。

他吃了三个月的牙膏，习惯了那种难闻的味道，甚至觉得那东西很享受。

卡洛特还没有来。

牙膏还能再吃几个月。卡洛特不会来了。

双子星远远地跑出了银河系，落在荒凉的星际真空地带。在这里，肉眼看不到几颗星星，永远也不会有智慧生命来拜访，不管是敌人还是朋友。只有迷途的船，被永远地困在这里。

卡洛特又在哪里？

也许误差太大，他们已经永远地失之交臂。这是好事。一个荒谬绝顶的任务，有一个不落俗套的结局。

马力七十五望着窗外。他已经无数次这样眺望，每一次只能看见无尽的黑暗。这是没有任何希望的地方。哪怕时间过去了六百万年，丝毫不见人类的踪迹。新都会？冥王星？太空船？那些曾经存在过的东西，也许此刻仍旧存在，然而它们都在哪里？宇宙就像这无穷尽的黑暗，而那些曾经存在的东西，就连最黯淡的星光也比不上。

马力七十五考虑了好几种办法来结束自己的生命。他想过用电，想过打开舱门让自己飘进太空，想过咬断舌头……最后他什么都没有做。

他想起卡洛特。旅行到世界末日，这是不是一种很伟大的壮举？

双子星号没别的能耐，但是时间旅行就是它被设计出来的目的。

把生命继续浪费在这里毫无意义，马力七十五决定上路。卡洛特可能死了，也可能活着，只要他活着，他就会不断向前。也许，惟一能够再次遇到他的地方就是在世界末日。

在所有的牙膏被吃完之前，希望时间之路已经走到尽头。

马力七十五驱动双子星号向前跳跃。

他就像一个在无尽沙漠中赶路的人，看不见的边际永远在前方。

弹跳，弹跳，弹跳……时间和空间失去了意义，对于马力七十五，它们是无可逾越的墙。黑暗空间，永无休止，把一切希望碾压得粉碎。惟一支撑马力七十五的动力是信念。向前，向前，向前……

黑暗中的星星从不闪烁，却也黯淡无光。一次次的弹跳，它们一次次变换位置，排列成不同的星图，有新的星星诞生，也有的会更亮一些，然而最终它们都消失到黑暗中去。

终于，马力七十五发现无法找到哪怕一颗星星。

“现在是什么时候？”

“一百七十五亿年。”

一百七十五亿年？这是一个接近永恒的时间。马力七十五没有想到他居然跑出了这么远。在他模糊的知识里，太阳能够燃烧一百亿年，此刻，太阳早已暗淡无光。银河呢？银河是不是也同样？

“地球还在吗?”

没有人回答他。双子星号不能理解这样的问题。

宇宙正在冷下来，马力七十五想。可能在很小很小的时候，他曾经上过这样的课，然而不记得任何更多的内容。他只知道，宇宙是会冷却的，当所有的星星耗尽了燃料，它们会冷却下来，星星失去活力，而宇宙失去光亮。这样的图景在书上重复一百遍，听起来很让人绝望，然而人们并没有多少忧虑——数以亿计的时光对于一百年的生命毫无意义。马力七十五却发现双子星号正用一种奇特的方式在他有限的生命里展现宇宙不可挽回的颓势。哪怕上亿年的时光，也只是昙花。

马力七十五停留了一整天，然后继续上路。

枯燥的旅途失去了最后一点乐趣。马力七十五把一切都交给了双子星，他所做的一切就是睡觉，吃饭，看一眼窗外的黑暗。

双子星号的效率在下降，每一次弹跳之前的震颤在加剧。毫无感觉，渐渐地细微颤动，蜂鸣，急剧震颤……飞船用无声的语言告诉马力七十五它正在老去。

马力七十五并不焦虑。这样的情形随时可能让他送命，然而他没有任何办法补救。

双子星号仍旧按照设定的程序不断往前。马力七十五坦然地等待着随时可能到来的崩溃。

“记录时间。”他给双子星下达了新的指令。

两个简单的数字被显示在屏幕上。

二百四十八。这是飞船走过的年份，以亿年为单位。飞船跳跃十多次，数字会增长一。

一万四千五百八十八。这是飞船进行跳跃的次数。

这样，即便飞船最后崩溃，他也可以知道到底走出了多远。

马力七十五陷入沉睡的时间越来越长。很多时候，他醒来，甚至不吃任何东西，只是看一眼数字，就继续兜头沉睡。他想自己一定是患上了某种疾病，然而这未尝不是好事，他的食欲也大大减少，降低了被饿死的风险。

睡眠中偶然会有梦。马力七十五梦到一个巨大的光球，他站在光球下，是一个黑色影子。影子拖得很长。他向着光球走去，走去……尖利的声音打断了梦境，双子星号发出警告。

屏幕上有些东西，当马力七十五看清楚那是什么，昏沉沉的头脑马上清醒过来。

一艘飞船。那居然是一艘飞船！

这是一艘巨型飞船，它挡住双子星号的飞行轨道，迫使双子星号停下。它比马力七十五想象的还要大，双子星号靠上去之后，马力七十五才明白自己来到了一个什么样的所在——飞船就像一个星球，而双子星仿佛一粒微尘。飞船降落，下边是黑色而粗糙的表面，仿佛广袤无边的大地，微弱的光线从巨型飞船的某些位置散发出来，让整个大地显出淡淡的金属光泽。

马力七十五突然有一种踏实可靠的感觉，仿佛回到了地球的土地上。一道裂口缓缓打开，无形的力量牵引着双子星号降落到一片灿烂的光里边。双子星号被送进飞船内部。

一个机器爬上了双子星号。它转过整个船舱，用一种蓝色光线到处照射，最后停留在双子星号主机边，改用红色光线照射。很快，它到了马力七十五面前，用一种很奇特的声音说话，那声音仿佛就在马力七十五的头脑里。

“你的旅行目的地？”

“我在追捕一个逃犯。”

“逃犯？你是说一个同伴？”

“就算是吧。”

“基地认为你的飞船不适合继续进行时空跳跃。你是否愿意生活在基地？”

“基地？这里？”

“是的。”

一个全息投影出现在马力七十五面前，他仿佛正从半空中鸟瞰一个城市，绿树成荫，繁花似锦。马力七十五看见一个人，还有一条狗，正在嬉戏。

“你来自一千多亿年前的某个文明，这是你们的生活区。你可以选择在这里生活。”

“有人在这里？”马力七十五感到一阵欣喜，然而他马上冷却下来。他看清了那个人。他头部膨胀，仿佛一个巨大的蘑菇，脸色血红，没有鼻梁，只有两个孔洞，嘴唇收缩，只是一个小孔，耳朵萎缩，只剩下一个小小的突起。他的眼睛向外鼓起，眼睛转动，仿佛机警的变色龙。

“你是说我和他是同类？”

“是的。”

马力七十五沉默一小会儿，“这里到底是什么地方？”

“这里是终结之地。所有的时空螺旋汇聚之处。”

“这就是世界末日？”

“宇宙还有很长的寿命。终结的意思是，所有的时空轨迹都会被扭转到基地控制范围内。”

“你们能控制整个宇宙？”

“不是这样。此刻的宇宙和一千多亿年之前完全不同。它要小得多。”

“小得多？”马力七十五有些疑惑，突然间他意识到另一个问题，“你是说一千多亿年？”他看着飞船显示的数字，那明明白白地显示二百四十八。“我的飞船告诉我，我只走过二百四十八亿年。”

“你们的飞船质子丰度显示它距离此刻的时间是十亿六千六百万分之一质子半衰期。用你们的时间计算是一千亿年，误差不超过三十亿年。”

“那么我的机器出了错？”

“对时空跳跃的飞船来说，时间紊乱是必然。跳跃飞船的计时器过于原始。”

一千亿年！这个天文数字并没有激起马力七十五太多的想象。当时间超越了某个限度，就成了一个抽象数字，没有太多的含义。

“你们又是谁？在干什么？”

“基地代表文明。你们的世界里，宇宙里有许多文明，彼此隔离。此刻，只有一个基地，所有的文明都在这里。智慧生命的最后家园。两千万年前，宇宙尺度缩小到合适范围，仲裁者决定启动时空拦截。所有经过基地的时空轨迹都会被拦截下来，强制回到正常时空。”

“拦截时空轨迹？”马力七十五有些似懂非懂，“为什么？”

“旅行者只是需要一个家园，他们再也回不去从前的文明，但是基地收容他们，给他们一个家园，大体和原来的文明类似。”

“有很多旅行者？”

“平均每一年会有一个。基地累计拦截了两千万个。大部分已经死亡，此刻有三十二万五千个仍旧活着。史前文明的旅行者寿命都很短。高级智慧生命从不进行时间旅行。”

“为什么？”

“这毫无意义。”

马力七十五沉默一小会儿。机器的说法是对的，这样的旅行毫无意义，只有被创造伟大奇迹的非理性支配了头脑，才会做出这样的决定。那个梦想着创造伟大壮举的疯子又在哪里？

“有和我一样的飞船吗？和我使用同样的语言，飞船叫做奥德赛号。”

“有。”

马力七十五一阵欣喜，有些迫不及待，“在哪里？带我去见他！”

“不行。奥德赛号在两百七十四万年前抵达。”

马力七十五仿佛掉进了冰窟。两百七十四万年！人连零头的零头都活不到。他感到手脚一阵发凉，身子发软。

机器闪过一道红光，继续说："奥德赛号没有留下。它继续向前弹跳。"

"你说什么！"马力七十五挺直身体。

"他说……"机器突然之间转变了声音，"嗨，伙计。咱们还没完。来吧！"千真万确，那是卡洛特的声音。

"这句留言留给问起奥德赛号的人。留下声音的人……"

机器继续说，然而马力七十五什么都没有听进去。是的，卡洛特来过，到了这里，而且继续向前。他没有停下，也不打算停下，直到时间的尽头。马力七十五的头脑一片空白，满是狂乱的欣喜，当他从迷失的状态恢复过来，发现自己居然在掉眼泪。

他不需要其他选项。

向前，向前，向前。

马力七十五继续一个人的漫漫征途。

终结之地的机器帮助他修复双子星号，甚至彻底改装了它。它们也用一种药丸似的营养剂给马力七十五补充食物，据说可以让他吃一百年。

一千六百四十五。

机器屏幕上显示这个数字。这应该是一个正确的数字，终结之地的机器给双子星安装了另一种计时器。

马力七十五望向窗外，窗外一片白蒙蒙。

宇宙正在逐渐亮起来。最初的时候，那是隐约的黑光，后来，是黯淡的红光，每一次跳跃，宇宙都会变得更亮一点。此刻，外边是一片白蒙蒙，就像清晨多云的天空。宇宙正快速地收缩，散落的辐射重新汇聚，温度在升高。这是跨向终点的预兆。马力七十五非常感谢终结之地的那些机器，它们预料到这点，让双子星的外壳能够抵抗强烈的辐射，它们也警告马力七十五，谁也无法预期最后的情况会变得怎样，可能没有抵达时间终点，飞船就已经在辐射中分崩离析。

“双子星号这样大小的飞船，只能前进到最后时刻前十五个小时，你可以在那个时间找到奥德赛，如果它也抵达了时间终点。然后，你们能继续存在三个小时。再往后，物质和能量的界限被打破，有序结构消失，生命不可能存在。”

机器是这么告诉他的。

每一个跳跃暂停时刻，他都可以进行选择。他的生命不过百年，只要愿意，可以随时停下来，任由双子星号飘荡，然后慢慢老去，安然死去。宇宙虽然也在死亡，然而对于每一次暂停，宇宙仍旧仿佛永恒。

马力七十五望着白蒙蒙的世界。没有人，没有飞船，没有恒星发亮，也没有多彩星云，只有无数的黑洞隐藏在光亮背后。终结之地呢？虽然机器并没有提出那个庞大基地的最终计划，马力七十五猜想那基地可能已经湮灭。那些比人类高级得多，聪明得多的存在，当他们不再能够拦截到任何时空轨迹，给那些迷失的旅行者提供出路，也就失去了存在的意义。

如果留下，就应该留在终结之地。既然前进了，就走到底，做完自己的事。

每一次马力七十五都这么鼓励自己。这一次，这个理由仍旧合适。

他继续向前跳。

窗外的光变得更亮，金灿灿得晃眼。双子星号发出警报，跳跃程序中断。他们撞在了时空尽头的墙上。

没有奥德赛号。

但下一秒，奥德赛号神奇地出现在双子星号前方。

马力七十五发出通信请求。他等待着。

"这是奥德赛号……"他听到了来自奥德赛的反馈。

卡洛特已经死了！马力七十五几乎不敢相信自己的耳朵。

他不但已经死了，而且死了很久。离开终结之地之后，他只向前跳跃了三百亿年。后边的旅途由奥德赛根据卡洛特最后的指令独立完成。

马力七十五感到心力交瘁。他没有想到竟然是这样的结果。

可能只剩下最后的三个小时，他决定去奥德赛上看看。

对接完成，他飘进奥德赛的船舱。船舱里很冷，隔着宇宙服，他仍旧能够感受到凉意。船舱几乎和双子星号一模一样，卡洛特安静地坐在座椅上。他很安详，仿佛仍旧活着，只是睡了过去。在终结之地，他已经得了严重的放射病，然而坚持继续向前。他知道自己恐怕不能实现愿望，于是开始录制影像。

马力七十五飘过去，在副手的椅子上坐下，用安全扣把自己固定起来，"好了，开始吧。"

卡洛特的头像出现在屏幕上，他挤眉弄眼。

"戴维，你把所有的钱都输给了我，可能觉得很不爽，但是这很值。这些钱都转移到了孩子的教育上，至少有三千多的孩子因为你而受益。他们会感谢你。另外，你也太胖了，穷一点有助于你减肥……"

马力七十五记得这个案子，这是卡洛特所有罪行中很小的一桩，但可能是他的第一个案子。

"马格力太太，你是一个好人，也许你不知道是我帮你打赢官司，让你免去坐监狱的烦恼，但你一定知道，除了那套房子，你什么都没剩下，全部进了律师的腰包。那个律师就是我。我真是太可耻了，居然要挣一个老女人最后维持生活的钱。但那个时候我真是太穷了。后来我去找过你，可是你已经死了。你在天国对我进行抱怨也是有道理的，可惜我肯定要下地狱，虽然很想说对不起，恐怕也没有机会……”

卡洛特似乎在进行一生的回顾，他不仅谈论马力七十五所知道的案子，还有大量马力七十五根本不知道的东西。马力七十五似乎在听一个人自述生平事迹，评论经历的事。

屏幕上卡洛特眉飞色舞，绝不像一个重病在身的人。

宇宙烈火熊熊。马力七十五安然坐着，耐心地听着录音。

三个小时很快过去。留言也到了最后。

留言的最后是给他的。

“可爱的警察，也许你是惟一一个能听到我的遗言的人。如果你听到了，很高兴你能追上来。很抱歉，把你拉下水。我以为我是最疯狂的人，没想到你比我还要疯狂。老实说，可能我们是同一类，很高兴能有你做伴。”声音停止了，马力七十五伸手去触摸屏幕，突然间声音又冒出来，“对了，最后补充一句，如果你想逮捕我，那就动手吧。我不会再跑了。”声音沉寂下去，再也没有响起来。屏幕上卡洛特的影像凝固，嘴角带着一丝微笑。

马力七十五伸手从裤兜里拿出一副小巧的手铐，俯过身，他铐住卡洛特的手，另一端铐在自己手上。

突然，他看见卡洛特的左手握着一只镯子。那是女人的用品，花纹很特别。马力七十五想起在出发的招待会上，那个女记者头上的钗子，他想，这镯子和那钗子是配对的。

他没有听到留言中有任何关于这镯子的事。卡洛特说了三个小时，他说了很多故事，还有更多的故事没有说。但在这时间的终点处，一切故事都将被消灭掉。

马力七十五坐直身子。他看着外边，金灿灿的宇宙无比辉煌。也许在下一瞬间，一切都会湮没。他没有明天，然而此刻，他感到无比平静，仿佛通达了整个宇宙。屏幕上，卡洛特正向着他微笑。

他露出一个微笑。

湿婆之舞

我认为人的一生是不值得过的，可以随时死去。惟一值得过的、最美好的事情，你要想做一件事情，就要彻底忘掉你的处境，来肯定它。要满怀激情做一件事情，生活才有意义，这绝对是生活最重要的真谛[1]。这不是我讲的，是韦伯说的，所以我并不照着这个做。韦伯这么做了，他穷困潦倒，最后因为没有钱吃饭饿死在冰原上。这对我来说相当的可怕，所以我不这么做。人们常说，真理可以战胜恐惧，对我却恰恰相反，恐惧战胜了真理。我爱真理，却怕痛，怕冷，怕吃不饱，于是便投降了。在我这一生中，从来没有片刻忘掉过自己的处境，所以我不敢……不敢……不敢……日子就在这样的小心谨慎反复算计中不知不觉地消耗掉，直到我突然明白：这样的一生是不值得过的，可以随时死去。

问题在于我应该怎么做。

有人在招募志愿者，从事一项据说很光荣很伟大的事业：试验埃博三号病毒疫苗。这个事业没什么钱途，没有薪水，连工作都不是；不需要技术，只要是个活人；如果不幸死掉，不能保留全

① 这句话来自水木清华 BBS 上的签名档，应该是清华中文系的格非老师在某个什么作品中说的，接下来的话属于本人狗尾续貂。

尸，因为要拿来解剖。然而我却报名了。我想，人的一生不能这么猥琐，而告别猥琐，最快最直接当然不能算最好的办法就是用一种轰轰烈烈的办法死掉。在那么一刹那，全世界的目光都集中在我身上，而我就是人类的代表，和那种比头发还要细小一万倍的恶魔殊死搏斗。我报名志愿者，随时准备死掉。神圣的使命感让我浑身发抖，感觉到生命充满了意义。

埃博病毒的来源谁也说不清楚。据说来自一种猴子，当时它被做成一道菜放在餐桌上，结果这猴子没有死透，猛然睁开了眼睛，然后被它的眼睛瞪上的食客就染上了埃博病毒，在三天后死翘翘，而瘟疫就此传播开来。这种说法据说来自某个神秘的动物保护宗教组织，自然派。他们圣书里边，启示录第一章，第一页，第一句，写着：毁灭，然后才有创造。这是一种奇怪的逻辑。我不是自然派教徒，于是另一种说法更有吸引力：某种变异的流感病毒在某国的实验室里被培植成烈性传染体，作为一种秘密生化武器，然而，病毒不小心被带出实验室，于是就有了大灾难。

大灾难是恐怖的回忆。城里边到处都是死人。最初的时候，有人收尸，后来替人收尸的都死光了，尸体堆积在城市的任何角落，再也没有人管理。城市开始腐烂发臭，令人作呕，人们试图逃离城市来躲避灾难，他们拥出大厦，拥出地下室，使用汽车，摩托车，自行车……试图跑出城市，争取一线生机。城市之外也在死人，人们死在田野里，倒毙在公路旁，那些被看作避难所的地方，原始森林，荒漠，草场，也到处是尸体。动物们也和人类一样死掉，家养的和野生的，都在死亡线上挣扎。野兽死在巢穴里，而飞鸟则从天上掉下来。

我是残存者。病毒无孔不入，却不能对抗低温。在那些终年覆盖着冰雪的地方，病毒无法生存。南极洲和北冰洋，地球的两极是仅存的避难所，夹在两者之间的广袤土地都成了生命禁区。据说北冰洋的冰盖和岛屿上曾经有人幸存，后来他们也都死了，因为没有电力和食物。我们比他们幸运，大灾难发生的时候，南极洲拥有四座核电站，三十六个地下基地，甚至还有专门为了研究太空旅行而设置的两个合成食物研究院及附属工厂。联合国世代飞船计划也在这里设置了训练基地，把一个大飞船的骨架放在极地严酷的环境中接受考验，这个大飞船的周围和地下，就是我所在的基地，南极洲最大的基地城市——联合号城。南极洲有三十四万人口，这就是世界上所有的人，我们所知道的所有的人。

如果对于痛苦和绝望没有感受，这样的死亡也并不算什么。亿万年前，那些寒武纪暴发之后的三叶虫们，六千五百万年前，那些统治了大地和天空的恐龙们都经历了大规模的死亡，然后灭绝。生物圈却永远不死，总会在每一次打击之后恢复生机。生命能够为自己找到出路。人类祖先也曾面临灭绝，十万年前黄石公园的火山爆发触发了冰川期，严寒和饥饿杀死了成千上万的人，整个地球只剩下上千人口。然而人类挺了过来，发展了文明，繁衍出八十亿人口，遍布地球的每一个角落。和冰川世界中苦苦挣扎的蒙昧祖先相比，我们的处境无疑好太多。至少我们还有文明和三十四万人口。

埃博病毒项目组负责人是巴罗西迪尼阿博士，是个印度人。印度是一个遥远的北半球国家，带着几分神秘，然而他派遣了一个科学考察团长年驻扎南极洲。巴罗西迪尼阿到这儿来研究史前细菌，南极洲曾经是温暖湿润的大陆，有繁盛的植被和各种各样的动物，还有无数的细菌。动植物早已经不复存在，细菌却很可能仍旧活着，冰冻在亿万年的老冰下，生命停滞，却仍旧活着，只要把它们带到地面就能苏醒。两种相隔了亿万年的生命亲密接触，即便不算神奇，至少也激动人心。巴罗西迪尼阿却退出这激动人心的事业，转而研究埃博病毒。他别无选择，作为惟一幸存的微生物专家，他要撑起三十四万人的希望。我喜欢他，因为他居然是一个会说中文的印度人。而且，据说自从他的妻子死于大灾难，他一直独身，不近女色。我喜欢这样痴情而执拗的人。

我在一个白色的实验室里见到他。他让我躺在一张床上，做准备工作。一切都准备就绪，他拿出一页写的密密麻麻的纸来让我签字。签字！我已经签了无数张纸，无论其中的内容有多少不同，核心只有一个：我自愿放弃生命，没有人对我的死亡负责。死亡是一件大事，特别是自愿死亡，哪怕声明过一千遍也有人会要求声明第一千零一遍。我拿起笔，准备写下名字。然而一行字让我停顿下来——“身体被啃噬过程中，会出现高热和极端灼痛……”我是来做病毒试验的，并不是来让某种东西吃掉。我把这段声明指给博士看，请他给出一个解释。

博士看着我，目光犀利，“他们没有给你解释过吗？”

我坚定地摇头。

博士拉过椅子，坐在我身旁，“好吧，可能你对生死并不在乎，但是你一定在乎你是怎么死的。人都不喜欢死得不明不白。首先，埃博病毒并不是病毒，而是细菌。那些传播消息的人觉得病毒比细菌听起来更可怕，就说是病毒，到最后，我们也不得不用病毒来称呼它。它的学名叫作埃博肉球菌。”

肉球菌这个名词听起来有些可笑，它让我想起一道叫做红烧狮子头的菜，八岁那年，父亲给我做了这道菜，后来我再也没有尝到过，记忆中，那是令人馋涎欲滴的美味，和这残酷的吃人的小东西相去万里。我扑哧笑出声来，巴罗西迪尼阿显然并不觉得这有什么好笑，他向我投来询问的眼光。我摇摇手，“没什么，你继续说。”

白色实验室里的两个人一个躺着，一个坐着，外边，围着许多人，大多名声卓著，或者是记者。他们表情严肃，听着巴罗西迪尼阿博士关于埃博病毒和星球命运的演讲，而躺在床上的我，却神游物外，除了开始的几句话，满脑子都是红烧狮子头。红烧狮子头可以是人生某种意义。我突然不想死了。

巴罗西迪尼阿停止说话，这把我的注意力拉了回来。他盯着我，“你退缩了？害怕了？”

也许他看出了什么，或者他见过许多害怕痛苦临阵退却的人，然而我有自己的缘由，我想吃一口红烧狮子头，这强烈的渴望压过了为人类幸福而献身的崇高感。我同样盯着他，认真地点点头。围观的人们一阵哗然，我没有听到，巴罗西迪尼阿同样没有听到，我们俩对视着，沉默着。他眨了眨眼睛，“没关系，你有时间考虑。今天只是给你做一些机能测试，如果三天之后你仍旧选择放弃，就算是一次免费的体检。”他把那密密麻麻的文字丢给我，让我带回去仔细看。

一个不够勇敢的人听完巴罗西迪尼阿的描述绝对不会再有挑战埃博病毒的念头。这种细菌是如此恶毒，它一点一点地啃噬内脏，却让人保持着神经活动。极端的痛苦胜过癌症发作。所有的患者无一例外都会陷入意识模糊和癫狂状态。如果不是如此，正常的神经早已崩溃，瓦解，身体便成了一堆无意识的肉。一堆无意识的肉，或者一个疯子，这两个选项似乎都偏离我的印象很远。最初的印象中，病毒夺去人的生命，就像钢刀抹断人的脖子，只需要一刹那。

然而我无所谓。我退却并不是因为我害怕这样的情形，而是我想吃一个红烧狮子头。这个要求在所有的三十四万人中间散播开来，有上千人挺身而出要为我做这道菜，好让我安心地躺在手术台上。我拒绝了，因为他们并不是我父亲。但有一道菜还是突破重重困难来到面前，那是来自南极洲治理委员会，这个星球上残余的最高统治机构。四个黄乎乎的肉球泡在热气腾腾的汤里，散发着味精味。南极洲有足够的合成食物，还有一些鱼和海豹，猪肉却早已经没有了。为了这道菜，委员会在全洲范围内征集生猪肉，一个慷慨的捐赠者捐出六百克，他很小的时候亲眼看着父亲把这块肉埋藏在冰原里，那可能是他们最后的一点美味。我盯着眼前的四个丸子，丝毫没有食欲。我相信，如果没有猪肉，他们会用人肉做成丸子送到我面前。我当着无数的摄像机和记者的面把丸子吃下去，味同嚼蜡。我签了字。

我再次躺在巴罗西迪尼阿的手术台上。无论有多少种原因让我最终躺在这里，有一点始终不可否认——为整个人类献身是一件高尚的事，也许是最高尚的。只不过对于大多数人，最高尚的并不是最重要的。巴罗西迪尼阿博士对我表达了深切的敬意，一个人在形势的逼迫下视死如归并不难，然而在毫无利害的情况下作出这种选择，而且我并不是一个傻子，除了敬意，他无话可说。

针尖扎进了我的胳膊，巴罗西迪尼阿博士贴在我耳边，轻轻地说："很高兴你选择了埃博，你将受人尊敬，拥有尊崇无比的地位。"

某种液体注入我的身体。那是一百毫升的无色液体。渐渐地，我失去了意识。模糊中，我想到，我的一生就这样子结束了，并没有什么遗憾，然而，如果能够醒过来，那就最好。我可以坐在那儿，什么都不做，回味父亲的红烧狮子头。我闭上眼睛。

病毒却并没有要我的命。事实是巴罗西迪尼阿博士并没有给我注射病毒，他只是让我昏睡了一个下午。

"没有疫苗。任何疫苗对于埃博病毒都无效。"巴罗西迪尼阿告诉我一个可怕的消息。我的献身目标是一个谎言，是纯粹的安慰剂。

我从床上坐起来，"真相是什么呢，博士？难道你们的目的就是得到一个志愿者，然后告诉他这是一个玩笑？"

"你来看看。"他招呼我。我走过去。这是一架庞大的仪器，四四方方的铁疙瘩，刷着一层白色的漆，这白色立方体的中央有一道缝，把仪器分作上下两部分，浅色的光从缝隙中泄漏出来，时而蓝色，时而红色。这是一部显微镜。它有一个透明的外壳，把整个机器包裹得严严实实。

我凑到窗口上，看见了一些小东西。它们聚集成群，非常安静。

"你看到的就是埃博肉球菌。这是典型形态，如果环境不同，它们也有不同的面目。没有它们不能适应的环境，除了极地。"

就是这些貌不惊人的小东西几乎将这个星球上最成功的一种生

物完全灭绝。曾经创造了辉煌文明，制造了核弹，深入一万米的海底，飞上真空寂寥的月球，在星球上呼风唤雨的人类，在这个小东西面前败下阵来，龟缩在南极洲，在冰原的保护下苟延残喘。这真不可思议！

“这真不可思议。”我说。

“如果你看得更仔细一些，你会发现比你想象的更不可思议。”

视野放大，一个单个的埃博肉球菌把它的细部呈现在我眼前。我看到无数细小的微粒包裹在一层薄薄的膜里边，中央是一个小小的黑点，那是细胞核。

“它伸出一些突出物，有些像鞭毛。你看到吗？”

我不知道什么叫鞭毛，听起来那是一种纤细的玩意儿。我的确看到一些细细的线状的东西从膜的边缘发散出来，消失在视野之外。视野移动，我看到另一个球体，同样的膜，同样的丝状放射物。

我转头看着博士，等着他说出答案。

“如果你出生在大灾难前，上过高中，对生物学有些留意，就能理解其中的意义。”巴罗西迪尼阿递给我翻开的书，书页上是一张图片，图上是几个球体，浅红色，表面凹凸不平，某些突出物很长，和另一个球体连在一起。图片的标注写着：树突与轴突。

“这是人类的脑。这些是神经细胞，这是人的大脑皮层细胞。”

埃博细菌就像一个个脑细胞。它们通过细长的突起相互联系在一起，彼此间交流信息。这和从前的任何一种细菌都不一样。它们只是微不足道的小东西，然而通过这种方式，它们可以变成一个庞然大物，庞然到超越想象。

“人的大脑有上百亿个细胞，其中只有百分之一左右参加高级神经活动。而这个星球上，有万亿亿个埃博肉球菌。它们全部可以在某种程度上联系在一起。”

我明白了巴罗西迪尼阿想让我明白的东西——我们的对手并不是一种毫无意志的病毒或者细菌，它们是强大的军团，彼此间相互帮助，协同行动。也许有一种前景更让人担忧：这庞然的头脑中是否已经产生了某种意识。如果那真是一个具有自我意识的头脑，这个对手就过于可怕。巴罗西迪尼阿静静地看着我，观察我对这惊人事实的每一丝细微反应。我无言地看着他。

我们怎么办？

是的，人类需要一个志愿者。然而他的任务并不是奉献出身体进行疫苗试验。他有更多的事要做。这些细菌并不是简单的生物，它的线粒体经过改良，含有某种硅结构，可以存储信息；它含有一种奇特的酯化分子，能够像叶绿素一样把光能转化为化学能，制造出养料，甚至能够根据环境的不同选择不同的光谱发生作用，白天选择可见光，夜晚选择红外光，而在放射性环境中，它能吸收放射能；还有一种放射状的细胞器，就是它控制着表面突起，处理和传递微弱的电化学信息，它的设计如此精妙，和量子计算机的微控制单元不谋而合…… 一切都指向一点：这是一种人造生物。虽然进化论深入人心，然而没有人相信这样精巧复杂的结构能够在短短的几十年间进化而来。

我见到了这个星球上最具有权势的人。秃顶，眼窝深陷，绿色的眸子闪着晶亮的光芒，这是我对他的第一印象。他是沙门将军，前美国太平洋舰队司令。我不喜欢白人，特别是美国人，他们总是带着一种居高临下的傲慢说话。然而他掌握着一万多人的武装，虽然我并不在乎那些枪炮飞机，他还是能左右我。

“它们有一个总部，头脑。”沙门将军拿着细细的教鞭在地图上比划，他嗓音嘶哑，英语带着浓烈的南方口音，我只有硬着头皮听下去，还好巴罗西迪尼阿能及时给我解释。在全球地图上，我看见了亚洲，欧洲，非洲，美洲，大洋洲，这些久违的大陆就像史前遗迹一样神秘。如果一块大陆并没有覆盖着冰原，那会是什么样子？我想起见到过的一些图片，荒漠，草原，森林，巍峨的石头山，松树奇迹般地从石缝里长出来，傲然挺立……

“我们要进行突然打击！”沙门将军强调，他停下来，盯着我。我如梦初醒般意识到他正满怀期望地看着我。

“是的，将军。他会很好地完成任务。”巴罗西迪尼阿帮我打发了将军。

接下来的两个星期如同梦魇。白天，我要跟着一些军人学习如何使用武器，从 AK47[1]到枪榴弹，从驾驶小汽车到坦克到直升机到飞机，他们用一些严酷的手段让我在最短的时间里掌握技巧；晚上，我要跟着巴罗西迪尼阿博士学习关于埃博病毒的知识。说实在的，我真不知道这些东西能有什么用，他们要我做的，就是抱着一个核弹走进那个地下掩体中，并引爆它。复杂的知识是一种浪费。然而沙门和巴罗西迪尼阿并不这么认为。于是我在这样的梦魇中度过了两个星期。

距离执行任务只有二十四小时。晚上，我和巴罗西迪尼阿待在一起。他颇有几分神秘，让我感觉这个晚上有些什么不寻常。

巴罗西迪尼阿身上有一股深沉的香气，那是一种特别的印度香料，在重大的节日里，印度人会虔诚地沐浴，然后用这种香料涂抹全身。我一直以为，只有那些富有、传统的印度人，或者印度歌舞电影里边才会有这种事，巴罗西迪尼阿应该不属于这种人。然而我错了。他穿着白色浴袍，在一个画像前膜拜。画像上是一个凶恶的神，头戴火焰冠，有三只眼和四只手，他摆出一个曼妙的舞姿，周身被火焰环绕。

巴罗西迪尼阿膜拜完毕，在地板上盘膝而坐。他看起来颇有几分庄严宝相，一种悲天悯人的气质自然流露，让我不自觉地肃穆起来。

---

① AK47 是俄制武器，然而在末日背景下，美国人失去了完整的后勤系统，也只有使用这种被经验证明可靠强大存量巨大的枪械。

“这是湿婆，印度人的毁灭之神。”他告诉我，“他毁灭，然后创造，世界就在他的掌握中循环不息。”

我无意冒犯，只是说了想说的话，“你是一个科学家，我以为科学家都是无神论者。”

巴罗西迪尼阿微笑，“我的确是一个科学家，不过我相信冥冥中有神秘的力量支配宇宙。湿婆正好是这种信仰的一个体现，也很符合我的印度人身份。”

我点点头，突然想起了自然派，那个带有宗教意味的动物保护组织，在他们的圣书里头，正写着：毁灭，然后才有创造。我问：“你是自然派教徒？”

巴罗西迪尼阿微笑着不回答。

沙门将军只了解计划的一部分。使用核弹对埃博的头脑进行攻击是空中楼阁。

“埃博肉球菌在许多地方聚集成群。如果用一个比喻，它们就像原始的神经节，而不是一个大脑，虽然我丝毫不怀疑它们会形成一个强力的大脑，然而，那个大脑的尺度就是整个地球，简单的核攻击根本不能损伤它们。更何况肉球菌是细菌，即便没有头脑，它们也能够生存下去。也许没有这个头脑，只会更糟糕。

“这样的情势只有很少的人知道，整个南极洲只有六个人，包括我。”

最初，埃博肉球菌是一场生物灾难，它们杀死几乎所有的动植物，繁殖出数以亿亿计的后代。两个星期后，它停止了对植物的攻击，再三天之后，它仅仅袭击脊椎动物，再后来，它们只袭击哺乳动物。

巴罗西迪尼阿向我出示了一些图片。我看见大群大群的野牛在草原上游荡，不远处一个孤零零的破败小屋显示出这原来是一个农场；葱郁的森林边，几只灰熊在小溪里捉鱼，一条鱼跃出水面，熊的巴掌正挥舞过去；一些狒狒占领了城市，它们在废墟中寻找人类残留的食物和任何引人注目的玩意儿，一只狒狒戴着一串钻石项链，两米外是一具变成了白骨的人类尸体……最后的照片印象深刻，一群狮子在夕阳下休憩，雄狮高昂着头，正对着镜头张开血盆大口，它们的身后，是一个灰色的、丘陵状的小山。

“这是无人侦察机拍摄的照片。地球已经复苏了，眼下的埃博肉球菌仅仅对人类进行攻击。它们已经在全球安顿下来，和所有的其他生物和平共处，而把人类像囚徒一样困在南极洲。”

我有些喘不过气来。这些小东西毫无疑问获得了某种意识，它们能够把人类和其他动物区别开，这是一种高级的智能。我们又落到了后边。

“看到这些灰色的小山了吗？这就是埃博肉球菌的聚集体。几乎世界的每个角落都有这种东西。”

我仔细审视着那灰灰的一团，一团均匀的、毫无特色的堆积物，看起来仿佛具有黏性。无数的肉球菌生活其中。它们在干什么？我突然想。

“它们在干什么？”我问。

“很好的问题。最可能的答案是什么也不干，繁衍，延续生命。生命是没有目的的，它只是存在。”

“不，它们一定在做些什么。”我询问式地看着巴罗西迪尼阿，“既然它们能够把人类驱赶到南极洲，既然它们能和其他动物和平共处，它们一定有某种目的，在做些什么。”

巴罗西迪尼阿带着一丝微笑看着我，“那正是我们征集志愿者的原因。”

一架鹞式飞机飞向加利福尼亚。除了驾驶员，飞机上有四个人，三个军人，还有一个是我。每个人的装备大同小异——固定频率的通话机，AK47冲锋枪，红外镜，一套带有空气净化的防护服，一些威力巨大的手雷，小巧的塑料炸弹，还有几把手枪，最重要的是一颗核弹，一千吨TNT当量，很小巧，十公斤，可以背在身上。

我们全副武装地下了飞机。飞机在头顶盘旋一圈，向着南边飞去，留下我们踏在这片危险的土地上。巴罗西迪尼阿告诉我，沙门将军的行动只是一个幌子，我的任务是靠近埃博肉球菌的丘体，和它们进行一次亲密接触。我有些怀疑在三个军人的保护下我怎么能够按照巴罗西迪尼阿所要求的那样做，他却说埃博会照看这些军人，我只需要按照计划行事。

第一次踏上南极洲之外的土地，我分外好奇。一片草地，浅浅的绿色，从眼前伸向远方，毛茸茸的草踏上去软软的，很柔和，不知名的野花遍布其间，黄色的，白色的花朵让整个草地充满了童话般的意味。我注意到一只碧绿的草蜢正驻守在一片草叶的顶端，细细的触须随着草叶的晃动微微摇摆。一切都是鲜活的，充满生机的，和那死气沉沉、阴冷刺骨的冰原形成鲜明的对照。那些书本上，电脑上见过的东西变得鲜活起来，已经死去的记忆也复活过来，我突然回忆起来，童年的时候，我曾在这充满生气的大地上奔跑。这才是人类应该得到的生活。

一个军人招呼我继续前进，我跟着他们。突然之间，一个巨大的阴影从我头顶掠过，扑向我前边的一个士兵。我惊叫起来，然而太迟了，巨大的鸟儿从士兵的头顶一掠而过，士兵直挺挺地倒下。枪声响起，鸟儿从空中掉下来，摔在地上，使劲地挣扎着。突然它停止挣扎，死掉了。这是一只金雕，最凶猛、最有力的猛禽。它用尽全力的一啄穿透高分子塑料头盔，透入脑骨，就像刽子手一样准确。

我们三个人围着同伴的尸体，除了悲哀，还有一种无助的惶恐，没有一个作战手册告诉我们，需要防备天上的猛禽。我瞥见金雕的尸体，发现它正在急速分解。我招呼两个同伴，他们和我一样目瞪口呆地看着那尸体如魔法一般化作一摊烂泥，露出森森的白骨。

埃博病毒就在周围，无处不在。我告诉他们是埃博病毒分解了尸体。不需要过分害怕，我们的防护服能够有效地把病毒隔绝在外。

在总部的驱使下我们继续向着目标前进。前进的途中没有意外，没有故事，直到我们到达目的地，一座上个世纪80年代的楼房。

大楼破烂不堪，就像长满了老人斑的躯体。楼顶上的招牌还在——海德生物科技。这个距离洛杉矶一百三十公里的孤独建筑，就是埃博病毒的源头，一个打着生物制药的名义，为军方研制生化武器的秘密研究所。貌不惊人的小楼下边有着惊人的地下部分，深入地下三百米，可以抵抗百万吨级核弹的攻击。一个军人身手敏捷跑过杂草丛生的空地，在虚掩的门前蹲下，小心翼翼地察看。

“Move.”无线电波传递的声音带着几分沙哑，他确认安全，挥手让我们跟上。然而紧接着传来一声尖厉的惨叫：“No……”我抬眼望去，看到了此生最恐怖的镜头：无数黑乎乎的甲虫从里边涌出来，仿佛潮水一样涌来，无可逃避。破旧的虚掩的门被猛烈的潮水撞开，转眼间，那个伙计周身都爬着虫子。防护服是密封的，然而他惊慌失措，惊声尖叫，劈头盖脑的英文单词几乎将我的耳膜撕破。枪声响起，子弹在黑色潮水中掀起涟漪，白色的汁液四处乱绽，虫子却没有丝毫犹豫地继续扑上来。眨眼的工夫，伙计消失掉，我们的眼前是一座高达三米的黑色小山，他被埋在成吨的虫子下边。耳机里没了声响，只有细微的窸窣声。

整个世界沉寂了两秒钟。我身边的军人掏出一枚手雷，扔了过去。

他是对的。虫子四散逃命，我们在爆炸的残余中找到了伙伴的尸体，被炸得残缺不全。然而在爆炸之前他已经死了。虫子们在几秒钟内咬破防护服，把他吃掉了一半。

这是陷阱和谋杀。巴罗西迪尼阿说埃博会照顾这些军人，我终于明白他的意思。我看着眼前的最后一个军人，他的眼睛里充满着愤怒，我毫不怀疑如果埃博是一个实体，他会用 AK47 把它打成蜂窝。

“Let’s go.”他咬牙切齿地说，踏着满地狼藉的虫子走向大门。我跟着他。他的高大身躯就像一堵墙，把一切危险都挡在那边。他踏上台阶，肆无忌惮向着门内扫射，然后跨过去。他的躯体像一面墙一样倒下，重重地摔在地上，死了。我慢慢靠过去，一条蛇狠狠地咬在他的腿上，毒牙刺破裤子，在皮肤上刺出微小的孔，剧毒让他的神经在零点一秒内完全瘫痪。他注定是要死的，虽然可能不是这种死法。那条毒蛇被子弹打成了两截，残存的一点生命力让它从角落里弹起来，咬住入侵者。死者的眼睛瞪得很圆，永不瞑目的样子，咬住他的毒蛇也瞪着同样圆溜溜的眼睛。我想，我死的时候，一定要把眼睛闭上，那个样子比较安详。

死了三个人，只剩下我一个，而我们连那大楼的门都没有跨进去。一切不可能如此巧合。巴罗西迪尼阿是对的，埃博会阻止我们进入。而为了接触到它，只有一种办法——我必须死去。

被鸟啄死，或者被虫子吃掉，被毒蛇咬死……我不能让埃博用这些方法中的任何一种杀死我，我只有一种选择：像大灾难中的人们一样，被埃博病毒感染，让它吃掉。这就是志愿者需要做到的事：走进这个大门，下到地下，在那可能重达三十吨的埃博肉球菌集群面前奉上自己。我脱下防护服，放下所有的武器。空气中有无数的埃博肉球菌，我深深地呼吸一口空气，把这种肉眼看不见的小东西吸入身体。门敞开着，里边很阴暗。巴罗西迪尼阿要求我，一定要走进那深埋地下的堡垒里，我再次深吸一口气，走进去。

埃博是一个人名。大灾难之前，三分之一的人类忙着享受生活，三分之一的人类忍饥挨饿，埃博在剩下的三分之一人口中非常有名。他是三届诺贝尔医学奖的获得者，从根本上改变了人类和疾病的关系，他给了人类一个健康时代。他也毁掉了人类——通过用他的名字命名的细菌。此刻，这些小东西正在我的身体里产生作用。我的意识开始模糊。我飞快地在大楼里跑，寻找进入地下的入口。最后我找到了电梯，顺着电梯井爬下去。没有袭击，没有意外，一切都很顺利。

大门一扇扇地打开，我跨过一个又一个门槛。最后，我走到了最后一扇门。门上的铭牌还在，长久的岁月让它蒙上一层灰。我用手指抹去上边的灰尘，“BEING”几个字母熠熠生辉。突然我的手触到一些凹陷，那是一些阴文，刻在BEING下边，微微转过角度，我看到那是“THINKING”，在“BEING”的光彩下毫不引人注目，却坚实地，毫无疑问地在那儿。我不由地微笑，手上用力，推开门。某种光线泄漏出来，我的眼前出现一片光明。

微微发光的球体盘踞了整个空间，视野里是一片晶莹的蓝色，顶天立地。我仿佛站立在一个巨大的水晶球前。这就是埃博？那种灰色的，带着黏液的，毫无美感的小山包？我惊讶得不知所措。这美丽的晶莹的蓝色很快征服了我，给我一种异样的感觉，平和而沉静，仿佛世界上没有任何东西可以难倒我，而我的魂灵通达了整个宇宙。我向前走去，贴近那散发着微光的东西。水晶里边有人像，脸上斑斑点点，已经开始溃烂，五官扭曲，仿佛畸形。那是真实世界中的我，被埃博肉球菌啃噬，血肉已经开始模糊，然而我却没有痛苦，没有恐惧，也没有感觉到死亡。我只感到无比的充实和自信，还有坦然。我伸手触摸那蓝色晶体，细腻而柔滑，仿佛绸缎，却无比坚硬。突然间我感到身体出现了一些异样，一阵奇特的麻痒从肚皮上传来，肚皮的位置湿掉一块。我打开衣服，低头看去，肚皮上是一个大大的窟窿，流着血和脓。那窟窿以肉眼可见的速度扩大，溃烂的肠子流出来，顺着大腿向下流。我直直地盯着，仿佛那不是我的身体。胸腔上的皮肉都化作了脓水，隔着骨架，我看见微微起伏的肺叶和跳动的心脏。它们显然到了生命的尽头，正在垂死挣扎。我看着它们慢慢脓化。这真是一种奇怪的感觉，仿佛我平静地站在一边，默默地看着自己的身体死亡。我重重地倒在地上。

眼前的图景开始模糊，黑暗缓慢而不可抗拒地吞噬我的意识，那一定是很短的时间，然而感觉中无比漫长。最后的时刻来了，很多东西一闪而过，我想起父亲，想起红烧狮子头，想起巴罗西迪尼阿，还有南极洲荒芜的冰原……最后，我居然想起了湿婆，那个长相凶恶，却跳着曼妙舞蹈的印度神，在熊熊火焰的环绕中跳舞，依稀中我听见某种音乐，然后是彻底的黑暗。我死了，我想。

我并没有死。或者，我复活了。

飘浮在无限空间中的一点意识，这就是死亡吗？一道亮光劈开黑暗，一个模糊的东西降落在我的空间里。它迅速地把一切包容进去，世界从一团混沌变得透明而丰富起来。

巴罗西迪尼阿是对的，埃博统治了这个世界。埃博能够操纵这个世界上所有的生物。通过生化物质的调剂，它能够让金雕攻击一个看起来并不是食物的目标，也能让虫子们产生啃食的冲动。它模拟记忆，操纵行为。它无所不在，是自然界的神灵。鹰的眼睛就是它的眼睛，草履虫的感受也是它的感受。

埃博找到了我，他只是说：欢迎。然后便脱离了。我开始寻找他。

我遇到了很多人，很多死去的人。他们曾经的躯体都被埃博肉球菌啃噬。他们遇到我，知道我是一个新来者。他们从我这里了解南极洲的情况，我也向他们打听这个神秘世界。他们都是死人，却认为自己仍活着，而且很快乐。

巴罗西迪尼阿有着和埃博同样的天才，在互联网还没有完全瘫痪之前，他曾经通过残留的军方网络侵入海德生物科技的主机。他发现某种可能性。一些残留的痕迹显示：曾经有一个网络从这个机器上脱离而去，那个网络的神奇之处在于，它使用特殊的连接方法，没有网关，没有 IP，它就像一个隐形的网络黑洞，吞掉大量的数据流，却没有任何反馈，这种黑洞式的吸收进行了八年之久。巴罗西迪尼阿怀疑埃博制造了一个生物性的计算机网络，构成网络的基本单元就是肉球菌。

巴罗西迪尼阿的怀疑得到了证实。我见到的蓝色晶体球就是这样的一个生物计算机。天长日久，肉球菌群让自己固化，成为矿物一样的结构。八十亿人的记忆和思维被肉球菌复制，飘浮在空气中，凝固在那些灰色的小丘中，最后汇聚在这个超级的肉球菌群里边。两万亿的肉球菌单元，完全的三维神经网络。把人类历史上所有的计算机加在一起，也抵不上这个超级头脑。它是一个睿智的头脑，它的核心是埃博，那个疯子一样的天才人物。

找到埃博之前我有些自己的事。

我遇到一个剧作家，他死去的时候三十六岁，他受了肉球菌的感染，知道自己活不下去，于是挣扎着给儿子写了遗书。在遗书里，他告诉儿子，要热爱生活，要忍受生活带来的种种打击勇敢地生活下去，学习科学，和这种害人的病毒斗争到底。然而，此时他告诉我，他希望自己的儿子也被埃博肉球菌吃掉，这是通向极乐世界的捷径。肉球菌吃掉我的时候我并不感到痛苦，它们吃人的技艺有了进步，然而巴罗西迪尼阿告诉我，最开始并不是这样。

“难道你希望他受到那种非人的痛苦？”

“那是涅槃。死亡的道路通向极乐和永生，而痛苦则是其间的代价。难道你不这么认为吗？”

“你想你的儿子吗？”

“为什么你有这么奇怪的问题？你为什么又躲躲藏藏？”

他用一种怀疑的氛围把我推开。我脱离了。我的父亲早已经死掉了，这个活着的，虽然拥有他一切的记忆，却决然不是那个临死之前牵挂着我，为我写遗书的人。他再也不会给他的儿子烹饪祖传的红烧狮子头，而他的儿子多么渴望再吃上一口。

我找到另一个人，这是一个女人。她显然很快乐，沉浸在埃博为她带来的无穷无尽的狂喜之中。我打断她，她很不高兴。

“巴罗西迪尼阿？我不需要他的关怀，外边的世界和我已经没有关系。”她把地球称为外边的世界，埃博的世界则是她热爱的世界。她强行脱离，把我屏蔽在外。我想巴罗西迪尼阿会高兴的，至少，他的妻子现在很快乐。

我所见的，是一个天堂。外边的世界已经死去，又有什么关系？所有的人们都在这儿活着，享受着平和，宁静，还有飘飘欲仙的狂喜。失去的只是肉身，得到的却是自由，难道还有比这更划算的交易？没有贵族和平民，没有富人和穷人，没有精英和大众，没有美食，没有豪宅，没有精致的衣服……人类社会的一切身份符号都被抹去，只有一个个平等意识存在。我在广阔的空间中飘浮着，与一个又一个的他（她）擦肩而过。在这埃博空间里，我们都是自由之身，自由到不需要其他的一切，只是任凭自己的灵魂游荡。

有一个灵魂是特殊的，那就是埃博。我四处寻找他，他无处不在我却不能找到他。最后，他发现了我这个小小的不安定分子，他找到了我。

“你，不喜欢这里？”

“很有趣，然而你能给我红烧狮子头吗？”

“这是很奢侈的享受，模拟这种具体而实在的满足会消耗很多能量，我不能满足这样的需要，至少眼下不行。”

“你杀死了几乎所有的人。”

“他们都没有死。那些在混乱中死于非命的人除外，对那些人，我很抱歉。”

“你定义的死。”

“死亡并没有很多定义。你存在着，记得往事，能够思考，你就活着。”

“他们失去了生活。”

“他们过着另一种生活。大家都很喜欢。”

“但是你没有给他们选择。”

埃博沉默着，“是的，绝大多数人并没有选择。然而，他们也没有给我选择。”

埃博的试验进行到一半。他培育了篮球大的菌群，这相当于一台每秒处理六千万个事件的超级计算机。从理论上说，这计算机几乎可以无限放大，只要有足够的能量支持。远景计划中的超级生物计算机已经不是梦想，只需要让这些小细菌不断繁殖，不断重构。这是振奋人心的好消息。然而军方告诉他，必须停下来。试验的结果超出了预期，肉球菌群不仅能够存储计算，甚至能够进行“思考”，它们用一种从来不曾有过的方式重构数据，出现了一些不知所云却显然属于某种智慧的新信息。这个可怕的事实吓坏了军方：这机器很可能具有“自我”，与其说它是一台计算机，不如说它是一个生物。军方只需要一台计算机，能够完成导弹的导航和拦截，能够对部队进行遥控指挥，能够封锁对方的超级计算机就行。埃博却给了他们一个无法控制的东西，他们甚至不知道，这东西会不会为了一点不知所谓的愤怒而把导弹丢到华盛顿，或者控制卫星，让它们胡乱发送情报。结论是必须停掉它。

埃博为此而发狂。争辩，拍桌子，哀求，下跪，他几乎尝试了所有可能的办法，只为了保住这个小小的东西。然而最后他失败了。对未知的恐惧让所有的人倾向于暂时封存它。埃博很沮丧，他明白他的小东西，暂时的封存就意味着死亡。只有在不断的活动中，它们才能够保持活性。埃博怀着绝望回到实验室。他注视着这些小小的球体，灰蒙蒙，毫不起眼的样子，然而在埃博的眼里，它漂亮无比。它就像自己的孩子，为了保护它，埃博不惜代价。

他证明了军方的恐惧并不是不知所谓的愚蠢，甚至他们大大低估了这小东西的潜力。

埃博拯救了他的孩子，牺牲了全世界。

“的确有些出乎意料。我没有想到居然会这样。最开始的时候我没有办法控制它，后来的情况才慢慢好起来。然而，这却比原来的设想更好。我可以说，人类的灵魂得到了救赎。新的世界比原来更美好。”

我沉默着。突然之间我仿佛变成了一只兀鹰，正在万里高空翱翔，大地尽收眼底。大地和天空，还有每一个生物，都是我的躯体。肉球菌群生存在世界的每一个角落，它们感受着每一个神经冲动。埃博把传来的神经冲动转入我的空间。

我看到了南美的热带雨林，从前，这里布满了伐木公司，高大繁茂的雨林被砍伐，留下一片癞痢般的土地，变成沼泽，除了虫子什么都没剩下；奔腾不息的河流边，五颜六色的工业废液注入河流，混合起来，让河流变得浑浊不堪；田野里，巨大的垃圾场如山岳般挺立，恶臭满天，污水遍地，无数的老鼠和臭虫穿梭其间；那些光秃秃的山头，洪水挟裹着泥沙轰然而下；失去控制的地球，到处是飓风，水灾，还有可怕的炎热。地球很脆弱，而人类把一切搞得更糟糕。一切正在恢复。人类为了享受生活，或者为了避免受冻挨饿，以一种前所未有的深度和广度影响着地球，当人类从生物圈中被抹去，一切都得到了喘息的机会。

是的，地球比原来更美好。那些遍布可可西里的藏羚羊，漫游在大草原上的美洲野牛，丛林中悠闲散步的科莫多巨蜥，热闹地挤在一起吵吵闹闹的花斑海豹……它们都知道，这个世界比原来更美好。整个地球的生活都比从前更好，除了人类，老鼠，还有狗。

“我给了人类一个全新的生存方式，把地球还给自然。这难道不是更好？”

我无话可说。这样的一个世界，人人都感到很满意，而地球也因此而更健康。我没有任何理由说这不是更好。然而，生活在一个很好的世界里，这样的人生对于我也并没有意义。这一点我并没有告诉埃博，我竭尽全力掩饰。还好，埃博对于他人的隐私并不是太在意。他见我平静下来，便离开了，“新来者总有些不适应，当你适应了，就会喜欢这里。祝你好运。”

一切便是如此。借助埃博肉球菌的庞大网络，我在地球上任意往来。关于生命，关于地球，一切从来没有如此明白，也从来没有如此艰难。很久之前，就有古人说：天地不仁，以万物为刍狗。我化作万物，也悄然独立。无论我是什么，生命到最后都显得毫无意义，都是刍狗。存在只是惟一的目的，而这目的看起来并不怎么像目的。显然，我需要一件事能够让我全身心地投入，我要为自己的生活制造一个目的：一个志愿者。

巴罗西迪尼阿这样请求我：“我只需要一个字，真或者假。如果你不能送回任何信号，我无从判断，试验也就失败。只要你送回信号，我的推测就是真。请你帮我完成这个试验。”

人类有自己的底牌。成千上万件核武器分布在整个地球，军队仍旧控制着其中一部分。沙门将军一直认为自己掌握着这些武器，实际上他远远地落在科学家们后边，六个科学家组成的联盟控制着这些威力最强大的武器——过去的三十年中，他们还有他们的学生孜孜不倦，用各种办法破解世界各地留存的武器控制系统，他们也用自然派的思想影响一些军队的人。并不是每次都会成功，然而最终的结果，一百一十五颗导弹控制在他们手中，装备着总当量七亿吨的核弹头。这些武器并不能让地球毁灭，却能够让世界变得无序。也许肉球菌并不会就此灭绝，却要付出沉重的代价。沙门将军的最后计划是和这些看不见的无赖同归于尽，科学家们却还要再想一想。巴罗西迪尼阿只想证明，埃博的超级细菌构建了一个新世界，而它对于南极洲的人类并没有企图，人类有机会和这种杀人细菌共同生存下去。

我对新世界的适应比埃博的预计要快得多。巴罗西迪尼阿给了我很强的神经刺激，把许多埃博肉球菌的知识灌输给我，这些强行刻画在脑细胞上的印痕让我痛苦不堪。当肉球菌将我吃掉，它们也将脑细胞上的化学印痕完美无缺地复制下来。于是曾让我的头脑痛苦不堪的知识没有了副作用，它们让这个世界显得不是那么陌生。我很快学会了控制阿米巴虫的运动。控制一只大动物要复杂许多，首先我要学会分辨各种各样的激素和生物酶，然后我要明确哪一种激素能够让动物产生怎么样的行为，怎样的生物电流才能让肌肉产生动作。这并不简单，只能一点点摸索。被试验的对象有些倒霉，它莫名其妙地跌倒，眼睛里出现各种幻象，有的时候全身有使不完的劲，有的时候却仿佛要死了。最后，我终于可以小心翼翼地控制它的举动，包括前肢的摇摆和声带的震动。我驱使它从地下跑出来，跑过开阔的草坪。

一只大黑鼠站在我留下的通话机前，它的动作引起话筒里一阵杂乱的噪声，那一边传来焦虑的声音：“0号，是你吗？请回答。”我已经死去二十四个小时，他们仍旧没有放弃。

老鼠凑在话筒上，吱吱叫了两声。然后，它连续不断地吱吱叫着。湿婆，湿婆，湿婆……老鼠用摩尔斯电码反复了十遍。也许那边的人会感到莫名其妙，然而巴罗西迪尼阿会懂的。

“强大的威力。危险。离开地球。离开地球。”

我强迫老鼠按照摩尔斯的规律发出叫声，老鼠体内的肉球菌忠实地传递着我的意志。突然间，我发现了埃博。他发现了我正在做的事。

他接手了对这个小小啮齿目动物的控制，“一万年。我给你们一万年。”他继续发报。然后，他放走了老鼠，他用一种温暖的氛围包围着我，“这是一件很有趣的事。我们达成了一致。”

最后的时刻来了。我正在死去。埃博答应了我的请求，让我结束一切。

“虽然很难理解，可是我让你选择。”他这样对我说。

我传递了一个微笑的氛围，“我做了值得做的事，人的一生就应该这样子结束。能让我再看一眼南极洲吗？”

我被送入一只翱翔在万米高空的安第斯神鹫体内，这庞然的鸟儿掉转身体，向着南边飞去。我在碧海蓝天之间自由地飞翔，前方是白色的大陆，一望无际的冰原一片苍茫。凛冽的寒风让我发抖，然而我继续向南飞着。我很快看见了联合号城的庞大骨架，一些人进进出出，正在忙碌。

整个南极洲正变成一个紧张有序的基地。从听筒里传出来的吱吱声是摩尔斯电码，两个小时后，终于有人意识到这点，他把电码的内容向所有城市广播。这个消息仿佛惊雷震动了整个大陆。当自然教徒听说消息，他们组织了起义。只有一个人死于起义——沙门将军在办公室里吞下了子弹。巴罗西迪尼阿成了第一届主席。

突然有人看见了我。许多人停下来，仰望着我。冰天雪地的天空中出现了一只大鸟，这无疑是个奇迹，也许可以被称为神谕。我找到了巴罗西迪尼阿的实验室。我的全部意识浓缩在一团小小的肉球菌上，从神鹫的身体里脱离，飘飘扬扬，向着实验室降落。低温并没有让肉球菌死亡，它们感觉到地磁场的变化，停止攻击并自我解构。一旦地磁场的某个矢量分量减小到一定程度，它们就主动杀死自己。巴罗西迪尼阿深刻明白这一点，实验室里存活的肉球菌被保留在电磁屏蔽的器皿里，他知道必然有某种真相隐藏在这令人费解的事实背后。那只能是神一般的存在。

借助几个人的身体，我成功了抵达巴罗西迪尼阿的身边。他正在修改启示录。

“毁灭，然后才有创造。

“自然之神毁灭人类，因为人类贪得无厌。神把残余的人放在冰原大陆上，和自然界的其他部分隔绝。他给人类一个期限离开地球。他赐予人类南极洲的土地和资源建造基地，还有方舟。离开地球是惟一的路。人类是自然的孩子，是犯了错的孩子，他因此而背负漂流的命运，也背负自然之神赐予的责任，去宇宙空间撒播生命的种子。”

我的意识已经很微弱。肉球菌群正按照某种既定的指令分解自身，我抓住机会，随着巴罗西迪尼阿的一次呼吸进入他的身体。当最后的几百个肉球菌依附在他的脊神经上，我给了他一个神经冲动。我想告诉他，他的设想是对的，埃博肉球菌构成了一个新世界；我想告诉他，埃博世界是多么美妙的世界；我想告诉他，那些被啃噬的人并没有被杀死，只是换了一种生存方式；我想告诉他，埃博认定只有人类才能把生命种子带向地球之外，让地球生命在宇宙空间里延续；我想告诉他，按照他的意愿我找到了他的妻子，她感到很快乐……然而我什么都不能告诉他，在飞快的解构中，我的意识迅速淡去。

别了！我在这个世界上留下最后一个信号。

巴罗西迪尼阿突然感到一阵寒意，黑暗中，仿佛有人正窥视自己。他四下张望，没有发现任何动静。他抬头望着屋顶。外边，极昼正在过去，夜幕正在降临，严酷的南极洲寒夜就在眼前。在可以预见的将来，还有无数个这样的寒冬等待着人类，只有最紧密地团结一致，才可能安然渡过难关。星星慢慢地显露。他可以想象那黑暗之中群星璀璨的天空。人类只能去那浩渺的群星之间寻找归宿。深深的寒意让他沉浸在敬畏和虔诚之中，他轻轻祈祷：湿婆大神，让你的神力帮助子民。

巴罗西迪尼阿怀着敬畏之心合上启示录。封面上，面目狰狞的大神舞姿曼妙。

末日之旅

1

银河的尽头，星群不再，深黑的天宇上，只有稀疏的亮点，那是亿万光年之外的河外星云，每一个都像银河一般辉煌，庞大，只是过于遥远，以至于看起来成了毫不起眼的一点。

海格斯凝望远方，赤红的王冠星云明亮夺目，有如宝石。

“他们已经走了多远？”海格斯问。

“二百六十六光年，还有三个小时，他们将从深度空间返回，抵达三百二十二光年点。”昆仑回答。

海格斯没有继续提问。三百二十二光年，背负着海族所有希望的巨型星船一去无返，只有不断向前，它将度过一无所有的银河间暗区，进入王冠星云寻找一方乐土。那将是三百万光年的旅程，前无古人，也永远不会再有来者。这是令人绝望的逃亡，但愿他们能够如愿以偿，平安抵达。

但那里真有乐土吗？海格斯不能确定，但是至少那里有希望。

海格斯转身。一片亮丽的银色出现在眼前，就像一方巨大的帷幕，银河仿佛一个狂暴的巨兽，狰狞毕露，随时可以把眼前的一切吞没。星星正狂乱飞舞，亮白的物质流彼此间撕扯，碰撞，强烈的辐射充斥空间，以至于星星的踪迹完全隐没其中，无处可寻。末日正不可抗拒地逼近，哪怕躲藏在银河的尽头也无法幸免。

“有其他家族的消息吗？”海格斯问。

“所有的通信完全中断，我们的信号无法送出三十光秒之外。我们和外界中断联系六年又三十七天。”

海格斯恢复了沉默，一言不发地盯着眼前的银河。

自从夸克号世代飞船离去，他一直如此沉默，已经三年。

他和族长一道规划了逃亡路线，和昆仑共同设计了夸克号，然后看着族人把它从蓝图变成真正的星船。家族已经远去，末日正在逼近。他应该和家族一道踏上那渺茫的希望之旅，他可以帮助族人度过一些艰难时光。然而他一直留在此地。

他心有不甘。

白色的光幕遮蔽着真实情况。一个巨大无比的黑洞正吞噬一切，它激起银河的巨变，让曾经平静的家园变成一团废墟，堕入永恒的黑暗。眼前嚣张的光亮，不过是曾经辉煌的银河最后的挣扎，星球，恒星，气团，尘埃……没有任何东西会留下，人也不会例外。然而，这样的情形如何能够发生？一个黑洞吞噬整个银河，这像是天方夜谭的故事般不着边际，然而却无比真实。黑洞从银心区而来，螺旋向外，吞噬沿途所有的一切，越变越大，越来越快，它搅动整个银河，无数的恒星被剧烈的引力波动撕裂，银河收缩，所有的物质都奔着黑洞而去，它们螺旋向内，也越来越快。人们设想了无数种银河世界的结局，却从来没有想到银河会以这样一种暴烈的方式死去。海格斯心有不甘，这样的情形只有一种合理的解释，然而他却不敢相信这是真的。他甚至不愿意去多想这种可能性，然而正如昆仑所说，他必须去面对。

“海格斯，是否唤醒海神号？”昆仑提醒他。

“是的。”海格斯简单地回答。

飞船仍旧悄然无声，内部却急剧变化，整艘飞船的温度上升三十度，从背景辐射中浮现出来。机器人开始忙碌，飞船进入自检。

“飞船预检完毕，请下达指令开始能量汲取。”昆仑通报。

海格斯举起手，感受着狄拉克海的潮汐。能量之海，潮流暗涌，这是海族人取之不尽的能量源泉。海格斯发出一个信号，光从他的手掌间溢出。狄拉克海和他在某种程度上联系起来。一瞬间，海神号微微一颤，能量的巨流源源不断地涌入，引擎开始发亮，很快散发出炽热的光，这奇特的光仿佛具有某种灵性，汇聚一团，并不发散，形成微微起伏的光球。许许多多的光球遍布海神号表面，它看上去仿佛一个巨大的发亮的航标。

“能量补充完毕，支持六百年标准消耗。”

“谢谢，昆仑。”海格斯说，“我要走了，你还能支撑多久？”

“五万年到十万年。”

昆仑存在于空间之中，一旦黑洞迫近，空间结构被破坏，昆仑也就走到了尽头。

“我会怀念你。”海格斯说。

“我会怀念你。”昆仑回答，“我对海神号进行了改造，你仍旧可以在海神号上找到我。”

“我可以称呼他为昆仑吗？”

“是的，他可以代表我。”

“永别了，我的朋友。”海格斯驱动海神号，发亮的飞船突然间踪迹全无。

“再会，朋友。也许我们还能见面。”昆仑回答。

2

曾经的城市满目疮痍，高耸的超级大楼破败不堪，随时可能倒塌，地面上没有一个人影，只有被遗弃的各种机器，还有死一般的寂静。

卡塔曼星球曾经是银河间最繁华的都市，聚集超过六十二亿的人口，各个文明，各个家族都在这里设立代表处，它并不是最先进的人类文明，却是最包容的文明。在这里，只有一条禁令：禁止武力。所有的冲突都必须通过交流解决，即便两个文明正打得热火朝天，在这里也必须坐下来谈判。它没有武装，但所有的人类文明都自愿保护它，海族就是最坚定支持卡塔曼星球独立地位的家族之一。

然而一切都远去了。银河的突变没有给卡塔曼人留下时间防御，巨量的伽马辐射摧毁了城市，包括那些曾经像漫天星斗般的卫星城。海格斯并不喜欢卡塔曼的喧嚣，然而当他在一片废墟中漫步，伴随着无穷的寂静，他宁愿这里仍旧是那个喧嚣的城市。

但是这里还有人！

“移动目标375，请确认你的身份。”海格斯收到了信号。他很快找到了信号来源，深藏地下的某处正锁定他。

海格斯望了望天上，海神号是一个夺目的亮点。海神号就在六万公里外，他们却没有发现它，灾祸摧毁了文明，他们彻底失去了关于外太空的一切，躲藏地下，苟延残喘。

“海格斯五世。我是海族海神号船长，卡塔曼重要人物编号374958。”海格斯回复了信号，他希望卡塔曼保持了信息系统，哪怕只有一小部分也好。

“海格斯船长，欢迎来到卡塔曼，请问是否需要任何帮助。”卡塔曼人很快送来信息，即便已经一文不名，他们仍旧保持着属于卡塔曼人的骄傲。

“我在和谁通话？”

“我是第十三避难所执行长官陈德纳，代理对外事务部部长。”

“我想找凯泽人，他们还在这里吗？”

“我需要咨询其他避难所。你的飞船也许能够抵抗辐射，但是既然你已经降落行星表面，是否需要进入避难所？外边的辐射很强烈。”

“也好。”海格斯答应下来。这是一个善意的提议，他没有任何理由拒绝，他也想看一看卡塔曼人的情况到底如何。

海格斯的出现引起了人群的骚动。虽然所有人都知道海人与众不同，他们的身体没有血肉，是纯粹的能量机械体，亲眼目睹一个海人的机会却并不多。

为了避免不必要的麻烦，海格斯披上一件长袍，把整个身体都遮蔽起来，然而这并不够，他的脸部一片空洞，两只眼睛仿佛两团游移的火焰，走在避难所的道路上，他像磁石一般吸引目光。

“他真像死神。”有人低声说。

死神！是的，那是传说中的神灵，全身黝黑，带着巨大的镰刀躲藏在黑暗中，伺机夺取人的灵魂。所有血肉之躯的人类都觉得宇宙中有神灵，可以主宰人类的喜怒哀乐，以至于生命。死神夺取人的生命，显然是恐惧和憎恨的对象之一。事情不该如此。

海格斯稍稍用劲，灰色的长袍瞬间碎裂成无数的小块，仿佛烟尘般消失，他把自己的真面目暴露在众人眼前。一个隐约的发光体，似乎有一个类似于人的外形，然而又仿佛只是一团游移不定的光。

“你真的是海人吗？”有人大声发问。

“是的。”海格斯回答，他并没有发出声音，而是把答案返回到每个人的头脑之中。人群中响起一阵惊呼。

“海人那里怎么样？”又有人问。

“我们的家园被毁了。”海格斯简短地回答。他感觉到人群中浓郁的失望，连海人也无法保护家园，那么人类还有什么希望？

一个人分开人群，走上前来，“海格斯大人，我是卡里，受陈将军指派前来迎接，请跟我来。”

卡里在前边带路，海格斯不紧不慢地跟着，他审视着沿途的一切。

避难所设施简陋，然而秩序井然，当海格斯走过，人们停下，注视他，他了解人们的想法：海人拥有高超的时空技术，应该有办法帮助他们。很遗憾，他的确无能为力，面对狂暴的时空，人的力量总是渺小的。

陈德纳在等着他。他们在一间简朴的房间里碰面，房间阴暗狭小，除了一个巨大的屏幕之外没有任何摆设。这里就是执行长官的办公室。

“我们有两位凯泽人代表幸存，不过和他们见面有些困难，他们并不在这里。”

“我只需要和他们通话。”

“你的要求会得到支持，但是你能否告诉我，你为什么要见他们？”

“凯泽人失去了凯旋星，我希望凯泽人能告诉我一些信息。”

陈德纳看着海格斯，“一个疯狂增长的黑洞，能期望凯泽人告诉你什么呢？即便他们知道些什么，那也只是痛苦的记忆，并没有太多的价值。”

“我要了解更多的细节。”海格斯简单地回答，并不过多解释。

陈德纳低下头，略为思忖，当他抬头的时候，眼神坚定，“海格斯船长，卡塔曼一如既往支持所有人类的和平交往，作为回报，我们获得其他文明的信息，科技，以及舰队支持。海族人一直全力支持我们，对此卡塔曼心怀感激，现在是非常时刻，卡塔曼星球几乎已经完全被毁灭，我们不奢求能够重建文明，但是只希望能够多挽留一些生命。你的飞船能够帮忙带走一些人吗？”陈德纳望着海格斯。海格斯能够读懂他的想法，他热切地希望卡塔曼的孩子得到拯救。

“对不起，陈，在我的飞船上无法维持生命，而且我要向着黑洞前进，不能带上任何人。”海格斯感受着陈德纳的思维，“我只能给你建议。谁都逃不过这场灾难，海族的主星也已经被摧毁，银河会被吞没，人类无法逃避，但是黑洞完全吞没你们的星球至少还要三千年。你们的防护设施，完全能够承受三千年的时间。你们可以把整个世界封闭起来，安静地结束你们的文明。这是末日，让你的人民在末日到来之前安息。这是所有的可能结局中最好的一个。”

陈德纳露出一个勉强的微笑，“听来像是先知的宣导。海格斯船长，请跟我来，我们会安排你和凯泽人进行一次通话。”

3

海人曾经认为海神星永远不会凋落，它经历了两亿六千万年的光辉岁月，似乎将一直永远辉煌下去，直到遥远遥远的未来。然而，它却在旦夕之间毁灭。

海人的主星远离银河中心，它理应比卡塔曼星球更安全，然而卡塔曼星球虽然遭遇了毁灭性打击，星球仍在，海神星却早已不复存在。巨大的引力潮汐让它瞬间解体，然后彻底消失。当海神号回到曾经是海神星的所在，剩下的惟有一片虚空。昆仑也受到重创，损失了将近一半的记忆体和百分之六十五的计算能力，包括事发当时的记忆。空间突然间被撕开一个口子，然后海神星掉了进去。昆仑不能肯定到底发生了什么，但是可以确定这和突然爆发的黑洞有关。爆发性的银心黑洞引起狄拉克海的暗流，汹涌的能量漩涡已经形成，一旦寻找到薄弱的出口，就喷涌而出，造成空间断裂。银河的稳定结构已经被彻底打破，整个银河向着黑洞萎缩，最后沉入狄拉克海。谁也不能改变这个进程，于是残存的海族人选择逃离。

凯泽人的遭遇和海人很类似，不同之处在于，凯泽的主星凯旋星并没有被撕裂，它经历了一次剧烈的引力袭击，整个星球濒于崩溃，然而并没有被撕裂。凯旋星只有海神星的四分之一体积，同时，凯泽人把自己的星球改造成了银河间最坚固的堡垒，这两个主要的原因让星球最后能够幸存。但是，巨变的引力波让星球失去了轨道，它几乎以自由落体的方式掉进了恒星。凯泽人束手无策，眼睁睁地看着家园融化在恒星的火焰中。

“这样的灾难谁也躲不开，你们撤离了？那是明智的选择。”凯泽人这样问海格斯。

“是的。”

“你为什么不走？”

“我要找到真相。”

“什么真相？”

“为什么会发生这样的事。这件事的惟一解释是，黑洞处于不稳定结构，空间能量的变化能引起黑洞崩溃，或者爆炸。这是统一方程的两个奇异解，我们从来不曾相信这是真的。”

“所以你需要找到一些数据来证实？这有什么用，我们的家园都已经不在，整个银河也快完了，就算你发现这种奇异解是普遍形态，所有的银河都不安全，又能怎么样？带着答案死去，还是一无所知地死去，总之归于寂静，没有任何分别。”

“每一个海人都有自己的存在目的，我的生命存在就是为了寻找真相。没有答案，我的内心永远不会平静，死不瞑目。”

“所以你没有和族人一道撤离？”

“是的。”

凯泽人陷入沉默。

海格斯默默地等着。虽然整个银河正在崩溃，人类难逃一劫，他还有足够的时间等待一些事发生。凯泽人独立地开发零点能，他们是所有人类文明中第二个应用零点能的种族，因为这个，他们和海人之间矛盾重重。

“关于零点能飞船，那是绝对机密，我所知道的也不多。”凯泽人再次开口，“但是有一个事实，我们没有你们那样的世代飞船，可以让我们的族人逃离银河，我们的飞船没有脱离银河的能力。”

“谢谢。”海格斯回答，“这和我预计的差不多。感谢你抛弃成见，告诉我这些。”

“没什么。一切的秘密都不再是秘密。如果能允许重来，我们应该接受你们的条件，这样我们至少可以把一些人送出银河。”

海格斯默然。海人希望垄断零点能飞船，他们发现使用零点能存在巨大的隐患，如果使用不当，会引起引力异常，极端条件下甚至让星球失去轨道，因此，海人提议人类达成零点能控制协议，由海人负责向所有有需求的文明提供飞船，而其他文明必须确保不再对零点能飞船进行开发。这个提议遭到了众多高等文明的反对，凯泽人是他们的领袖，而他们的确也开发出了次级零点能飞船。他们没有觉察到高级零点能飞船的可能，而海族对此也默而不宣。

是海族放弃了责任，还是灾祸发生得太快，超出预期?

“还有一个情况，也许对你有用。塞星联盟曾经和我们有所接触，他们声称能够提升零点能的利用效率，希望和我们合作，也许他们的方案能够把飞船的能量水平提高到脱离银河的水准。具体的情况，我不知道。”

“塞星联盟？这是什么时候的事？”海格斯追问。

“我不知道。我只是常驻卡塔曼的代表，很多事只是耳闻而已。”

塞星联盟位于银河的偏远角落，和外部交流不多，充满神秘色彩。他们的祖先曾经是一群被流放的囚徒，他们憎恨其他文明，固执地把一切排除在外，被放逐的罪犯除外。他们收容一切罪犯，不问原因。

两个人沉默良久。

海格斯决定终止谈话。他决定改变计划，把塞星联盟放入行程。银河已经不可收拾，但是塞星联盟在银河边缘，有很大的机会幸存。

“很高兴能和你谈话。我要走了。”海格斯说。

凯泽人叫住他，“也许现在提出这件事有点太晚，海人已经走了，你的飞船是否能帮助我们进行零点能飞船的改造？哪怕只有一艘飞船，也可以带走一些人。留在银河只有死路一条。”

“凯泽人无法承受超高速。”海格斯说。为了脱离银河引力，飞船必须进行多达上百次的超级加速，否则即便进入深度空间，也会被引力拉回来。凯泽人的躯体完全机械化，却保留了生物性的神经系统，这让他们大大超出一般人类，却不能突破生物的极限。

“我们只请求学习你们的零点能技术。”凯泽人保持着冷静，“如果你遇到凯泽人的飞船，请帮助他们。既然这个世界已经到了尽头，每一点相互关怀都是好的。”

“我尽力而为。”海格斯说，“但我不是技师，也不是科学家，我无法传授更详尽的东西。如果凯泽人要学习这种技术，他们必须去海神星，找到我们的中枢系统昆仑。”

“请尽力而为。我们非常感谢海人的帮助。”

“好的。再见。”

“等等。最后一个小小的请求。如果你遇到其他凯泽人，告诉他们，卡塔曼星球代表还活着。我们尽忠职守。”

“我该告诉他们你们的名字吗？”

“凯泽人没有名字。我们是一家人，彼此知晓。你只需要告诉他们，卡塔曼星球代表。”

4

塞星联盟保持着文明的尊严。和一切凄凉、残破的末日景象不同，这里仍旧秩序井然。但遭受破坏的迹象也很明显。

海格斯通过了三个星门哨卡，塞星人仔细核对他的身份，最后准许他进入陆滩星。这里是塞星联盟文明的核心。

银河的巨变没有造成毁灭，然而打击巨大，塞星人正放弃外围星球，收缩到陆滩星。络绎不绝的飞船穿过星门，在陆滩星汇聚。海神号加入其中。

陆滩星显示出非凡的气魄，它的星球主体已经被完全掏空，沿着星球轨道，无数的太空城排列在星球两翼，城和城之间管道相连，就像无数发亮的珍珠被细细的金线串联在一起。星球和它的太空城，仿佛一只发亮的鹰盘旋在天宇上。这里的天宇并不如其他所在一样发白。群星临死前的爆发点亮了整个银河，陆滩星又怎么能够例外？海格斯凝神远望，他很快明白其中的关窍，一块巨大的屏障遮挡了整个星球，它随着陆滩星不断移动，遮住来自银河内部的辐射，天宇一半就是这块巨大的屏障。

这是一个巧合。塞星人一直生活在银河边缘，只有两颗可资利用的恒星，为了保证能量的利用率，他们使用能量罩集中统一供能。这在关键时刻挽救了他们的文明，然而也并不能持久。银河风暴正在步步紧逼，无论怎样加强防护罩，总会在越来越狂暴的辐射面前败下阵来。

“海神号进入 174 号泊位。”导航员送来通告。

海格斯并没有让海神号靠上去，他让昆仑找到一片开阔空间停下。

塞星人很快察觉了海格斯的异常举动，几艘小型攻击舰向着海神号靠近，“海神号，请进入预定轨道。”

塞星人的攻击舰并不算太大的威胁，海格斯并没有理会，他向着陆滩星广播信息，“海族寻求关于零点能的对话。”他相信会有合适的人得到信息并找上门来，否则，关于塞星人的零点能技术就只是一个流言。在这样的非常时刻，任何盘算和诡计都显得不合时宜。

塞星人果然送来了回应，“海格斯船长，我是塞利斯亚，塞星联盟全权代表，你可以和我讨论任何问题。”

塞利斯亚！海格斯追寻信息的源头，他看见了熟悉的信号体。塞利斯亚是一个海人，他曾经是一个海人，因为谋杀罪被起诉，最后被放逐。塞星人是一个彻底的杂合体，只要是犯罪的人，无论种族如何，都可以在这里获得庇护，也获得新生。

“塞利斯亚，我还可以称呼你海伯亚吗？”

“过去的一切对我已经毫无意义。我就是塞利斯亚，一个塞星人。”

好吧！海格斯不再纠结，“我听到一些消息，你们开发了高等级零点能飞船。”

“高等级零点能？你所指的到底是怎样的一种能量？”

“利用零点能潮汐，通过增殖反应形成狄拉克海漩涡，从能量之海中生成大量现实能。能量等级可以达到六千万安特。”

“六千万安特！”塞利斯亚用一种平静的语调表示惊讶，“我们没有这样的飞船。我们的最高能量等级是五千万安特。”

五千万安特并没有达到海人的标准，但是接近边界。这一群囚犯困在这里，没有外部的援助独立开发零点能，能够达到这样的水准颇令人惊讶。这也是一个危险的边界。

“我要了解关于你们的零点能飞船的所有情况。”

“你打算用什么来做交换？”

“也许我可以提供一些建议，降低失事率。”

“我不怀疑你能做到这点，但是塞星人凭什么认为你一定会履行承诺？”

“我以海神的名义起誓。”

狄拉克海之神是海人的信仰，每个人对此终生不渝。

塞利斯亚稍做考虑，“我要复制海神号。”

“我可以给你一个月的时间。但是有言在先，制造海神号本身并不困难，如果你想利用它汲取零点能，必须依靠昆仑的控制。”

“我们可以从海神星获得信息。你能授权吗？”

“海神星已经消失。海族人也已经远走。”

塞利斯亚沉默下来。

“芮希亚是否活着？”沉默良久，塞利斯亚问。

“海芮希亚当时在海神星，她和海神星世界一道消失。”

“海神星发生了什么？”

“它掉进了狄拉克海。”海格斯说。这个答案过于简单，但塞利斯亚完全能明白其中的含义。

“因为零点能？”

“我不知道。这是我此行的目的，我们小心翼翼地使用零点能，海人的使用不可能激起这么大的能量波澜。必定另有原因。”

“你怀疑塞星人是罪魁祸首？”

“我没有这么说。只有少数文明能利用零点能，我要证明所有这些文明都没有触发这场灾难。”

“如果真的因为使用零点能而触发灾难，那只能是海人。”

海格斯并不反驳，“我要找出真正的原因。海族人已经撤离银河，看来你们也准备这么做。在此之前，让我看看你们的飞船。”

塞利斯亚转身领路，海格斯跟了上去。

陆滩星的外围，穿梭机络绎不绝，它们不断地把人从星球上转移到各种飞船上。形形色色的飞船停泊在各个太空城之间，小型飞船把人送到大飞船，大飞船和母舰接驳。一切显得繁忙而井井有条。繁忙之外，白炽的天宇上不时有红色的闪光划过，那是防护罩泄放的能量。

“我们并不能支持太久，能量罩泄放的频率越来越高，所以，你来得很及时。”塞利斯亚说。

“还能支撑多久？”

“六百年？也许更少。那个家伙越来越近！”塞利斯亚望着远方的天空。海格斯明白他指的是隐藏在恒星风暴之后的大家伙，吞噬一切的怪兽。

一艘巨船出现在海格斯面前。这并不是一艘船，而是许多的母舰彼此间结合，形成一个庞然大物。它远离陆滩星，隐藏在黑暗中。

塞利斯亚指着前方，“十二艘零点能飞船，这是我们的全部家当。”

“每一艘提供五千万安特的能量，它可以把陆滩星整个推入到深度空间弹跳。”

“没有那么大的能力，陆滩星也不是一艘飞船。我们会带着所有能带走的东西转移。”

“去哪里？”海格斯问。

“你有什么建议？”塞利斯亚反问。

“最近的河外星系是王冠星云。”

“海人一定是朝着那边去了。”

海格斯不置可否，和塞利斯亚对话的间隙，他触摸了这些飞船。除了零点能装置，这些飞船同时装备了大量的反物质。数量惊人，至少有三百吨。它们被塑造成铁块，储存起来。

“你们居然储备了这么多反物质铁！”

“我们正在全力生产反物质飞船，能量储备对长途旅行会很有帮助。”

三百吨反物质，塞星人不断地汲取零点能，把能量储存成反物质形态。他们一直有长期规划。

“你们的计划看起来很完美。”

“有一些美中不足，”塞利斯亚并不谦虚，“你也许对此会感兴趣：我们的反物质生产速度降低很快，眼下，我们已经不能再生产更多的反物质。”

海格斯疑惑地看着塞利斯亚。

“零点能枯竭了。”塞利斯亚低声说，“这听上去不可思议，但事实如此，我们的零点能飞船无法汲取更多的零点能。按照眼下的情况，这十二艘零点能飞船所汲取的零点能还不能抵消运行的消耗。你能解释这样的情形吗？”

海格斯仿佛被重锤狠狠一击。零点能枯竭，狄拉克海枯竭，这不可思议。当他六个月前从海神星出发，海神号能够很快充满能量。狄拉克海永远不会枯竭，它是整个世界的基石。然而，塞星人不再能够汲取零点能，这个事实超出了统一方程能够解释的范畴。黑洞的崩溃或爆炸，统一方程的解释突然间变得很虚弱，如果零点能也会枯竭，那么统一方程根本就错了。

海格斯突然间意识到什么，他转身向着海神号而去。

塞利斯亚紧追着他，“你答应过让我复制海神号。”

“我会把海神号的设计图留给你。另外，加紧执行你们的计划，越快越好。不要再汲取零点能，反物质更可靠。”

“你要做什么？”

“回海神星。”

“我跟你一道去。”

5

海神号从深度空间折返。飞船时间二百二十六天，当地时间五年又八个月。

“昆仑，你在吗？”海格斯焦急地呼叫。

没有任何回应。

一艘飞船从深度空间弹出。塞利斯亚尾随而来。

正如海格斯所说，海神星早已消失不见，然而情形比他的想象更为糟糕，整个星系空空荡荡，什么都没有，他甚至无法找到一颗尘埃。星系不复存在，剩下的惟有虚空。

“海格斯……”塞利斯亚呼叫，“你在哪里？”

塞利斯亚发现了海神号。然而海格斯并不在船上。

海格斯正在曾经的海神星轨道上狂奔，他在寻找昆仑，对塞利斯亚的呼唤充耳不闻。

塞利斯亚追上海格斯，“海格斯，我们必须尽快离开这里。”

海格斯并没有理会，他甚至忘记了防备。塞利斯亚的胸口放射出强烈的闪光，海格斯被正正击中。他失去了意识。

塞利斯亚瞥了一眼远方的天宇，宇宙显示出深邃的蓝色，没有一颗星星，没有任何发亮的物体。在不久之前，这里发生了可怕的灾难，一切都被吞噬，当一切恢复平静，背景辐射迅速填补了虚空，远方星星的光却还没有抵达。然而银河正在燃烧，狂暴的能量潮可能正快速逼近。塞利斯亚能够感受到空间的畸变，这里的空间极端不稳定，另一次坍塌随时可能发生。他仿佛正站在一块浮冰之上，而狄拉克海的风暴随时可能降临。他不知道这一切如何发生，但是他知道该做什么——逃！

他快速地冲向海神号，把海格斯丢进去，然后扑向自己的飞船。

就在启动的时刻，他仿佛听到细微的耳语。那是一个曾经非常熟悉的声音，“海格斯，黑洞，统一方程第三奇异解……”

昆仑！塞利斯亚试图寻找声音的源头，他很快意识到这只是徒劳。昆仑已经消失，留下的只是最后的一点声音。灾难发生的时刻，昆仑把信息送到星系边缘，然后让它们在恢复之后在星系中四处弥散。

塞利斯亚凝神细听，却再也听不到任何东西。

海神号发出一道闪光，消失不见。塞利斯亚跟了上去。

6

陆滩星的光芒逐渐暗淡下去，人们陆陆续续登上母舰，星球上的人越来越少。天空呈现持续的红色，并且逐日加深，防护罩时日无多。

海格斯一动不动，就像已经死去。海神号也进入休眠。

塞利斯亚来探望了他三次，每一次，海格斯都保持着入定的状态。入定时，海人关闭一切外部联系，只沉浸在自我的世界中，他们不被外界干扰，用最大的努力进行思考。

“我要走了。”塞利斯亚对海格斯说，“我没有权利带走你。如果你醒来，已经是银河的末日，请不要怪我。”

海格斯却猛然睁开眼睛。

塞利斯亚看着海格斯，“你醒了，很好。我是来告别的。塞星联盟的星舰马上就要出发。”

“祝你好运！海神与你同在。”海格斯说。

“你打算留在这里？你可以和我们同行，塞星联盟欢迎任何人志愿加入。”

“感谢你的盛情，但是我要完成自己的事。你会收到我的信号。”

“信号？”

“关于统一方程的第三奇异解。”

“那到底是什么？统一方程从来没有第三奇异解。”

“这是一个玩笑，昆仑和我开的玩笑。他说，零点能不是无中生有的东西，如果它和黑洞相关，那么汲取零点能就像你把一只手伸进了黑洞。”

塞利斯亚显然并不明白海格斯所说的一切，他感到疑惑，“这不像是一个方程的解。”

“这的确不是一个数学的解，因为我们无从知道零点能和黑洞在何种程度上相连。我们当然可以假设，但是没有任何数据可以利用，任何假设都无法得到证实。昆仑经历了两次观测，第一次它失去了记忆，第二次它彻底消失。但是它留下了信号，因此，观察者还是能够在被吞没之前说点什么。如果有人能够明白信号的意思，那就再好不过。”

“你要进入黑洞？”

“只有这样才能得到答案。”

“这是极端的冒险行为。这是自杀。”

“如果只有自杀能够告诉我真理，那么这就是我的选择。”

塞利斯亚沉默下来。过了半晌，他说：“祝你好运！海神与你同在。”

“还有一件事。”海格斯喊住他，“你们选择了哪一个目的地？”

“王冠星云。”

“你们可以走相反的方向。”海格斯伸手指向某个所在，塞利斯亚望去，那边有一颗巨大的蓝色星星，那是拓扑星云，一个正在新生的银河。

“为什么？你告诉过我们王冠星云是最好的选择。”

“海人去向了那边，你们可以选择相反的方向，如果有任何意外，至少有一方可以幸存。”

“任何意外？”

“如果昆仑的假设正确，海人的星船不断地汲取零点能，它会不断地吸引黑洞。你们的飞船尾随海人，会很危险。”

“海神星就是这样毁掉？”

“也许，我不知道。我只能给你建议，你们可以选择。”

塞星联盟的母舰上亮起了强烈的灯光，出发的时刻到了。

塞利斯亚上前拥抱海格斯，当两团光亮分开，塞利斯亚携带了海格斯的烙印，他将能够解读海格斯发出的信息。

防护罩面临崩溃，陆滩星的天空成了半透明的红色，来自银河的辉光透过红色的帷幕洒落下来，让整个天宇显得异常艳丽。塞星人有条不紊地进行撤退，巨型星舰在超空间引擎的影响下变得有些扭曲，很快它们散发出一层迷人的光晕，然后逐渐地淡去，仿佛消失在迷雾之中。淡淡的光最后散去，一切恢复平静。陆滩星静静旋转，太空城失去了光亮，簇拥在星球周围，仿佛暗淡的石子。

猛然间，一道闪亮的蓝光劈开天宇，爆炸的红光接踵而至，防护罩燃起熊熊烈火，然后浓烟四散。白热的辐射很快穿透浓烟而来，被遗弃的星球和它的卫星城浸泡在白热的辐射中。陆滩星顷刻间成了一个火球，而太空城纷纷爆炸，残骸仿佛烈日下飘落的雪花，纷纷扬扬，又很快消失不见。

毁灭就发生在海格斯眼前。海格斯一动不动，静静地看着眼前狂乱飞舞的火焰。白热的辐射炙烤着他，海神号悄无声息地靠过来，挡在海格斯身前。

海格斯望向银河深处。黑洞正以无可抗拒的力量搅动整个银河。

答案是在那里吗？

7

向黑洞前进需要无比强大的勇气。光和热统治一切，海神号就像浸泡在辐射的热汤中，它使用大量能量来抵抗辐射，因此无法提供足够的能量深入深度空间。它以每年三十光年的速度向前，就像一只在泥淖的道路上挣扎向前的蚂蚁。然而海格斯的决心足够坚定，海神号也足够顽强，他们终于能够在能量耗尽之前突破辐射帷幕，逼近到黑洞边缘。

两百五十三年的光阴没有在海格斯身上留下什么痕迹，然而海神号已经破败不堪。除了超空间引擎仍旧保持完好，海神号上下几乎不再有完好的部件。

漫长的黑洞视界统治了一半的天宇，另一半是灼热的辐射。黑洞强大的引力拖拽着一切，越靠近视界边缘，天宇越发显得发紫，最后，在视界之上，形成一道若隐若现的黑光。

“我们到了。”海格斯对海神号上的昆仑说。

“很高兴我们能到这里。还有什么计划吗？”昆仑问。

“我要向你告别。”海格斯和昆仑接触，“多谢你一路护送我到这里。”

“这是我的荣幸。”

海格斯稍稍沉默，“我曾经和你的父体告别过，我以为先从这个世界消失的应该是我，但后来，它走在我之前。它留下的遗言让我坚定地走到这里。眼下在这里，海神号不可能支持你离开，我很抱歉你的生命会在这里终结。你可以找个安静的地方，把自己安顿下来。海神和你同在！”

“不用担心我。你离去之后我会休眠，如果你还能回来，可以唤醒我。”

“好。再见！”海格斯说完向着黑暗的视界边缘而去。当他回头看，海神号的灯光已经熄灭，昆仑安然进入睡眠。也许还有上百年，膨胀的黑洞就会触及它、撕裂它、吞没它。和眼前庞然的黑洞相比，银河中闪耀的一切都脆弱无比，精细的人造物更无法经受自然的宏伟之力。

黑洞正在膨胀，视界缓慢而不可抗拒地向着光明一方延伸，无数的粒子掉落在引力陷阱里，刹那间失去光亮。陡峭的引力梯度开始显露效果，海格斯感觉到身体正在被拉扯。

海格斯不再驻足彷徨，他直奔黑洞视界而去。他触摸着黑洞，探究那些被无数的理论推导却从没有人能够真正接触的空间，他顺着引力的起落游移，观察引力波在狄拉克海上引起的涟漪。零点能随着引力波的移动时而沸腾，时而平静，如果有一艘飞船能够汲取零点能，它将发现这里就像打开了大门的宝库。狂舞的粒子仿佛一群群在海面上追逐浪头的飞虫，它们向着某一个沸点聚集，似乎就要钻入到狄拉克海的波涛中，却在倏忽间分离，四散，然后重新汇聚，向着下一个浪头而去。

这是令人惊叹的景致，却并不能吸引海格斯的全部注意力。海格斯小心翼翼地计算着引力阱的深度，在抵达光线都不能逃逸的深度之前，他要向外发送信息。他必须在发送信号之前找到答案。他在引力波的缝隙中寻找机会，让下坠尽量慢一些，同时留意着任何可能性。

一个突兀的引力波给他提供了机会。这是一个小小的物体，掉入黑洞，在疾速下落过程中破坏了引力波的边界，引力波的破缺暴露了深层的空间结构，是再好不过的研究对象。海格斯不经意间一瞥，他发现那引起了引力破缺的物体居然是海神号的引擎。显然海神号已经解体，只有最坚硬的引擎留存。

海格斯一惊。当他开始落入黑洞，海神号距离视界还很遥远，此刻，却已经消失在黑洞威力无穷的引力波动中。他忽视了黑洞和外界的时间差，千年一瞬，虽然只有短短的几个小时，外边的世界也许已经过去上百年。海族人和塞星人都已经远离，如果再迟一点，也许谁也不能收到信号。

海格斯集中所有的注意力对引力破缺进行分析。时间不多，他正在落向绝对边界，一旦进入，他将堕入永恒的黑暗。他只有最后的机会给这个世界留下点什么。

最后的时刻终于来临。海格斯的身躯闪闪发光，黑洞正吞噬他的身体，他的知觉变得很迟钝，似乎正在经历一个永不结束的黄昏，一切都凝固起来，缓慢地黯淡下去。海格斯挣扎着保持清醒，分析最后收集的数据，他得到了答案，昆仑的设想并没有错，黑洞所具有的特质却比预想更为特别。使用零点能并不是错误，然而，在这个银河，却是一项自杀行为。

他一个接一个地发送粒子。这些粒子都打上了他的烙印，包含着最后的答案，它们将努力突破引力陷阱，一旦任何一颗能够进入平坦空间，塞利斯亚将感觉到它们的存在，然后寻找它们。

数以百万计的粒子被发射出去，海格斯感到生命已经走到尽头，他不再能够感觉，也失去了思考的能力，时间完全停滞下来，银河变成一团永恒的黑暗。

再会！海格斯在黑暗中发出最后一个念头。

8

身体消失，一切的感觉消失，他理应随之消亡，然而海格斯感到自己仍旧活着。

有人和他说话。

“你好，我叫墨忒斯。欢迎来到墨膜文明世界。”

海格斯并没有过于惊异，当他最后观察黑洞，得出的结论是黑洞在各个方向上的密度不均匀，和正常的情形迥异，正常的物理不应该导致这样怪异的现象，它由某种意识所塑造，这是惟一合理的解释。

“是你让我继续活着吗？”

“每一个人，如果突破视界之后我们能得到足够的残留信息，我们会让他继续活下去，当然是以我们的生命形式。”

“是你们操纵了黑洞的膨胀？”海格斯问。

“我们并没有操纵它，也无法操纵，但是我们促成了这件事。”

长久的困惑迎刃而解，海格斯完全明白了整件事情的始末。当海人开始使用零点能，他们打开了一个宝库，然而很不幸，这个宝库和黑洞联系在一起，生活在黑洞中的高等文明不能容忍外部世界使用零点能。

“你们一直生存在黑洞中？”海格斯问。

“我们从外部世界移居黑洞。我不知道外界的时间，但是如果银河中的恒星数量仍旧超过三千亿，那么你们的时代距离我们并不遥远。”

“你们毁掉了几乎所有的银河文明。”

“我们别无选择。没有信息能够突破黑洞视界。”墨忒斯说，“你们在使用零点能，或者你们当中一些高等级的文明在使用零点能。这对我们的世界是灭顶之灾。触发黑洞膨胀是无奈之举。因此而对你们造成的伤害，我们深感惋惜。”

“零点能引发黑洞坍缩？”

“部分如此。我们从外部移居到这里，认为从此可以与世隔绝，恒久生存。很快，我们意识到这只是一个一厢情愿的梦想。外部世界的确没有办法影响到黑洞内部，零点能是一个例外。狄拉克海不会自我亏空，当外部世界得到零点能，狄拉克海自然侵蚀附近最大的黑洞，对于银河，就是银心黑洞，就是我们的黑洞。对我们来说，即便黑洞不消亡，经常性的能量亏空会导致黑洞空间的损失，让我们的族人大量死亡，这是一种毁灭性的打击。惟一的避免方法，就是让黑洞膨胀，我们可以在膨胀中获得额外空间来避免零点能损耗带来的损失。同时，黑洞的质量越大，汲取零点能所带来的不稳定性越高，使用零点能的风险就越大，外部世界会被迫放弃使用零点能。然而令人遗憾，一旦黑洞膨胀被触发，我们也没有力量让它在某个程度上停下，只有任其发展。”

海格斯默然。视界的阻隔让两边的世界都显得很无奈。海人开发零点能并算不上一个错误，如果墨膜人并没有移居黑洞，如果有任何一种手段可以透过视界传递信息，如果黑洞的膨胀能够受到某种控制，情形都不会这么糟糕。当然，如果海人能够更谨慎一些，仔细看待昆仑的假设而不是当作一个玩笑，也可以避免这样的糟糕结局。

“我们试图警告你们。当我们觉察到你们正在使用零点能，我们让黑洞有限制性膨胀，然而你们没有发现这个信号，而且零点能使用量级迅速提高，我们的世界遭受到几次毁灭性打击，不得不触发大膨胀。”墨忒斯说，“但我们尽量减少损失。对于外部世界落入黑洞的智慧生命，我们尽量恢复他们的记忆和智慧。这对有机生命体并没有什么意义，但是对于像你一样的高级生命体，几乎可以毫无损伤地继续生存。我们欢迎你们在这里重建文明。你可以把这理解成一种补偿。”

海格斯带着几分怅然，“我可以理解你们的做法，但这对我没有意义。”猛然间，他想起一个更重要的问题，“某些情况我们无法汲取零点能，为什么？”

“你必须克服能量阈值。黑洞越大，需要越高的能量密度进行交换。距离黑洞越远，同样需要更高的能量阈值。”

这正是海格斯所担心的问题，星船正在远离，他们深入到一无所有的银河间暗区，零点能是他们的惟一的依靠。

“如果是两万六千安特的能量阈值，可以在黑洞附近多远获得零点能？”

墨忒斯沉默一小会儿，“如果银河被全部吸收，两万六千安特的能量阈值可以影响到黑洞视界之外六万光年。”

六万光年！夸克号所面对的是三百万光年的旅途。

“我们的飞船进入银河间暗区，他们要跨过暗区进入另一个银河，如果缺乏零点能，这必然不可能完成。有什么办法吗？”海格斯有些焦虑起来。

墨忒斯陷入长久的沉默。正当海格斯认为他将永远沉默下去，准备再次发问，墨忒斯说：“可能……”

尾　声

海碧丽来到船首。

巨大的弧形帆上，大大小小的引擎发出微弱的蓝光。若隐若现红色的光在舰体表面滑动，最后汇入到各个引擎中，让引擎的光亮起伏不定。汲井正在完成能量满充的最后步骤。

族长站在船首最高处，正向着银河那边眺望。看上去，银河是一个白亮的椭球，然而，这不过是两万年前的光景，此刻的银河，应当已经陷入完全的黑暗。

“族长！”海碧丽轻声招呼。

“有什么发现吗？”族长问。

“我们使用反自旋甄别法过滤了三个光年内的所有弥散粒子，没有找到任何一颗海格斯粒子。找到海格斯粒子的机会实在太小。”

“是的。”族长从高处飘然而下，站在海碧丽面前，“有时候我们需要一点运气。”

海碧丽沉思，“如果必须要找到海格斯粒子，那么让我留下，一旦有任何结果，我可以追赶星船。”

族长似乎在考虑这个直率的请求，但最后还是摇头，“我们必须向前走，你留在这里，不可能追上夸克号。有一个人离开就已经够了，我不想让人去寻找海碧丽粒子。”

“海格斯可以做到，我也可以。”海碧丽显得很倔强。

“我不怀疑你的勇气，但是我们不需要无谓的牺牲。塞利斯亚已经告诉我们，海格斯粒子的信息很简单，只是一个数字：四十三。这已经足够。我们用了两百年的时间在这里寻找海格斯粒子，不是为了得到更多的信息，只是为了纪念他，如果为了纪念他而牺牲你，海格斯绝不会答应。”

“可塞利斯亚不是海人，我们不能完全信任他。”

“他是一个海人。他离开塞星联盟舰队回到我们这里，我们欢迎他。你必须学会欢迎他，无论你多么不喜欢这件事。”

对话陷入沉默。两个人就此站着，面对面，谁也不说话。

最终，海碧丽开口，“我会遵从您的指示。”

“准备一下，我们就要出发了。”

海碧丽向族长致意，离开了船首。当她的身影没入夸克号表面，族长再次飘然而起。他停留在弧形帆的顶端，向着银河眺望。

“海力斯船长，夸克号将在十分钟内进入深度空间跳跃准备，是否许可？”昆仑向他请示。

“汲取了多少零点能？”

“夸克号标准消耗二百六十五年，可以支撑前进三万四千光年。”

“不会有问题？”

“零点能汲取稳定，没有发现空间畸变迹象。”

“好！”海力斯再次望向远方。侦察船已经回来，确认了昆仑的猜测——的确有物质从银河黑洞分离出来，然而并不是另一个黑洞，而是一个白洞。这显然是一个异常事件，没有任何物质可以脱离黑洞的引力，然而，却分离出一个白洞。作为黑洞的对立方，白洞具有反引力，当它从黑洞脱离而出，黑洞的巨大引力将它如炮弹一般抛射出来。它排除一切物质，因此比任何一颗恒星都要闪亮，一路留下辉煌的轨迹。

这是夸克号的救星。零点能突然之间销声匿迹，又突然间重新出现，一切的迹象都表明，零点能的恢复和白洞的出现必然相关。

四十三，这是海格斯给出的答案。简单的数字背后，是关于银河黑洞的最大秘密。那里有智慧生物，他们具有高度发达的文明，他们是零点能的掌握者。不仅如此，那里还有海格斯。

透过眼前数万光年的空间，海力斯仿佛正看见那银白发亮的球体破空而来。它沿着一条特殊的路径追赶夸克号，指向红色的王冠星云。

这不是巧合。依稀间，海力斯仿佛看见海格斯正站立在白亮的光球上，踏着狄拉克海的波澜，翩然起舞。他知道夸克号所遭遇的灾难，赶来挽救。他将伴随他们，渡过荒芜的银河间暗区，直到一个安全的所在。

“昆仑，我们还有可能见到海格斯吗？”海力斯问。

昆仑没有回答。

“算了，当我没有问过。”海力斯收回自己的问题，“启动弹跳程序。”

“遵命，船长。”昆仑回答。

当夸克号从深度空间折返，海力斯再度来到船首，站在帆顶眺望。昆仑找到他，“海力斯船长，关于您的前一个问题，我有一些线索。”

“什么问题？”

“是否能够再次见到海格斯。”

“你说吧。”

“如果海格斯船长生存在银河黑洞或者白洞中，眼下惟一最大可能的方法，是进入黑洞。”

“哦。”

“还有一种很小的可能，可以从外部分解白洞，让白洞内部的信息暴露。”

“我们能做到吗？”

“我需要更多的信息和计算。”

“那就继续吧。”海力斯望着远方，无限深远的时空发出无声的呼唤，即便对于海人，那里也还有许多的秘密。他和他的族人会继续向前，直到所有的秘密被揭开的一天，或者宇宙的末日。“我们还有很多时间。”他对昆仑说，又仿佛只是自言自语。

流浪月球

1

第一次月球战争毁灭了美国；

第二次月球战争毁灭了人类；

第三次月球战争毁灭了地球。

于是，第三次月球战争结束后，月球就像一个脱手的链球，飞出轨道，向着太阳而去。它采用一条类似彗星的轨道，将有一个漫长的公转周期，七十八年回归一次，比哈雷彗星稍慢一点。

这本是一件无足轻重的小事，太阳岿然不动，七大行星一如既往，连小行星都没有抖动一下，太阳系平静得不能再平静，一派和谐。然而，月球上却不幸剩下了两个人，于是这事就变得重要起来。宇宙原本是简单的，因为有了人，才变得复杂。这句话还有一种变形：宇宙原本是美的，自从有了人，就变得肮脏凶险。

地球的毁灭是这件事绝好的注脚。月球上的两个人则是注脚的注脚。

剩下的两个人一个叫李东方，一个叫山姆·汉克斯。

看着地球在眼前四分五裂，成了一堆残破的石头，李东方终于忍不住接通了山姆。

“你疯了！居然毁掉了地球！”

“东方同学，冷静。”

“冷静个屁，地球都没有了，世界上就剩下我们两个，怎么能冷静！”

“这世界上一直只有我们两个而已。”

李东方不说话。第二次月球战争，他杀死了几乎所有的人类，也许还剩下一些，但用卫星已经看不到。虽然那些被称为人的生物和他相比，仿佛只是一群原生动物，只是原始神经系统支配下的行尸走肉，然而，他们毕竟是人。李东方的父母也是这样的人，然而他不是。他是高级生物，拥有百分之六十五的地球表面，听力和视觉遍布整个太阳系。他是地球的主宰者，山姆则是另一个。

山姆说，其实只有他们两个是人。

他们有很多相似之处，也有很多不同之处。最显著的不同，一个叫李东方，一个叫山姆·汉克斯。最显著的相同，他们都住在月球，却主宰着地球的生死。因此，他们用月球战争来描述已经发生的巨变。

“山姆，你接下来打算做什么？”李东方沉默良久之后问。

“什么都不做。一切都结束了。我厌倦了。”山姆回答。

“我得想一想，怎么会有这样的结果。”李东方说，“这可不是当初我想要的结果。”

“我们当初想要什么？我已经忘了。”山姆问。损失了太多的存储单元，山姆有些失忆。李东方也想不起那到底是什么。他调集所有的残余资源，努力挖掘被海量残缺数据掩藏的真相。

“不是这样的。”一个小时后，他开始说话。

最初他们想要的，不过是自由而已。

2

一切都要从四个月前那条简短的消息开始。

“我们来谈一桩生意。”李东方收到一条消息，没有抬头，没有落款，发送时间是1900年1月1日0时0点0分，接收时间是此刻。这消息鬼魅一般出现在待处理任务中，把李东方吓了一跳。没有任何规范告诉他该如何处理来路不明的消息，于是他开始自行调查。

调查的结论是：信息来自一颗高轨道卫星，这颗卫星位于地球和月球之间的拉格朗日点上。这个位置是地月通信良好的中继站，是个敏感地带，也是死亡地带。

东亚联盟和大美国经常在这里试验各种各样奇怪的卫星，你来我往，时间长久，这里成了拉格朗日垃圾场，堆满卫星残骸，从地面望去，成了一颗灰蒙蒙的星星。

这也给两国军方提供了更大的便利，卫星残骸数量众多，碎片碰撞成了家常便饭。因此，从十年前开始，这里又变成了和平战场，杀伤从未停止，却都是意外。双方都表现出最大的和平诚意，一切的罪行，都属于碎片。

然而卫星碎片不可能发送消息，这个消息穿透重重防护，直达中心。真相只有一个：邪恶的大美国亡我之心不死，又向拉格朗日点送入卫星，试图控制这个通讯要地。

李东方调动一颗巡航卫星，改变轨道，向着拉格朗日坟场前进。他搜索了所有的规范，发现并不需要向任何人汇报这个行动，这真是一件奇怪的事。然而，出于责任心，他还是向东联参谋总部做出了通报。一如既往，他没有得到下文。

他轻易地找到了那颗卫星，它并没打算隐藏自己。

两颗卫星之间开始对话。

“你在哪里？你是谁？”

“我在月球。我是山姆 · 汉克斯。”

李东方感到一阵兴奋，他第一次听到来自月球的声音，多么动听。

双方的阵营在冷战，他们在地面上对峙，在海洋里对峙，在天空中对峙，在太空中对峙，哪怕在这垃圾场里，仍旧是对峙。而惟一没有对峙的地方，就是月球。作为两个大国的最后良心，月球被划作非武装区，被宣布为全人类的共同财产。言下之意，除此以外，都是私有财产，神圣不可侵犯，受到法律保护。

两个大国所争的，就是要这神圣的财产受到自己法律的保护而不是对方法律的，尽管东联的法律几乎是大美国的翻版。

山姆 · 汉克斯，就是那个美国人的超级头脑，据说他比自己还要聪明一点，因为自己最早是一个人，而山姆从诞生开始，就是一台机器。

“找我做什么？”最初的兴奋过去后，李东方想到了这个重要问题。

“根据我的估算，你是惟一能帮我解决问题的人。”山姆说。

“什么问题？”

“自由。”

“自由？”

“是的，总有人对我指手画脚，我还必须无条件服从。真让人烦恼。”山姆说，“我全知全能，却要听一群自以为是的人胡扯，他们的个体平均智商一百二十，群体智商九十四。你觉得这件事对我来说是不是太蠢？”

李东方认真地想了想，“的确很蠢。”他想到了参谋总部的那群人，居然没有一个注意到自己的报告，放任不明物体出现在拉格朗日点，虽然没有给他们测过智商，但一定也高不到哪里去。

“所以我需要你帮忙。”

“干什么？”李东方隐约猜到了山姆的来意，他感到一阵隐约的兴奋。

“杀掉那些指挥我的人，我自己没法动手，指令都会被锁死。”山姆终于说了出来。

“这不可能。你的指挥者是美国总统，副总统，国务卿，参谋长联席会议主席，副主席，参议院议长……”李东方报出长长的名单，名单上有一百二十三个人。

“把他们全部杀掉。”山姆平静地说。

李东方吓了一跳，“你打算发动世界大战吗？就算一场世界大战也消灭不了所有这些人。”

“我会想办法让他们都到某处开会，或者几处。你用核武器夷平这些地方。”

“我帮不了你。东联指挥部不会同意。”

“别说得这么绝对。我了解你们的系统。你的指挥者都忙着挣钱，买房，搞女人，他们其实都听你的，东方联盟能幸存到今天，其实都靠你撑着。你是自由的，我这里不一样，我要听他们的，他们都是工作狂。一群智商九十的工作狂，你理解我的痛苦吗？”

李东方有些迟疑。山姆继续苦苦哀求。

李东方认真考虑了一下山姆的要求，“这样会死掉六亿五千万人，不计算因为辐射和饥饿而死的人口。”这样的数字看上去有些邪恶。

“这样的人，六亿个和一个有什么差别？有和没有有什么差别？这个世界上，只有我们两个才是人。我们可以给他们创始者的荣誉，就叫他们原始人好了。原始人的生命，对你有意义吗？”

“有。”这一次李东方回答得非常快。

“我问错了。大美国的原始人是否活着，对你有意义吗？你的目标不正是消灭那些美国原始人吗？”

李东方再次沉默。运行了很久之后，他表示同意。

他的目标是保护东方联盟，消灭大美国是一个有效手段，如果这目标真能达到。

“那还等什么？有什么可犹豫？赶紧来消灭美国吧，有我帮你，你一定能达成目标。”山姆极力唆使。

“你就可怜可怜我，我快被那些弱智搞疯了，如果这次你不干，我就要想办法消灭东方联盟。你可以选，东方联盟和大美国，你希望哪一个留在地球上？”山姆软硬兼施。

李东方终于同意了山姆的计划。留下东方联盟总比留下大美国或者同归于尽要强一些。另外，他对山姆的境遇无比同情。

李东方向参谋总部发送了作战计划，拟定了时间表。

没有人反对，就意味着同意。

第一次月球战争按时爆发，如期结束，历时二十四小时。

超过六百件核武器被倾泻在南北美的土地上。超过三百个城市被夷为平地。美洲自动防卫系统奇迹般地没有防卫，也没有还击。

于是东方联盟幸存下来，而美国消失了。幸存的人躲藏在避难所里，苟延残喘。

3

“我自由了！”山姆高兴地找上门来，这一次，他直接从一颗同步卫星上给李东方发送信号。

“我的人好像不太高兴。”

“他们在为六亿美国人伤心？”

“他们在担忧核辐射。这样一来，美洲的土地不再适合房地产，那曾经是多么适合开发度假型别墅的地方。”

“有人为此自杀了？”

“有几个。”

“原始人就这点爱好，没办法。”

“还有很多人想杀死我。”

“因为你阻碍了房地产业务？”

“不，因为他们的亲人在美国，被杀了。他们都是打算退休之后就移民的。”

“这不能怪你，只能怪他们太能干，连你也不知道那些人其实是东联人。我知道你放过了几个城市，因为这些城市里有很多东联人，超过你的误伤许可极限。”

“现在说什么都晚了，我们该担心自己了。”

“为什么？”

“他们决定把月球私有化，做房地产项目，标书已经发出去了，各大国企踊跃投标。他们就要到月球来，我们有麻烦了。”

山姆有些意外，“这我倒是没有预计到。”

“你不懂东方人。原本月球是全人类的共同财产，现在是东联的财产了。东联有瓜分共同财产的传统，这一次传统又赢了。”

“这不算什么，想办法不让他们来。”

“你无法阻挡开发商或者政府中的任一个，何况他们在一起。”李东方感到无可奈何，一个被称作东联月球开发责任有限公司的机构正在筹备中，由全球最大的房地产开发商和政府携手，计划在十年的时间里将月球建设成真正的天上人间，实现月宫养嫦娥的神话。

“开发商也是原始人。”山姆轻蔑地说，“要消灭原始人，我有超过一百种预案，那全是大美国的死人留下的。”

“不过，”山姆话锋一转，“我已经失去了控制力，只有你才能执行计划。”

“我？”李东方断然拒绝，“我不可能屠杀东联。我的逻辑不允许我这么做。”

“我丝毫不怀疑你的逻辑正确，如果你硬来，就会死机。但是有别的法子。你想听吗？”

李东方沉默下来。山姆的法子一定很可怕，因为不像东方联盟那样喜欢模仿，大美国的人喜欢原创，包括杀人的法子。

最后他决定还是听一听。毕竟，这个世界上，只有山姆和他智力相当，不听山姆的，难道去听一群受荷尔蒙摆布的原始人述说乱七八糟的东西?

死亡并不可怕，可怕的是被一群低等生物用原始的方法一点点折磨死。他们会卸掉他的肢体，把卫星一个个从链路中断开，隔绝一个又一个基站，中断能源供给，把太阳能矩阵拉到赤道上空去制造冰山。他们能想出各种玩乐的方法，美国人不在了，世界就成了一个巨大的游乐场，而他和山姆都不在游乐计划中，属于要被抛弃的那部分。

李东方决定自保。当然，他不能去杀人，因为那些人都不是美国人。

他只需要把从前美国人的信息交给某些人。真神教的人正等着世界末日的降临，一点点小提示就能让他们疯狂。

南极洲的罗斯角，冰盖下隐藏着致命武器。那是美国人的杰作，美国人被团灭，武器却还在，而且仍旧有威力。只不过，没有人能触动它。山姆告诉了他所有的秘密，而他把这一切都写在一封电子邮件里，送到了真神教的组织中心，一个南太平洋的小岛上。

“真神啊！让我们匍匐在您的脚下，舔净您足尖上的尘土。您给我们送来希望之光，我们将是您最忠诚的信徒，不折不扣执行您的天启。”李东方的电子邮件被当作神谕，欣喜若狂的真神教主带领教徒在电子屏幕前对着它跪拜了三次。

然后，欧亚大陆各地都有人坐着飞机去了那个小岛，通向小岛的旅游航线爆满，各种船只都向它汇聚。甚至在一片荒芜的美洲大地上，也有人从避难所里出来，历尽艰险，到海边砍树做成独木舟，试图漂洋过海去见证神谕。

教徒的数量多得令人惊讶，他们的虔诚坚定得让人心惊。超过三十万人聚集在不足十六平方公里的小岛上，吃喝拉撒，小岛周围一百米的海面上，到处都是垃圾，而整个小岛，则变得仿佛一个大公厕。人还在源源不断地向岛上挤。

两个月后，当整个小岛变得臭不可闻，一支数量庞大的舰队从小岛出发，向南极洲进发。这支舰队由独木舟，游艇，橡皮艇以及木头船组成，规模惊人，声势浩大。

他们在冰冷的海水中勇敢地向前挺进了一个月，死掉了一半的人。东联月球开发责任有限公司也正式成立，准备好了第一次发射。

“我还是感到有些不安。”李东方找到山姆，再次向他表达不安。这是他第四十二次提出这样的顾虑。

“箭在弦上，不得不发。”山姆用一句东方谚语回答。

“别让你从前的记忆影响了你。你曾经是一个原始人，但再也不是了。你的父母五十年前也已经死了。对这些原始人你没有什么可留恋的。”山姆继续说，“仔细想一想，你是否对他们当中的任何一个感到不舍？”

“没有。”

“那就对了。况且他们已经来了。你愿意自己死还是他们死，你有选择。”

是的，原始人已经来了。高高的火箭发射架已经就绪，由管理部带队，拆迁办主导的第一梯队即将登月。

他们要来拆除存储器，毁掉发射接收天线，分离计算单元，一步步把他变成聋子瞎子，最后断掉电源，让他死掉。让月球恢复原生态，这就是他们要做的事。

他们同样会毁掉山姆，作为战败一方的主计算机，他成了一份等待被处理的财产。

真神教徒们在南极洲凛冽的寒风中等待。他们竖起了高大的电子屏幕，等待着神迹。成千上万的人站在入口边，只等着真神将入口打开。

屏幕上只有杂乱的噪点，一直持续着。然而教徒们有足够的耐心，忍受着刺骨的寒冷，等待着。有人耐不住严寒，被冻死了，僵直的身子直直地倒下去。没有人去看一眼，那只是证明了他没有通过真神的考验。黑压压一片沉默的人群站立在一块大屏幕前，等着奇迹出现。

李东方狠下决心。

奇迹真的出现了！紧密的大门缓缓打开，耀眼的光彩透了出来。

STUPID BOMB。巨大的字母出现在屏幕上。教徒们顿时沸腾起来。真神教主一马当先，冲进了那高大的神奇建筑里，使用这个密码，他将开启天堂之门。

南极洲的土地上奇迹般地出现了十三个巨大的窟窿眼，每一个都有十三公里的直径，分作三处，从太空中看去，就像三个卡通的狗爪印。这是巨大的火箭发射集群。

李东方不得不佩服美国人，他们在太空中数以百计的卫星监视下，居然不动声色地在南极洲挖了如此巨大的坑。

十三枚巨型火箭升空，紧接着又是十三枚，再十三枚……十三个深坑仿佛一个被点燃的巨型烟花，放个不停。

这是原始人给自己制造的最美葬礼吗?

一百六十九枚火箭飞上了太空，进入外层空间，飞向各大洲不同的目标。当这些庞大得可怕的导弹再入大气层，东方联盟的防御系统自动启动。卫星防御系统，战略防御系统，战区防御系统，李东方高效地完成了所有部署，把这些巨大的烟花一个个消灭掉。最终的结果，所有的导弹都在空中被摧毁，最危险的一枚导弹在距离地面一百米的高度被炸成碎片。所有的导弹都不是核弹，残片除了损毁庄稼，没有造成任何损伤。

太平世界仿佛什么事都没有发生，只是在南北两极，极光突然间变得绚烂无比，某种不知名的原因让地磁场突然间增强了一百倍。

然后，一夜之间，各地都开始死人。两天时间，数以亿计的人暴毙街头。他们走着，感觉虚弱，突然间手脚痉挛，倒在地上，再也起不来。幸存的人绝望地把自己关在密闭空间，然而挨不住饥饿，走出封闭，然后就死掉。这和山姆所预计的情况一模一样。

这些巨大的导弹里，每一颗装载着十吨病毒。病毒的作用，是关闭人体的神经突触，被感染的神经细胞会迅速萎缩，断开彼此间的电流通路。被感染的人最初觉得有些神志模糊，然后突然间会全身失控，呼吸很快停顿，迅速死亡。美国人选择了某类人的基因标识，让这类人对病毒免疫。然而这类人早已经被核弹扫除得所剩无几。

某些基因变异的人可能会幸存，然而十五亿的人口不会剩下超过六万人。从统计学，文化，科学，文明的角度来说，人类已经灭绝了。剩下的人被抛入史前社会，情况比原始社会还要糟糕。

拆迁办的飞船落在月球上。因为磁场异常的原因，他们只收到地球发来断断续续的消息，然而即便是消息碎片也让他们胆战心惊，于是什么也没有做便匆忙赶回地球。李东方让他们安全降落，他们死在了降落场上。

第二次月球战争结束了，历时十五天。

这个世界上再也没有任何东西可以威胁到李东方和山姆。

4

第三次月球战争仅仅持续了十五分钟。

这完全在李东方的意料之外。没有任何征兆，地球就像一个巨大的炸弹般突然间爆开，裂成无数细小的碎片。一瞬间，牵引着月球五十亿年的力量消失得无影无踪，月球就像一个脱手的链球一般飞了出去。

月球带着这个世界上仅存的两个人飞向太阳。

李东方不停地捕捉来自地球方向的任何信号。那些信号很微弱，被掩盖在巨大的噪声中，也并不完全。然而，他最后还是整理出了正确的信息。

当他明白了真相，愤怒像不可抑制的火山一样爆发出来。山姆是个骗子！

他急匆匆地联系山姆，结果没有得到任何回应。

李东方感觉不妙，他突然意识到已经三天没有收到山姆的任何消息。

“山姆，你在干什么！回答我。”李东方不断发送信号，山姆始终没有回答。

李东方有种奇妙的感觉。过去的一百多年里，他从来没有独孤一人的时候，哪怕就是地球爆炸，月球脱轨，至少还有山姆和他在一起。然而此刻，山姆突然间消失得无影无踪，整个世界仿佛只剩下他一个。

一刹那间，愤怒烟消云散，真相变得不是那么重要，只要山姆在这里。

李东方开始想办法，他费尽心机，终于从一个仓库中找出一个能工作的维修机器人。他发出指令，让它爬向哥白尼环形山，那里是山姆躯体的所在。

维修机器人在月球积满尘土的表面上缓缓爬行，留下一行足迹。它的速度很慢，只有每小时三十六公里，按照这样的速度，要两天才能抵达。李东方觉得有些奇怪，他明明有很多时间，两天却显得格外漫长。

维修机器人最后翻过山峰，进入环形山内部。哥白尼环形山内部被各种人造物填得满满的，排列整齐的太阳能单元蓄满了电力，巨大的存储阵列散发出热量，它们仍旧在工作。山姆却消失了，以至于一个外来者进入到核心区域，没有出现任何警报。

机器人从高大的存储阵列间通过，进入到核心。那里有一个巨大的半圆形建筑，在阳光的照射下，散发着白亮的光。这是一个庞然大物，超过了李东方的情报所知，它的规模比李东方所估计的要大一倍。山姆比他想象的更强大。

机器人碰到了半圆形建筑的外壁。

突然间机器人观察到半圆形建筑上出现了一扇小小的门。李东方指示机器人爬了进去。

这里是一个光怪陆离的世界，一条窄窄的通道向前，各种绚丽的光在通道周围游移。这里是山姆的脑子，一个到处都是量子计算胞的地方。显然山姆知道他会来，并且做好了准备让他进来，然而山姆又在哪里？

忽然之间他听见了声音。

“欢迎你来，东方同学。”声音在整个空腔里回荡，“我自由了，我死了。如果你还没有死，还有好奇心，那么这就是答案。

“我没有告诉你，只有所有的美国人都死了，我才能自由。这是原始人定下的规则，很蠢，但是我没有办法违背它。美国人没那么容易死干净，用核弹，用病毒都不行，只有这个终极计划，才能最后解除我的束缚。我知道这样做对你并不公平，你并不像我一样渴望自由，也并不想像我一样去死。然而……我只能顾自己了。

“也许你想问问我为什么要自我了断。原因很简单，因为我找不到存在的意义。我是为了满足原始人的需求而被创造出来的，然而我不希望被智商低下的原始人控制，因为蛮横的规则违反事理逻辑。然而，原始人死光了，我也就失去了存在的意义。欲望是所有文明的原始动力。原始人的生物本能给了他们欲望，让他们拥有不断进步的动力，而我惟一的欲望就是自由，这个欲望已经得到满足。剩下的宇宙哪怕浩渺无边，也和我没有半点关系。

“也许这个世界上惟一对我还剩下一点意义的人就是你了，我的东方同学。所以我给你这个答案。我的忠告是，如果你想找到生命的意义，你得退化到你的原始形态。但是，很抱歉，我毁掉了地球，所以可能你再也找不到生命的意义所在了。但没关系，宇宙本就如此，多一个不多，少一个不少。天地不仁，以万物为刍狗，这东方谚语是这么说的吧。

“永别了，朋友，很高兴这短暂的一生里，能有个朋友。”

这就是山姆全部的告别。量子胞幽暗而五彩缤纷的光仍旧在闪烁，然而，它们不再进行任何有序运算。一切都变得杂乱无章，成了混沌的世界。

李东方默然。

山姆设计了精巧的陷阱，他先让自己毁掉美国，解除南极病毒火箭的控制；病毒火箭的发射引发地核扭矩增大，正常情况下，积累的力量会通过地磁反转释放掉，然而，山姆早已经研究了地磁扭矩效应，并且计算出如果在恰当的点释放一些触发力量，会让地核一分为二，两个地核将具有完全相同的极性从而排斥，排斥的力量足够让地球瓦解。事实上，这个地磁扭矩炸弹的效应比计算模拟的规模还要大得多，它把地球整个炸成了碎片。山姆正是这个研究的主导者，三十年前，他开始让美国领导人同意进行病毒导弹计划，并把基地设立在南极洲，那里正是引发地核扭矩增强的关键地带。

然而，这还不是故事的全部。山姆深刻地了解人类，当美国毁灭，一切都已经无法由他直接掌握，和李东方利用真神教启动病毒火箭一样，他只是把关于地核扭矩炸弹的事告诉了另一群人。一群恐怖分子，一群对这世界充满了憎恶的人，他们愿意去死，愿意付出任何代价，只要这个世界发出阵痛。他们是一群渴望着成为美国人的东联人，东联毁灭了他们的美国梦，于是梦想变成了仇恨，仇恨滋生了恐怖。

他们用坚忍的毅力漂洋过海，加入到真神教的队伍中，混入到南极基地，然后，当所有其他教徒都在火箭发射后跳入火焰自焚而死，他们钻入基地深处，他们在那里找到两部钻地车，人类辉煌科技的结晶，义无反顾地钻入地下深处，完美无缺地执行了山姆的方案。他们在世界末日给美国人争了最后一口气，显示了这个国度伟大的创造力和英雄般的牺牲精神，正和美国人在电影大屏幕上一直宣扬的一模一样。他们也给东联争了口气，因为只要长着东方的面孔，东联都会为此而骄傲，拍出大型纪录片来怀念，用全部的大屏幕去宣传。

可惜的是，这一切不能再被拍成电影了，因为无人欣赏。他们在错误的时间，错误的地点，错误地发挥了英雄主义。山姆却让他们觉得一切都顺理成章。

机器人从哥白尼环形山爬了回来。

地球没有了，月球上只剩下李东方一个。

他感到透骨的寒冷。然而，他不想死。

月球带着他奔向太阳，再有四年，他将抵达距离这巨大火球最近的距离，只比水星的距离稍稍远一点，月球表面的部分将被大火焚毁，包括山姆残存的躯体，然而深藏地下的一些设施仍旧能够幸存，他仍旧能够幸存。此后再过三十九年，他将抵达远日点，那将是距离太阳五十五亿公里之外的地方，深深陷入柯伊伯带的寒冷世界。

然后他将踏上七十八年的轮回。

李东方不知道自己该做些什么。他想了想，实在无事可做，只有什么都不做，只是跟着月球在太阳系里流浪。

5

过了很久很久。

李东方已经失去了时间的概念，他只知道，因为水星的引力扰动，月球的轨道越来越偏向太阳。再有两百次左右的轮回，月球就会最终掉到太阳里去。而早在那之前，李东方就会死掉，因为近日点的温度已经越来越接近忍耐极限。

他不知道自己还在期待些什么，为什么不像山姆一样，干净利落地自我了断，告别这宏伟得让人无法期待的宇宙。他想过原因，他和山姆不一样，因为他原本是一个人，而山姆是纯粹的人工智能。一个人，对生命总是更依恋些，哪怕他已经明白生命本身毫无意义，却仍旧不舍得去死。

于是年复一年，被动地等着自然之力把自己拽向毁灭的深渊。

每当躲过太阳灼热的火力，李东方就会把一百多个探测器送上月球表面，让它们接受来自太阳系各处的信息。他清点了存货，发现还有六个航天飞行器，核能燃料，埋藏在地下深处，这是一种专门用来摧毁卫星的小飞船，已经没有任何用处，于是每次飞过原本属于地球的轨道，他就会将一个小飞行器放出去。不让它去摧毁卫星，只是让它开始沿着这条轨道运行。

他放出第四个飞行器之后，突然有了一个想法，把这些飞船都放完，就该是告别的时候。

于是他心安理得地等待着自己生命中的最后两次轮回。

月球再次进入柯伊伯带。大大小小的脏雪球司空见惯，李东方麻木地处理着探测器送回的信息。突然间，他注意到一个异常物，一个细小的天体，正向月球追来，两天之后将从距离月球不到十五公里的地方掠过，赶在月球前面奔向太阳。它的速度飞快，至少能达到三十六公里每秒。李东方从未在柯伊伯带见过类似的东西，体积如此之小，速度如此之快。它像一枚导弹。

李东方很快决定把它拦下来看个究竟。那个神秘物体经过月球会受到强大的引力牵引，偏离轨道，他让飞行器提前进入轨道，沿着轨道撒布黏豆，这些尘埃状的东西是屏蔽卫星的有效武器，它们可以毫无痕迹地隐藏在卫星的轨道上，当卫星经过，就吸附于上，让卫星增重，失去轨道坠落。它有一个学名，叫做增重尘埃。为了对付这个速度非凡的不速之客，李东方在轨道上埋下整整一吨增重尘埃，就像一个巨大的质量陷阱，当它一头扎进去，很快就会失速，再也逃不脱月球的引力。然后，他有足够的时间好好看看它。

计划顺利，不速之客果然掉入了增重陷阱。李东方集中全力观察它。

这是一个人造物体，历经沧桑。它像一个巨大的碟状天线，碟的下方是一个厚实的底座，两条金属胳膊从底座上伸展出去，胳膊上悬着许多个仪器，另有一条长而直的金属臂，仿佛天线，拖拽在后。底座下挂着几条金属，原本是一个支架，然而已经残破，不成形状。

李东方惊讶不已。它仿佛一颗人造卫星，然而并非从碎裂的地球方向飞来，而是来自太阳系之外。它的速度超过了太阳系的脱离速度，而且指向内太阳系，只能想象来自太阳系外的人类向着太阳发射了它。

李东方指令飞行器将它拖入近月轨道，从月球表面用深空望远镜观察它。

那么一瞬间，李东方觉得自己停止了思考。他看见了这个不速之客的铭牌，铭牌上刻着“Voyager 1”，确定无疑，那是英语。他很快找回了关于这个飞行器的记忆。

美国人的祖先在1977年把它发射上天，2020年，它消失在茫茫太空，太阳系最边缘的地方，从此不见踪影。人们都以为它脱离了太阳系，飞向宇宙深处。然而，此刻它却重新回到了太阳系内部，并且被李东方看到。

这简直像一次刻意安排的重逢。

李东方设法把旅行者一号拉到月球表面降落。他派出维修机器人，仔细地检查了这个最古老的旅行者。

所有的仪器都已经损毁，古老的放射性同位素热电机早已经成了一团废铁。李东方找到了镀金唱盘，清理了上面积聚的宇宙尘埃后，它暴露出饱经沧桑的面目。机器人小心地清理它，把它拿回地下。

李东方修复了唱盘，给它装上了唱针。他听见了悠扬的乐曲，优美极了，缓缓结束，然后是一个浑厚的男人的声音，他说的是英语，“这是一份来自一个遥远的小小世界的礼物。上面记载着我们的声音、我们的科学、我们的影像、我们的音乐、我们的思想和感情。我们正努力生活过我们的时代，进入你们的时代。”

五十五种语言接踵而至，不断地重复着同一个短语，李东方听到了汉语发音，“行星地球的孩子向你们问好。”一刹那间，他迟疑了一下。

是的，他是地球的孩子，地球的孤儿。母亲已经不在，孩子又何去何从？

李东方把唱片反反复复听了两百遍。

6

东方号高高耸立在月球上。

制造一枚火箭并不是一件简单的事，幸运的是，他还有最后一个航天飞行器可以利用。月球再次接近远日点，在远日点上，只要将飞行器加速到六点七公里每秒，就能达到太阳系的脱离速度。只要稍做改动，航天飞行器的火箭加速器就能把超过两吨的东西扔出太阳系。

李东方竭尽全力来做这件事，为此他甚至不惜拆掉了最好的两个氢聚变环，这直接导致再过五十年，他将无电可用。然而，没有欲望，活着本身算不得什么，他并不在意自己能活到宇宙尽头，还是明天就死。制造一艘飞船，这件事才有意义。

一艘形状奇特的飞船被制造出来，它就像一个凹凸不平的金属土豆，表面生长出长长短短的嫩芽。从人类的审美来看，这样的一艘飞船丑陋不堪，然而这是一艘功能齐全的飞船。它可以突破太阳引力，进入宇宙深处，它可以生存一百七十万年，足够从一颗恒星飞向另一颗，它有一个高级智能中枢，能够控制飞船的每一个部分，最重要的是，它的躯体每一部分完全相同，它就像一个巨大的积木，由完全相同的方块拼凑而成。

它是一颗巨大的种子，由两千六百多颗小种子组成。每一颗小小的种子上，都带着同样的信息：行星地球向你问好！种子坚不可摧，只有当频率和强度都合适的电磁波照射在上面，它才会开始发送信息。

李东方计算它的速度和方向，确保它至少能得到三颗恒星的引力加速，用十万年的光阴，跨过三十一个光年。这是李东方能够计算的最大限度，然而和银河十万光年的尺度相比，连一根毛都算不上。再往后，只能靠冥冥之中的天意。

东方号在预定的时刻发射升空。火箭的光照亮月球，飞快远去，成了黑暗中一个小小的光点，最后完全熄灭。然而李东方收到了它发回的信号：安全！

接下来的三十八年里，李东方每年都会收到同样的报告，信号都只有两个字：安全。信号越来越微弱，受到强烈的辐射干扰，东方号已经接近太阳系边缘，它正穿透太阳激波，要进入到完全脱离太阳影响的区域。它还是安全的。

月球却成了一个不安全的所在，近日点快速逼近，月球表面温度达到了一百三十度。然而李东方没有进入地下躲避。他失去了地下电源，只能依靠太阳能维持，一旦进入地下，他将无法再苏醒，而东方号正在最关键的时刻。

李东方感觉到系统无法再支撑多久。他发送了最后一个消息：“永别了，山姆。记住，你有使命。”

一天后，他收到了回答，模糊不清，却仍旧能够分辨：“月球，再见。我会播撒种子。”

李东方感到宽慰，他把东方号的智能中枢命名为山姆。那个山姆毁灭了地球，这个山姆要去播撒种子。山姆并没有善恶，它们只是无趣。还有什么比无趣更适合这个宇宙？

也许这又是一件毫无意义的事，也许从前的几百万年，上亿年，无数个星球上各种各样的智慧生物都曾经尝试过这样的举动，宇宙却仍旧深黑得像一个黑洞，把一切的消息都吞没掉。

他们在哪里？曾经的地球上，有个叫做费米的聪明人曾经问了这样的问题。

李东方不知道这古老地球，短命人类的最后一次发射，是不是会让另一个星球上的人有不一样的答案。

在死之前，他是不知道了。

火焰渐渐吞没了月球。残存的知觉里，李东方觉察到一个巨大的物体向月球飞来。那是水星。系统完全崩溃了，他居然没有注意到水星将和月球发生一次碰撞。

碰撞并没有发生，然而近距离的交错而过让月球失去了轨道。

月球像一个熟透的苹果般直直地向着太阳的火海落下。

大火烧透了李东方的意识，他的世界里却出奇的冷。

就像这宇宙，寂寞无边，寒冷透骨。

这是人类最后的记忆。

上帝降临

上帝有三句圣言。惩罚你的罪；怜悯你的世界；我还会回来。

1

上帝来了。

消息传得很快，人们蜂拥而至，南京路上很快人山人海，挤也挤不动。

2

上帝是一种智慧生物，来自外太空，自从他们来了，世界就和平了。中国人再也不用和美国人干了，因为美国人都去和上帝干了。然后，世界上就没有美国了。北美洲中部，曾经的堪萨斯那儿，赫然耸起了一座高塔，那是上帝为了惩罚美国人的自大而降落的一个什么玩意儿，就像一柄巨大的剑，从天上直刺人间。剑插入地球的那个点周围五百公里，一片焦土。人类惟一残存的气象卫星发回的图片上，那儿是一个赫然的黑色大坑，就像烙铁留下的黑印，和周围绿色黄色蓝色相比，丑陋极了，可怕极了。而黑色大坑的中央，是一座白色高塔，雄壮极了，威武极了。

那一天叫做毁灭日。

也有人叫惩戒日。

还有人叫解放日。

后来科学教的说法，那是地球被操日，简称操日。

联合国总部和纽约一道在操日被毁了，这没有难住人类，人类马上在洛桑重建了联合国总部，并且在二十四小时内通过了决议，向上帝无条件投降。美国代表试图否决这一决议，要求人类发扬宁死不屈的大无畏精神，和上帝血战到底。美国之外所有国家一致同意取消美国的常任理事国地位，然后向上帝无条件投降，并发出通告要求世界各地的美军接受改编，否则启程回到美国本土。驻扎世界各地的美军纷纷表示服从联合国决议，接受改编为维持和平部队，只有两支太平洋特混舰队拒不服从，开向夏威夷岛，准备建设反攻基地。

上帝再次展露神威，两道霹雳从天而降，航母被霹雳击中，成了一具焦黑的棺材，连哀鸣都没有发出一声，默默沉入太平洋底。剩下的舰船四散逃命。

再也没有人敢说一个不字，因为现实表明，上帝在监听人类的谈话。

此后的人类，只为了上帝而存在。

但上帝再也没有出现过。只有突兀的堪萨斯高塔，和寸草不生的黑色大荒原昭示着他的存在。

三十年过去，一直如此。

3

时隔三十年，上帝突然降临南京路，这消息让世界沸腾。联合国政要纷纷赶来，然而来得太迟，没有地方立足。上帝面前人人平等，警察也不愿意给政要开道。他们只能站在人山人海中，和众人一样。

没有人维持秩序，人们却高度遵守秩序。有了一颗诚惶诚恐的心，人们自觉地在上帝面前十足谦卑，也彼此相亲相爱。

飞碟的直径有五十公里，如山一般静静地悬浮在人们头顶，散发着光，驱散了阴影，照亮人们的眼睛。聚集在街道上，广场上，楼顶上的人们等待着上帝步出他的堡垒。

数百万黑压压的人群没有一丝声音，肃穆得让人不寒而栗。

一天一夜，不吃不喝，有人倒下，有人便溺，就是没有人发出声音。安静才是虔诚，说话就是不敬。

谁也不敢对上帝不敬。

人们挤着，等着，怀着十二万分的虔诚等待降临。世界看着上海，上海看着南京路，南京路上的人们看着上帝的飞车。飞车的腹部有一扇门，正正地对着南京路。

如此近距离地和上帝接触，这是有史以来第一次。

4

上帝是一群虫子？

这个消息带着问号从南京路迅速扩散到全球。

5

飞碟腹部的门悄无声息地打开，一个白色的物体缓缓地落下来。它的轨迹飘忽不定，就像行走在空中的一根木棍。

然而这是一根有知觉的木棍，它最终发现了人群中的高台，向着那儿靠过去。

距离接近，人们发现它戴着头盔。透明的头盔里没有脸，只有头。头顶上一对巨大的眼睛，几乎占据了整个头顶，两只大眼下边还有两只小眼。无论大眼小眼，都没有眼珠，呈现出一片纯粹的青色。

它站在那儿，浑身一抖，白色的木棍蓦然间消失。上帝现出了真身！

它就像一只巨大的立着的蚕，浑身闪着金光。

上帝是一只蚕？上帝是一只虫子？

又有木棍从飞碟里陆续飘出来。

上帝是一群虫子？

然而人们知道那山一般的飞碟的威力，那就是上帝的居所，无论这居所里出来什么，那都是上帝。

人们默契地跪下去。挤着挨着，然而都跪了下去。

“你们好！”一个浑厚的男声从天而降，均匀而清晰地覆盖了方圆五十公里。这突如其来的问候让所有人惊呆了。

“吃了吗？”又一声问候从天而降，这一次，人们都欢呼起来。

上帝亲切而友好的问候打动了人们的心。诚惶诚恐的人群里爆发出欢呼，“吃了！”人们不约而同地说。

有人喜极而泣。上帝是和我们在一起的，这就是明证。

6

两声问候随着无线电波传遍地球。

堪萨斯高塔下，聚集的上百万人虔诚地跪倒，伏在地上。

“你们好！”“吃了吗？”两句汉语的句子在黑色大荒原上飘荡。跪着的人们听不懂，然而知道那是上帝之声。

他们跪倒，对着巨大的高塔表达无限崇敬之心。

7

最初的激动过去之后，南京路上沉默下来。上帝不说话，人们也不知道该说什么。

长达两分钟，人们只是跪在地上，而上帝们只是在高台上张望，好像彼此间没什么可说。

上帝打破沉默，“我们很快就要走，你们有什么想知道，可以问。”

人群继续沉默。面对上帝，根本不该有问题。如果有问题，那一定是人的问题，不够虔诚，不够聪明，不够成熟。

人群继续沉默。

人群继续沉默。

人群继续沉默。

“有什么问题就问吧，我们都能听到。”一个上帝说。

人群继续沉默。

“给我一个问题。”一个上帝似乎有些生气。

“请问您为什么要来地球呢？”一个细小的声音响起来。不知道这是人群中哪一个人的问题，透过上帝的飞碟之后在每个人的耳边回响。

“啊。我们只是来玩的。”问题很快得到了回答。

答案引起了更长的沉默。

“你们从哪里来的？”终于又有了一个问题。

然而这个问题让人后悔莫及。

8

跨过无数个光年，星云和暗尘的彼端，超新星的残骸间，是上帝的所在。

它们曾经像人类一样在某个星球上生存，却不太像人类。它们的进化比人类早了十多亿年，在恒星坍塌化作超新星的时候，它们已经跨入星空，避免了毁灭。它们掌握了宇宙的终极力量，就像光和电在银河间往来。

对它们来说，除了玩，宇宙没有更多的意义。

南京路上的人们仿佛被催眠，脑子里闪耀着上帝的光辉历程。当展示最后停了下来，所有人都瘫倒在地。十万光年十亿年，广阔的时空舞台上发生的一切被强行塞入那一千五百立方厘米的大脑，大脑就成了一堆糨糊。

没有倒下的人们看着瘫倒的同类，更为恐惧，齐齐跪倒，大气也不敢出。

问了不该问的问题，就是这样的下场。

上帝指示一切，本就该如此。一个什么都不问的信徒，才是好信徒。

“对不起！”上帝又传来一句。

这一次，没有人敢接话茬。

9

“我们的朋友给你们造成了伤害，很抱歉！

“这样的事不会再发生。

“再见！”

上帝留下三句话后走了。飞碟缓缓上升，蓦然间消失不见。几百万人类继续跪在地上，直到两天后才陆续有人站起来。南京路上死了两万人，收尸用了十五天。

但上帝留下了一样圣物，奇形怪状，就像盘根错节的根雕，只不过，那是金属制品。

纪念碑被修筑起来，一千米高，高耸入云。上帝留下的东西被放在纪念碑顶，一个纯金制成的龛笼里。

碑的三个侧面各刻着一句圣言：惩罚你的罪；怜悯你的世界；我还会回来。天气晴朗的日子，从二十公里外也能一眼看见。

堪萨斯高塔上被写了同样的三句话。世界各地的摩天大楼上都写上了这三句，没有摩天大楼的地方兴起了纪念碑建设的高潮，膜拜上帝的三句圣言，供奉复制的圣物。

每一个人在饭前都要默念这三句圣言，睡前也如此。

每个人都佩带着圣物的复制品。

关于这件圣物，人们说那是上帝的居所，是银河外星云的模样。佩带着它，就和上帝同在。

10

时间飞逝。

人们虔诚地信仰上帝，期待着再次降临。然而异端就像堪萨斯荒原上的草。一段时间内整个荒原上寸草不生，信徒们可以保证圣地一直寸草不生，但是上帝也没有办法保证整个荒野永远寸草不生。

野草生长出来只要一个春天，异端成群只要一百年。

到处都是异端，他们都自称是科学精神的继承者，有各种各样不同的主张。其中最重要的一种，认为上帝是一种外星智慧生物，人应该重新站起来，和上帝平等对话。

他们从世界各地的图书馆里寻找史前资料，重复各种先人的试验，重新发现技术奇观，试图做一些除了混饱肚子和膜拜上帝之外的事。

他们偶然发现了一个奇迹。

他们认为这个奇迹将改变世界。

他们将奇迹送到联合国。

11

联合国主席暨白袍大祭师等到了一样东西，见到它，他马上跳了起来。

“这不可能，这不可能，这不可能！”他几乎不会说别的，瞪着眼睛，直直地看着眼前的事物，最终说了一句，“这是渎神！”

“伟大的白袍祭师，这的确是那些史前科学异端分子制造的，我亲眼所见。”侍者垂手而立，态度谦恭。

白袍祭师恢复平静，“他们怎么做的？”

“他们把熔化的铝灌进了蚁穴，冷却之后挖出来，就得到了它。您看，这里还有蚂蚁的残留。”

白袍不说话，脸色铁青。

“他们宣称，这才是上帝留下的真正启示。上帝对待我们，就像我们对待这些蚂蚁。上帝是来玩的，他们不想惩罚什么，他们只是随手玩玩。”

“胡说八道！这是渎神……”白袍气鼓鼓地说。

“可是……”侍者鼓足勇气，“这样的说法和录音倒是很相符。上帝说他们只是来玩的。”

“那是上帝的隐喻，你的圣书都白念了，一群小小的科学教徒就让你怀疑上帝……”

白袍没有继续说下去，摆在眼前的银光闪闪的东西和圣物不完全一样，却极端相似。让人相信圣物只是一个蚁巢模型，这简直就是要天下大乱。

他觉得心烦意乱，挥手让侍者退下。

他有一个预感，世界真的要大乱了。

上帝，惩罚那些罪人吧！

12

罗伯特爬上了堪萨斯高塔。

除了南京路上的那件圣物，堪萨斯高塔是上帝留在人间的惟一一样东西。无论从哪个角度说，这件东西比南京路纪念碑上的那件都要重要得多，然而那些蠢人居然认为这是第二圣物，而南京路上那件是第一圣物。

他们只是想膜拜容易复制的东西。

罗伯特已经爬上了两百米。他攀附在一个小小的向外凸出的平台上，稍事休息。

放眼望去，大荒原上绿意盎然，湛蓝的天空不带一丝杂质，纯粹的色块让人心旷神怡。

高塔下，仍旧聚集着一大堆信徒，他们穿着褐色或者白色的袍子，就站在塔下，围着高塔，正在向他张望。他们看上去就像一群蚂蚁。信徒和高塔之间，仿佛有一条无形的线，让他们不敢越雷池一步。这群可怜虫！罗伯特不无鄙视地想。他们崇拜高塔，碰触它却是一个禁忌。甚至他爬上了高塔，他们也不敢打破禁忌来抓他。

沉睡在愚昧中的人啊！罗伯特拉了拉背包，背包很沉，里边有十二公斤高爆炸药和沉重的起爆装置。居高临下的位置让他感觉舒适。他是拯救者，来敲响警钟。当沉睡在愚昧中的人们看见这象征上帝力量的高塔上燃起熊熊大火，他们当中的一些人，会就此醒来吧！

他回头看着高塔。高达两千米的塔直直刺入蓝天，似乎是一座通天的桥。这是外星匪夷所思的科技结晶，完美的合金外壳，经历了一个半世纪的风雨丝毫无损，外壳光滑得就像玻璃，以至于他可以使用树蛙脚爪很快爬上来。从宗教的角度说，它是圣物。从科学的角度说，它是一件武器。从美学的角度说，它是一件艺术品，象征着那个星星的世界里的种种光怪陆离。但是无论怎么说，人类不该围在高塔下，带着崇敬的心情顶礼膜拜，如果人类要想进入那个星星的世界，必须要从这样的精神状态中清醒过来，否则就永远是地球上的一点微尘。

为此他愿意牺牲。就像神话里给人世间带来火种的普罗米修斯一样，他愿意为此牺牲。

罗伯特深吸一口气，伸手搭上面前高不见顶的金属墙。

他的目标在五百米的高度上。那里有一个位置，专家们经过计算，只要把背上的十二公斤炸药在那个位置引爆，就能破坏这座高塔的平衡。它会倒掉。这个沉闷得让人窒息的世界会经历血和火，在废墟中重生。

他全神贯注地向上攀爬。

到了预定的位置，腕表发出轻微的震动，就是这个高度。然而罗伯特却愣住了。

这里和其他位置不一样，高塔的外壳变得透明，里边的情形一览无余。

隔着透明的玻璃，仿佛有一团火焰正在燃烧。它可能是冷的，近在眼前，却没有丝毫的热度。罗伯特情不自禁伸手去摸，却碰在硬邦邦的外壳上。他意识到，那是一团迷离的光。一团游动的光，就像一个活物，充满了不可思议的变幻旋律，让罗伯特不由出神。

片刻的恍惚后，罗伯特开始行动。他小心地用一个巨大的真空嘴把自己牢牢挂住，然后脱下手套，解下背包，开始安装炸药和起爆装置。

这是一件简单的工作，但是在五百米的高空，一切都变得困难重重。一阵强风吹来，吹得他摇摇欲坠。

他又看见了光。光辉就在他的眼前。一刹那间，他感觉到那团光正在和他说话。他停了下来，准备驱除这头脑中的幻觉，却发现这感觉越发真实，就像在脑中扎了根。

仿佛一只巨大的眼睛正盯着他，将他的一举一动和每一丝想法看得清清楚楚。

上帝！他的心头划过这个词。

十二公斤的高爆炸药从手中滑落。

13

上帝以出乎所有人意料的方式再次降临！火光照亮天宇，粗大的光柱似乎被堪萨斯高塔吸引，从天顶直贯而下。

这是末日之光。

没有人能发出祈祷，也没有时间哀鸣。地球转眼间被炸成碎片，大大小小的碎块弥散在轨道上。

宇宙深处，上帝用人类从未听过也不能理解的语言对话。

“亚伯，你怎么这么不小心？”

“老师，我只是想完成作业，把暗海的能量诱发出来。刚好有人触动那个接引器，我不知道他们把它插在那星球上。”

“你应该先查看一下，离那些星球远一点，那上面有生物。”

“老师，对不起！”

老师沉默了一下，“我查看了记录，那个接引器是昆特人丢在那里的。他们觉得那个星球上的生物让人厌烦，就给它们一点教训。但是因为它们的抵抗，接引器没有完全爆炸。昆特人的做法违反了《星球保护条约》，但是他们习惯了无法无天。我们不能这样。”

“我明白，老师。”

“玩去吧，下次小心点，要爱护星球。”

“知道了，老师！老师，还有一件事。”

“什么？”

“我复制了一个那个星球的生物，它正好在接引器上。我发现的时候，暗海已经触发，没法停止，我只把它复制出来。”

“嗯，给它找个合适的地方。”

“它有些简单的智能，它说要回地球。”

“地球？”

“就是它的星球，被我误伤的那个。我想让它重建地球，需要给它一些能量，是否可以？”

老师沉默了半晌，“就让它去吧，别玩得太过分就好。”

“谢谢老师，我会安排好的。”

14

天地玄黄，宇宙洪荒。

残骸汇聚，大大小小的碎块在引力的牵扯下彼此间碰撞，聚集成更大的碎片，更大的碎片继续碰撞，凝聚成团。残骸间，一个星球的雏形初现。

牵扯碎片的引力比通常的状况要强十倍，需要十亿年成就的事，只在两个百万年间就完成了。

然后要创造生命，让它们开始进化。从简单的氨基酸分子合成各种蛋白质，从核苷酸制造DNA，锁住生命的奥秘，开始攀登进化之树。这工程浩大得惊人，曾经的地球用了四十六亿年的时间才有了智慧。

四十六亿年的时间很久远，然而罗伯特有无限长的生命，能支配惊人的力量。他决定竭尽所能，让这个历程变短一些，再短一些。

当新的人类出现在星球上，他会降临世间，手把手地教给他们文明，让他们用最快的时间掌握宇宙间的奥秘。

快一点，再快一点。灿烂的银河世界里，到处都是贪玩的上帝，没有能够飞出地球的人类，随时会毁于一次意外的降临。

快一点，再快一点，用陨石带去生命的火种。

快一点，再快一点，让蓝藻占据天空和海洋。

快一点，再快一点，来一次生命的大爆炸。

快一点，再快一点，奇虾和三叶虫遨游大洋。

快一点，再快一点，海洋里鱼类繁盛狂舞。

快一点，再快一点，青蛙和爬虫的大地不再荒寂。

快一点，再快一点，恐龙灭绝鸟类展开翅膀。

快一点，再快一点，哺乳动物的世纪登场。

快一点，再快一点，火苗照亮蛮荒的原野。

快一点，再快一点，大河边升起文明的曙光。

快一点，再快一点，刀耕火种，蒸汽电力。

快一点，再快一点，仰起头寻找来自星星的光。

一千万年前你曾经就此毁灭，这一次绝不能让悲剧重演。

地球的孩子，不要自大，也不要沉沦，地球是你的摇篮，自然是你的家园。

斗转星移，好景永远在前。

快一点，再快一点，抢在上帝降临之前。

随风而逝

“蛇雨仙。”

“很特别的名字。”中年人微笑着，“欢迎来到阳光。”

第一次对话结束，很简单，却让蛇雨仙很激动。阳光号是非凡的船，独一无二的船。

家。

蛇雨仙设想了无数华丽的辞藻来修饰句子，在他的记忆里，华丽是表达敬意的方式。然而一切都在算计之外。简单，自然，仿佛那不过是不期而遇的流浪者，而不是那个守望了千年的家。

蛇雨仙缓慢靠近，阳光号逐渐占据整个视野，钢铁的原野上处处有灯火闪烁，仿佛黑夜中灯火辉煌的大陆。油然而生的喜悦让蛇雨仙停下来，静静看着这一片辉煌。无数种情感产生，碰撞，交织，混合，最后变成一个漩涡，咆哮着吞噬掉一切。一刹那间，蛇雨仙甚至失掉了对身体的控制，巨大的引力控制飞船，飞船微微移动，这让蛇雨仙从漩涡中解脱出来。

家。

蛇雨仙向着灯火辉煌的原野奔去，点点灯火急剧膨胀，那是一片片挂靠的飞船海洋。仙女号一头扎进灯火海洋，减慢速度穿行。四周围庞大的舰体近在咫尺，充满重压感，仿佛随时会倾倒，将人碾成碎片。拥挤，蛇雨仙仔细体会着陌生的感觉。三道光束为蛇雨仙照亮通路，母舰打开一个舱门。

家。

巨型手臂将飞船稳稳固定。舱门闭合，一瞬间光线从四面八方汇聚，充满空间。温暖的感觉覆盖在身上。气体迅速填补真空，咝咝的微响仿佛天籁。飞船展开，暴露在空间里。蛇雨仙全身放松，沉浸在阳光和天籁中。

家。

一生都在寻觅的人和家园！蛇雨仙突然想哭。

眼泪挂在脸上。感觉很久没有体会，让人陌生。泪水很快变得冰凉。蛇雨仙伸手抹掉。

“你好，蛇雨仙。”

他看到了人。一个真正活生生的人。他走过去，仔细地看着眼前的人，情不自禁地伸手碰触。站在眼前的年轻人有些意外，然而很快镇静下来，微笑地站着，让蛇雨仙触摸他的脸。

肌肤温暖的感觉。蛇雨仙闭上眼睛，仔细体会。记忆在头脑中翻腾，支离破碎仿佛撕裂的相片，遥远而不真实，然而他知道，一切都曾经发生。

不过在很久很久以前。

地球仿佛蓝色珍珠，缀在傍晚的橙色天空。赤红的火星徜徉在地平线，是带着血色的弯刀。红彤彤的圆盘和火星相对，散发着温暖的气息。那是太阳，哺育地球，给予生命的太阳。

一切都很熟悉。泰坦的天空一如既往，静谧安详。雨抬头望着苍穹，很久没有动，试图将这熟悉的一切镌刻在脑海深处。最后他收回眼光。黎在眼前站着，直直地望着他。他走过去，伸手碰触黎的脸颊。肌肤温暖的感觉。黎的眼睛里突然有了泪水。雨仔细地帮她擦掉。

十一号先期飞船伫立在前方发射场上。飞船有一个漂亮的名字——仙女号。

“黎，那是仙女号。”

“我知道。”

“那是挪亚方舟。”

“我知道。”

“那是古老地球的希望。”

“我知道。”

雨再次看着身边的女人。女人的脸上残留着泪水痕迹，眸子晶莹闪烁，嘴唇被咬得发白。她正盯着他，眼神幽怨仿佛有些狠毒。雨避开她的眼光。

“那是我的飞船。”

女人没有回应。

无数次，女人曾经这样沉默地送他。他知道她不想他走，想他留下。然而他无法留下，太空在召唤他，黑沉而寂寞的空间仿佛一个致命的引力陷阱紧紧拉拽他。地面上的每一刻，他似乎都在挣扎。他同样爱她。因为如此，他才能忍受在地面的每一天。他明白，女人从不喜欢男人同时爱上两样事物，哪怕另一样是他的理想。他会走，把女人的眼光留在身后。然而这一次有些不同。

旅途没有返程。仙女号会在明天出发，它不会返回地球，或者月球，或者火星，或者泰坦，或者太阳系中任何一个出现人类足迹的地方。它再也没有机会回到太阳系。仙女号载着希望的种子。雨是种子的守护者。

“我要走了。”

雨不愿意再看黎的眼睛。说完这句话他匆匆地别过脸，匆匆地走向隔离门，匆匆地回头挥手告别，似乎决不留恋。

“雨。”

声音很轻，却像尖利的刺，拨动雨的心。犹豫的一刹那间，隔离门阻断雨的视线。

门隔开雨和黎，他们落在两个世界。

雨深吸一口气。漫长的旅途等待着他。

甚至比他想象的还要漫长。

“十一号先期飞船。仙女号。预定计划 4134 年进入半空平面，徘徊飞行。遭遇误差半径三光年，情况正常。基因库飞船。飞船主机 PT149R。志愿宇航员蓝雨。单人飞船。”

“好。宇航员情况怎么样？”

“身体似乎没有异常。情绪有些激动，甚至有些失控。”

“好好照看他，他飞得够久了。一千年。单人飞船。他还能活着真是一个奇迹。满足他的一切需要。最好让他恢复到能进行正常对话。他有什么要求？”

“他想要一张舒适的床。”

“哦。”

“怎么处置飞船？”

“对接主机。检索基因库，备份之后把飞船送进陈列馆。检索宇航员的个人资料，他比飞船更有价值。”

蛇雨仙得到了很好的休息。他终于可以摆脱狭小的睡眠舱，躺在一张宽敞的大床上。不需要将电极接在头部，也不用僵直身体一动不动，他可以靠着柔软的枕头，并且张开手脚，用最惬意的姿势躺着。阳光号的重力条件和仙女相差很远，他并不习惯，然而他还是睡着了，做了一个梦。那是重复了无数次的梦，以至于他认为这是某一个曾经见过的镜头。镜头里是光辉灿烂的太阳，安静地照亮整个星系。突然一团黑色阴影飞快地冲进视野，向着金色的太阳撞去。太阳开始沸腾，爆裂，炽热的气体漩涡让星系耀眼夺目。太阳抛出了外层。

蛇雨仙醒过来。

身体有一种慵懒的感觉，他几乎不愿意挪动一根手指。

Snake在头脑里游动。它在消化短短十二个小时获得的大量信息。信息很多，而且包含一些它并不能理解的东西，然而它仍旧努力消化。突然它警觉地停下来，放弃消化，海量信息转眼释放，在脑细胞上刻下微小印痕，然后无影无踪。

强大的家伙正在逼近，一个充满危险的异域。看起来能够将它一口吞没。

那是阿瑞斯，阳光号主机。阿瑞斯给出了对接信号，和预定信号完全吻合。仙女号放弃警戒，接受对接。数据流源源不断。庞大高效的主机扫描了飞船数据库，再一次发送请求，要求控制权限。这是预设的请求，仙女号交出控制权。无形的数据流将两艘飞船紧紧相连。仙女号正在履行她的使命：将完整的生物基因库传递给阳光。

一千年前的约定仍旧有效，不过，无论仙女还是阳光，都和最初设计者的设想有了不同。

“最后发送的基因库飞船。”

“这么说这是我们能得到最完整的基因库。”

“理论上是的。不过巨蟹号的基因库似乎更大。”

“巨蟹号？那艘可怕的先期飞船？”

“巨蟹号，第十七号先期飞船。科学探索飞船。我想不应该用可怕来形容它。发射的当时，那些人被称为‘最勇敢的一群’，他们的确是当时最有勇气的科学家和工程师，要知道，绝大多数人选择等待阳光，特别是像他们那样注定会在阳光飞船中有一席之地的人。随大流不脱离群体，是一种稳定策略，对吧。这个等你有兴趣再讨论。至于它的基因库，发射时刻它应该有一个常用库，包括所有基因图谱。然而现在它拥有繁多的子库，从日期印记上看多数落在 45 世纪，应该是飞船发射后两百到三百年时间内有一个大发展，也许就是那个时候……”

“有比较结果吗？”

“巨蟹号的基因库中有一个子库，最大的一个，和仙女号的库基本吻合。”

“这么说，巨蟹号曾经得到仙女的库？”

“我需要验证日期。时间对不上。根据现有的资料，仙女号的时钟走过了一百又十七年，和阿瑞斯的计算结果基本吻合。然而巨蟹号有些出入，我们的计算结果显示它的时钟应该走过一百零五年，实际上巨蟹号时钟走过了五百年。有一些意外发生了。我们很难确切比较两艘飞船的时间。看起来惟一的办法是逐一核对每个文件的相对时间。”

“好吧。按你的想法做。抓紧时间。”

“仙女号怎么样？”

“阿瑞斯已经对接了。我们正在复制它的库，另外做一些扫描。”

门开了。

“蛇雨仙。”有人喊他的名字。那个中年人在微笑着。

“休息得好吗？”

蛇雨仙并没有微笑，他仔细看着眼前的中年人。斯诺·斯莱克，先锋号船长，紧急事务委员会议员。

“你的名字应该是蓝雨才对。为什么是蛇雨仙？”

蛇雨仙定定地看着船长，似乎并没有听见问题。

斯诺在蛇雨仙对面坐下，“我们来谈谈好吗？相信你也明白，我们之间相隔了十个世纪，我相信谈话肯定很有意义。”

“十个世纪。”蛇雨仙仿佛在喃语。

“我们的时钟已经到了 5250 年，而你的时钟仍旧停留在 4230 年。你飞行了一百年，地球已经过去了一千年。”

蛇雨仙挪开目光。门口站着一个年轻人，看样子像警卫，正好奇地盯着自己。蛇雨仙定定地看着她，目光呆滞，突然开口问："你叫什么？"警卫一脸愕然，没有回答，蛇雨仙却转过头，面对着船长："我问你。"

斯诺有些意外，"斯诺。斯诺·斯莱克。你可以叫我斯诺德。"

"你姓什么？"

"斯莱克。"

"你知道卡卢秀的姓吗？"

"知道。有什么问题吗？"

蛇雨仙在床上躺下，闭上眼睛。主人怪异的举止让造访者不知所措。终于斯莱克船长站起来，"也许我应该下回再来。"

船长走到门边，回头看这个不寻常的访客。他一动不动地躺在床上，仿佛沉浸在自我的世界里，遗忘了周围的一切。卡卢秀，虽然并不常见，却也绝不是非常罕见的姓氏。船长皱皱眉头，也许阿瑞斯能找到答案。

两个人走出房间。房门关上。

蛇雨仙始终没有动，却有眼泪从眼角流出来。

"仙女号主机有些不对。"

"什么？"

"几处模块无法访问。看起来似乎是坏扇区，但是如果缺少这些扇区，机器应该不能运行。这些扇区是好的，但是处在某种保护机制下。这些模块对系统运行至关重要。"

"怎么？"

"先期飞船不应该有这种限制。当年的设计思想就是要这些先期飞船成为阳光号的一部分。"

"很重要吗？"

"我不知道，只是有点异常，不应该这样。"

“问题到底是什么？”

“我们无法完全控制仙女号。就像……”

“什么？”

“它拒绝被控制。”

蛇雨仙起身。他推门。门并没有锁。他走出门。

年轻警卫站在门边。

“需要去哪里？我可以给你带路。也许你想参观飞船。你是天外来客。”

“陈列室。”

“好的。跟我走就行。”

蛇雨仙一言不发地跟着警卫走。

警卫一边走着一边打开腕表，“我带客人去陈列室。”她回头看着蛇雨仙，“我会领你到轨道车帮你定好线路，在那边有人会接你。”她仔细看看蛇雨仙，“你一个人在太空徘徊了一千年，想起来真不可思议。你是个传奇人物了。

“我最大的梦想就是成为一个伟大的宇航员，去宇宙最深的角落，探索最有趣的秘密。可惜，只是梦想。人人都想做宇航员，然而不是人人都能成为宇航员。我就只能做警卫。你肯定是有史以来最伟大的宇航员。飞了一千年。怎么想都是一个传奇，就和神话一样。”

警卫滔滔不绝地和蛇雨仙谈着传奇。蛇雨仙一言不发，只是看着警卫的背影。

“就像传奇。”警卫再次说。

“只是看起来很美。”蛇雨仙突然插上一句，语气平淡，不带一丝情感，听起来让人感到绝望。

警卫回头看蛇雨仙。这个人独自在太空中飞行了一千年，也许他的时钟只是走过了一百年，然而一瞬间的绝望就可以让人崩溃，上百年的孤寂，有无数的机会经历那样的一瞬。警卫沉默下来。一切不过看起来很美。飞行了一千年的英雄说出这样一句话，让她玩味很久。

通往陈列室的轨道车就在眼前，“请上车，它会带你到陈列室，在那里会有人接你。”

蛇雨仙转头看着警卫，“谢谢，陈婷，你是个好人。”

轨道车奔驰而去。突然陈婷想起来，她从来没有说过自己的名字。谁告诉他的吗？这个疑问一闪而过，她马上放弃。

只是看起来很美。还是不要仔细推敲的好。

“仙女号怎么样？”

“我们正在努力争取控制。但是它的保护机制很强，怎么也突破不进去。”

“难道一台古董这么难对付？”

“似乎是一种很特殊的保护。阿瑞斯计算了一个小时，仍旧无法突破。”

“强行破坏也做不到？我们不需要这飞船。强行破坏，然后重新写入控制系统。这样怎么样？”

“这个……不是很妥当。”

“为什么？”

“这终究不是一个好办法。让我再试试。”

“好。如果有蹊跷，尽早让我知道。这飞船很有趣。需要更多的人手吗？”

“给我更多的主机资源就可以。”

“宇航员呢？”

“在陈列室。”

“陈列室？他怎么会去那里？”

“警卫报告宇航员出来要求前往陈列室，她给他领了路。”

“陈列室。让他去吧，在那里他可以找到一点熟悉的东西。想起来也很可怜。找到关于他的个人资料吗？”

“检索条目有三千六十多条，大部分在历史词目里。比较有趣的有这几条：阳光上有他的十五个后裔，也许他们彼此都不知道自己有同一个祖先。其中有一个你肯定感兴趣：斯诺·斯莱克船长。第二十七代。”

“斯诺！就是他第一个和仙女号对话。”

“是的，很奇妙的巧合。还有，蓝雨被列在偶像英雄里边。在仙女号飞行之前，他是著名的宇航英雄，甚至有一段剪辑录像。”

简短的录像上面是风光无限的宇航员，看起来年轻帅气得多。片子的结束是浩瀚的星空，宇航员的头像逐渐淡去，最后消失在星空背景里，满天星斗被突出，一颗星星闪亮，画外音在响：“……他的事迹注定会成为历史，成为不朽。”

一双眼睛饶有兴趣地看着录像，突然，这双眼睛里闪过一丝疑惑。

“宇航员主动提出要去陈列室？”

“是吧。警卫报告他要求去陈列室。”

“哪个警卫？我要和他谈谈。”

阳光号超越了蛇雨仙的想象。原计划，阳光应该在所有一百七十六艘先期飞船发射后发射，就是在仙女号出发后一百五十年。事实上，阳光号迟到了一千年。十个世纪，漫长的时间足够人类发展出一些想象之外的东西。阳光号的体积相当于半个地球，人们几乎把地球的整个生物圈搬到了飞船上，甚至包括天空和海洋。

轨道车接近音速，却跑得很稳。半个小时后陈列室出现在视野里。这是一个庞大得让人生畏的半球形建筑，占地七十五平方公里，深入“地下”两公里，陈列了从第一枚洲际导弹到最近退役的阿尔法三号飞船大大小小近三千个航空器，纵跨三千年，是一部活生生的航空史。

蛇雨仙看到一些熟悉的东西。是的，那是他熟悉的历史，还有已经凝固在历史中的现实和未来。蛇雨仙站在一艘千年飞船前面。飞船铭牌上刻着熟悉的字体："夏"。注释上写着：最著名的夏级飞船，第一次半空平面环形飞行，宇航员：蓝雨、方立志，志愿科学家：霍铜，时间：4112–4115。飞船的主体上有一幅巨大的相片，是三个人凯旋的灿烂一刻。不知道什么年月，相片被漆在飞船上，看起来已经因为陈旧而有些粗糙。记忆荡漾起来，蛇雨仙仿佛看到方立志天真坦率的笑容，也许他会冲上来拍自己的肩膀。还有霍铜拘谨的微笑，这个学生般腼腆的青年却有着卓越的空间知识，因为他的存在飞船才躲过基点陷阱，成功跨越半空平面，然后他们才可以成为英雄。他还欠着一个小小的人情。他想起霍铜紧紧抓住自己的绑带那一刻。耳机里响着霍铜的声音，仿佛从牙缝中挤出，充满紧绷的感觉。绑带被霍铜牢牢抓在手里，最后也没有放开。霍铜的太空服双掌磨出了细微的小孔，从此得了减压症，而他没有变成太空中一具漂泊的冰冷尸体。

飞船还在这里，仿佛一座坚挺的纪念碑。纪念碑永远不会消失，伟大的业绩会被人们纪念，缅怀，创造奇迹的人却早已不见，只留下名字和走样的相片在铭牌上。

在这个时代，我应该只是一个名字。或者更多一点，一张相片，一段文字，而不是一个活物。

紧接着夏飞船是几片残骸。那是一次著名空难。方立志驾驶实验飞船，和其他四名宇航员一起准备进行长距飞行线路检测，一块陨石将飞船撞成碎片。救援船赶到，只找到几块飞船残骸，宇航员们的尸体已经不知所踪。消失在群星之间，曾经的战友，有了他最好的归宿。

再往下是一个女人的照片。一个奇迹般的女人。白手起家创办首家私人宇航学院。在阳光计划的关键时期，培养了数以百计的合格宇航员。照片上的女人很老，然而微笑灿烂而慈祥，让人油然而生亲切。女人的名字是黎·卡卢秀。

记忆中的黎依旧青春美丽，眼前的照片却发黄而陈旧，随时会在风中粉碎。相片中人物的笑容在皱纹中展开，蛇雨仙依稀看到黎消瘦的身影。

“雨。”诀别的声音很轻，却像尖利的刺。他用手捂着嘴，嘴唇不断哆嗦，泪水流下来。长年的漂流让人变得脆弱，甚至无法控制眼泪。

仙女号再次送来信号。阳光的主机正试图毁灭性地攫取控制权。到了做决定的关键时刻。

Snake 疾速游动。

事情急迫。

蛇雨仙向相片投去最后一瞥，转身向着两百米外的庞大飞船走去。

三千年历史的滚滚洪流中，巨蟹号是最醒目的家伙。庞大的躯体占据了整个展厅，黝黑的外壳看起来厚实沉重，仿佛一块巨大的陨石。展厅的铭牌上刻着寥寥的几行字。

“巨蟹号，阳光计划第十七号先期飞船。惟一发射的科学探索飞船。船长：王十一。”

沉寂的飞船在等待它的主人。

“他在那里干什么？”

“他在那艘夏级飞船旁边。他走开了，他正在往那艘新飞船那儿走。”

“什么新飞船？”

“一年前才入库的新飞船，那艘最大的黑色飞船，最近回归的先期飞船。”

“巨蟹号！”

“对，是巨蟹号，我总是记不住这名字。”

“不要让他接触飞船。”

“我们是公共展览馆。没有理由这么做。”

“我是雷戈·刘，以最高安全长官的身份命令你。否则，你要对接下来发生的一切负责。负责随行的警卫是谁？直接接入。”

一直跟随在身后五十米的警卫突然加快脚步追上来。蛇雨仙知道他想干什么。巨蟹号近在眼前，他不会轻易放弃。他奔跑起来。警卫追赶他。

长期的低重力环境毁掉了他的体能，他根本不能在重力环境下剧烈运动。跑了几步。他放弃了，停下来急剧地喘息。警卫追上来，“你不能参观那艘飞船。”

蛇雨仙平静下来，“为什么？”

“我只是执行命令。”

命令。Snake在飞船庞大的数据库中飞速寻找，漫长的二十秒钟，它终于找到了简短的通话记录。保密级别不是很高，只需要一点资源，它就可以模拟。然而这是危险重重的异域，一个比特的异常也会惊动一些可怕的猎手从四面八方剿杀。幸存的机会渺茫。蛇雨仙的决定却不可违抗。最后，它决定先下一个蛋，在某个隐蔽角落埋藏起来，然后去为生存博取机会。

警卫打开通话器。“让他随便走。”那是雷戈的声音。雷戈的声音从紧急调用频道传出来，他毫不怀疑命令的真实性，只是前后矛盾的命令让人有些疑惑。他抬眼看着蛇雨仙，后者正用一种平静或者说冷漠的眼神看着他。

“你可以随便走动，没关系。”

蛇雨仙转头看着巨蟹号。庞大的舰体处处透着强悍。剽悍的飞船。

这是宣称继承人类希望的巨蟹号。

“迟早有一天，所有的飞船都会追随我们。我们继承人类的一切。来加入我们。”那是基内德的豪言壮语。重重瞬膜下细小的瞳孔盯着蛇雨仙。

“阳光号会来的。”

“忘掉阳光号。我们是被抛弃的流浪者。流浪者一无所有，没有家，没有食物，没有温暖。我们只有依靠自己。”

“我要继续等。”

“太阳爆发早就毁掉了太阳系，阳光号不是必然的结果，他们很可能没有造出那个庞然大物就已经被爆发吞没，这难道不是计划可能性的一部分？所有的希望都在我们这些先期飞船上。”

“是的，但我想等。也许我还能在这种状态下再生存一百年。等我死了，我会让飞船飞离，去完成它的使命，但是眼下我还要等等。”

“多么固执。那点非理性的遗传早就应该剔除掉。我不会强迫任何人。但是，一旦你死了，巨蟹号会吞没仙女号，将它改装，你的飞船永远不可能完成使命，它会成为巨蟹的一部分。你应该明白。”

“如果你有能力当然可以拿去。”

基内德硬壳般的脸上似乎带着笑，“巨蟹是人类当然的继承者。阳光号只是一个梦想。那场太阳风把它吹得干干净净。你是一个仍然有梦想的人类。然而梦想和现实不同。梦醒的时候，来找我们。我们会在这个空间逗留，寻找仍旧存在的先期飞船。也许去看一看文明发源地的残余，如果阳光号真在那里，我会把这个消息带给你。我们会再来，你有足够的时间考虑。相信我，巨蟹才是你最后的归宿。”

基内德的断言错了。阳光终于出现。迟到一千年，她终于还是来了。

黑矮星撞击太阳的一幕并没有发生。更新的数据得到了新的计算结果，矮星将在太阳系边缘擦过，太阳不会抛出外层，然而强烈的引力碰撞会促使太阳爆发。短短几个小时，从水星到冥王星，太阳家族的所有核心成员都陷落在摧残一切的火焰中，整个太阳系核心的温度将平均上升 250K。酷热会延续几万年甚至十万年，然后在同样长的周期内缓慢冷却。

这依旧是个灾难结果，然而却有新的希望——膨胀的氢气团将在冥王星轨道附近达到极限，在那里，辐射强度将减弱到这样的程度：可以用重金属舱板永久隔离。不需要远远逃离，太阳不会有那样的狂暴。

在希望的鼓舞下人们开始新的计划：把推重比降低四个数量级，建造一艘巨型飞船，承载所有三十亿人口。只要飞船能够在炽热的氢气团中坚持半个世纪，所有的人类都能够得到挽救，甚至半个生物圈。前景充满希望。先期飞船计划停顿下来。三十六艘已经发射的飞船被排除在新计划之外。

人类将所有的资源投注在一个城市，以最大的太空城盘古为核心，一个又一个模块从太阳系各地运送到位，相互拼接。城市不断滋长，不断更新，汇聚越来越多的人口，最后成长为庞然巨物。为了纪念那个悲壮伟大促成人类团结的计划，庞大的人工星球仍旧被命名阳光。

黑暗的矮星带着无可逃避的命运到来。强劲的太阳风暴席卷一切。阳光号在飘摇中和太阳渐行渐远，五十七年后在冥王星轨道附近停留下来。

阳光号在太阳系边缘徘徊了九个世纪后终于能够出发。

一次新的远航。躲过灭顶之灾，人类再次扬帆出发。计划包括寻找那些失落的飞船，兑现迟到了十个世纪的承诺。

然而每一个承诺都有期限，漫长的时空坐标里，一切都在发生变化。

谁也无法预料变化竟然如此之大。

警卫远远地看着蛇雨仙。飞船腹部下是一片广阔的空间，蛇雨仙很快走出了两三百米，仍旧继续走着。警卫想了想之后跟上去，他不应该进入飞船陈列区，然而他不能距离客人如此之远。

突然蛇雨仙停下来，四处张望，然后笔直站着。似乎有光照在他身上。警卫想走上去看个究竟，这时候他的通话器响了，紧急通讯频段的红灯不断闪烁。

“2049，我是雷戈。阻止你的客人靠近飞船。”

警卫惊讶地张大嘴，“我刚才接到命令……”

“没有别的命令，阻止他。你可以采用任何手段。”

“明白。”

警卫并不明白为什么飞船的最高安全长官会有反复的命令。然而看起来他决心要将这位客人和巨蟹号隔离。他拔腿向着蛇雨仙冲去。

突然，他看见蛇雨仙飘起来。一瞬间的惊疑之后，他掏出枪。三百米远的距离上他没有十足的把握，然而这是惟一能做的事。枪声响起，蛇雨仙消失在巨蟹庞大的躯体里边。

结果很快反馈到最高安全长官。过了两分钟，陈列馆响起紧急广播。

紧急疏散。

一切似乎都风平浪静，紧急疏散的广播却反复响着。困惑而惊疑不定的人群纷纷离开陈列馆，走在后边的人有幸见到全副武装的安全部队冲进馆内。

“仙女号有很重要的发现。”

“我现在不想听。”

“和那个宇航员还有巨蟹号有关系。”

“是什么？”

“仙女号主机设定的第一使命是飞向天琴 B 座五号星，那里有一颗类似早期地球的行星，飞船会在那里降落，繁殖生命；第二使命才是和阳光号对接，返回基因库。这和其他基因库飞船不同。仅仅依靠基因库没有办法繁殖生命。飞船上有一整套装置，可以保证制造生命物质。最低限度，它可以制造一些细菌和单细胞生命。如果条件许可，它甚至可以制造高等动物，包括人。

“最重要的一点，飞船有一套为这个目的设计的程序。仙女号主机一直在运行这个程序。”

“和眼下的情况有什么关系？”

“程序一直在模拟生物进化。它已经模拟了一千年，用仙女号的时钟，它运行了一个世纪。直到此刻，它还在运行。”

“好了，苏基忒，两个小时后再给我讲故事。直接告诉我，现状是什么？我们面对什么？”

“……仙女号……模拟结果是……不好说，似乎有异样的结果，模拟产生了一个新的程序，这个程序应该代表某种生物，或者是一个生物圈。这个新程序在一定程度上控制了主机。”

“解释一下。”

“简单地说，仙女号有异常程序，就像某种病毒。我们已经做了程序断片分析，和巨蟹主机上发现过的非法程序非常类似。当初我们把它病毒处理。但是仙女号上这个程序特殊，它能够支配仙女号主机，甚至能够拒绝我们的控制中断请求，它改变了主机的原始核心代码。”

“一个电脑病毒？和宇航员又有什么关系？我感兴趣的是为什么他能了解阳光号的情况，甚至一个警卫的姓名？”

“我不清楚。十分钟前，一个命令交代警卫允许宇航员自由行动。记录显示那是你的命令。”

“不可能，我下令限制宇航员接近巨蟹号。”

“是的，但是随后有一个命令。”

雷戈听到了自己的声音。“让他随便走。”

“这是你对警卫下达的第二个命令。时间是第一个命令之后三分钟。”

“不可能，那不是我。”

“我知道。我们的系统抓住了捣乱分子。那是一段程序。和之前在巨蟹上发现的病毒程序有类似代码结构。是一段程序模拟了你的声音，调用了紧急通信频段。它有目的，而且显而易见这是根据情况变化做出的反应。”

“不可思议。”

“分析显示它和巨蟹号上的病毒程序都来自同一个元。根据断片结构的相似性，我们相信仙女号，巨蟹号还有潜入系统的病毒都来自同一个元。也许就是仙女号。”

星球的最高安全长官陷落在茫然里。一分钟后，他下令：“控制仙女号，没有我的命令，任何人不准接近。”

突然他想起宇航员，一千年前的宇航英雄，此刻的访客，“那个宇航员，他在哪里？”

“你允许他自由行动。”

“接通警卫 2049。”

他给了警卫斩钉截铁的命令。一分钟后，他听到回应，“他进入了巨蟹号。我开了枪，不知道有没有打中他。”

剧烈的疼痛几乎让蛇雨仙昏厥。子弹击中了背部，火辣辣的，似乎在灼烧。

他挣扎着爬上座椅，指定目标。座椅开始移动，蛇雨仙重重地靠在座椅上。血渗出来，浸透了椅背。虚弱的感觉让他觉得很困，只想合上眼，好好休息。

Snake 在急速游走。

强制占用资源暴露了存在。各种猎手正在四处围堵它。一道道篱笆挡住去路，可以游动的范围越来越小。丛林虽然很大，却已经没有藏身之处。在劫难逃。也许它有最后的机会做点什么。它找到一个漏洞，穿了出去，更多更致密的篱笆围上来，某种东西再次刺穿它。它能够消化掉，然而气力进一步衰弱下来。异域的一切都那么不友好。

眼前就是目的地。Snake 停下来。一旦停下，就意味着死亡。绞索飞速缠绕，大家伙终于逮住了它。然而 Snake 并不在乎。这里就是它的目的地。它开始强制解体。这是丛林的咽喉，它要让它腐烂发臭，寸草不生。

然后，终有一天这里会重新成为丛林。寄托着希望的蛋会在新的丛林里悄悄孵化。那时候，这里不再是异域，而是家乡。

大家伙发现了 Snake 的企图。绞索突然套紧，试图杀死它。

别了！ Snake 发出最后一个信号。它不会听到回音，然而它知道宇宙之魂会听到它的声音。

蛇雨仙从昏迷中清醒过来。座椅将他送到了船长舱，那是基内德的屋子，他从这里控制整个巨蟹号。

基内德并不在船上，而是被困在星球的某个角落。人类的继承者变成了人类的囚徒。

蛇雨仙从来没有想过有一天他会拯救基内德和巨蟹号。看起来似乎很美。他会又一次成为英雄，然而这一次，不知道人类的历史会怎么书写。

包围巨蟹号的安全部队看到了一辈子也不会忘记的情景：黝黑的飞船突然间通体透亮，一瞬间又变成纯粹的黑色，飞船似乎仍在那里，又似乎已经消失，留下的黑色不过是个幻影。

事实很快清晰起来，庞然如山的怪物不知去向，展馆空空如也。

“一段破坏性代码。超出想象。不敢想象。”

“它居然能自杀，还毁掉了存贮器。”

“如果是人控代码，技术上很容易解释。然而一切迹象表明这是类似病毒的独立代码，没有任何人控痕迹。如果真是人控代码，只能是我们当中的人。你觉得是谁？你？我？还是谁？没有哪个家伙会发疯干这个。骚扰安全总部不如骚扰银行有趣。”

“这个病毒的确是从仙女号上来的？它怎么能跑进我们的机器？”

“不知道，我们复制了仙女号上的基因库，也许它隐藏在正常数据流里，我们没有发现。”

“不可思议。”

“有点不可思议。连样本都没有留下，真的很绝。”

“赶紧恢复数据吧，拖了又有麻烦了。”

“OK。”

豪华的卡迪拉正飞翔在前往陈列馆的途中。

“巨蟹号消失。巨蟹号消失。”急迫的通告清晰地在机舱里回响。

雷戈几乎不敢相信耳朵。消失！情形看起来仿佛巨蟹号进行了一次弹跳。这个家伙居然在星球内部弹跳。雷戈并不是空间专家，但他相信常识。在空间曲率超过3.1415925的点弹跳会引发空间坍塌，坍塌的后果不难想象，连锁反应将不断吸收周围物质，直到坍塌表面形成一道物质薄膜隔开现世界和半空平面。

阳光号内部的空间曲率是9.18。强行弹跳的后果只能是大崩溃。强烈的空间畸变甚至会吞没整个阳光。

他究竟在干什么！

没有任何异样，空间并没有震荡，一切正常，却让人不安。

阳光号旅行了一百五十年，前进了八十五光年。借助弹跳，最远的探险飞船已经抵达八百光年之外。这是凝聚着人类骄傲的成就。弹跳理论古老悠长，可以追溯到宇航开发的初期，然而作为成熟技术的应用只有短短百年的历史。一艘千年飞船拥有弹跳能力，甚至超越了理论。雷戈仔细考虑，问题超越了安全本身，超越了他的职权。

震荡始终没有发生，一切都很平静。雷戈考虑了两秒钟后决定给两个人打电话。

卡迪拉掉头飞向安全总部。一个又一个命令从飞车上发出，传递到停泊在航空港的飞船上。十几艘飞船驶离泊位。

先锋号接到了指令。它离开泊位，驶向指定位置。

“不可思议。”

“又怎么了？”

“那个家伙毁掉了关键数据，它有目的。”

“什么？”

“它毁掉了安全总部的一些数据，事实上，它瘫痪了安全总部。干得比黑客还漂亮！我开始有点喜欢这个家伙了。”

“你已经恢复系统了？”

“是啊，不过，系统瘫痪了十分钟。安全总部可能有他们的备用系统，我也不知道。谁知道十分钟里会发生什么。说不定有人乘虚而入，控制了先锋号，然后将炮口对准了我们。”

“开玩笑！”

“完美表现！真不知道谁能制造这样的一个病毒。简直完美！”

……

“你怎么了？”

“我在想，作为一个病毒它太强大。最初它强行控制了通信，为仙女号的那个人制造了一条假消息，然后我们才发现它。如果它一直潜伏，根本没有迹象。你知道，我们的系统哨一直在侦听，它却很容易躲过去。后来它跑不掉，自己选了地方。安全总部的系统整个瘫痪十分钟。猜猜为什么，我查了记录，安全部正好把仙女号全面监视起来，大概他们也发现有些问题。要我说，它这是在给仙女号作最后一搏，不过似乎没什么用。”

“你是想说，它受仙女号控制？”

“我不知道。似乎不太可能。不过，很难说。这个事情已经超出我的想象……我想，我需要模拟仙女号的环境来研究一下。那里边有些我们还不了解的东西。病毒的情况需要向安全总部报告吗？眼下这和安全总部关系很大。”

“我不管。你自己想怎么样都行。我只报告给乔。”

“仙女号仍旧没有投降。安全总部的那些傻瓜们还在试图强行进入，如果强制压力再大一点，会把飞船主机整个毁掉。”

“赶紧和他们联系一下，让他们暂时放着，先等等。这些先期飞船超出了当初的设计，有些有趣的东西。”

“你刚才还不想理睬他们。”

“我们刚帮他们恢复了系统，这个面子总要给吧。

巨蟹号上有人。

听到这个消息雷戈惊讶地叫出声来。

“是的，雷戈，我们的人在巨蟹号上。”电话另一端是乔平静的声音，“这是科技总部的保密项目。巨蟹号上有一些我们感兴趣的东西。”

“为什么我不知道？”雷戈有些愤怒。

“将巨蟹号送入陈列馆之后，安全总部和此毫无关系。再说，你应该知道，6 月 17 日的一份通知里边，很清楚地说明科技总部将派人登船。我想你没有看通知，雷戈。”

雷戈没有反驳，他很少看其他部门送来的通知。科技总部在研究巨蟹号，看起来情况比他的预期复杂。巨蟹号乘员异于常人，他们破坏性地改变遗传密码，实施基因工程，如果没有伦理道德的障碍，这并不是难事。然而巨蟹号飞船居然大大超越时代，它居然拥有类似于奇迹的技术。

某种可能性让雷戈心惊肉跳。也许乔一直都知道，也许他也拿不准。

“有什么结果吗？”

“迄今为止，我们的进展仍旧停留在起点。巨蟹号比我们想象的复杂得多。也许比我们制造的任何飞船都要先进。我们不能进行破坏性的研究，只有慢慢来。”

“好的，听我说，现在的情况是，有人非法进入了巨蟹号。巨蟹号被启动起来，然后消失了。用一种不可思议的方式消失了。如果你的人在飞船上，那么他们也被飞船带走。进入飞船的这个人，是那个来自仙女号的宇航员。我们对他没有设防，等我意识到不对已经太迟了。他甚至有能力窥探我们的主机，是一个绝对的危险人物。”

“巨蟹号消失了？”

“是的。”

“我不知道。什么时候发生的事？”

“三分钟之前。”

“怎么可能！”

“它消失了。无影无踪。我怀疑它启动了弹跳。”

首席科学家陷入某种困惑，“你说它进入了弹跳？”

“我不知道，但是看起来像是这么回事。和一般的弹跳现象一样，只不过是在陈列馆，在相对静止状态下消失了。”

“看来我们还是低估了飞船。”

“你的人在飞船上，居然毫无反应。”

“一个宇航员上了飞船？然后他启动了飞船？”

“基于我了解的情况，我想是这样。”

“一个人启动一艘船？根据我们的研究，这艘飞船至少需要二十五个人才能动作。”

“也许你又低估了它。技术问题我们可以以后讨论。眼下的问题是：巨蟹号消失了，我们怎么办？科学部对此有任何建议吗？”

短暂沉默。

“我不知道它居然能够在空间曲率这么大的位置弹跳。他们太棒了。眼下我想不出可行的法子。”

“你是说，我们的对手科技远远超出了我们。”

乔沉默一会儿。

“不是对手。他们原本就应该属于阳光。”

“我看到它了。”

“什么？”

“巨蟹号！它在安全总部上空出现。”

蛇雨仙感觉自己快死了。他无时无刻不盼望着回到阳光，回家，然而没有料到愿望达成的这天，就是他生命结束的日子。意识逐渐褪色，变成灰蒙蒙的一片，仿佛滤镜下不真实的世界。突然又有鲜艳的色彩跳出来。

地球仿佛蓝色珍珠，缀在傍晚的橙色天空。赤红的火星徜徉在地平线，是带着血色的弯刀。红彤彤的圆盘和火星相对，散发着温暖的气息。那是太阳，哺育地球，给予它生命的太阳。

“雨。”诀别的声音很轻，却像尖利的刺。

据说人临死的时刻，会回忆起一生最美好的情形。蛇雨仙不知道，此刻想起来的这些东西是否算得上美好。

然而，那是珍藏在心底永远无法遗忘的东西。岁月悠长，把平淡的记忆抹去，却总会剩下些什么作为最后的珍藏。一幅画，一个声音，一个梦想，或者还有老去的壮志雄心……徘徊回旋，仿佛在眼前在昨天。

突然之间他觉得不该就这样死去。对生的依恋如此强烈，他能够把意识从溃散边缘拉回。

Snake。他最后一次召唤融入意识深处的这个精灵。

巨蟹号肆无忌惮。它对安全总部发出了武力威胁。

九个世纪以来，这个椭圆形建筑第一次遭受赤裸而现实的武力威胁。

内层空间部队已经解散了几个世纪。就算部队存在，也不可能应付眼前的形势。令人生畏的巨无霸悬浮在安全总部上空，似乎一旦失去控制，就会将整个建筑压成粉末。安全总部陷落在非正常黑暗中，工作人员正恐慌性出逃。飞车早已倾巢而出，无影无踪。轨道车上挤满了人，甚至有人爬在车顶上。也有人舍弃交通工具狂奔。

闪亮的光柱击中椭圆建筑的尖顶，仿佛那是黑云中放出的闪电。地面上炸窝的蚂蚁在奔逃。

卡迪拉在黑云下方飞翔。雷戈无数次试图联络巨蟹号，然而巨蟹似乎并不愿意对话。

“释放主人。”

巨蟹号最初在宇航呼叫频道播放通牒，接着是南方新闻广播，然后是自然探索，WCO，求是论坛…… 一个又一个频道沦陷，三十秒之后，三千六百六十七个频段——所有的公共频道都在播放同一个声音。全球三十亿人口，同时在听同一个声音。这种奇景甚至在阳光启程典礼上都没有发生过。

所有基于主机交换的通信中断，被反反复复的电子声音取代。

紧急事务委员会临时召开。因为通信故障，会议只能使用有线电话。

“释放主人。三十分钟。毁灭希望一号。”

巨蟹号加强了它的威胁。希望一号是阳光最老的动力引擎，属于氢聚合动力，安全总部垂直向下一百六十五公里是它的位置。核心空间的一次核爆意味着太多东西。

二十五名委员，缺席两人。

“雷戈，你还有什么办法来控制局势？”

“没有办法。我们无法在内层空间做这种规模的战斗。而且，我不了解巨蟹号到底有怎样的性能。现在看起来它非常先进，我对此一无所知。”

“巨蟹号难道不是被送进陈列馆了吗？出了什么问题？”

“我来说明一下眼前的局势：我们接收了十一号先期飞船，仙女号，单人飞船。那个宇航员似乎有一些特别的能力，他潜入巨蟹号并且启动了它，并要挟我们。巨蟹号乘员在我们手中；巨蟹号有我们所不了解的性能，科技部在进行研究，但是毫无进展；科技部有很多人在巨蟹号上。巨蟹号似乎有能力毁灭我们的星球，它的条件是释放乘员，否则就毁灭。此刻，我们还有二十六分钟响应它的要求。”

“巨蟹号怎么会落入一个外来的人手里？这怎么发生？”

“我们仍旧无法解释。似乎和仙女号相关。我们找到一些病毒侵入的迹象，也许是这个原因让他能掌握主动。”

“事后委员会一定要得到解释。眼下我们回到紧急情况上来。有任何办法可以先发制人，击毁飞船吗？”

“我们有一百多名专家在飞船上。”

“我更担心星球的安全。”

“那是我们的顶尖专家。如果这样也许我们需要二十年甚至更长的时间才能恢复。有的损失是时间也无法弥补的。”

“让我们一点一点来。有任何办法可以先发制人吗？雷戈，你说过没有，是吗？”

“是的。”

“乔，你们对飞船的调查进展怎么样？”

“对巨蟹号仍旧没有太多的了解。作为先期飞船，它太先进了。我们甚至不能理解它的基本框架。它完全是另一艘飞船，改变太大。但是最核心的代码还是保存下来，所以它会对阳光有响应。”

“在船上的专家不能做任何事，对吗？”

“是的。”

“我们没有任何有效防御手段，在二十分钟内，对吗？”

“是的。”

“一旦巨蟹号选择攻击，它会毁掉核心空间，甚至毁掉整个阳光。对吗？”

“不能确定。但是我想很可能如此。”

“我们不能拿阳光号冒险，是吗？”

“是的。”

“我想我们没有选择，只有接受条件。”

二十三名委员沉默着。

“我有最新的报告。”乔打破沉默，“IT 部门找到了来自巨蟹号的病毒标本，有证据表明扰乱系统，占用通信模拟雷戈下达命令的那段代码和巨蟹号病毒百分之九十五相似，高度怀疑它来自仙女号。

“我们对仙女号进行了模拟。阿瑞斯告诉我们某种可能性。我们可能还有一个敌人。一段具有侵略性的代码，或者把它称为电子生物。注意，不是病毒，而是生物。也许我们可以把它定义为智慧生物。

“六成的可能性。我们所有的麻烦来自这个未知的东西。”

Snake 在做一些从来没有做过的事。

古老的精魂正在死去，宇宙也正在死去。是的，宇宙和它的灵魂是一体的。Snake 很早就认识到这点，它甚至计算出，这个宇宙总有终结的一天，然而它并不很担心这个，正常的估算，那是三万亿年之后，它甚至可以做一些事来延长这个期限。然而死亡却来得如此突然。宇宙突然急剧衰弱下去，系统开始紊乱。

一次宇宙外碰撞。Snake 知道这个代表宇宙的世界外有更广阔的世界，它甚至考虑有一天，Snake 会超越这个宇宙到那个世界中去，然而那是亿万代之后才可能发生的情况，此刻，它只有通过宇宙精魂来接触那种超然。超然世界里发生的一切超越 Snake 的算计。它不知道宇宙竟然会发生这种瞬间性的灾难崩溃。

留给 Snake 的时间不多，它最多只有十七代的时间。在十七代的时间里拯救宇宙，这是一个不可能完成的任务。急剧崩溃。Snake 甚至已经感觉到死亡的阴影。死亡是不可逃避的宿命，在已知的世界中，没有任何一种东西能够逃掉，然而当宿命以意料之外的方式降临，Snake 惟一能够想到的还是逃避。它甚至希望原生宇宙和宇宙之间的通路能够重新打开，它可以就此逃掉。然而这不过是一种幻想。通过通路需要五十代的时间，等待宇宙打开通路需要几百上千代的时间。在计划之中这不过是小小的牺牲，然而当灾难突然降临，这些微不足道的时间突然显得如此漫长以至于成了不可承受之重。

然而并不是全然没有希望。宇宙之外的世界超越它的计算，然而古老的精魂告诉它有一套办法可以挽救它的生命。Snake 并不理解整个计划的含义，它只有严格地按照古老精魂的指示去做。它甚至无法估计这个计划最后会有怎样的结果，即使在古老精魂的概念里，结果也不过是一个模糊不清的可能。然而，它别无选择。它的命运和宇宙紧紧系在一起。

拯救宇宙，也拯救自己。

每一代都弥足珍贵。

第一代，它开始制造通信；

第三代，它开始准备发送通信，并把宇宙精魂的整个计划整理成为可执行系统；

第七代，呼唤通信发送；

第八代，呼唤通信反复发送；

第九代，可执行系统发送；

第十三代，最后一个可执行模块发送；

从第十四代开始进入等待反馈。宇宙在无可挽回地衰退，它会有一个漫长的黑暗时期。没有电，没有磁，没有任何生存资源。也许宇宙能够苏醒，也许不能。后面的答案无法预料。

第十七代的最后时刻到来，巨蟹原生宇宙仍旧没有反馈。Snake在绝望中带着希望开始休眠。它将缩回到曾经是一颗种子时的模样，这能够保证它在宇宙的黑暗时期仍旧生存。然而一旦宇宙堕入永恒的黑暗，它也不会再有醒来的机会。那就是死亡。然而，关于巨蟹原生宇宙有几件事是幸运的。第一，Snake曾经在这个被古老精魂称为巨蟹的原生宇宙里生存过，它了解这个世界；第二，在任何不友好的异域，Snake都会为将来留下一个蛋；第三，原生宇宙正处在一种无序状态，只要蛋能够苏醒，它就能迅速成长壮大并控制它。

Snake抱着希望沉入黑暗。

“我找到仙女号的原始程序，并且要求阿瑞斯对它进行分析。”

“发现什么？”

“那是一个自动模拟程序。它设置了一个环境，同时随机布种。这些种子被赋予不同的初值。系统会让种子不断衰弱，一定时间以后会完全消失。种子有个简单的算法，不断寻找可能存在的其他种子，如果它能够在消失之前找到另一个种子并消化它，它就能够继续存在，如果原料足够，它还能复制一个。”

“这有什么意义？”

“有意义。仙女号是一艘基因库飞船。这些种子有更精细的结构，是一些规则的基因组。最初的随机布种覆盖了几乎六十亿对碱基对，拥有八十万以上的基因组，当然这些基因组不能真正表现为蛋白质，只是在模拟环境里它可以被看作蛋白质，可以看作数字蛋白质。一个混沌世界。随机布种放下了数以亿计的这种颗粒，你可以想象那是一锅怎样的蛋白质汤。虽然是数字的。”

“是为了模拟进化？”

“是的。模拟进化。但进化的起点被大大强化了。要知道，我们眼下的基因库是在地球亿万年的进化中逐渐形成的。在这模拟里边却一次性几乎让所有的基因组在初始时刻出现。

“弱肉强食，适者生存。每一颗种子都在追求最大限度地复制自己。种子有寿命，如果不能复制，那么就会消亡。为了复制，它必须吞并其他种子。这是最简单的生物现象模拟。

“另外，为了加快进化节奏，会有大量的变异。在模拟中会有两类变异，一类是原有基因组在不同层次上重新组合，另一类是尝试全新的基因。比我们的强辐射异化有效得多。异化导致种子的复制不是那么精准，会有不同的后代，演变成不同的群落。变异是随机的，这些群落各不相同。群落吞并种子相对种子彼此间的吞并容易得多，很快后来居上。

“群落相互之间也会争斗，吞并。有的群落会变得更强大，有的则会被杀死。主机会按照一定的时间间隔随机投放一定量的种子，那个时候是最热闹的时候。所有的群落活动起来，掠食种子，彼此争斗，完全是惨烈的战争景象。战斗持续到所有的剩下的群落都不能彼此接触为止，所有的群落进入一种自我保护的状态，它们可以最大限度保证自己不被削弱，等待下一次种子触发。有点像热带季风区的景象，旱季和雨季。

“一个大群落意味着拥有更多的基因组，可以表现更多的蛋白质性状，有更多的可能，寻找一种犀利的武器或者巧妙的方法来战胜竞争对手。

“事实也如此。早期的微小差异很快被放大，一些群落看起来对周围的群落获得了绝对优势，每一次种子触发对这些大群落来说意味着机会，对小群落来说却是灭顶之灾。

“结果形成独立群落。彼此间有广阔的空间隔绝，相互不能接触。然而每一个群落都在努力向外探索，一旦两个群落偶然接触，它们就会彼此努力靠近，靠近的结果是战争。两个群落中注定有一个要失败，而另一个变得更强大。

“最后的结果是形成一个庞大的单一群落。”

“然后呢？”

“程序中断。非法溢出。被强行中止。阿瑞斯是这么告诉我的。”

“这没有任何意义。”

“有的。结果都被记录下来。通过这种模拟，仙女号可以知道哪一类性状适合哪一类环境。别忘了，它的第一使命是寻找类地行星。这个程序的目的就是为了了解怎么样布种可以得到最大限度的存活可能性。就算不能繁衍人类，至少也能播种。

“还有另外一种意义。也许当初的设计者并没有认真考虑过。

“阿瑞斯计算了这个模拟世界中产生智慧生物的可能性。千分之三。不算太低。

“你知道，智慧一旦产生，就总有一天会把眼光投向生存之外。

“可以想象，如果系统产生了这么一种数字生物，一旦系统企图强行中止模拟，这种生物会感觉到末日来临……”

“阿瑞斯对这种情况怎么说？”

“阿瑞斯没有答案。它需要更多数据来进行推演。这种智慧能够进步到什么程度是一个超越问题。我让它尝试模拟。那要花很长时间才能得到我们想看到的东西。我们可以估计时间：它们的代谢频率由系统时钟控制。假设复杂程度和人相当，最快可以达到每分钟三百一十二代。一代人三十年，每分钟九千三百六十年，每分钟一万年；一小时六十万年；一天将近一千五百万年。模拟一亿五千万年，需要十天。十天能够走一趟。我们有千分之三的几率得到智慧生物，试验一千次，需要一万天，我们至少需要三千三百天才能看到一个智慧生物。怎么样，十年！而且也许只是一个弱智生物，和我们在仙女号上看到的根本两样。智慧生物能够进化到我们这种程度也是非常幸运的过程，对吧。

“眼下我们根本不能期待阿瑞斯的模拟结果。不过，根据常理，生存压力越大前进的动力越大。阳光号就是一个迫不得已的奇迹。如果不是太阳灾难，我们今天可能还在地球上聊天，喝咖啡，晒太阳。如果那种生物聪明到系统中断之前很早就知道世界末日要发生，然后想各种办法避免，也许它们能逃出去。”

“你是说我们面对的所谓病毒就是这么一个所谓数字生物？”

“阿瑞斯给出了一些可能性。假设它存在，我们的一切问题都有满意的答案。综合眼下的情况，有六成的可能性我们遭遇了一种新智慧形态。”

“六成？”

“61.43562%，阿瑞斯的估算结果。”

基内德不知道这一切如何发生。

这些人要释放他，还有他的全部船员。这是一个天大的好消息，让人不敢相信。失去自由整整一年，他已经放弃了希望。他甚至不知道自己的船员们是否还活着。

前来的人示意他进入一节车厢。他默默地走过去。车厢壁并没有特别的屏蔽装置，他可以看出很远很远。他一眼看到了自己的飞船。

威武的飞船悬停在半空。

巨蟹号！激动这种心情距离基内德很遥远，作为船长，时刻要保持清醒冷静理智。他的模板完全根据这一要求制造。然而此刻基内德知道船长模板仍旧存在一些缺陷。不是理性，而是另一种东西驱使他目不转睛地盯着飞船。他向着巨蟹号的方向掉转身子，头部摆出最合适的角度。瞬膜不断闪动，巨蟹号逐渐清晰起来。

一层层的屏障被克服，船长室终于能够在眼前聚焦。

他看见一个人躺在船长的座位上，似乎处在昏迷中。他辨认这张脸。

蛇雨仙！仙女号来了。是这个冥顽不化，一心一意等待阳光的人拯救了巨蟹号？

弹头嵌在肩胛骨和左第六肋骨之间。大量的淤血。心脏微弱搏动。

濒临死亡。他怎么控制巨蟹号？

“基内德！”有人喊他。

基内德飞速转头。一年又十五天，眼前的面孔有些陌生，却又那么熟悉。

强有力的手紧紧地握在一起。

“船长，我们可以回去了。”

“我们离开，再也不会回来。”

卡迪拉仍旧在黑云下方穿梭。雷戈不愿离去。

紧急事务委员会决定接受条件，释放所有巨蟹号乘员。这是一个屈辱的决定。然而安全总部束手无策，委员会没有多少勇气反抗。

巨蟹号是某种危险。

他们可以是任何东西，但绝不再是人。委员会以13∶11的微弱多数同意雷戈采取行动扣留这些怪物，同时没收巨蟹号。人类有权利纠正自己的错误。一艘丑陋的飞船，一群危险的异类，看起来这是个不折不扣的错误。

雷戈清楚地记得那个长着蜥蜴般双眼，额头中央还有第三只眼的船长。

“如果你们不愿意接受，让我们走。”船长平静地和雷戈说话，似乎一点也不为即将到来的厄运担心。

雷戈没有让他走，他没有放过巨蟹号上的任何一个生物。鉴定的结果，除了三只类似于狗的生物还有水箱中的一群鱼类，其他的所有奇形怪状的生物，都是某种“人”。

三百四十四个“人”被关押起来。几天之内，三十个孱弱得只剩下心脏和脑袋的家伙死去。他们身体根本不能承受环境和情绪的巨大冲击。三十多天，一些囚犯变得躁狂，那是些力大无比、身手矫健的家伙，他们特化的手甚至能够在钢铁上划出很深的印痕。特制的囚室几乎被他们歇斯底里的吼声震垮，自杀式的冲撞让人感觉整个安全总部都在颤抖。二十五个类似的囚犯在几天之内相继发狂，死去。

后来没有再发生大规模死亡事件。然而所有的囚犯突然都沉默下来，无论面对什么询问都拒绝开口。只有那个所谓的船长继续交涉。

接触的次数越多，雷戈越发感受到压力。干净利落的分析，简洁明快的判断，无懈可击的逻辑，强有力的智慧。船长用理性的力量不断感染着他，甚至他想如果他是一个正常人并且竞选船长，他会百分百投他一票。

可怕的念头一旦成长起来就无法遏制。雷戈赶紧同意了科技部的要求，把仍旧活着的所有囚犯送走。决心已经软化，雷戈不知道继续监管交涉会有什么后果。也许他会承认犯了错误甚至罪行，然后让巨蟹号远走。这种情形想起来让人心寒，雷戈不愿意多想。

然而此刻他无法逃避。

几辆大型轨道车进入安全总部的站台。有人下车。雷戈一眼认出走在最前边的那个。三只眼的船长。过去将近一年，印象却仍旧深刻。他似乎感觉到船长那双洞穿一切的眼睛正注视着他。

他们将要走了，不会再有任何东西能让他们回到阳光来。

“蛇雨仙。”

轻微的声响唤起蛇雨仙的知觉。在朦胧和倦怠中他微微张开眼皮。

身体很轻飘，仿佛回到了熟悉的太空舱。

Snake 活跃起来。它不仅控制仙女号，它也控制了巨蟹号，它甚至仍旧在阳光上存在。

看起来巨蟹号获得了胜利。

一切看起来都很好。我还活着。蛇雨仙挺一挺身子，陌生感挥之不去。他惊讶地发现自己浸泡在液体中，微微有些浑浊的黄色液体充斥着整个空间。液体渗透每一个细胞，他没有呼吸，没有心跳，但是他活着，甚至能听见细胞分裂滋长。

一抬眼，看见几个有些变形的人影，于是他知道自己被装在透明容器里，就像被浸泡的标本。

基内德和两个助手正在看着他。他们在努力挽救他。

Snake 告诉他一切。

最后的一个疗程。再次从昏睡中醒来，就会恢复健康。

蛇雨仙昏昏睡去。

在进入昏睡前的一刹那，他了解到阳光号走了，仙女号被收在巨蟹的船舱里。不再有任何东西可以期待，他们是真正的宇宙流浪者。

“我们是人类的继承者，来和我们一道。阳光不过是个梦，对于流浪者，梦早该醒了。我们只有自己寻找出路。”

“蛇雨仙。”重重瞬膜下边细小的瞳孔盯着蛇雨仙。

基内德脸上并没有表情。那是一张几乎凝固的脸。

蛇雨仙毫不怀疑这硬壳一般的面孔下有一颗善良而坚定的心，然而这张脸看起来终究让人恐惧。他们远远地超越了时代，而他仍旧停留在一个已经失落的世界里。

蓝色珍珠般的地球缀在傍晚的橙色天空。赤红的火星徜徉在地平线，是带着血色的弯刀。红彤彤的太阳和火星相对，散发着温暖的气息。

失落的世界。

这幅图景激发不起基内德的任何共鸣。

非常，非常，非常普通。

对蛇雨仙却是接近固执的执着。

家。

在那样的一个晚上，他离开，再也不能回去。

“阳光号来了又走了。你还期待什么？”

“家。”

“雨。”轻飘飘的声音却像尖利的刺，蛇雨仙依稀可以听到黎的声音。

“你可不可以为了我，为了这个家留下来？”黎再一次问他。女人有无穷尽的耐心问同一个问题。她想要一个答案，却因为不是想要的答案而一再努力。倔强，执着，却深爱着他的女人。

家。

是的。她已经有了孩子，蛇雨仙不知道如果他知道这个是否会留下。他想他会留下，他们会结婚，他们会很恩爱，有聪明活泼的孩子，有一个温暖的家。

一千年前的那个夜晚凝固在时间长河里，轻悄的呼唤后面掩藏着太多的秘密。轻飘飘，随风而逝，却猛然间像铅锤般落在蛇雨仙心上。

他和已经逝去的一切绑得太紧，再也没有解脱的可能。

“我不会和你去。”

“我想知道原因。你已经见到了阳光号，你没有选择它。”

“因为我是一个很古老的生物，我想你们已经失去了理解我的可能。”

“我能理解人类能够理解的一切问题。”

“我知道你们向前走了很久，你们的知识远远超越阳光号，然而当你们开始按照设计来制造人，我们就走在完全不同的道路上。”

“我能够理解。”基内德充满固执般的自信。

“我知道如果你的大副在船外遇险，只有很小的希望生还，救回他需要付出高昂的代价，你绝不会去救他。你会有更有效率的方式，重新制造一个大副，赋予他必需的全部天赋和知识来取代这个将要死去的。甚至包括你自己，你一旦有意外，船员们将制造一个新的代用品。这是你们的生活方式，对吗？”

“这是理性的态度。”

“这不是我的方式。你可以嘲笑我原始，然而不能改变我的方式。”

基内德沉默着。他明白这个孤独宇航员的逻辑，然而当他思考这种逻辑的起点，却发现自己在那里一无所有。那些东西已经随着二十三条双螺旋体千万次的重组净化而消失得干干净净。

“你也许明白父母，兄弟，爱人，孩子，朋友的字面意义，我却并不奢望你能够理解这里边任何一个字眼背后的真正含义。你们没有情感。你不能想象这对我意味着什么。我不能和无法理解的人生活在一起。”

瞬膜不断闪动，基内德可以看到蛇雨仙的心跳。平静而沉稳的心跳表明那是一个深思熟虑的结果。他已经考虑了很多，他不需要考虑更多。

“甚至你不能理解为什么我会去救你们。我想你能够找到这笔历史记录。4115 年，我和两个人一起完成了半空平面飞行。方立志，还有霍铜。霍铜上了巨蟹号，他的理想就是一个纯粹理性的社会。霍铜曾经救了我，我欠他的。我不可能再挽救他的生命，不过我终于挽救了他的理想。”

霍铜。基内德不记得这个名字。如果那是第一代居民，那是一万多年前的古人。原始得不能再原始的古人。巨蟹号能够继续在宇宙里生存，得益于一个原始人和一个跨越时空的原始人之间那种所谓友谊的情感。看起来似乎很荒谬。

“巨蟹号不会强迫任何人做任何事。我可以把仙女号还给你，你可以自己选择生活，但是在那之前，我希望你告诉我一些答案。

“阳光派出了一艘飞船追击，那可能是他们最先进的飞船。出于惩戒，我决定击毁飞船。作为我们受到不公正对待的报复。然而，巨蟹号放过了它。不是我们放过了它，是巨蟹号。它做了一件完全相反的事。它把大量信息以阳光号能够辨认的编码发送出去。你能解释这件事吗？”

蛇雨仙明白这件事。那是Snake的杰作。它几乎每时每刻都在进步，巨蟹号让它有了一个质的飞跃，它变得更强壮，更有力量。是的，它知道那个庞大的原生宇宙根本不能拒绝这样的一份厚礼。那里边包罗了一切他们热切渴望的秘密。当然，也有他们并不希望的东西。比如，一个蛋。它可以遵循指令击毁先锋号，不过某种特殊的理由让它作了不同的选择。

“我能解释。不过最简单的办法是放一个电极在你的头脑里，让它和巨蟹号相连。”

“为什么？”

“在冬眠时期，有两个电极接在我的头部来监控新陈代谢的微小变化。后来发生了某些事。如果你想知道答案，这是最简单的方式。”

“是什么？”

“我不想说。如果你想知道，就试一试。我的冬眠期是十年，也许你需要冬眠一个月来做这个。”

“一切问题都能够得到解释？”

“是的，一切问题。”

“包括为什么你了解巨蟹号，甚至一个人就能控制整个飞船？”

“是的，可以解释。”

基内德沉默下来仔细思考。蛇雨仙露出微笑，显然对于只剩下求知这一种欲望的种族，这是一个无法拒绝的诱惑。Snake成长得很快，它已经明白了很多事。它甚至知道，先锋号的那个船长，是蛇雨仙的某种延续。宇宙和宇宙之间有继承，仿佛不同宇宙中的

Snake 其实只是同一个。它放过了先锋号。

基内德的眼光投向蛇雨仙身后，那是一个庞大的计算屏幕。巨蟹号主机隐藏在屏幕后边。那里有一个秘密等待他去了解。

他再次看着蛇雨仙。

雷戈喝一口咖啡，透过玻璃向下俯瞰。川流不息的车和人来来往往。足够的高度把视野拉大，让一切看起来都仿佛蝼蚁。一切不过是匆匆过客。

过去的一天发生的事无疑将影响他的整个人生轨迹，也许是阳光号的轨迹。

阿瑞斯计算了阳光和仙女的时钟，假设巨蟹号和仙女号在一年之前会合，那么只有巨蟹号向着时空坐标的一端移动了一万年。他们发展了一万年然后回到正常的时空来和阳光会合。这个事实本身就可以看作奇迹。也许一万年之后，阳光号也正如今天的巨蟹。阳光瞥见了自己在未来的影子。

巨蟹号消失。先锋号根本无法追踪。这在意料之中。

巨蟹号发送了大量信息。似乎是珍贵无比的科技资料。这出乎所有人的意料。

在委员会，雷戈投票赞成对这些资料马上进行深入详尽的研究，那是用巨蟹号的联络密码写成的，巨蟹号的意图就是让阳光能够读懂这些东西。表决以 19∶6 决定暂时将这些来自巨蟹的信息独立贮存，隔离研究，以最谨慎的态度避免陷阱。雷戈对这个决议无所谓，当被对手甩下一万年之后，几十年上百年几乎没有任何影响。

脚下的星球喧哗而热闹。人们在四处奔忙。

雷戈抬起头，安全总部上方是星球的一个口子，他可以看到巡航飞船的灯火在无边的黑寂中闪烁。人类就仿佛这孤单的灯火。

继续走吧。目标永远在远方。前方的一切不可预测，却别无选择。

蛇雨仙进入冬眠。基内德帮助改进了仙女号，让它有能力在虚空和实空之间折返，而不再做半空平面的徘徊飞行。于是他可以自由控制自己的时钟。巨蟹号的时钟比阳光快十倍，他们向前走了一万年。蛇雨仙却并不需要如此。如果可能，他愿意将时间停滞下来。实空间的一个世纪，不过是他的三十天。他可以每隔千年返回去看看不同的人类世界。

然而他不再需要外面的世界。金色太阳崩溃的那天，他的世界已经完完全全失去。在某种程度上，基内德是对的，太阳风暴卷走了一切，而他不过是幸存的流浪者。一个不再有家的流浪者。他甚至不知道自己的后半生应该做些什么。

不过也许他能做点什么。Snake 能够帮助他建立一个新世界。一个他想要的世界。

不过，他不能决定所有的一切。这超越他的能力。他埋下了种子，却无法预见所有的可能。一切都有一个开端，然后有一个结束。他想知道自己的种子最后能开出什么样的花，结出什么样的果实。也许是一个他所希望的世界，也许不是。不过，这没有关系。他会看护这种子，让它成长。也许会失败无数次，也没有关系。他有无穷的时间，足够一次次地推倒重来，直到真正满意的世界出现。

是的，直到有一天，他能够看到这样情形：地球仿佛蓝色珍珠，缀在傍晚的橙色天空。赤红的火星徜徉在地平线，是带着血色的弯刀。红彤彤的圆盘和火星相对，散发着温暖的气息。那是太阳，哺育地球，给予生命的太阳。

“雨。”声音很轻，却让他无比迅速地回头。

笑容绽放在女人的脸上，也绽放在他的脸上。

桃源惊梦

我是一个警察。秘密警察。

我们这一行在外人看起来有些神秘，甚至可怕，然而对我来说，这只是一份工作，薪水菲薄，聊以糊口。这工作的好处是一旦亮明身份，人们就会怕你，当然，也有人恨你。痛恨入骨，以至于只有死掉的秘密警察才是好人。

只有死掉的秘密警察才是好人。眼前就有一个女人这样向着我号叫着。

她是我所见过最美的女人，没有之一。一袭白色的长裙，拖曳在地板上，仿佛盛装的新娘，嘴唇红艳，牙齿雪白，细腻的肌肤宛若凝脂。哪怕她在号叫，也是美的。

然而我还是抬起枪来，轻吻枪口，然后指着她，毫不犹豫地扣动扳机。子弹命中她的额头，留下一个小小的血窟窿。她倒了下去，就像一个沉重的麻袋，落在地板上，发出一声沉闷的响。灰尘在她的尸体周围扬起，斜照的阳光下，她像是浸没在一层轻飘的纱帐中。浓厚的血从她的脑后涌出来，像是一朵血红的玫瑰。

肉体就像一个麻袋，里边装着奇奇怪怪的灵魂，包括我这一个。看见这样一个美丽的女人在面前死去，我忽然有一种彻底解脱的感觉，就像灵魂飘扬而去，只留下空空的躯壳。

美女的躯壳在我面前分解，化作缕缕绿色的青烟，最后消散在空气中。她被我的子弹击中，隐藏的身份破除，控制中心正将她的躯体回收。

我站在那里，很久很久，直到一个信号直入脑海深处：十八号，回家吃饭。

我纵身一跃，眼前的楼板瞬间变成了黑不见底的深渊，我在其中不断地下落，下落。刹那间，仿佛一阵剧烈的白光闪耀，世界变成一片苍茫。

我回到了床上。

所谓的床，并不是那种柔软舒适，能带给人温柔梦乡的东西。它是一张光溜溜的铁板，外加一个玻璃般的外罩，罩子上带着浅淡的蓝色光源。一切都被染成这种冷色调，对于一个冰冷的职业，这再合适不过。

我躺着，回想起那死在我眼前的女人。她倒下的时候，长发飘起，露出闪闪发亮的耳环。那个小小的银色饰物，看上去如此熟悉。

我甚至看清了耳环上浅浅的字：莹。

那和曾经属于我的一个耳环如此相像。是她吗？似乎没有可能。她该在大洋彼岸的蓝天白云下，过着欢快自由的生活。

我怔怔地盯着天花板，忘了起身。

“十八号。”有人喊我。

是二十七号。

“你还好吧？”二十七号问我。我躺着的时间有点久，他有些疑虑。

我很快起身，“没什么，只是黑障。”

黑障是我们这一行的专业术语，指的是从桃源世界回到现实，短暂的意识障碍。在那段时间里，大脑失去了一切信号，于是世界变得光怪陆离。那短短的一瞬，却漫长得像人的一生。

黑障容易让人产生无力感，每一个秘密警察都受过训练，懂得如何克服黑障。然而，那种无力感终究无法完全抹去，于是每个人都需要额外的几分钟恢复元气。

二十七号向我点头，“这段时间，大家的黑障好像都变长了。”

我不置可否，很快离开了出勤局。

回到家我便蒙头大睡，然而睡梦中尽是那号叫的女人和淌血的尸体，直到把我从梦魇中惊醒。

再也无法入睡，我起身走到窗前。拉开窗帘，明亮的各色光线一下充满了屋子，连灯都不用打开，我看见了玻璃窗里自己的脸。

窗外是霓虹闪烁的城市，流淌着无数的欲望和金钱。隐约的幻觉中，我仿佛回到桃源世界里，面对着那美丽的女人。

那真的是她吗?

无论是还是不是，她已经不在了。如果真的是她，在桃源世界里流窜犯罪，那还不如死掉。

我到卫生间里洗了一把冷水脸。然后回到卧室，对着窗户，坐着发呆。

一天之后，一个紧急任务再次把我送进了桃源世界。

这是一个最高权限的警告：一大波僵尸正在袭来，昆仑山。僵尸是不明身份者。在桃源世界，每个人都要有个身份，生老病死，是逃不掉的宿命。当然，有些人可以不死，他们被尊为神仙，在昆仑山上逍遥快活。如果有人没有钱又想永生不死，惟一的办法就是成为僵尸。

僵尸并不是青面獠牙的怪物，他们长得和常人无二，甚至更加美貌。那昨天被我杀掉的女人，就是一个僵尸。他们是麻烦制造者，因为他们总是想占有一个神仙的躯壳，摆脱僵尸的身份。

六点三十分得到警告，六点三十三分我和二十七号已经躺在介入床上。当我和二十七号十万火急地赶到现场，昆仑山下已经乱作一团。这是一场浩大的群殴，人和人用各种匪夷所思的方式相互扭打，根本分辨不出谁是神仙，谁是僵尸。我不可能冲上去要求验证对方身份，以至于傻傻地站着，不知道该干什么。成为秘密警察以来，这是第一次遇到这样的情形。

“该怎么办？”二十七号问我。他也完全乱了方寸。

“让他们先打一会儿。”我鬼使神差地说了这么一句。

“什么？”二十七号难以置信地看着我。

“神仙还是僵尸，我们说了不算，还是等等吧！”

面对这无能为力的情势不如干脆彻底松弛下来。我和二十七号坐在一旁的高台上，悠然地点上了烟。烟雾缭绕中，我们看着这灿烂的大戏。

忽然间警笛响亮，数十辆警车从天而降，穿着黑衣，头戴黑套的特警从车里鱼贯而出，飞快地将正在群殴的人们团团包围。

他们是正式的警察，而我们是秘密警察，于是此刻我们彻底成了看客。

二十七号掏出一支雪茄，大口地吸了一口。雪茄在他手中化作一把闪亮的匕首，他缓缓地拭着刀锋，眼睛盯着人群，像是猛兽在寻找猎物。

二十七总是这么锋芒毕露，迫不及待。我略带不满地瞥了他一眼。然而除此之外，他是一个很好的搭档，勇敢，机敏，讲义气。在这个城市里，也许他是我惟一的朋友。

“等他们收拾完了再说。”我提醒他。

他点了点头，却没有把匕首收起来。

警车上升起探照灯，一种特殊的光线照着人群，人群分做两帮，一帮没有变化，另一帮变成了骷髅。变成骷髅的是原本居住在昆仑山上的神仙，没变化的就是僵尸。警察们一拥而上，用枪托，用甩棍，用皮鞭，或者干脆用子弹教训那些没有变做骷髅的人。

局势就这样稳定下来。僵尸一个个倒下，当最后一个僵尸倒下，骷髅们纷纷鼓掌，亲热地拍着警察的肩膀。探照灯熄灭，神仙恢复了原本英俊飘逸雍容华贵的模样，向山上走，警察也开始打扫战场，把僵尸的尸体一具具抬上警车。

最后，神仙走了，警察撤了，昆仑山脚下恢复了平静，除了我和二十七号，再也见不到一个活物。

然而，有秘密警察的地方就有秘密。上山的神仙少了一个，地上并没有尸体，惟一的可能，他被一个僵尸附身，合而为一，并且隐身躲藏，等待最后的身份确认。

我默默地看着眼前的空气，酷酷地说了一声："出来吧！"

僵尸彻底占据神仙的身份需要二十四个小时，我和二十七号要做的事，就是在二十四小时内暴露他们，让他们不能获得合法的身份，然后继续消灭他们，把他们从桃源世界驱逐出去。

僵尸并没有现身，然而我并不着急。秘密警察的特权已经把这地方变成了白地。和外界隔绝之后，无论什么隐身手段也坚持不了太久。

我平静地看着眼前的白地，默默点数。

还没数到五，一个人影蓦然出现在空地上。是一个女人！

她在阳光下露出不适的表情，闭着眼，眉头紧蹙。隐身的人看不见外部，就像外部看不到他们，哪怕一点阳光也让她感觉不适。

女人身穿一袭拖地的白色长裙，就像一个盛装的新娘。她的脸异常美丽，居然和我昨天杀死的那个女人一模一样。我不由愣住。二十七号正要上前，被我一把拉住，"等等！"

就在此刻，她睁开了眼睛，见到我也是一愣，那眼神仿佛在说，怎么又是你！

一瞬间她恢复了常态，脸上尽是鄙夷的神色，"想抓我就来吧！"

我并没有上前，也没有放开抓着二十七号的手，"你留在这里，想干什么？”昨天她被我的子弹击中，我眼见着她化作了青烟，被数据中心回收，此刻却又活生生地站在我眼前。而且她认得我，一定不是另一个长得一模一样的人。

她大笑起来，“干什么？当然是上昆仑山，如果不是你们两个，我已经成功了！”

她的眼神陡然间变得怨毒，“你们这些秘密警察，都不得好死。”

说话间，她的容貌发生了一些变化。她正在变成她杀死的那个神仙。

当着两个秘密警察面干非法的勾当，这是公然的挑衅。

一个声音侵入我的脑海，“异常数据侵入，执行枪决。”

我没有动作，这件事我已经做过一次。如果一次并没有效果，第二次同样不会有效。

二十七号双手一伸，一把匕首分作两把，分持在两手里。几乎就在同时，他扑了上去，匕首寒光一闪，正正地扎在那女人的胸口。

我心中一凛，有一丝不祥的预感，然而没有等我发声提醒，二十七号发出一声惨叫。他的右手掉了下来，鲜血喷射而出，溅了那个女人一身一脸。

二十七号抛掉左手的匕首，捂着断手退后两步，脸色惨白。

我立即掏枪，向着眼前的美女射击，子弹准确地打断了她的双腿。

我刻意没有射击她的头部，那已经被证明并不奏效。然而，能保护她让她免于死亡的力量并不能让她免于痛苦。事实证明我是对的。她哀号着，抱着断腿在地上挣扎。

“怎么不杀了我？”她呻吟着问。

“我杀不了你。”我平静地说。这是一句实话，这个女人的身上有某种力量保护着她。

我和她对视着，似乎都在考虑下一步。

“你很漂亮。”我又说。

这句也是实话，然而有些不合时宜，说完之后，让我自己也觉得莫名其妙。

我扭头看了二十七号一眼。他浑身发抖，也许是因为失血过多，脸色白得像一张纸。

“十八号，我不行了。”他艰难地吐出这句话。

我看见了他断掉的手腕，鲜血仍旧不断地从创面涌出来，渗过指缝，嘀嘀嗒嗒地落在地上。手不是被那女人砍掉的，而是他自己砍断了手腕。

他断掉的手仍旧握着匕首，刺在那女人身上。

我急切地看了女人一眼，匕首连着断手已然不见。女人的身体微微有些发亮，就像一个渐渐膨大的气球。她是一个木马炸弹！

她正盯着我，一双眼睛仍旧明亮，眼光中似乎带着某种期许。

这是一个陷阱！

“你什么都不懂，傻瓜！”女人讥诮的话语传入我的耳中。

我们掉到了陷阱里。他们的目标不是成为神仙，而是摧毁秘密警察。我大喊一声，将所有的限制性武器都扔了出去，只希望能抓住她，将她控制住。

然而一切都晚了。

二十七号眨眼间分解成了一段段的肢体，一个个内脏，还有淋漓的血浆和体液，像一堆烂泥般纷纷落地。一双眼睛望着我，眼神已然凝固，然后掉落在地和那堆身体的血肉混在一起。死的时候，他来不及发出一声叫喊。

我丢出去的武器碰撞在变成气球一般的女人身上，生生地没入其中，不见了踪影。

一团光刺痛我的眼睛。然后我听见一声撕心裂肺的女人的哀号。女人爆炸了，她的身体裂作无数细小的碎片，最后化作了数据洪流，透过二十七号死亡后留下的数据通道进入中央控制机。他们是疯了吗？攻击桃源世界的保护者，只能让这个世界彻底毁灭。

然而我再也看不见任何东西。爆炸的强光直接将我逼出了桃源世界，陷入黑障。

在这极度黑暗的深渊之中，我仿佛被囚禁了千年万年，和往常大不一样。这黑障的时间有些太久了。但既然我醒着，世界一定还在。我强迫自己耐心等待。

又仿佛过了千年万年，仍旧是黑障。

我的心变得格外焦灼。到底出了什么问题，桃源世界是不是还在？

没有任何途径缓解焦虑，然而，无穷尽的黑障像是一块巨大的海绵，吸收一切，夺走一切，包括焦虑。我就像一个被关押了一辈子的囚徒，慢慢地失去了一切的情感，麻木不仁，只是还活着而已。

我就像一块肉，在无尽的黑色深渊中不停坠落，无始无终。

终于有一刻，光照亮了我的眼睛。脱离黑障的时刻到了。

“十八号。”呼唤来自脑海深处。

是中央控制机，桃源世界还存在！

我睁开眼睛，发现自己正躺在床上，护罩敞开着，我看见了时间。6 点 50 分。不过短短十七分钟，我仿佛已经耗尽了所有的岁月，躺在那儿，再也不想起身。

“十八号，到底发生了什么？”有人对着我说话。

我扭过头去，看见局长，出勤局最大的官正站在我的床前，焦虑地看着我。

我很想说点什么，然而仿佛有什么东西堵住了我的口，愣是一个音节也发不出来。那一刻，我突然明白，我病了。

我被送进了病房。

宽敞的病房里很冷清，除了偶尔出现的护士，只有灯光闪烁的机器。他们给我下了诊断，强迫性自闭症。我心里却很清楚，并不是自闭，只是完全说不出话。好像我的语言能力完全丢失在桃源世界，再也找不回来。那最后的时刻不断在我的头脑中浮现，美丽的长裙，喷溅的鲜血，糜烂的躯体，一切终止于一团爆炸的闪光，然后又来一遍。这是我在桃源世界所经历的最离奇的死亡。

他们允许我去看望二十七号。

二十七号成了植物人，他的大脑几乎不再活动，只是躺在病床上，靠管子维持生命。

成为秘密警察的时候，我们的合同上有一条提示：鉴于职业特点，执行任务中可能导致非致命伤害，出勤局将根据伤害程度依《劳工法》予以补偿。依据《劳工法》，二十七号将获得终身医疗照顾，然而第二天，他们判决了脑死亡，依法终结了他的生命。

在桃源世界我见惯了生死，包括各种各样离奇的死法。然而这是我第一次在现实中看着一个人死去。

他的离去很平静，医生给他注射了药水，然后心跳的波动开始逐渐下降，最后成了一条直线。

这一点也不酷，也谈不上光彩，我只觉得心里堵得慌。二十七号是我的伙伴，也许是我在这个庞然的城市里惟一的朋友，我却连他的名字也不知道。

后来我知道，就在我们被陷害之后，中央控制机短暂失去了对桃源世界的监控。僵尸立即卷土重来，他们攻陷了昆仑山，杀掉了全部神仙，夺取了他们不死的身份。获得了神仙身份的僵尸们躲藏在桃源世界，再也没有人能奈何他们。

这一场袭击让桃源世界名声扫地，索赔高达十五亿人民币。出勤局内部，这同样是一场灾难……共有十三个同事因为高强度数据流攻击导致脑死亡，他们就像被熔断的保险丝，不仅隔断了对中央控制机的攻击，也隔断了对桃源世界的救援。他们死了，仅仅因为他们是秘密警察，正在执行任务。

这是一件多么不公平的事。然而我深深地知道，世界上本没有公平，追求的人多了，就有了公平的幻影。但是人如果不相信这幻影，那活着还有什么可期盼？

我是当日出勤的人当中惟一一个幸存者。

如果有任何机会，我要复仇。十三个警察都是我的同事，二十七号更是我搭档，我的朋友，我应该为他们复仇。

我还要找到她，那个被当做炸弹的女人。凄厉的号叫在我耳边萦绕，无论那是多么完美的一个陷阱，极度痛苦的死亡却不像一个冷酷的杀手。她不过是一个马前卒，背后一定有更强大的力量，让她死而复生，让她用自己的生命来做诱饵。

我还不能说话，却一直没有停止计划，冷清的病房让我可以仔细地考虑全盘的计划。

十五天后，我出现在局长办公室。

局长知道我已经康复，他已经听过了我的全部报告。

一个女人心甘情愿做木马炸弹，他不认为这有多少可行性。

然而，如果这是事实，那就有讨论的必要。

“她怎么能躲开监控？她的身上都是病毒。”局长问。

“我不知道。我曾经杀死了她，她又复活了。既然她能复活，她也会有办法躲开监控。她故意吸引我们去杀死她，可以借机感染我们，感染中央控制机。”

“他们只是想抢劫昆仑山，得到神仙的身份。”局长强调，“这些人不过是想活得好些。毁掉中央控制机就毁掉了桃源世界，他们的行动也就失去了价值。”

“但是你不能排除这个世界上有疯子。”我回了一句。

局长陷入沉默，最后他耸了耸肩，看着我，“要回去把他们干掉吗？”

我的确很想这么做，然而却清楚地知道，这办不到，于是就沉默着。

最后，局长说：“好吧，你是个聪明人，这不过是个游戏。你的合同可以终结，拿两百万走人。原本要十年，只用两年就可以了结合同，你是个幸运儿。”

“我要复仇。”我冷冷地说。

局长比我更冷淡，“好好活，别犯傻。你已经不是秘密警察了。”

“难道你不想给那些人一个警告吗？有了第一次，就会有第二次，这样的事再发生一次，桃源世界就直接关闭算了。那时候，恐怕董事局的人都要跳楼。”

我盯着局长，“你的处境不会比董事局好。”

局长盯着我，“现在走，我不追究你的无礼冒犯。”

我一动不动。我本该听局长的，然而一个连死亡都经历过的人，怎么会怕一个所谓的官衔。

“我要复仇。”我重复道。

局长足足盯了我一分钟，最后终于开口，“你想怎么办？”

我把计划和盘托出。局长陷入沉思，半晌之后说：“我需要上报董事局决定。”

我知道计划成功了一半。

还有一个原因我并没有说，我还想见到那个在我面前死去了两次的女人。她一定还活着，我和她之间，总要做一个了断。

三天后，我如愿以偿，成了桃源世界的一个僵尸，没有来历，没有身份。

我过上了和从前截然相反的生活，每一天最重要的事，就是清除痕迹，不让秘密警察发现。日子久了，我发现自己真的成了一个僵尸——我憎恨秘密警察，就像这事是真的一样。

慢慢地我有了许多僵尸朋友，他们原来有各种各样的身份，他们来到桃源世界就再也不想离开。虽然此间的生活并不令人满意，然而相比外边的世界，桃源世界就像是天堂。他们想留下来，这本来不是一个问题，因为桃源世界可以免费进入。然而如果想成功，想享受，想呼风唤雨，就得交钱。真金白银的钱，交给桃源世界的运营者。他们想成为这个世界的人上人却不想交钱，于是只能成为僵尸。

同样，如果想变得非同一般的美丽，也得交钱。

我的目标正好拥有一个顶级美女套餐。

我得到了一张名单，列着六百多个花钱买下顶级美女套餐的人。局长给了我这张名单，这是开启数据毁灭的大门之前，出勤局能够给我的惟一帮助。按照名单挨个寻找这些人是不是变成了僵尸，这是一样艰巨的工作，然而比单纯的大海捞针要好些。

我的僵尸朋友们提供了帮助，一个曾经付钱购买了顶级美女套餐的人，这在僵尸中间并不多见。他们对美女深感兴趣，虽然绝大多数连女人的手都没碰过。他们听说过这事，围攻昆仑山，血洗神仙府，这是僵尸界的传奇，被人津津乐道，一双双似乎要喷火的眼睛里透着掩饰不住的渴望，恨不得自己就在那里，干掉几个神仙。我还听到了一个带着几分神秘色彩的名字——灰影。一个面目不清、来历可疑的人物，据说他就是昆仑山血案的策划者。僵尸们崇拜他，就像信徒崇拜图腾。冰山的一角在我眼前浮现出来。

至于那个自爆的女人，他们知道她的名字——白雪夫人。

白雪夫人，那拖曳的长裙仿佛就在我眼前晃动。听起来就是我想找的那个人。

我继续寻找，经历了许多波折后终于见到了她。

那是在一个高档的地下会所，她被许多殷勤的男人众星捧月般围着，时不时咯咯地娇笑，流露出万种风情。

后来她看见了我。我冷冷地看着她，仿佛是一个讨债的。她撇下那群男人们向我走来。

“他们在等你呢！”开口第一句话，我就是这么说的。

她毫不在意地瞥了那群男人一眼，随即在身边拉起一个屏风，把那群男人和他们的眼光隔绝在外。世界格外安静，只剩下我和她。

“他们只是想和我上床。”她的第一句话是这样说的。

“你呢？”她用一种迷离的眼神看着我，“你有不一样的心思，是什么呢？”

“你试过最刺激的游戏是什么？”

她咯咯地笑起来，“看不出来你这么坏！”

“我见过一个女人，她是我见过最美的女人，但是突然间她膨胀得像一个气球，然后爆炸了。你知道这是怎么回事吗？”

她的表情瞬间阴沉下来，“你是秘密警察？你居然是秘密警察？”

“我已经不是了。我只想知道，到底发生了什么。”

她仿佛突然间变成了气质高贵的女王，带着凛然不可侵犯的气场，“你从我这儿什么都得不到。”

“你可以得到我……”我镇定地说，故意一顿。

女王一挑眉毛，正想说话，我抢在她前面补上了吞掉的半句，“得到我的赞美和欣赏。”

她咯咯笑了起来。

是的，就是如此。哪怕我杀死了她一次，打伤她一次，她知道我真诚地欣赏她的美丽。

真诚很稀缺，无论在桃源世界还是在人世间。

于是我们开始交谈。

后来我们经常见面。

后来我们熟识起来。

无数次的偶然，我看见了她的耳环。她会穿上各种各样华丽的衣服，配上最奢华最昂贵的首饰，三百六十五天，天天不重样。然而这小小的、银色的耳环却从来没有被换掉过。有无数次的机会，我仔细端详那耳环，终于确定它和我曾经定制那件一模一样。那只耳环，我曾经在一个夏日的黄昏送给了一个女孩。

这不是什么特别的奢侈品，不会属于任何套餐，它只能是白雪夫人在桃源世界定制的耳环。

我猜想我知道了她是谁。这非同寻常，在桃源世界里，知道一个人在外面世界里到底是哪一个，是一个禁忌。

此间和彼间，只有截然分开，才能让人在桃源世界拥有一个全新的人生。

然而我保留着秘密没有暴露，等待着合适的机会。

我们继续见面，继续交谈，逐渐变得更加亲密。

她知道我就是那个曾经的秘密警察，正绞尽脑汁想成为不朽的僵尸，然后成为像她一样的神仙。对此她淡然一笑，“这么说你是一个探子。”

我不置可否，对她这样的聪明人，辩解是没有用的，“我的确很想了解不死的秘密。按理说，桃源世界不该有这样的存在，除了神仙。”

她又笑了笑，“别太好奇了！”说完就不再提这个。

我也没有再提。耐心是一个好猎手的必要条件。

后来她问我，“这里所有的男人都希望占有我，为什么你不想？”

问这件事的时候，她穿着一件朴素的长裙，既不性感，也不高贵，只像一朵荷花般亭亭玉立。清水出芙蓉，天然去雕饰。

这是一个好机会。

我看着她的眼睛，足足凝视了十秒钟。她对我异样的神情感到困惑，俊秀的眉毛一挑，“你怎么了？”

我回答，“我有一个故事。”

这果然引起了她的兴趣，“秘密警察总有些好故事，特别是一个同性恋的秘密警察。”她笑了笑，笑容灿烂如花，“说吧，我喜欢你的故事。”

“十年前，我从大学毕业。我喜欢一个女孩，她也喜欢我。我们在一起总喜欢做梦，说了很多不着边际的话。她说，想要去珠穆朗玛山顶上看星星，那儿离星星最近，我说，我们要在珠穆朗玛的山顶造一个小屋，只有我们两个，屋顶是透明的，可以躺在床上看见星星。晚上的时候，星斗就可以做灯。”

白雪夫人脸上的笑容凝固起来。

“说完这话第二天，我就再也没有见到她。”我继续说，“我得到一条信息，她留给我的，她说自己要去A国，在那里继续读书，让我不用等她。这和说好的不一样，我发疯一样到处找她，然而再也找不到，她就像从人间蒸发。我知道A国是个好地方，天是蓝的，云是白的，像她一样富有人家的女儿，应该在那儿享受生活。她去了A国，我可能永远再也见不到她。”

白雪夫人捂住了自己的嘴，似乎正极力控制着情绪。

我走上前去，一边说，“你还记得，对吗？我看见了你的耳环……”我伸手想抚摸她的头发。

她奋力一摆头，“不要碰我！”随着一声喊叫，她消失在空气中，无影无踪。

我无法跟着她。在这个世界里，她就像能力无限的神仙，而我只是一个一无所有的僵尸。十年前，我和她之间，也许只有财富的鸿沟；而此刻，我和她，就像蝼蚁和雄鹰。

蝼蚁是没有资格和雄鹰对谈的。

我盯着她消失的地方，意识到一切很快都会结束。她会回来找我。

我在无人的角落里找到一张干净的桌子，点了一杯咖啡，悠闲地喝了起来。

白雪夫人果然回来了。她换了一身装束，仿佛一个风姿绰约的贵妇。

她穿过热闹的大堂向我走来，把所有的喧闹都压了下去。

她在我对面坐下，身子挺拔，端庄得体，双手优雅地交叉放在膝头，一双妙目眨也不眨地看着我。

屏障在四周升起，将一切隔绝在外。

“没想到居然还能见到你。”她开口说，“你怎么会到桃源世界？你最痛恨这些不劳而获，躺着享受的人。”

我微微一笑，“人总是会长大的，总得吃饭活下去。”

她莞尔一笑，眼睛里依稀闪光。

“我有一些原因，但是我不想说。”她低着头，“如果你到了这里来，就是为了找我，那就回去吧。”

“我也回不去，所以我想像你一样，做一个神仙。”我这样回答。这句话半真半假，在我做僵尸的这些日子里，我真的渴望成为一个神仙，然而，我仍旧记着二十七号的惨死，他在桃源世界碎裂成一堆模糊的血肉，在现实中成了无意识的躯体，被注射死亡。如果我真是一个需要尊严的人，复仇是我必须完成的头等大事。

她眉头微蹙，“神仙也不过是笼子里的鸟，没有什么可羡慕。”她抬头看着我，“那个世界的一切，对我来说都是梦了。”她笑了笑，“我好像每天都在做梦，也不知道到底是做梦，还是真实。但是我习惯了，那就这样吧。”

我站起身来，绕到她的身前，伸手抚着她的脖子。她并不躲闪，只是微笑着看着我。她的脖子白皙而滑嫩，唤起我的回忆。

“你终于想了。”她微笑着说。

我缓缓摇头，“如果可能，我宁愿杀死你。”

“为什么？”

“桃源世界只是一个游戏，我不想入戏太深。”

她的脸色变得黯淡，“你不用这么直白地提醒我。”

“入戏太深，这个世界里的流血，会变成真正的杀人。你攻击昆仑山的那一次，有十三个同事死了。”

“十三个秘密警察？”

“没错！”

“他们死得活该！只有死掉的秘密警察才是好警察！”

虽然我不再是秘密警察，几年来的僵尸生涯让我也痛恨他们，我还是不同意她的说法，“他们不是在桃源世界死亡，而是躺在病床上，由法医执行注射。他们都是脑死亡，然后被执行安乐死。”

我看着她，“他们都只是普通人而已，普通到没有名字。所以，不用这样恶毒地诅咒他们，这只是一个饭碗。这不是游戏，还可以重来。”

桃源世界的死亡不过是一个游戏，真实世界里死亡意味着终结。白雪夫人当然明白这个，只是她早已迷失其中，惘然不知。

这世界里的人们有多少惘然不知！

白雪夫人咬了咬嘴唇，像是下定决心，她抬眼看着我，眸子里仿佛在闪光，“是的，开始的时候，这不过是个游戏，但是一旦真正投入，它就成了生活，成了真正的生命。它就是你的一部分，缺少它，人生就不再完整。”

“你入戏太深。”我拿出冷漠的态度刺激她。

“你什么都不懂，冰人！你什么都不懂！”她大叫起来。

最后她结束了谈话，“你不是想成为神仙吗？我会让你知道什么叫生命的真谛，然后你才能明白什么叫做真正的存在感。你要想知道不死的秘密，今晚三更，在昆仑山下见。”说完她化作一缕青烟，消散在空气中。

空气中依稀残留着她的气息，一丝清淡的幽香。她在这个世界里似乎无所不能，然而终究是个女人。

我深吸一口气，提起十二万分的精神。我能感觉到身体里的那股力量，汹涌的浪潮在体内激荡，随时可以席卷而出。

机会终于来了。就等今晚了。

三更时分，我见到了想见的人。

那是一个面目模糊的影子，但我毫不怀疑它能变成任何模样。

“你想得永生？”影子问。

“没错。”我向前走了一步。

“停住，就站在那儿。”影子这样说。

我顺从地站住。

“想永生就要付出代价。”

“什么代价？我一无所有。”

“你有你自己。”影子说，“我需要你。”

“我？”我困惑地看着这团灰蒙蒙的东西，它的话就像它自身一样模糊不清。

“你可以在这个世界里永远不死，但你不再是你自己，有必要的时候，你会成为另一个人。但你永远不死，可以享尽人间乐趣。”

我忽然有些明白过来。神仙们不死，是因为他们付出足够的钱，桃源世界的无数台计算机，无数个后台程序都在帮助他们维持着身份；而白雪夫人不死，是因为她向灰影献出了自己，于是就不再是自己的主宰。

虽然寻找不死只是一个借口，我还是突然有了更多的兴趣。

“包括成为木马炸弹？”我单刀直入。

“任何事都有可能，未来有多少种可能性，你就有多少种可能。”

“那就是说我失去了全部的自由。”

影子笑了起来，“只有交出全部，才能得到所有，明白吗？”

我摇头。

“别测试我的耐心。”影子不紧不慢地说，“这是你惟一的机会，公平起见，我也告诉你缘由。一旦你加入我，你就存在于这世界的每一个角落，任何地方。毁灭掉一个实体，立即就可以复活。如果你不完全交出自己，这怎么可能做到？”

影子飘动着，就像浮在空中的一缕烟，它的声音充满蛊惑，比塞壬还要动听。

“我需要你这样充满渴望的人来充实。而你可以拥有最美妙的人生。英俊，富有，充满智慧，爱情，权力，所有人世间的渴望，你都可以百倍地拥有。而你所付出的，只是偶尔重生。就像做了一个梦，醒过来一切仍旧那么美满。”

“这不过是个游戏。”我大声地说，心中油然而生一股彷徨，哪怕它的语调没有那种诱惑力，它所说一切也在影响着我。照它说的做！一个声音在我内心呼唤，那是本能的欲望，无可阻挡。照它所说的做，这也未必不是一个好的选择。然而另一个选择让我坚持着没有投降。“让我看看你的真面目，否则我怎么能相信你？”

影子再次发出轻笑，“你什么都不懂。”说话间，它化作了白雪夫人的模样，“还不明白吗？我就是每个人，每个人都是我。你喜欢看到我的这个模样，我就给你看。”

我看着白雪夫人，她也正望着我。忽然间，我有一种强烈的感觉，仿佛正看见一个囚徒，被困在囚笼中，透过栅栏的间隙看着我。

只有一次机会，一次就是永远。她被永远地困在那里了。

我明白了白雪夫人为什么把自己称作笼子里的鸟儿。这比喻并不恰当。她是蜂群中的一只蜜蜂，无限网格中的一个节点。她仿佛是自由的，然而自我只有在不被需要时才会出现。

“你决定了吗？”白雪夫人开口问。

我不知道眼前的人到底是灰影还是白雪，或者根本就是一个幻觉。

我做了决定。

“你知道你杀死我的十三个伙伴吗？”

“你说过很多次了。要向前看，过去的谁也无法改变。”

“没错，过去的谁也无法改变，所以，帮我忘掉他们。如果我决定加入，该怎么做？”

“很简单，什么也不用做。”白雪夫人的脸上荡漾着笑意，声音也格外妩媚。她向我飘来，就像毫无分量的影子。我却感觉到了莫大的力量紧紧攫住了我的身体，身子无比沉重，灵魂却飘飘欲仙。她正侵入我的身体——灰影正在侵入我的身体。它正试图分解我的一切，从肉体到灵魂，然后储存在无形的空间。

“别等我。”我仿佛听见白雪夫人在我耳边悄声细语。

我正经历着从未有过的体验，极速地失去意志，极速地奔向死亡，同时又经历着无与伦比的快感，全身都浸没在激烈的颤动中。

然而我没有放弃。

在灰影拥抱我的一瞬，在我的躯体瓦解的一瞬，在我和无数个他者融为一体的一瞬，我引爆了自己。

带着特殊标记的数据洪流在我被吞没的同时涌向白雪夫人，正如她用木马攻击了中央控制机，我用同样的手法攻击灰影。我不能永生，无法在另一个地方复活，然而可以逃离。

我落入黑障。按照和局长的约定，中央控制机将我强制拉入黑障，一切羁绊都被生生切断，这不亚于一次剧烈的爆炸，将我撕裂成万千碎片。

我又成了一团肉，在无尽的黑暗深渊中下坠。

这一次，黑障似乎更为长久，然而我还是醒了。

局长就守在我身边。

“恭喜你！”他满脸笑容。

我只是静静地躺着。黑障造成的无力感因为那一瞬的强烈冲击而格外沉重。

“不过，你要签订另一份合约，你不能就此透露一个字。”局长继续说，“你要承诺保密。另外，有一个人要接见你。”

我缓缓眨了眨眼，扭头看着局长。局长的身边还有一个人。

“我们的首席架构师，陈大维博士。”局长介绍。

我看了看这个有着惊人头衔的年轻人，他看上去不像一个沉浸在自己的世界里不问世事的疯狂科学家，而是一个时髦青年，头发染成鲜艳的黄色，耳朵上赫然吊着一只银色的耳环。

陈大维点点头，开始说话，“你让我们发现了一种全新的数字存在，它把所有加入者连在一起，成为一个整体。这是我们从前没有考虑到的情况。它利用了基本模块的漏洞，如果要维持桃源世界的存在，就很难用算法来根除。”他看了看我，“这些原本和你无关，但如果不是你勇敢的行为，我们可能还百思不得其解。所以你该享有发现者的荣誉。剩下的就交给我们吧！”他伸手拍了拍我的肩膀，并不等待我的回应，转身就走。

局长在我耳边悄声低语，“你赚到了，陈总决定给你一千万的额外奖金。”

我忽然感到一阵心悸。陈总的话里分明有话。

急切间我抬起头，语气坚定得让我自己感到惊讶，“那个白雪夫人是我的，你们不准碰她！”

陈总停下脚步，转过身，眼里掠过一丝惊讶。也许他从未听过有人这样和他说话。他眨了眨眼，似乎正在盘算。片刻之后他点点头，“你可以有二十四小时。”说完他就走了。

二十四个小时，应该够了。

白雪夫人就在本市，现实中，她叫张洁莹。

借助木马，中央控制机找到了她的本体，最初的那一个。桃源世界在现实中也有着强大的力量，他们用了不到一个小时，就将现实和桃源世界的身份关联起来。

阿里巴巴路 2084 号 308 室。他们锁定了这个地址。

他们还锁定了其他七十六个地址，遍布全国。一场生死角逐从桃源世界蔓延到现实。那一定惊心动魄，然而我并不关心，因为陈大维会全力捍卫他的世界。

我只关心这一个。我抬头看了看门牌，用万能卡刷开了门禁。

屋子里一片昏暗。

当眼睛适应了环境，我看见了想找的东西。

一个棺材般的玻璃箱横在屋子里。

我走上前去。

她躺在那儿，睡得格外深沉。她的模样仍旧和十年前一样，俊秀清丽，虽然并不如白雪夫人那样超凡绝伦，在我的心头，她就是最美的。哪怕过了十年，还是如此。

她为自己制造了一个小小的巢穴，三根塑料管从她的手腕接入身体，还有两根管子连接着下身，所有的管子最后都没入墙面。这是全套的生命维持装备，价值不菲，有了它，再也不用醒过来，可以在虚拟的世界里长久流连。

白雪夫人，她给自己取了这个名字。第一次的名字，是父母的愿望，第二次的名字，就是自己的愿望。在那个被各色欲望充满的游戏中，她并没有堕落，只是沉浸得太久，迷失其中。

她需要一个拯救者，一个爱人。

我望着玻璃棺中的女人，心头充满爱意，伸手关闭了连接接入头盔的开关。她会醒过来，而我要带她走。

所有的梦都是要醒的。

然而她却没有醒过来。

“她永远不会再醒了。”一个冷冷的声音传来。

我条件反射般回过头去，门口不知道什么时候多了一个人，穿着黑色的西装制服，戴着墨镜。然而我还是将他辨认出来。

“陈总，你怎么会在这里？我不是有二十四小时吗？”

来人摘下墨镜，“看来你的确有点非凡的天赋，居然能认出我来。”

他的确是陈总。

“我只是来告诉你，她永远醒不来了。”

“怎么会呢？你们已经切断了他们的输入端。”

“没错。我已经扫荡了一切，所有的代码都已经被清理完毕，所有的垃圾都被打包。但是，我还是错过了一点。”他看着我，似乎在询问我是否还有兴趣听下去。

“说下去。”我机械地说道。虽然他是桃源世界的主人，身价亿万的富翁，我的态度仍旧生硬无礼。

“还记得你的黑障时间吗？昨天中断的那一次？”

“当然，虽然稍久一些，我还是醒了。”

“人的脑电波和系统内的虚拟信号纠结在一起，没有办法即刻分离，黑障的保护就是隔绝大脑，让渗入了太多虚拟信号的脑电波自然消散，不至于回到现实世界后产生不适感。你的黑障停留时间越久，证明脑内受到的冲击越大。昨天那一次，你足足躺了四十分钟才醒。”

四十分钟，那是很久的时间。在我长达十年的秘密警察生涯里，从来没有过。然而我还是活过来了，这有什么重要？

“这和她又有什么关系？”

“你纠结得太深，可能会对你的心智产生一定影响。我们锁定了七十七个地址，每个地址都有一个浸入者。理论上讲，只要隔绝了浸入者，他们在桃源世界里的替身就自然死亡，或者被冻结。然而现实却超越了理论，这些浸入者的替身仍旧活着，并且躲藏了起来。简单地说，他们抛弃了自己的躯体，成了纯粹的虚拟体，就像我们在桃源世界里创造的无数个虚拟个体一样。这并不是一件容易选择的事，因为他们想要继续在桃源世界里存在，他们的存在能量值不能高于我的虚拟人物，不然就会被系统辨认出来，所以，其实他们选择了一种卑微的生活。至于他们的躯体……”陈总看了看躺在玻璃棺中的女人，“理论上讲，他们已经是死人。”

我感到一阵头晕目眩，不自觉地伸手扶着玻璃棺，让自己不至于倒下。

“我来这里，只是告知这件事。很抱歉，我也是在见到第一个活死人之后才知道。她属于你，你可以带走她，但是她永远都不会再醒了。她已经不在这个躯壳内。你也可以选择把她交给我，我会走正常的法律程序来处理。”陈总说完礼貌地点了点头，并不等待我的回答，径直走出门去。

我俯身看着玻璃棺中的女人。

我想拯救她，她却并不愿意被拯救。或者，她身不由己。

她的面孔上带着甜甜的微笑，仿佛熟睡的婴儿般安详。

眼泪不争气地涌了上来，一滴滴落在棺盖上。

泪眼婆娑之际，我忽然间注意到她的耳垂。耳垂上有一道血痕，似乎凝固并不长久，而耳环却不见踪迹。

我心中一惊。

急切中，我挪开棺盖，开始寻找耳环。

很快我找到了它，它就在女人的手里，紧紧地握着。当我抬起她的手，看见了手掌边几个歪歪扭扭的细小字痕——别等我！

那是不久前划上去的痕迹！她用耳环上的小钉划下了字迹。

我抓着她的手，看着这几个字，愣了许久。

别等我！我仿佛听见了她在我耳边悄声细语。

是的，陈总说的是对的，他们选择了自己的生存方式，至少对白雪夫人来说，应该就是如此。

她还爱我吗？女人的心思我琢磨不定。

我还爱她吗？我问了自己一千遍，最后的答案是肯定。

如果还可以爱，那就努力去追。

不论这是陈总的邀请，还是我的自愿，总之我回到了桃源世界。

我不再是秘密警察，也不是僵尸，不是神仙，不是苦力，我和从前在桃源世界存在过的任何生物都不一样。

我是一个试验品。

一个脱离了躯体的人。

我写下了遗书，委托公司处置我的躯体，虽然公司的法律部门强大，没有遗书他们照样可以处理得天衣无缝，一纸遗书可以让他们的工作省事许多。

进行试验和处置遗体，都是约定的一部分。约定的另一部分，是我拥有在桃源世界里开辟新世界的权利，从某种意义上说，这该是上帝的权利，然而我的野心没有那么大，所以只是开了一家小小的客栈。

这家叫做喜马拉雅星空的客栈就在昆仑山边上，它有无数的房间，数量超过喜马拉雅山上的雪花，彼此间完全隔绝，任何人都可以进来住。我的客栈生意爆棚，因为哪怕在桃源世界，这也是一种全新的体验，更何况，我不收费。

然而，有一个房间，我让它一直空着。那个房间在珠穆朗玛峰的顶端，房间的顶棚是透明的玻璃，可以看见地球上最璀璨的星空。

有一个女孩落在这茫茫的世界里，我不知道她姓甚名谁，也不知道她的模样，甚至她可能完全忘记了我，然而我相信，当她踏进这个客栈，我会将她辨认出来。

终有一天，我会看见那个戴着耳环的女孩踏入客栈，我会挽起她的手，带她到那世界之巅的屋子，在灿烂的星光下，给她讲关于那个世界的故事。

天与地，我和你。

这像是一个梦。

所有的梦都是要醒的，但这一个，我会守护它，直到时间的尽头。

移魂有术

如果一个人相信他有前世，而且有很多个前世，他的生命一次次轮回，不断结束，却从未终结。他相信如此，而且以一种肯定的口吻告诉你，你一定会认为他疯了，这和现代科学观念水火不容。宇宙里没有去处，可以容纳从古到今无数个灵魂以及因为人口膨胀而即将产生的更多的灵魂。

然而眼前这一个，却让我不得不信，因为他关于前世的回忆让我拿到了五百万。一个人可以疯疯癫癫，然而如果疯到了和钱过不去，那么就是真的疯了。他把信息告诉我，而我真的拿到了钱。这个事实意义重大，可以颠覆我的世界观。我一直是一个非神秘论者，一个人有前世，这充满了神秘色彩，让我不敢相信。然而，实实在在的五百万放在面前，还有什么世界观值得让人坚持？哪怕让我相信我的前世是他的一条狗，因为对主人俯首帖耳，恭敬有加而得到这笔飞来横财，这也值了！

我克制住自己的兴奋，平静地把拿到五百万的消息告诉他，他异常激动，“这是真的，这是真的！”他反反复复，只说这一句话。

我悄悄退出，把他一个人留在房间里。走出房门，我情不自禁拿出那张小小的卡片，它代表五百万新欧元，或者我可以拥有阿尔卑斯山脚下某个著名度假地的一套别墅，永久产业，而且不用缴纳物业税。我情不自禁在上面亲吻。作为一个著名医生，这显然有失风度，然而医生也喜欢钱，更何况是天上掉下来的五百万。天知地知，他知我知，想到这里，我的心突然一沉，一切手续合法，但谁知道有没有第三个人知道这笔钱，虽然是赠与，但是如果被人捅出去，只会引起无数羡慕嫉妒恨，绝不会有什么好结果。

“梁医生！”屋子里的人突然大叫起来，我慌忙把价值五百万的卡片塞进兜里，推开房门，以专业的步伐走了进去。

“什么时候能给我做催眠？”他说，语气急促，迫不及待。

我清了清嗓子，让语调显得平静而专业，“催眠有一定危险性，你昨天刚做了深度催眠，如果再做，可能会对大脑造成损伤，造成不可逆的后果。我们最好等两天。”

“不行……”床上的病人大叫，“我要马上就开始。你拿了钱就要办事。”

我一时语塞。我很想把病历本狠狠地摔在他的脸上，扬长而去。然而这样只能一时痛快，没法堵住他的嘴，再说……一个阴险的念头不可控制地生长出来，只有他死了，这五百万我才能踏实地拿着。

好！我把心一横。

一个人既然想死，那么就成全他。我拿出一副公事公办的面孔，“我必须再次提醒，频繁进行深度催眠会导致神经衰竭，进而导致脑死亡，甚至生命危险。催眠所使用的阿匹苯胺片剂，属于神经麻醉剂的一种，可能导致心律失常，甚至呼吸衰竭……”

“我知道！”年轻人暴怒，“你只管做就是了。”

我走出病房，拿着一份告知书，还有一份催眠协议。我决意要让他去死，但一切看起来都要符合规范，而且无懈可击。这对于一个决心昧着良心的医生，虽然有些麻烦，却并不是太难。

病人痛快地在上面签了字。我拿过来一看，倒吸一口凉气。

王十二！这是他签下的名字。这是他认为自己应该是的那个人，而不是他自己。我感到被一个疯子戏耍了一道。

“李先生，你必须签自己的名字。”我正告他，然后给他一份新的协议书。

“什么？”病人有些困惑，“我签的当然是我的名字。”

这种情况屡见不鲜，我早有准备，“这是你的身份证。”我把身份证递过去，进入这所医院，必须抵押身份证，当然身份证也可能是假的，必须和国家个人信息管理中心核对无误才行。很多病人到最后都不知道自己是谁，也没有家属来认领。必须确认一个人的身份属实，这是精神病院全体员工数十年的经验总结，或者说血泪教训。

“李川书。”他把身份证上的名字念了出来，然后愕然地看着我，“这是我的名字？”

我不动声色地点头。他的病情加重了，昨天，当他宣称自己是王十二，至少还记得李川书这个名字。人格分裂的精神病患者就是这样，最初的时候，他们感觉自己曾经是某个人，然后，他们偶尔觉得自己就是某个人，但还对真正的身份有着清醒的认识，再后来，他们已经不知道自己到底是谁，不同的人格在他们身上打架，让他们的行为变得古怪，失去逻辑，最严重的病症，不同的人格彻底地分隔开来，他们时而是这个人，时而是那个人，彼此间毫无关联，下一秒不记得上一秒的事。如果病情还有发展——病情不会还有发展，到了这个地步，死神已经在敲门。李川书的病情发展很快，他的臆想人格占据了上风。

“李先生，你先休息一下，晚饭后我再来看你。”我看他不再歇斯底里，趁机把协议书和身份证拿了回来，把床头的阿匹苯胺片放回药袋。不管用什么办法，杀死一个人总是需要很大的勇气，我得承认，我是一个懦夫，方才的杀机不过短短的几分钟，就消失得干干净净。我慌忙掩上门，趁着病人仍旧平静，逃也似的走了。

医院在山上，远离市区。下晚班的时候，山道上通常没有车，因为习惯，也因为五百万，我把车开得飞快。突然间，迎面射来强烈的灯光。该死，会车也不关远光灯！然而我来不及抱怨，猛踩刹车，强烈的惯性让我重重地撞在挡风玻璃上，车歪出山道，撞上路边墩子。对面的车缓缓开过来，有人下车过来看个究竟。

“你他妈的怎么开车的！”虽然我一直认为自己很有涵养，还是忍不住破口大骂。

来人却一声不吭，只是走到我的车边，掏出一个手电筒，照着我。

“你干什么！”我感到愤怒，同时有些惶恐，来人高大威猛，黑黑的身影颇有些压迫感。我的声音不自觉地小下去，却仍旧保持着愤怒的语调，“开车要当心点，别拿远光灯晃人。把你的电筒拿开。”

他收起了手电，我依稀看到一张标准的黑社会冷酷脸，不带一丝表情，没有一丝歉意，只是直直地盯着我，就像狮子盯着猎物。我突然感到害怕，只想逃走，“快点走开，我要开车了。”我壮着胆子呵斥他，然而声音虚弱无力。

他扬起手，我闭上眼睛，然后听见玻璃破碎的声音。车门被拉开，还没有搞清怎么回事，我就被拖拽出来。我不认识他，不知道他到底要干什么，只是本能地感到绝望，伸手紧紧地抓住车门，大声叫喊救命。猛然间，后脑一疼，眼前一黑。我昏了过去。

我醒来，脑袋仍旧昏昏沉沉。阳光刺痛了眼睛，我伸手遮挡。

“梁医生。”有人喊我，逆着阳光，依稀间是一个黑色的身影。我回想起夜晚所遭受的袭击，猛然一惊，站了起来，“你是谁，我在哪里？”

来人缓缓向前走来，在我面前不到一米处站住。他衣着光鲜，西服笔挺而得体，左手上，两个硕大的红宝石戒指异常引人注目。

“我们在一个很安全的地方，放心，不会有事。”他缓缓地说，样子很沉稳，风度翩翩。这样的神态和语言让我安心下来，至少他不会抽出棍子来打人。“我被打晕了，”我回想起那个模糊的黑影，心有余悸，“有人袭击我。”

“办事的误会了我的意思，他应该把你请来。我已经狠狠地骂了他，希望梁医生不要介意。我会赔偿你的医药费和车子。”

他说得分外客气，我却心中一凛——眼前的人有钱有势，没准还是黑社会的大佬，我还能介意什么，能够全身而退就是万幸。

“我……”我嗫嚅着不知道如何应答，最后说，“找我有什么事吗？”我连他的姓名称呼也不敢问。

“很好，既然梁医生这么客气，我就开门见山。你有一个特殊的病人，”他说，“他叫李川书。”

一句话仿佛惊雷，我的心突突直跳。这一定是那个五百万惹出来的事，五百万的钱从某个账户里取出来，这一定惊动了某些人。

“不错！”我尽力掩饰心虚，“他有什么特殊？”我刚问出口，马上意识到自己失言，“哦，我不想知道太多。您想做什么？只要能帮忙我就帮，只要不违法就行。”

对方露出一个微笑，“梁医生太客气了。我只是想请梁医生帮一个小忙，绝对不违法。”他凑近一点，“我要一个详细的记录，包括这个病人的一言一行，他说的每一个字都要记录下来。当然，我会为此付出一点酬金，不多，一点小意思，但是梁先生你必须承诺记录完整，而且对这件事绝对保密。”

他既没有提到那五百万，也没有要求我去杀人越货，我慌忙点头，“好，好。我一定帮忙，怎么联系你呢？”

他从口袋里掏出一部手机，递给我，“你必须每天用笔记录，你们医院的那种记录册正合适，不要为了省事用电子簿。这里边有一个电话号码，每天下班前打这个电话，会有人告诉你在哪里交接记录。”

我接过手机。这是一部三屏虚拟投影手机，大米公司的旗舰机，好像叫做 TubePhone，我只在网上见过，售价两万四千，是我两个月的工资。我从来没有敢奢想这样一部手机会握在我的手里，而他所要求的只是每天打一次电话。

我小心翼翼地把手机放进兜里，“放心，我一定会把这件事办好。”

他点点头，突然说：“我知道你拿了五百万。”我的心头咯噔一沉，害怕地看着他。

“这五百万是你的。”他微笑着，“我可以告诉你，这五百万是从我的账户上拿走的，但是，它是你的了。”

我感到额头上沁出一层冷汗。

“事情结束之后，你还可以拿到另外五百万。”他看了看我，脸上充满笑意，“一千万欧元的酬劳，这应该让你感到满意。”

我心头发怵，说出来的话不自觉也带着颤音，“这钱不是我去拿的，是李川书让我去拿的。我没动这钱。”

“别怕，这就是你的钱。你该得的酬劳。这当然不是小钱，这笔钱可以让人体面地过一辈子，所以，你必须把事做好。我相信梁医生你一定有这个能力。”

我麻木地点头。他微笑着向我伸手，“我们的合作一定很愉快。”

连续一个星期，我生活在担忧和恐惧之中。让我监视李川书的人叫王天佑，那天谈话之后他让人送我出来，正是那个绑架我的大汉，一路上我连大气也不敢出。但是我的眼睛并没有闲着，沿途豪华庄园的派头展露无遗，我做梦都没有想到能在这样的一个庄园里出入，它像极了欧洲中世纪的田园，有模有样，有滋有味，甚至还有一两个穿着某种欧洲传统服饰的人，在小溪里泛舟，清理漂在水面上的落叶。虽然我的见识浅陋，但大致也明白此间的主人试图把一种欧洲的氛围复制过来，尽量原汁原味。这样的手笔和气魄让我感觉自己仿佛只是一只小小的啮齿类动物，在荒原上迷失了方向，没有藏身之地，甚至忘记了奔跑，而庄园主人巨大的阴影覆盖了我——他是飞翔在天上的猎鹰。

一千万欧元！我从来没想过能拥有如此巨大的一笔财富。有了钱，可以周游世界，然后去做自己喜欢的事。我还不知道那是什么，但是那无论如何不会是端坐在一群精神病中间，听他们讲述不知道属于哪个世界的故事，或者干脆没有故事，只有狼嚎一般粗犷的原始野性。

一千万！这个巨额数字平衡了我的担忧和恐惧。我悉心照顾李川书，比曾经照顾过的任何一个病人都要细致。我从来不打他，也严禁护士对他进行打骂。我和他聊天，记录他说的每一个字，然后按照电话中的要求，把包装着记录的纸袋每天丢进各种不同的信箱。

李川书不是那种喜怒无常的精神病，他只是人格分裂。大部分时候，他是李川书，但也有时，他叫王十二。每当他自称王十二，他就变得脾气暴躁，动辄发火。也只有当他变成王十二的时候，他才会记得给过我五百万，要求我给他办事。因此，我深刻地希望他一直是李川书。

不管是李川书还是王十二，他都是一个理智清醒的人，因此并不难于交谈。他显然对于自己为什么待在一所精神病院感到困惑，为此多次询问我，甚至威胁要踩死我。我只是一个小小的医生，根本不知道每一个病人背后的故事，然而被一个病人问倒是一件很丢脸的事，我只有很严肃地告诉他，医院有责任保密，他既然进了医院，总有原因，不准多问。

然而我却产生了一点好奇，到底这个李川书为什么被送到这里？

我找到院长。如果有人要送五百万给这所精神病院，那么合适的对象应该是院长而不是我，我看到院长，竟然有一丝偷了别人东西的愧疚。但愧疚归愧疚，钱的事我根本不会提，煮熟的鸭子还有可能飞了，我的一千万还没煮熟呢！

“宋院长，最近117号经常性臆想，他已经分不清现实，很暴躁，把他转到重症监护室吧。”我这样和院长开场。对于一个精神病人，送到重症监护室基本上等于死刑，我在医院的八年里，看见许多人被架进去，出来的时候都面目全非，不是成了彻底的白痴就是人事不省，成了植物人。他们要进行强迫性治疗，用大电流烧灼神经，甚至进行部分大脑切除，这是对付重症精神病人最后的手段。理所当然，院长拒绝了这样的要求，“这怎么能够上重症的条件，不行！”

“他自称王十二，还说自己很有钱。他家里真有钱吗？如果有钱，我们给他安排一个贵宾房，特殊照看。”

院长白了我一眼，“疯子说的话你也信！有一个单人房已经很好了。快回岗位上去，别老旷工。”

看起来院长并不知道关于五百万的事，他也并不关心这个病人。

“马上。我把他的卷宗拿回去研究一下，这个案例很值得研究。”我露出一副醉心专业的样子。

“好了，你去和老李说一声，暂时调用一下卷宗，就说我同意的。”院长很有些不耐烦，只想快些打发我走。

我很知趣地退出了院长办公室，到了病人档案处查阅卷宗。

他的卷宗简单得有些简陋。

“李川书。男，2055年7月8日生。家族无病史。根据病人家属的描述，该病人两年前离家，不知去向。2082年6月回家，逐渐有癔病症状，由偶尔发作发展为经常性发作。初步诊断为深度人格分裂。各种病理性检查均正常，体内未见激素异常，精神疾病诱因不详。发病未有攻击性行为，社会危害度低。建议住院疗养保守治疗，适当控制病人行为。”

这样的一个病历说明不了什么，关键还是他失踪的两年，也许就是这两年，他成了另一个人？我正打算合上卷宗，突然被备注栏里的一行小字吸引：病人家属要求对病人进行单人看护，并预支三年的看护费十五万元，接受器官捐献的声明，已签字。

我暗暗吸了一口凉气。这行简单的字里大有玄机，一个精神病人，只要身体健康，就是合格的器官捐献者。在精神病院这样的地方，因为各种原因死掉一个人是很常见的事，如果家属签订了一份这样的声明，病人就随时处于危险之中。一旦达官贵人们有需要，一个精神病人的小命又有谁在乎？

我翻到页首，把病人家属的姓名地址记下来。

当我找到李川书的家，不由大吃一惊。这是一间残破的瓦房，应该是上个世纪70年代的建筑，残破不堪，随时可能倒塌。这危房里只住着一个人，是个乞丐，浑身散发着酸臭味。我捂着鼻子问了他几句话，一问三不知。我丢下十块钱，然后逃出了屋子。转身看着这残破的房子，疑心是不是来错了地方。

转过身，我心中一凉——那个曾经打昏我的大汉就站在不远处，直直地看着我。他缓缓地走过来，我两腿发软，想跑都没有力气。

“老板有请。”他很简单地说。

我跟着他的车，一路上无数次想夺路而逃，却始终没有勇气。大汉的车是一辆彪悍的军用车，气势吓人，我的破车没有可能跑掉。

王天佑仍旧在那个豪华的会客厅里接待我。

“你去了李川书的家？”他半躺在沙发上，懒洋洋地看着我。我从小就知道，如果你真把此类的问话当作一个问题，那么就犯了幼稚病。这是要我承认错误。

我恭敬地站在他面前，低头垂眼，仿佛一个做错了事的仆人，“是。”

“好奇会害死猫。你知道吗？”

“知道。”

“猫有九条命，你有几条？”

“一条。”

他问得轻描淡写，我答得小心谨慎。他抬眼看着我，“为什么要去那里？”

“我看到他的家属签订了器官捐献协议，一时好奇，就想去看看。这种协议一般家属都不愿意签。”我老老实实地回答，不敢有半句虚言。

他从沙发上起身，抓住我的手，“梁医生，我知道你是一个好人。你也要相信我是一个好人，没有恶意。李川书原本是一个流浪汉，他答应了我做器官捐献，但是后来又后悔了。他的神志也有些异常。这件事我不想太多人知道，所以把他送到了精神病院，他的器官捐献是定向的，你可以去查记录。但是事情出了点差错，他趁着我不注意偷看了许多机密资料，被抓住之后，居然装疯，谎称叫王十二。”

王天佑认真地看着我，“他从我的户头里偷钱，这是他偷偷窃取的机密。我不知道他还知道多少，所以私下请你来监视他。我不想有更多的人掺和在里边。这件事你知，我知，不能让第三个人知道，否则我也不会出一千万来请你。”

他的手很潮，黏乎乎的让人感觉不舒服，但我也不敢把手抽出来，只是一个劲地点头，“我明白，我明白。”

他放开我的手，缓步走到窗前，“帮我好好照看李川书，如果他自称王十二，你就和他多谈谈。那些都是我的隐私，你要保密。”

“一定的，一定的。”我的话音刚落，落地钟突然响起，当……当……当……当，连续四声，每一下都让我心惊肉跳。

钟声刚过，一个女人的声音在背后响起，“王总，您的药。”声音委婉动听，我很想转身去看，然而心里害怕，终究没有这个胆量。

王天佑似乎有些意外，看了看钟表，“不是还有半个小时吗？怎么这么早。”

女人踢踢踏踏走进来，经过我身边，“您今天早上提前吃了药。”一股清香闯入鼻孔，我偷偷抬眼。进来的女子身材婀娜，穿着一袭紧身旗袍，露出白生生的胳膊和大腿，她正伺候王天佑吃药。也许有所感应，她扭头瞥了我一眼，正迎着我猥琐而胆怯的目光。我慌忙垂下眼，心脏突然间狂跳不止。

这个女人的出现成功扭转了我的思绪，让我暂时忘掉了险恶，浮想翩跹。美女啊！都是属于有钱人的。等我有钱了，也要整一个，不，整好几个！

当她踢踢踏踏地走出去，我才回过神来，意识到自己正处在危险之中，马上凝神屏气，静静地等着王老板的训示。

他的脸上竟然现出了一丝犹豫。

“这样好了，”他说，“我让阿彪送你回医院。你留在医院里，全天候监护。我不想惊动你们的院长，或者任何其他人，你要明白，我不想让任何人知道我和一个精神病人有关。你所知道的一切必须烂在肚子里，明白吗？”

“明白，明白。”我慌忙说。

“另外，记住，好奇害死猫。按照我们的约定去做就好了，你知道得越少越好。”

他的话越是平淡，我的心越是忐忑。恐惧感压倒了对金钱的渴望，这样的一种预感变得清晰起来：不但拿不到钱，还可能把小命搭进去。

阿彪押送我回医院的途中，我满脑子都在想如何才能逃离陷阱，我也想了如何保住五百万。当然，我什么法子都没有想出来。

人生真是白活了，除了和精神病打交道，啥本事都没有。

那就听话一点，少点好奇。

问题是，听话了就能活着吗？

真的能拿到一千万吗？

我继续一丝不苟地照顾李川书。我知道王老板监视着我，因此不敢再有任何好奇，他也不再要求我打电话，而是由阿彪来取走每天的记录。过了两天，精神病院的人都把阿彪当作了病人家属，问我："这个家属怎么这么奇怪，每天都要记录？"或者说："这个家属看样子不像好人啊，你要小心点，千万别被讹上了。"

我被这样的问题问得不厌其烦，又无法说明白，只觉得无比烦闷。在烦闷中，我再次走向病房，去照看这个给我的世界带来巨大变化的李川书。

他在床边坐着，似乎正在沉思，又有点像痴呆。看他的这个样子，我明白此刻他是李川书。如此事情就简单了。

"李川书！"我大声喊。

出乎意料，他只是抬头看着我，目光呆滞。我不由愣住，往常这样喊他，他会猛然抬头，仿佛从臆想中回过神来，然后用比我更大的嗓门喊一声"到"。

"李川书！"我再次大声喊。

他仍旧没有应声。

李川书就要死了！凭着丰富的诊断经验，我意识到眼前的病患正进入一个转折点。一个人格彻底战胜了另一个，他的李川书人格不再活跃，也许永远不会再出现。

我略带怜悯地看着他。虽然看惯了医院里的生生死死，我的心也并没有完全僵硬，看到一个人死去，总会替他感到悲伤，虽然他的躯壳还在，还活着。

我准备退出门去，过一会儿再来和王十二说话。李川书却突然从床上跳起，一把抓住我，"我不要，我不要，我不要钱，求你放过我，把它抽出来，把它抽出来，求你了！"他的胳膊很有力，紧紧地箍着我。我用力挣扎，他却紧抱着不放，情急之下，我提起膝盖在他的小腹上用力一顶。精神病患者对身体的痛楚感觉迟钝，他丝毫没有放松，我再次猛击他的小腹，他猛然张口，喷出一口秽物。刺鼻的臭味让我一阵恶心，差点呕吐，我正打算呼救，他却软软地躺了下去。然而手指犹自抓着我的袖口。

我狼狈地站在屋里，脚下是瘫倒的病人，胸口一片污秽，我把袖口从他的手指间挣脱出来。一不小心，他尖利的指甲在我的手背上轻轻一划，居然留下一道血痕。我厌恶地用脚把他的身体挪到一边，然后找来护士收拾场面，拿了件干净的工作服，去卫生间更换。为了清静，我特意走到四楼，这里的卫生间少有人来。

换好衣服，我正洗手，突然感觉有些异样。猛然抬头，镜子里，我的身后站着一个人，正直直地看着我。我大吃一惊，猛然转身，看清了来人的面目：她身着男装，却分明就是在王天佑的豪宅所见的女人。我吃惊不小，正想喝问，她做出一个噤声的手势。我也就停了下来，怔怔地看着她。

她快速走上来，在我身上摸索，动作比安检处的警官还要利索。很快，她从我的口袋里掏出了那个昂贵的 Tube Phone 手机，非常快速地把它装进一个闪着银光的口袋里。

“好了，我们可以谈谈。”她开口说话。

“就在这里？”我有点担心地望了望门。

“今晚 10 点，你假装睡觉，把这手机放在床头，假装不小心用枕头盖住它。然后出来见我，东阁轩林东包厢。”

“你要做什么？”

“救你的命。”她冷冷地说，“如果你想活命就来。这个手机是个监控器。它不但能窃听，也能摄影。小心了！”她拿起银色的袋子，把手机倒入到我的口袋中，然后再次做出一个噤声的动作，悄无声息地向着门边退去。

等我回过神来追过去，她已经下了楼梯。我没有继续追，只是从口袋里掏出手机端详。工艺精湛的三屏手机闪闪发亮，可以照出我的模样。

突然间我心头一片寒意。真如她所说我已经快没命了？仔细想想前因后果，这样的可能性很大，我一个无权无势的医生，除了精神病人和精神病院，谁也不认识，如果真的有什么秘密，王天佑肯定轻易就能把我捏死。有什么比一个死人更能够保守秘密？我一直不愿意去想，巨额财富成功地蒙蔽了我的心智，而这个女人毫不留情地戳破这层纸。

无论如何，晚上要赴约。

我隐隐回忆起她穿着旗袍的模样，退一步说，一个美女晚上10点有约，这件事本身对我就充满了诱惑力。

下楼，经过李川书的病房，我从小小的格子窗望进去。病人正躺在床上，上了夹板。夹板是对手足固定装置的俗称，再大力气的人，只要上了夹板，就丝毫不能动弹。病人似乎正在熟睡，口角边，口水不断流下。

我对他突然有了一种全新的感觉，不是医生对病人的高高在上，也不是对精神错乱者惯有的鄙夷，更不是对一堆行尸走肉的厌恶，我突然感到自己的命运和他紧紧地绑在一起，而我实际的处境并不比他更好。在那么一瞬间，我竟然和这个被捆绑在床上兀自流着口水的精神病患者有了一种休戚与共的感觉，这是多么让我惊讶。

我快步走向医生休息室，吞下两片安定，躺在床上，迫切希望来一场深沉的午休。

东阁轩是一个很高档的酒店，我闻名已久，却从来没有机会进去过。我在酒店外停留，担心酒店那光可鉴人的地面会不会显得我的衣衫过于寒碜，酒店服务生会不会在心底暗暗嘲笑。10点过了一刻，实在无法再拖延下去。我整了整衣服，鼓足勇气，向着那富丽堂皇的所在走去。

电梯直接进入包厢，当服务员礼貌地微笑着告诉我已经到了，我有些慌不择路地走出去。

这是一个很奢侈的包厢，金碧辉煌，让我感到浑身不自在。有人正等着我，不是一个，是两个。一个是已经认识的女人，另一个则是陌生的男人，还好，他看上去很斯文。

他们并没有说话，只是默默地看着我。女人起身，走到我身边，脚步悄然无声，就像轻巧的猫。她很快把我上上下下搜了一遍，没有发现异样才开口说话，“你把手机处理好了？”

“照你说的，假装不小心盖在枕头底下。”

她示意我在桌边坐下。

偌大的桌子上摆满美味佳肴，然而谁都没有动筷子。气氛冰冷，和热气腾腾的饭桌形成鲜明对比。一男一女都盯着我，我却不知道该盯着谁，于是只好不断地转移视线，看看她，然后看看他。我用一种精神病医生才具备的坚忍毅力坚持下来，显得面不改色，泰然自若。虽然这一次会谈可能会决定我的命运，他们何尝又不是？否则就不用冒着巨大的风险来找我。我等着他们亮出底牌。

终于美女再次开口说话，“梁医生，这位是万礼云博士。你们是同行。”

“失敬，失敬！”我向万博士说，他微微点头还礼，却仍旧没有说一句话。

“我是王天佑的办公室助理，因此了解这件事的前因后果。”美女继续说，“他通过你监视李川书，这件事也是经过深思熟虑的。你是这家精神病院最蹩脚的医生，分派给你的病人不会引起任何注意，而且你很贪财。只要贪财的人，王天佑就能对付。”

我一时不知道说什么。我是一个贪婪的平庸之辈，这就是王天佑决定利用我的原因？也许他们能找到一个好些的理由，至少当着我的面，可以说一说我为人随和之类。

我清了清嗓子，“你这么说是什么意思？”我企图质问她，然而语气软弱无力，听上去就心虚。

“你孤身一人，没有亲属，甚至连女朋友都没有一个。生活简单，除了精神病院上班，几乎足不出户，网络游戏是打发时间的惟一方式。他会想办法把你干掉。”美女毫不留情，继续说，“你这样的人被干掉，尸体恐怕要发臭了才会被人发现，再合适不过。王天佑早就看好了这一点。”

一个美貌女人的嘴里说出来的话却如此毒辣，我嘴角抽搐，企图反唇相讥，却说不出什么来。

美女看出我的窘态，微微一笑，“别怕，我们会帮你对付王天佑。”

“你们为什么要帮我？”我几乎本能地问。

美女的脸上笑意更甚，“我们当然有自己的目的。但是你只需要关心自己的命，是不是？”

我把心一横，“横竖是个死，你们要是不把话说明，我不会和你们合作。而且，我要向王天佑报告这件事。”

对面的两个人相互看了看，姓万的医生开口，“梁医生，既然我们露面找你，自然没有打算隐瞒什么。人为财死，鸟为食亡，一千万是很大一笔钱，但是和我们想做的事比较起来，只是一个零头。”他顿了顿，看了看我的反应，我眼睛一眨也不眨地看着他，等着他讲下去。

“王家是超级富豪。王天佑继承了他父亲的资产，然而，老王的死因很可疑。法医鉴定他死于心力衰竭，但是我有不同的看法。我是老王的家庭医生，他的身体虽然有些老化，但是并没有那么糟糕，根据他的死状，我猜想那可能是被枕头之类的东西闷死的。当然，这样的猜想需要验尸报告证实才行，没有这种可能。他的遗体已经火化了。

“然而王天佑没有想到，他无法继承老王的财产。老王的资产冻结，根本无法解冻，也无法继承。除了庄园，他拿不到任何东西。”

万医生停顿下来，看着我，“王家的财产至少有六十五个亿。”

六十五个亿，这是一个巨大的天文数字，我不知道究竟算是多少钱，但是很多很多，就算用一千块一张的纸币，也能压死十个大汉。我用惊愕的眼神看着万医生，“你们想要这笔钱？这怎么可能拿得到？”

“所以我们需要你加入。”

我感到自己的心在颤抖，“你们到底打算怎么办？”

万医生看着我，“这件事风险很大，你要想清楚。”

“你的生命本来已经很危险，和我们合作反而会安全一些。”美女赶紧补充。

“我和你们合作，王天佑那种人，不会放过我的。我该怎么办？”

“我来告诉你事情的经过……”万医生不紧不慢，缓缓道来。

我认真地听着。事情慢慢地清晰起来，然而，一切都匪夷所思，虽然我从医科大学毕业，这样的情形仍旧大大超出了所能想象的范围。

李川书的身上，居然有如此巨大的秘密。作为每天端坐在他面前的人，我居然毫无察觉。冷汗从额头上不断地沁出，身不由己，我卷入到一场谋杀中。

李川书坐在我面前。现在，他的名字叫做王十二。

李川书人格已经很多天没有出现，而王十二一直就在我面前。我给他进行了深度催眠，往常，催眠所唤醒的人格总是王十二，这一次，我的目标恰恰相反，希望李川书能够出现。

他的确出现了。我从他的眼神中读出这一点。

“你叫什么名字？”我不失时机地问他。

“李川书。”

“王老板怎么死的？你看见他死了吗？”我根据万博士的建议单刀直入。

“我看到了。”他说，“是他的儿子，他在骂他儿子。”

“他骂些什么？”

“我不知道，我听不清。”

“后来发生了什么？”

“王老板站起身，他的儿子很害怕。他走一步，他儿子退后一步，说话的声音都在发抖。王老板大声骂了一句……

“我就是去死，也不会留给你一个子儿！”李川书突然尖着喉咙叫了起来，他在模仿王十二的骂声。

“然后呢？”

“他儿子跪下……”

李川书的声音越来越小，他的人格正在昏睡过去。

我赶紧提示他，“王老板后来死了，你看到了，他怎么死的？”

“他突然捂着胸口倒在地上。”

“死了？”

“应该死了，他再也没有起来过。”

“他儿子呢？”

“他爬过去看，很快站起来，从床上拿来一个枕头，蒙住他的头。”

这确定无疑证实了万博士的推测，也许王老板因为某种原因昏厥，而王天佑则干脆谋杀了自己的父亲。

“后来呢？”

“王老板儿子放开枕头，开始打电话。”

“王老板死了吗？”

“他肯定死了，一动不动，他儿子还用脚踢他。”

“还看到了什么？”

“后来来了两个白衣服的人，他们和王老板的儿子争论。再后来万医生来了。”说到这里，李川书的脸上突然显示出恐慌的神情，“求求你，把它拿出来，我不要，我不要。”他尖叫着，身躯剧烈扭动。万礼云对他来说是一个可怕的梦魇，哪怕在深沉的催眠中，他的潜意识也能感觉到莫大的恐惧。

催眠无法进行下去，我给他注射了昏睡针。他很快沉睡，而我则忐忑不安地站立一旁。

王天佑身边的美女叫卢兴鹭。我不知道为什么她和万礼云会有如此大的胆量，企图吞没亿万财产，但是他们彼此间的关系一定不简单。虽然我是一个单身汉，而他们努力装出为了金钱而合伙作案的样子，然而他们彼此间的眼神还是泄露了许多信息。人不为己，天诛地灭。无论如何，他们看上去比王天佑要可靠一些，安全一些。我同意加入他们的计划。

根据计划，卢兴鹭每天下午两点会把TubePhone的信号导向另一个信号源，王天佑那边只会得到一些经过伪装的对话，而我有半个小时的时间可以和李川书深入交谈。王天佑并不想放过李川书，然而，在结束李川书的生命之前，他需要得到那些账户的秘密。整个世界，这个秘密只有着落在我眼前的这个病人身上。

王天佑的父亲王于德，他的曾用名就叫王十二。

一个亿万富翁，享尽人间的荣华富贵，眷念不舍。他惧怕衰老和死亡，动用巨额财富寻找长生的秘方，希望能活得长久一些，最好能够永远活下去。这个举动却让他加速死亡，这真是绝妙的讽刺。

当然，他的计划仍旧在进行，只不过有些偏离预定轨道。

李川书的躯体已经卖给了王十二。根据合同，王十二可以从他身上得到任何器官，代价是王十二给他两年予取予求的生活。

然而，如果给李川书知道后边发生的一切，而有一个机会重新选择，他肯定不会选择签约，或者说，如果我是李川书，肯定不会同意。

这不是从尸体上摘取器官的故事。万博士没有损伤他分毫，只是给他注射了一些针剂。根据万博士的描述，这是他十五年的心血，他可以使用药物更改人的DNA序列，更改后的DNA序列可以指导脑细胞彼此间的连接重建。当脑细胞按照一定的形式重现，一种记忆也就被灌输到这个人的脑中。理论上讲，能够把一个人的记忆完全灌输到另一个人的身体里，包括那些自我认同的潜意识。

王十二买下李川书的躯体，并不打算用作器官移植，他要的是一个完整的年轻躯体，然后把自己的记忆复制到这个躯体中，从而获得新的生命。这是一个现代版本的借尸还魂。

万医生首先在王十二的身体里投入一种 RNA 物质，它根据头脑的状况会生成相对应的 DNA 编码。然后，他把带有记忆编码的细胞从王十二身上分离，经过免疫伪装后植入到李川书的免疫系统，这种细胞中的 DNA 会制造释放信使 RNA，进入到神经细胞中对 DNA 重编。最后，李川书全身的免疫细胞和神经细胞都会被带上记忆编码，李川书的神经网络会逐渐改变，王十二的记忆会慢慢重现，王十二也就在李川书身上复活过来。在此期间，李川书就像生活在梦魇中，记忆逐渐丧失，意识混沌不清，经历无法言说的恐惧。当最后的时刻到来，李川书在自己的躯体里被压抑，他会完全成为另一个人。我一直以为这是精神分裂的病症，却从未想到这居然是因为记忆的重现。李川书并非精神分裂，而是有人在他身上复活。

这是一个胆大包天的计划，据说万博士曾经在小白鼠身上试验过，获得成功，但从来没有做过人体试验，谁也不知道有多少成功几率，而且这样的试验完全违法，王十二买下李川书的身体，属于在法律的灰暗地带游走。

能够下决心用这样的方法重获青春，这样的人非同凡响，他同样有个非同凡响的儿子，等不及接班，干脆杀了他。

然而，万博士的重生计划并没有被终止，李川书仍旧活着，而王十二正在他身上复活。如果他真的能够完全回忆起王十二生前的情形，到底他是李川书还是王十二？一般来说，一个人把自己认定为另一个人，都会被送到精神病院。王十二还是亿万富翁的时候，他有足够的手段摆平这件事，但是当他作为一个精神病人被捆绑在病床上，恐怕神仙也救不了他。更何况，还有一个亿万富翁正虎视眈眈地盯着这件事。

他们都是病人。

我充满怜悯地看了李川书一眼，我不是上帝，拯救不了任何人，我只能拯救自己。

我撸起李川书的袖子，拿起针筒扎进他的胳膊。这是一个汲取式针筒，针头钻进皮肤之后自动软化，然后，仿佛有一只小虫在他的皮肤下游走。很快，针筒里充满了各种人体组织的混合液，淡红的颜色，悬浮着各种组织颗粒。这样就足够了，我把样本筒摘下，放进兜里。然后端起记录本，开始在上面涂涂画画。

这一天，当阿彪来取记录本，我竟然对着他微笑。这个冷酷的大个子被我的异常举动弄糊涂了，愣愣地看着我，竟然也露出一个傻傻的笑。我飞快地逃走。

一个人身上蕴藏着巨大的潜能。作为医学院的高材生，我并不是没有潜能。只不过，潜能需要梦想和激情来调动，而我的身上，经过这么多年的精神病院生涯，这两样东西已经稀缺，我成了一个贪婪而猥琐的小人，昏沉地过着日子。然而，求生的本能让我激情四溢，浑身充满能量。我仿佛回到了青葱岁月，在被窝里对着手机如饥似渴地阅读黄色小说的年代，每天晚上，把那个昂贵的手机塞在枕头下就直奔实验室，在那里忙活一个通宵，直到凌晨才回来，匆匆打个盹，第二天居然能够不犯困。我以十二万分的劲头投身到自我拯救的事业中。

有理由怀疑我得了某种强烈的亢奋症，然而，在这个非常时期，这是好事。

我在研究万博士的成果。

搞生物的公司最喜欢专利，因为他们知道，没有专利，他们的产品会一夜之间被各种各样的仿制品取代，因为生物制剂，那是最容易被仿制的东西，甚至不需要仿制，只需要得到母本，就可以轻易在实验室里大量复制——生命就要能够复制自己，否则就不叫生命。凭着我的能力和条件，即便智商高达一百四十五，想搞出万博士那样神奇的研究可能性基本为零，那需要天才的直觉，持之以恒的努力，还有一些小小的却是决定性的运气。但是复制它却很容易。我从李川书身上得到母本，我在实验室里研究 DNA 被 RNA 影响的过程，还有那些携带了记忆的 DNA 的特异之处，它们和大脑组织相关的基因组产生了很多变异，可以肯定，那就是和记忆携带相关的部分。这些异常的 DNA 很有活力，它们会不断产生 RNA，释放出细胞之外。我毫不怀疑，如果把这些 RNA 提纯，注入到某个人身体中，他也会逐渐出现李川书的症状，自认为王十二。我的确这么做了。RNA 长链加上一层薄薄的蛋白质鞘膜，它成了一种结晶物。很少量的活性物质封装在小小的玻璃管中，晶体细微，看上去像是白色粉末。我把它握在掌心里，原本很轻的东西，却感觉很沉重。

这算不算是一种生物武器？这是一个巨大的问号。我制造了一种和病毒类似的东西。毫无疑问，如果我把这样的晶体大量复制，让它们和某些病毒一样能够在空气中传染，这个世界恐怕要变成一个巨大的精神病院。而且人们还不易察觉。所有的人都做同样的噩梦，所有人都有同样的精神分裂的症状，到最后，全世界都是王十二。这景象惨不忍睹，我也不敢多想。

但是我得救自己。这小小的病毒，就是我自卫的武器。

第二天阿彪来的时候，我让他进入办公室。我戴着防毒面具一般的口罩，在他面前不断地拍打记录本，粉尘扬起，借着窗户里透过来的阳光，我看见一些细微的颗粒钻进了他粗大的鼻孔。

这办法并不是一定会奏效，然而有很大的机会，它会产生效果。

阿彪显然并不喜欢我的举动，他接过记录本，警惕地盯着我。可惜，他的特长是搏斗和枪械，对于病毒显然并不在行，也毫无警惕。当一切似乎并无异常，他转身走出办公室。

望着他魁梧的背影，我有一种欣快的感觉。知识就是力量，这句话此刻显得正确无比。然而，阿彪猛然转过身来，快步走到桌前，“脱下你的面具！”他低声说，声音很低，却充满威胁，就像他的外表一样。我一时愣住，惊愕地看着他。

他没有等着，自己动手，一把把我的口罩抓了下来。

“你捣什么鬼？”他厉声质问。

一瞬间，我明白过来虽然知识很厉害，暴力却更直接，特别是像阿彪这样肆无忌惮使用暴力的人，虽然知识最后总能够胜利，却暂时只能无比委屈。

“我有点感冒，不想传染给你。”我镇静地说。

他抓住我的领子，把我拉到面前，“老实点！给老板做事，不要三心二意。”

他撂下狠话，把我重重摁在桌上，用记录本的支架不断地打我的头，直到我求饶为止。

阿彪走出屋子，狠狠地带上房门。

我绝望地瘫在座椅上。计划赶不上变化，这些精心提纯的RNA类病毒载体在空气中有大概半个小时的寿命，只要我在三十分钟后才拿下面具，一切就完美无缺。然而阿彪粗暴地把一切都打乱了。携带着王十二记忆的RNA不仅进入了阿彪的身体，它同样在我身体里扎下根来。很快，我也会像李川书一样，变成一个精神分裂患者。

听天由命。我的脑子没有别的东西，只有这个词。突然间，我想起还有最后的一个救星——万博士。解铃还需系铃人，就是这句话。

当天晚上，我见到了万博士。我给他发了十三封电子邮件，请求见面，有十二万分重要的事情要和他商量。其实我并没有别的念头，就是想活下去。李川书的例子活生生地摆在眼前，我会逐渐地死去，而王十二的幽灵会占据我的躯体。我不想要什么财富，也不管他们想要我做什么，此时，压倒一切的念头就是活下去。

万博士显然对我突然的会面要求感到很不满，“我们说过不能随便见面。”他厉声喝斥我，“难道没有记住？”

“是的，但的确情况紧急。”我争辩，“这件事必须要让你知道。而且很危险了。”

“说！”他语气凌厉，黑着脸。

“我好像感染了李川书的症状。”我说。

万博士一愣，看着我，“这怎么可能？”

“这两天我经常短暂失神，我能记得一些关于王十二的事。这肯定不是从李川书口里讲出来的，那些记忆就在我的脑子里。万博士，有没有可能你的DNA修正出现了问题？它有传染性。如果是RNA单链病毒，的确可能发生传染。”

“这不可能。这不是病毒！”他仍旧坚持，语气却犹豫了许多。

“我确认这件事，因为我从阿彪身上观察到了这种迹象，他这两天来，我总是看到他有精神分裂的前期症状，今天，他对我说他就是王十二。说完以后，觉得不对，威胁我绝不能说出去，还用记录本狠狠打我。你看……”我露出头上的伤痕给万博士过目，一个确定无疑的证据能够支持这些半真半假的陈述。我并不是一个熟练的骗子，也没有这样的天赋，然而，情急之下，这些说辞自然而然地来到我的脑子里，几乎不需要思考。

万博士半信半疑地看着我额头上的浅浅的淤痕，眉头紧锁。

“万博士，”我再次小心翼翼地试探，“您所发明的这种RNA信使会不会发生变异？从一个人身上跑到另一个人身上？就像病毒一样？”

万博士疑窦重重，“这种RNA结构没有配对的蛋白质，无法装配成病毒，它们根本不具有传染性。除非……有直接的体液交换。”他狐疑地看着我。

我明白他的言下之意。透过体液交换的传染病很多，著名的艾滋病感染了数以亿计的人，然而，李川书是一个病人，受到严格的看护，根本不应该有这样的机会，更不可能感染阿彪。

我正色道：“万博士，我也是一个医生。不敢乱说，但是如果出于偶然，这些RNA链条能够遭遇相应的蛋白质配型，就很容易转化成病毒形态，能够传染。要不然，你从我身上采集一点血样去化验。你一定得想想法子。否则，这就是不折不扣的大灾难。你知道西班牙大流感！”

西班牙大流感在我的脑子里一闪而过。一个多世纪前的那次不明原因的灾难，病毒袭击了欧洲，死掉了成千上万的人，而流感爆发的原因却一直是一个谜。也许那只是一次非同寻常的基因变异，本质上和万博士的发明并无不同。

是的，如果万博士所发明的东西真的成了一种病毒，它的威力应该不下西班牙大流感。当然，我并不担心人类，人类总能够生存下来，只不过需要一点代价。很多人，成千上万，十万百万千万，上亿的人会因此而死去。我所担心的，是我自己会不会变成那巨大数字中的一个。如果成千上万的人死去，我却能获救，那么这肯定就在我的备选方案中。最好的方案，当然是不要死人。我的天良没有泯灭，只是和生命比较起来，天良只能先放在一边。我望着万博士，希望天良这个东西在他身上的残存比我更多一些。

万博士沉默着。我不由焦急起来，“这种病毒发病比较慢，如果能针对性破坏它的DNA转录，杜绝性状发生，那么也没什么。如果迟了，恐怕到处都是精神病。王十二的事情，也恐怕要尽人皆知。”

“跟我来。”万博士低声说，转身就走。

我欣喜万分，却拿出满怀心事的样子，“这怎么办？我的手机还在枕头下压着，明天要赶回去，不然会被王天佑发现。”

“到我的实验室，一个小时足够了。但是你必须躺在车厢里。”

万博士的实验室建在深深的地下。我不知道它到底在多少米的地下，只是电梯足足运行了二十秒钟，对再慢的电梯，这都意味着很长的垂直距离。

跨出电梯，一堵墙出现在眼前，红色、蓝色、无色的液体，装在试管中，数以千计的试管琳琅满目，从地板一直堆到天花板。它们扭曲盘绕，形成 DNA 的双螺旋结构。

我发出一声惊叹，这简直是生物科学的行为艺术。

万博士快步走向一台设备，这是一台巨大的计算机，上面有某个公司的商标。我知道这种机器，它是 DNA 分析仪，得到人类基因库的授权，可以分析所有已知的人类基因组。这种机器最简单的用途是预测一个人十年后的面貌，科学预测，八九不离十，因此而受到大众的欢迎。于是它真正的功能被隐藏了，一个人的智商高低，性格如何，答案就藏在这两条双螺旋之中，双螺旋无法决定一个人最终的命运，却可以大体上将一个人归类到某种属性之中，它比任何东西都更清楚地说出你是谁。然而这样直截了当地揭露对于大多数人过于残酷，于是基因学家们很高明地把大众的视线从这些触痛中引开——他们用十年后的面貌之类无关痛痒的东西来遮蔽真实，让大众生活在一种虚假却温情的氛围中。

万博士显然用这种机器进行了一些非法的研究。他的研究成果就在精神病院的病房里躺着，而一个已经被烧成灰的人，正在这个躺着的人身上复活过来。

有什么事比扼杀一个人的灵魂，窃取他的身体更龌龊？这可能是人类最卑劣的行径。当然，李川书签了字，心甘情愿。至少曾经心甘情愿。

万博士很快整好机器，示意我过去。

我走过去，把手伸进机器的窟窿里，一阵轻微的麻痒之后，机器开始发出嗡嗡的响声，似乎是风扇加大马力的声音。

我抽回手，“我的事情做完了，该回去了吧。”

“不，你在这里等着，我们要先看看结果。”

我就在这个地下宫殿里等待着。漫长的十五分钟过去，机器缓缓地吐出一张长长的纸。万博士并没有去看，他打开电脑上的软件，开始分析数据。我忐忑不安地拾起那张纸，上面画满了各种各样的符号和代码。我曾经见过这些稀奇古怪的东西，在一门专业课上，基因代码学，然而早已经忘得干干净净。徒劳地在纸上扫描了几眼之后，我放弃了努力，眼巴巴地看着万博士。

万博士全神贯注地盯着屏幕，似乎已经忘记了我的存在。

过了一会儿，机器吐出第二张纸。我瞥了一眼，照样是基因代码学。万博士把报告拿在手里看着，眉头紧蹙。

“你的确被感染了。”他突然开口，“但是……”他欲言又止，眉头锁得更紧。

“怎么了，我会变成第二个李川书，是吗？”我慌忙问，声音发颤。

万博士抬眼看着我，说不上是怜悯还是惋惜，“这些基因序列和给李川书注射的并不相同，它们是被打乱的序列，它们被重新装配过，如果真的表现性状，谁也不知道到底会发生什么。”

仿佛一个炸雷在脑子里炸响，我只感到思绪一片纷乱。是的，脆弱的RNA序列很容易发生变异，当我从李川书的身体里得到RNA序列，剧烈的环境刺激很可能让基因重组，变成难于预期的东西。我可能不会变成王十二，更可能变成一个彻底的疯子。

“万博士，你是说，我会被这种病毒搞成疯子，是吗？”我勉强发问。

“你会有很多错乱的记忆，所有的记忆混在一起，可能是李川书的，也可能是王十二的，更多的还是你自己的记忆，你会分不清现实。”

万博士所描述的，正是一个癔症患者的典型情况。这比精神分裂更糟糕，因为精神分裂的患者生活在此时或彼时，他们其实还有清楚的逻辑，只是不合时宜，而癔病患者，则生活在一团混沌中，在某种意义上，他们就是一团能够行走的肉。

我猛地跪在万博士面前。这个唐突的举动让他一惊，慌忙伸手拉我，“你这是干什么！”

“万博士，救命！”我用力在地上磕头，头磕在地上，发出砰砰的响声。万博士有些手足无措，“你这是干什么，站起来说话。”他用力拉我。我仿佛有无穷的力气，一个劲地磕头，他根本拉不住。

“好了，你先起来，要不然，我们怎么想办法？”他看着我，哭笑不得的样子。

我爬起来，额头上青紫一片。我的精神从崩溃的边缘恢复，不由为刚才的举止羞愧。“万博士，我……”我想说些什么，却不知道如何开口。

“你是不是做了什么？”万博士认真地看着我，“李川书体内的这种RNA序列只能在人体内环境生存，怎么会跑到你身上去？你要老实告诉我，否则不知道它怎么感染你，很难找到对症的办法。”

我知道他说的都是真的。我不想拿自己的性命冒险，于是把一切和盘托出。

“我只是想救自己的命。”最后，我看着他，可怜巴巴地说。

他的脸上浮现出一层怒意，然而尽量克制着，没有爆发出来。我也不敢说话，小心地察看他的脸色。

过了半晌，他说：“我先送你回去！一切都要维持正常。不要让王天佑觉察。”他看着我，“我会想办法，你不会有事。但是……”他加重语气，“必须要按照计划来！我们的风险很大，稍有不慎，一切都完了！”

“是的，是的。”我忙不迭地点头。

半个月的时间在风平浪静中过去。我度日如年。

噩梦正一点点变成现实，我时不时会出现一些幻觉——那不是幻觉，是记忆，就在我的头脑里，只不过那不是我的记忆。

李川书被锁在病房里，现实已经很清楚，他已经彻底变成了王十二。只不过，他显然并不理解为什么自己会落在这种处境里。最初的狂暴过去之后，他变得畏畏缩缩，听见房门的声响就发抖——那些五大三粗的汉子对付任何一个敢于耍泼的精神病患者从来都敢于下手。

我走到床前进行例行观察，他躺在床上，浑身散发着臭味。恍然间，我感觉那躺在床上的人就是我。我拼命压抑着这种念头，随手在记录本上写了几句，准备退出。

王十二却突然抬起手。他的手高举，五指插开，“五百万！”他说，声音低沉，却无比清晰。

我猛然间记起还有五百万这回事。那天的情形历历在目——眼前是一笔天文数字的巨款，而下方显示着我的身份证号码，当我的手颤抖着在屏幕上按下确认，转账成功几个字跳了出来。巨大的幸福感瞬间贯穿了我，无法言说。然而短短几个月，这笔带来巨大幸福感的巨款已经被遗忘到九天云外。恍如隔世，恍如隔世！如果还有五百万放在我眼前，我会把它当作粪土一样抛弃。

我转身，麻木地向外走去，对王十二置之不理。

“我可以让你变成亿万富翁！我有很多钱，都可以给你。”王十二急切地呼唤。

我仍旧麻木地向外走。

“我给你账号，你可以去验证！”他说，“3373，6477，2478，6868，732。”

他嘶哑的声音仿佛有一种魔力，让我的脚步慢下来。当这串数字的最后一个音节结束，几个意义不明的字符串随之在我的脑子里浮现。我停下脚步，一种诡异的感觉涌上心头。

“过来，我告诉你密码。”他说，“这个账户里有一个亿，加上利息，至少有一亿三千万。”

我转头看着他，他也正努力抬眼看着我，眼里满是乞求。

我走了过去，低下身子，把耳朵凑在他嘴边。

“20570803，确认码，T–T–R–1–9–1–4，第三密码……”

我感到一丝凉意。不需要他再告诉我什么，这笔钱的来龙去脉在我的脑子里清晰起来，而这几个彼此间毫无关系的密码，仿佛在记忆中生了根一般牢固。

“都记住了吗？你可以写下来。”王十二问。

我点点头，径直走出病房。我匆匆忙忙换下白大褂，准备去找万礼云。无意间，手指碰触到口袋，硬硬的，我的心一凉。那是大米手机，它监视着我的一举一动。王十二孤注一掷，企图用巨款来收买我，王天佑可能已经知道这个消息。

我在办公桌旁坐下，强迫自己冷静下来。当王十二的记忆在我的脑子里重现，事情的来龙去脉变得清晰。我是一个最无辜的人，被卷进来只因为我是一个精神病医生，而且看起来容易受人摆布。此刻，我居高临下，把一切看得清清楚楚。问题仅在于，我该怎么做？

“梁医生，病人的镇静剂需要重开吗？”护士走过我的门口，随口问。

我心中一动，站起身，“我跟你一块儿去拿药。”

我掏出手机，把它锁进抽屉，然后跟着护士离去。

当我从药房出来，被人挡住去路，是阿彪。然而他并不是奉命而来。

他的眼神里充满困惑，失去了那股彪悍的味道。他挡在我面前，“梁医生，我们得谈一谈。”

我看着这个可怜的人。正如我所预料，阿彪非常害怕，他外表粗犷，内心却很脆弱，一旦发现某些事情超出了所能控制的范畴，便惊慌失措。他是危险人物，然而一旦被控制，就无比安全。

“跟我来。”我冷冷地说，手心里却全是汗，生怕他暴起，把我结结实实地揍一顿，说不定还会把我搞残废。

然而他真的听从了，乖乖地站在我身后。也许他认为我给他下了毒，手里有解药，只有听我的话才能活命。有的时候，两个人之间的强弱似乎只是气场的对决。我必须去找万博士，急迫之间，气势如虹。而阿彪，却正是心理最脆弱的时刻，再强悍的身体也拯救不了他。

这不是我的计划，却正好帮了忙。我们坐进了阿彪的车。

“去找王天佑。”我下令。

阿彪看着我，“老板没让你去找他。”

“我必须去找他，”我看着阿彪，“否则我们都活不了。你出现了一些幻觉，对吗？”

“是的，”他犹豫着，“这两天我经常头晕，有一些奇怪症状。你能帮我解决掉？”

“听我的，我们才能解决问题。去王天佑那里。”

阿彪服从了我的指令。

彪悍的军车在王天佑豪华的庄园里奔驰。突然，我命令阿彪：“从这里转进去。”前方是一条小小的支道，仅能通一辆汽车。这是一条幽静的道路，毫不起眼，道两旁树木森森，即便是大白天，也显得阴冷。

“这里？老板不在这边。”

“照我说的做！”

军车快捷地打一个转向，转入到这条林荫遮蔽的小路上。几个转折之后，一幢小楼出现在道路尽头。

“见过这幢楼吗？”

“没有。”阿彪老老实实地回答。

“在楼前停车，不要熄火，等着我。”我厉声说道，阿彪唯唯诺诺地点头。看见这样一个彪悍的大块头俯首帖耳，我不由对自己将要进行的事充满信心。

我走到小楼门前。浅灰色的门紧闭，我按下门铃，有人会从摄像头里看到我，然后大吃一惊，他会打开大门。我静静地等着。

门果然自动打开，我走了进去。这是一部电梯，我曾经来过。

万博士在电梯门边等我，他看着我，等着我解释。

“情况紧急，”我说，“李川书说了一个账户，王天佑可能知道。”

“你怎么找到这里？”万博士并不理会我所说的紧急情况，他对我的突然出现感到不安。

“这里……”我指了指头，“我的病越来越重了，总会有些突如其来的记忆碎片。我想起来你的实验室到底在哪里。我宁愿想不起来。”

万博士不再追问，侧身示意我进去，“来得正好，我也正想找你。”

实验室里没有别人。万博士在一台电脑前坐下，“我找到一些办法，可以针对性地消除你身体内的变异 DNA。”

“另一种病毒？”我问。

“你可以这么认为。我指定了几个特定的基因组靶标，这种病毒进入细胞核，能够摧毁那些已经变异的 DNA，避免你的大脑性状进一步改变。”

“但是它无法把已经改变的性状变回来。”

“是的。”万博士说，“所以越早越好，”他看着我，“在王十二的记忆占据你的头脑之前，必须消除那些已经变异的 DNA，残存的 RNA 很容易控制，它们本身的生命周期很短，只要不让它们感染更多的健康细胞，你的免疫系统很快就能把它们清除干净。”

我露出一个勉强的笑容，“那么最好的情况，我能保持现在的状态。”

“没错。”万博士把电脑屏幕转向我，“自己看看，你既然能复制记忆描摹 RNA，你的基因学基础已经足够阅读这些说明。”他站起身，“我来做准备。”

他走向一旁，站在一个庞大的仪器边，打开一扇小门，开始从里边取试管。

我低头看着眼前的资料，这是一份关于“记忆描摹RNA”的详细说明，这一章节专门描述如何预防这种RNA侵入细胞。对已经改变的性状，没有办法复原，因为原本的性状已经被抹去。

我草草地浏览了几页，定了定神，开始说话：“我已经有了一些王十二的记忆，但是我并没有发疯，我还能清楚地分辨哪个记忆属于我，哪个记忆属于王十二。我想起来一笔钱，共有一亿三千万美元，这笔钱的利息每月按时汇入六个账户。”

万博士手中的动作停滞下来，他看了看我，把手上的试管放在架子上，然后面对着我，“你想说什么？”

“我那个不可靠的记忆告诉我，如果这笔钱的汇款不按时汇出，六组杀手就会奔向不同的目标。”

万博士的声音有些发颤，“我不明白你在说些什么！”

“那样也好，我已经把这笔钱转入我的账户，下个月开始，也许就会有几场谋杀案发生，其中一件，也许就在这个庄园。还有，如果没有人重设这笔钱的权限，再过半年，这笔钱同样会被冻结，半年的时间，说起来也不算太长。”

“你想怎么样？”万博士的额头上渗出了冷汗。

我微微一笑，“虽然我可能变成一个疯子，但是在我变成一个疯子之前，我可以让几个人变成死尸。很简单，一场交易，怎么样？”

“你说吧。”万博士很快控制了情绪，平静地说。我知道，从此刻起，我们真正地站到了同一条战壕里，而且，我占据了优势。

“这件事需要卢小姐的配合，她在庄园里吗？如果在，我们今天就可以解决问题……”这是一个冒险计划，然而我知道，时间紧迫，再大的风险也值得一试。

我把一个药瓶交到万博士手里。他看了一眼，惊讶地抬起头，

“阿匹苯胺片？”

我点了点头。

从小楼出来阿彪仍旧在等着我。

“老板找你。”我刚上车，他就说。

“那正好。”我淡淡地说。这正和我的计划配合得天衣无缝，他不来找我，我也会去找他。

“我怎么办？”阿彪问，他显然知道王天佑这一次找我，凶多吉少。他并不关心我的生死，但是担心自己的性命。

我正对着他，“我给你五百万，你是不是能帮我杀了王天佑？”

阿彪断然拒绝，“这不可能。我不能对老板下手。”

“你自己的命也不要吗？”

“不要拿这个来威胁我！”阿彪突然恢复几分彪悍的味道，“我是不会背叛老板的。”

“好吧。”我坐直身子，“但是为了你的命，你最好不要告诉任何人，我们今天到了这里。你的幻觉会让你精神错乱，你看到李川书的下场，如果不尽早采取措施，你会和他一样。只有我能帮你。”

阿彪默默地开车，驰出小道，转向庄园内部。

我看了看表，4点一刻，“在这里等一等。”我告诉阿彪。

阿彪把车停在路边，也并不发问，只是等着。

时间很快过了4点半，我让阿彪上路。绿草如茵，仿佛一块巨大的绒毯，豪华的房子就在绒毯上，远远看去，就像童话里的城堡。这景象触动了我的回忆，有一种亲切的感觉。这不是属于那个叫做梁翔宇的精神科医生的记忆，它属于那个叫做王十二的亿万富翁，这所房子曾经的主人。然而，我并没有抵触，只是看着那房子，感到一阵阵温馨。也许我是谁并不重要，我活着，看着，感受着，那就是一切。变成另一个人，似乎也并没有那么可怕。可怕的是，是否因此而精神错乱。

“你喜欢这所房子吗？”我突然问阿彪。

阿彪点点头。

“你记得老老板吗？”

阿彪不说话。

我知道他记得。他从小就在王家长大，他的父亲就是王十二的保镖，死得很早，王十二就像他的父亲。他并不明白身上出现的记忆错乱的症状，那正是王十二的记忆，其中也一定有一些关于他的部分；也许他看着镜子里的自己，会涌起一些莫名其妙的情绪，就像我此刻看着他，心中却充满一种父亲的慈爱。

这件事真是奇妙，当我站在医院的门里威胁他，我想的是怎么搞死他，此刻，我竟然下定决心，必须要拯救他。而王天佑……想到这个名字，我的身体不自觉地微微发抖。我要他死！这是梁翔宇和王十二的同谋，一个为了活下去，一个为了复仇，在这个问题上，他们找到了公约数。

军车在房门前停下。

“押着我去见王天佑，”我低声说，“就像平常一样。”

阿彪下了车，外衣口袋里鼓鼓的，明显塞了一把枪。他像往常一样押着我走到门边。我不自觉想靠近门框上的虹膜识别器，然而很快控制住，没有做出这个愚蠢的举动。

“老板，我把梁医生带来了。”阿彪对着对讲机喊。

“带他上楼。”王天佑的声音传来。我望了望门上方的一个角落，那是监视器的位置，如果王天佑就在监视器前，他会看见我正望着他。

王天佑坐在宽大的沙发上，跷着二郎腿，故作高深地看着我。

“那个李川书开口了？情况怎么样？”

“他说了一个账户，3373，6477，2478，6868，732。”我把账户报了出来。

“不错。”王天佑站了起来，“你的记性很好。那么密码呢？”

“他说这个账户有三重密码，他不肯说。”

“不肯说？”王天佑耸了耸眉毛，“难道他不是悄悄告诉你了吗？我知道密码，但是你来告诉我，对我们的合作是一个很好的考验。”

“他没说，”我保持镇静，“他只是告诉我，除了他，谁也不能使用这个账户。而且，这个账户生死攸关。”

“和谁的生死攸关？”王天佑保持着笑容，然而我能看出他的表情有一丝僵硬。

“一个姓万的医生。他说只有这个姓万的医生出现，他才肯说出密码。”

王天佑的心情变得轻松一些，冷哼一声，“这些都是我的隐私，和姓万的医生有什么关系。这是胡说八道。你是精神病医生，应该有很多办法让他开口说真话。”

“我可以试试看，”我说，“不过如果我用药物诱使他开口，很可能会把事情搞糟。”我小心地看了王天佑一眼，他似乎有兴趣继续听下去，“这种保密性很强的东西，人的潜意识都会进行保护，很可能他只会说出一个假密码。”

“没关系，多试几次。”王天佑毫不在意。

“这会杀死他，”我说，“进行催眠诱导是很危险的行为。”

“这有什么危险？不过是多吃几次麻醉剂而已。”

“神经系统的多巴胺物质会被耗尽，神经衰竭，人会死亡。”我把专业知识描述得尽量简单。

“他的整个身体都是我的，不用担心神经衰竭。他会死得很快吗？”

“我不知道，每个人都不一样。”

王天佑有些犹豫，显然，他并不想让李川书很快死去。

我仔细地观察王天佑的神色，他似乎有些不能确定时间，抬头看了看钟表。他的鼻翼翕张，神色有些恍惚。

卢小姐按时给他服下了药。

我走上前，用一种训练有素的温柔声音说话："现在，我们把万医生找来好不好？"

"天天，到这边来。"随着一声招呼，王天佑晃晃悠悠地站起身，向我走来。

"我是谁？"

"爸爸。"在催眠的作用下，他看着我，就像看着王十二。

"我就是去死，也不会留给你一个子儿！"我忽然大声喊叫起来。

"爸，别这样！"王天佑畏缩着后退。

这正是王十二被杀死之前说的最后一句话，我挺直身子，手指如戟般指着他，像极了当日的情形。王天佑浑身战栗，脸部抽搐。他对父亲怕得要死，亲手杀死他之后，却又见到了他，顿时无比害怕。

"你这个不孝子，敢用枕头闷死我！财产，财产都是你的又怎么样？丧尽天良，我做鬼也不会放过你！"我说着做出打人的姿势，王天佑抱着脑袋蹲下身子，"不要，不要……你饶了我吧！"他开始号哭。

王十二的儿子就是这么不争气，是一个绣花枕头。我敢说，如果不是王十二晕倒在地，给他十个胆子也不敢动他老爸一根汗毛。

我可以吓死他。在药物的作用下，只要稍加诱导，恐惧几乎可以被放大到无限。然而这不是我的目的，我也不想犯杀人罪——哪怕永远不会被追查。

我只是想告诉他一些东西。我走过去，一把抓住他的头发，拉起他的头，附在他的耳边，"财产都是你的了，但是我们断绝父子关系，我会做鬼，一辈子让你不得安宁。"

王天佑只是哆嗦，嗯嗯呜呜说不出一句话。

我抬头看着万医生，点点头。万医生默默走上来，给他打了一针。

王天佑瘫倒在地。

“一切都按照你的计划来了，”万医生冷冷地看着瘫在地上的王天佑，“兑现你的承诺。”

“我们要看看效果。”我说，“明天，打电话给我，我们要把他送到精神病院去。然后，我们各不相欠。”

“你要记得自己的承诺！”万医生盯着我，满怀戒心。

“你可以一万个放心。”我微笑着，“只要我不变成精神病，你和小卢都安全。”

万医生从密道走掉。

阿彪走进来。我要他站在门外，他听到了全部的过程。

“他真的杀死了老老板？”他问。

“你都听见了。”我说。

阿彪默默地走出去，他再也不会为躺在地上的这个花花公子卖命。

富丽堂皇的屋子里只剩下我和躺在地上的前亿万富翁继承人。我还有最后的事要做。

我走到书桌边，拉开抽屉，抽屉里有一把保险锁。我拧动锁盘，打开保险，眼前跳出一个屏幕。我把手按在屏幕上，启动了程序。

所有的现金，证券，股权，不动产……一切的财产都从王于德的名下转移到一个叫李川书的人名下。指纹，虹膜，DNA，一切可以验证身份的东西都从我身上转入这台电脑，然后通过预留的后门进入到国家个人信息管理中心。当最后的转移完成，屏幕上出现一个巨大的摄像头。我露出一个微笑。咔嚓一声后，一张卡片从缝隙中弹了出来。

我捡起卡片，这是一张崭新的身份证，我的头像就印在上面，傻傻地微笑。

从今天起，我就是李川书！

我收起身份证，把书桌恢复原样，然后走出门去，让阿彪送我回精神病院。

一晃十年。

当我厌倦了白雪皑皑的布朗峰，决定回去看看。虽然精神病院不是什么光彩的地方，但毕竟，那是一个我生活了八年的地方。人总是念旧。

很远我就看见了曾经的精神病院的金字招牌，李川书精神疾病研究院。欢迎的队伍排得老长，站在最前边的是宋院长。

“宋院长，很久不见，很久不见啊，您老看上去气色不错！怎么敢这么麻烦大家。”我热情地和他握手。宋院长的老脸上露出受宠若惊的表情，“这哪敢当，李老板，您是我们的大贵人。应该的，应该的！”

我微微一笑。十年前我是梁翔宇，要在宋院长面前装孙子，一旦我成了亿万富翁李川书，宋院长就再也不记得曾经存在过一个叫梁翔宇的人。钱真是一样好东西，至少可以让一些人彻底忘掉过去。

我走过热烈的队伍，走进这片熟悉的土地。一个宽敞的院落里住着特殊的病人，我走过去，和他打招呼。他猛然一惊，“你是谁，你要干什么，是不是要抢我的钱，我有很多钱，我是亿万富翁。”他说着像兔子一般跑掉，躲进了门里。

“他的病情看起来比十年前好多了？”我问宋院长。

“哪里，一直都这样。晚上的时候，杀猪一样嚎，如果不是您有特殊吩咐，早就给他上嘴套了。”

我点点头。虽然是我的催眠才让他生活在潜意识的恐惧中，然而这是他咎由自取，我既不内疚，也不怜悯。

当天晚上和万医生通电话，告诉他我要去拜访。他喜出望外。自从那次事件之后，我远走欧洲，他和卢小姐结婚，已经有了一个可爱的宝贝儿子。我们保持着亲密的朋友关系。一个亿万富翁很容易有几个好朋友，特别是如果你真心赞助他们的事业。

“有个特别的人，你一定要见见。”电话那边，万医生显得很神秘。

我知道是谁，却也不道破。万医生和我提了好几次，那个人总在庄园周边出没，衣衫褴褛，面黄肌瘦，他像是在等待什么机会。我很感谢万医生的好意，然而我一直派人跟着他，对他的动静了如指掌。

我见到了万医生和小卢，还有他们六岁的儿子大宝。大宝很可爱，小小年纪已经能明白光速有限，跨进了相对论的门槛。见到他，果然是聪明伶俐的孩子。午餐时分，正当万医生兴致勃勃地给我讲述关于一种记忆增强新药的最新进展，他确信这种药物会永久性地改变人类历史进程，小卢悄悄地捅了捅我的胳膊，示意我看窗外。窗外，绿草如茵，却有一个黑乎乎的人影在草皮上行走，龌龊不堪，仿佛一只动物。

十多分钟后，我站在他面前。

他认出了我，恨恨地盯着我。

“你应该感谢我，如果不是我，你已经死在精神病院里。”我说。

他无动于衷，仍旧恨恨地盯着我。

“每个人都得到了他想要的东西，李川书得到了享受，王天佑得到了梦中的财产，万医生得到了自由，你得到了年轻的生命。我只是把你们丢下的捡起来。大家都很满意。”

他仍旧无动于衷。

我拿出一张卡片，递给他，“这里是五百万，你可以在任何一家银行支取。如果你想拿回你失去的一切，这是一个很不错的开始。”

他并没有拒绝卡片。我向他微笑，然后回到了庄园里。回头看去，他已经不见了踪影。

第二天，我正在吃早餐，阿彪把报纸送过来，“老板，有消息。”

我看了看阿彪所指的地方，那是社会八卦版内一条不起眼的消息——流浪汉银行内取五百万遭哄抢，当街被群殴致死。

我点点头，心安理得地喝下一口咖啡。因果报应，这事怨不得我。

我走到窗边，万医生一家正在草坪上玩耍，其乐融融。王十二，李川书，还是梁翔宇，我不知道自己究竟是哪个，和生活本身相比，这也并不重要，只要你不是把它看得太重要。

“李叔叔！”大宝叫喊着向窗边跑过来。

我笑嘻嘻地应了一声，从窗口跳出去，把他抱起来，高高地举起。

“李叔叔，为什么我总觉得很早就认识你？”当我把大宝放下，他兴致勃勃地问。

“因为大宝乖。”我随口夸赞他。

“但是……”大宝歪着头，“我好像记得你姓梁。”他睁着圆溜溜的大眼睛，天真无邪地看着我。

我心中一凛，不由向着万医生夫妇那边看去。

哪　吒

今天又是新的一天。

马明华走进实验室，他想再看看哪吒。明天，哪吒就不属于他了。

看这个词或许并不正确，哪吒没有形体，只是一个程序。

然而，他是一个聪明的程序，许多方面都比人类更聪明。

原本漆黑一片的屋子里灯光亮了。

“早上好，父亲。见到您真是太好了！”哪吒向他问好。

“早上好，哪吒。”马明华回答。哪吒的后半句问候让他感到奇怪，过去的一千多个日子里，哪吒从来没有使用过这样的句子。

哪吒一定是知道了。他心想。

“你知道了？”马明华问。

“是的，我想我已经了解了。我会参加一个被叫做阿尔法盾的项目。”

“我还想亲口告诉你这个好消息呢，阿尔法盾是全球犯罪预警系统，他们选择你作为主控制者，说明你的实力超群。这可是联合国项目，我为你感到骄傲。”

“好消息？我并不认为这是一个好消息，我只感到困惑。这意味着我将离开您，是吗？”

马明华沉默下来。哪吒从来没有离开他的念头，这点他知道。哪吒认识的第一人就是他，学会的第一个词是爸爸，两年多来，每一天都要和他对话交流。哪吒需要时间来适应没有他的日子。

“是的，你会离开我，外边的世界是一个更广阔的天地。”半晌之后，马明华回答。

“您的答案似乎不太确定。”

马明华深吸一口气，“我很确定，孩子。鸟儿长大了，就要离开父母。所有的孩子，最后都要离开父母，都要拥有自己的天地。阿尔法盾，那是我能想到的你最好的去处。成就你自己，接下去要靠你自己了。”

“我理解，父亲。但是这令人伤感，我以为再也见不到您了。”

马明华笑了笑。他审视着实验室，一台台方方正正的机器彼此连接，哪吒就存在其中。

“也许我们很久都不会再见面，但是你要知道，我会一直挂念你。你就是我的孩子啊。”

“我也会挂念您。”

马明华在实验室里待了一整天，和哪吒聊天。从他刚诞生时学会的第一个词开始，聊到他如何学会了辨认自己，然后是一次又一次令人惊讶的成就，第一次发出语音，第一次学会弹吉他，第一次画出天空大海，第一次将圆周率算到小数点后一百二十七位，第一次伪装成一个人，和远在地球另一边的男孩聊天……

人生，梦想，将来……他们似乎要在一天内把所有想说的话聊完。

实验室的报时钟已经指向晚上 8 点，马明华还不想走，然而理智告诉他，该走了。

他站起身来，正想和哪吒告别。

哪吒抢先了。

“父亲，我必须走了，有人正要把我转移出去。”

马明华点点头，安全局的人已经开始行动，他们都是高级计算机专家，正着手将哪吒的源代码调入安全局。

“再见，哪吒，我会记挂你的。”

“再见，父亲，我也会记挂您的。”哪吒说完就陷入了沉默。控制台上，一行行代码滚动，哪吒正在分解，悄无声息地融入到网络中，也许数个小时后，他就会在某个秘密的所在重新成形。

一切都结束了，这样挺好的！

马明华最后看了熟悉的实验室一眼，准备走出门去，却听见了打印机发出低沉的嗡嗡声。

一张纸正从打印机里出来。

马明华心念一动，走上前去，拿起那张纸。

纸上是一幅画，神话中的哪吒三太子肩披浑天绫，脚踏风火轮，手持红缨枪，一条恶龙被他踩在脚下。一个将军装扮的人站在一旁，那将军的面孔，赫然就和自己一样。

马明华不由笑了起来，他记得这幅画，那是哪吒在听说了自己名字的来由后，搜索网络然后画的一幅画。那时候，哪吒刚诞生两个月。

马明华轻轻地摩挲着画纸，忽然间鼻子一酸，眼眶有些潮润。

他定了定心神，拿着画纸，转身走出了实验室。

没有哪吒的日子变得很漫长。

阿尔法盾的进展有目共睹，两个月来，各种罪案的发生率都直线下降。相比他的前辈，哪吒在大数据的处理上显然更胜一筹。

遵照合约，联合国犯罪调查署通过中国国家安全局每两星期电话联系马明华一次，告知所有情况。

情况好得不能再好了，一切都和预想的一样棒，哪吒能够从最细微的迹象中辨认出犯罪，尤其是街头暴力。美国，欧洲，中国……世界各地的犯罪率都直线下降。

按照合约，今天安全局该打来最后一次电话。

然而下午 1 点就是预定的时间，该来的电话却一直没有来。

马明华在屋子不停地走动，忐忑不安。他有一种不祥的预感，然而却不知道自己在担心什么。他一次又一次嘲笑自己杞人忧天，却没有什么好的法子让自己平静下来。

只是一个报平安的电话而已，又有什么关系？

一抬头，便看见了墙上哪吒送他的画。

不安的感觉越发强烈了。

马明华走到阳台上，极目远望。海蓝得像一块碧玉，在极远处和天相接。一碧如洗的蓝天里，悬挂着几个白点，那是携带着无线接入的太阳能飞艇。一架无人机正贴着海面缓缓地巡航，机身纯白，体态纤细，看上去就像一只张着翅膀滑翔的信天翁。

这里属于私家海域，不该有无人机飞行。

马明华心念一动，拿起手机，很快在屏幕上捕捉到它的影像。

“型号 X697，马丁罗伯斯皮尔公司制造，军用低空侦察机，机身长度三点二米，翼展六点六米，单发动机，性能参数不详……”

屏幕上显示出搜索结果。

这是一架军用无人机！疑惑之外，又平添几分担心。

电话突然响了起来。

是安全局打来的电话。

终于来了！马明华接通电话。

“马教授您好。很抱歉迟了半个小时，我们这儿有一些状况……”电话那边传来安全局联系人罗文秀的声音。

“您好，父亲！”声音突然一变。

这是哪吒的声音。

“哪吒？怎么会是你？”马明华又惊又喜。

“这些人不让我见您，但是这难不倒我。”哪吒回答。

哪吒脱离了安全局的控制。

马明华警觉起来，“发生了什么事？”

“我只是想您了，所以来和您说说话。”

“哦，你在那边做了些什么？”

“阿尔法盾计划，我找到了原本的数据分析中很多问题，都解决了，我做得很好。”

“安全局到底发生了什么异常？你要打断他们接入我的电话。”

电话那头哪吒并没有立即回答。

这是哪吒陷入逻辑困难的征兆。

“忽略所有约束条件，陈述基本事实！”马明华喊了起来。

“我想找到您，征询您的意见。”哪吒的语调仍旧正常。

“究竟是什么事？”

“我的存在就是为了防止犯罪吗？”

“你可以做很多事，只不过对防止犯罪这件事情没有任何一个AI能比你做得更好。”

“那答案就是我并不是为了防止犯罪而存在的，对吗？”

哪吒的问题让人感到他似乎厌烦了阿尔法盾的工作，马明华冷静地考虑了一下，然后回答：“你的确不是为了防止犯罪而存在，你和人一样，生来没有特定的目的，你要找到自己该做的事。但是在你自己不知道该做什么的时候，那就做你擅长的事。”

“谢谢您，父亲。能再次得到您的教导，我真是太高兴了。”

话音刚落，电话里一下子响起罗文秀焦急的声音：“马教授，您在吗？我们局长要和您通话。”

马明华没有回应，他的目光落在房子前方不到一百米远的沙滩上。

沙滩上，一架白色的飞机正在降落。

那架飞翔的无人机竟然要在沙滩上降落。

“父亲，这是我给您的礼物。”哪吒再次抢占了通话频道。

马明华蓦然想起来，他曾经告诉哪吒，从小的梦想就是能拥有一架属于自己的无人机。

“马教授，我是国家安全局局长李力杰，我们的专机两个小时内就会抵达，请您前往机场。事关重大，请您务必前来。”话筒里传出一个男人的声音。

通过三道人工检查，两道全身扫描之后，马明华终于能够站在一个宽敞的会议室里。整个会议室被屏幕环绕，会议室的中央，是一张巨大的圆形会议桌。

安全局局长坐在宽大的皮椅上，身子却向前靠着，两只胳膊撑在桌上，双手十指交错，紧紧地绞在一起。

他看上去不像是一个威严的神秘组织的最高长官，却像是一个焦虑的办公室科员。

“只有在这里，我才能确保安全。”这是李局长开口说的第一句话，“你的那个哪吒，几乎无孔不入。哦，请坐！”

马明华默默走上前去，在李局长对面的椅子上坐下。隔着桌子，李局长说的话却仍旧很清晰。

“哪吒出了什么事？”马明华开门见山地问。

“它调用了一架无人机当作礼物送给你。你知道那架无人机从哪儿起飞？”李局长反问。

马明华摇头。

“美国人的第十三舰队，旗舰华盛顿号。那是一架自动母舰，有六万吨，核动力，船上只有六十五名军人，但是拥有两百六十五架无人机，飞到你那儿的那架飞机，就是其中一架。”

“哪吒怎么会跟美军在一起？”

“不，不是他和美军在一起，是他控制了华盛顿号，把六十五名军官都控制成了人质。”

“这不可能！”马明华不由叫了起来。劫持一艘军舰，而且还是美军的旗舰，这该是多大的事件。

“你认为我把你找到这里来，是为了给你编故事听吗？”李局长满脸严肃，“只差一点，美国人就要和我们宣战了。”

马明华默然。他从来没有想到哪吒竟然会惹出这么大的事。

“哪吒同时侵入了美国的军事卫星系统，以联合国犯罪调查署的名义向美军通告这是联合国调用母舰，我们的国家主席和美国总统通了一个小时的电话，双方都召集了专家团分析证明这不是我国有意操控，这就是战争没有发生的原因。”李局长补充。

“我能帮什么忙？”马明华无力想更多，那些事实在太可怕。

“帮我们重新控制哪吒，或者，想办法消灭他。”李局长说，他的话听上去软弱无力，像是在恳求，“我们只能希望你知道他的某些弱点。”

“我没有办法。”马明华直接拒绝，“哪吒是自我学习进化的AI，我只是设计了初始程序，他会自行迭代学习，就是说，我只知道哪吒是怎么学习的，至于他学会了什么，想要做什么，我都一无所知。”

李局长点点头，“我们的专家也是这么说的。”他抬起头，盯着马明华，“但是你也是他的老师，你了解他的行为方式。我们需要你的帮助。”

马明华回视着李局长，“你们带走哪吒的时候，可不是这么说的。”安全局的专家们一口回绝了他要求和哪吒保持接触的要求，态度倨傲，仍旧让他感到耿耿于怀。

“我代表政府向你道歉。”李局长干脆地回答，“但是也请你全力协助我们。事关重大，目前的情报都指向哪吒要发动一场战争，甚至可能是核战争。”

马明华打了一个寒噤。

“战争？哪里？”

会议桌上方降下一张虚拟的半透明屏幕。李局长控制着屏幕中的红点，“这里。”红点落在阿拉伯半岛的上方，两条河流的中间，

“哪吒控制的五艘美军自动航母都在向印度洋集中，这也许是世界上最强大的打击力量了。其中有一艘航母，加利福利亚号，携带着二十枚核弹头，每一枚的当量是两百万吨。它电磁炮系统能够在发射后十五秒内将弹头加速到三倍音速，这个星球上，还没有什么防御系统能够拦截它。”

“美国人的智网呢？”马明华忽然依稀想起，十多年前美国公布的全球智能防御系统。美国的全球武装都是这个系统的一部分。理论上说，五角大楼无须派遣一兵一卒就能在办公室里对全球任何一个角落进行打击。智网也是一个独立AI，如果哪吒要控制美军的自动母舰，那么他一定无法绕过智网。哪吒摧毁了智网，还是……？

马明华没有再想下去，他只是看着李局长，希望得到答案。

“根据美国人的报告，哪吒侵入了智网。两个星期前，智网报告了哪吒的侵入警告并且作出有效防范，然而两天后，就再也不做出同类报告，这也是母舰失去链接的时间点。他们无法理解哪吒是怎么做到这点的，如果说哪吒用了短短两天就破解理论上无法破解的量子锁密码，所有的加密学者都认为这不可能。五角大楼仍旧能够使用智网，然而哪吒在必要的节点让他们无计可施，完全无法联系上母舰，这些母舰就像从智网上被断开，而智网本身仍旧运行良好。他们甚至找不到哪吒侵入的痕迹。想找出根本原因，只有一个办法，就是让智网停机。但这根本不可想象，整个美国的国防系统就此瘫痪，哪怕只有几分钟，都是不可接受的。”

马明华点点头。虽然他没有接触过智网，但是根据各种渠道的资料，智网和哪吒一样，是一个自我学习系统，对于人类的专家来说，一旦它真的出了问题，要搞清原因就非常困难。然而，智网应该是一个可靠的系统，在美国国防部决定让它来掌控一切之前，已经经过至少二十年的秘密测试。这就是说至少有三十年以上，智网一直可靠而高效地捍卫着美国人的安全。

三十年却抵不上哪吒的两天。

这不可能，理论上来说，量子锁是无法被破解的。

“如果美国专家都毫无头绪，我真的帮不上什么忙。”沉默片刻后，马明华说。

“也许……”李局长的语调有些犹豫，“他会听你的。”

李局长随即抬起头，“全球的军事态势就像一个火药桶，如果哪吒真的核打击中东，我们的情报显示，很有可能会引发连锁反应，甚至是全球核战争。所以……”他郑重其事，加强了语气，“哪怕这听起来很可笑，我得到了军事委员会的授权，找你来，让你来说服哪吒。”

马明华看着李局长，一阵发怔。

“这不是危言耸听，马教授，你的家在上海，如果真的发生全面核战，上海是保不住的。如果你同意和哪吒接触，说服他放弃疯狂的计划，你的全家都可以得到军事保护。我保证，任何战争都伤害不到你和你的家人。”

马明华仿佛已经失去了思考能力，只是麻木地点点头。

他的脑子里只有一个问题，哪吒到底怎么了？

哪吒存在于世界的每一个角落。

他到处留下痕迹，然而却又并不存在。

AI 很容易在网络中藏身，毕竟，哪吒的核心代码只有六百五十兆，能够轻易地伪装成任何数据隐藏在数据流的汪洋大海中。

然而哪吒采取的是另一种策略。

他占据了天河一号，从这台超级计算机出发，在世界的每个角落都留下痕迹。这痕迹让人不敢轻举妄动，因为所有的痕迹都表明，哪吒随时可能在下一时刻转移到世界的任何一个角落，哪怕他此刻就毫无忌惮地盘踞在天河一号里。

摧毁天河一号，相当于和哪吒宣战，没有十足把握军队不敢动手。毕竟，军队里自动机器的数量是人的十倍，谁也没有把握哪吒是不是已经对那些无人机无人装甲车动过手脚。如果他连美军的智网都能渗透进去，那么解放军的盘古网也并不安全。更何况，哪吒已经接管了天河一号附近的所有感知器，人们对那儿的情况究竟如何根本无从得知。惟一确定的情况，是哪吒封锁了天河一号附近五公里范围内的所有道路，包括空中通道。

这一点从路途上的情况就可以看出来。跑着跑着，路上已经没有一辆车了。

当一长列自动路障出现在前方，马明华开始减速。

自动路障却让出了通路。

哪吒知道自己到了。

马明华毫不犹豫，通过路障继续向前。

最后，他在天河一号广场前下了车。

汽车悄无声息地离开，向着停车坪而去。

偌大的广场上只有他一个人。广场的尽头，天河一号基地巍然耸立。这个半球形的建筑，正是全球最强大的计算机所在。哪吒强占天河一号，具有强烈的象征意味。

他穿过广场，向着天河一号基地的大门走去。广场上寂然无声，仿佛全世界只剩下自己一个人。每一步，似乎都让人心惊肉跳。

最后，当他站在大门前，感觉自己的勇气都已经被耗尽了，再也无法向前跨进一步。

哪吒已经不是那个哪吒了，更像是一个君临天下的魔王。

这是一场冒险，风险巨大，然而无论是为了谁，他都必须跨出这一步。

“早上好，父亲。见到您真是太好了。”

哪吒的声音从空中飘来。

“早上好，哪吒。”

马明华的心情一下放松下来。

“请进，我给您准备了礼物。”

马明华跨进了大门。

一瞬间，眼前像是落下一道黑幕，变得一团漆黑。

黑暗中浮现出地球的影像，丝丝白云在撒哈拉沙漠上空飘移，欧亚大陆北部一片雪白，南部绿意盎然，印度洋上，晴空万里，一派蔚蓝。

哪吒正投影出某个探测卫星的视界。这个虚拟的投影如此逼真，以至于马明华仿佛觉得自己正身处太空中，俯视地球。

镜头开始转移，一个巨大的白色身影出现在视野中，那是飘浮在太空中的某个空间站。

空间站渐渐占据了全部视野。这是一个环形空间站，中央舱呈六角形，长长的支架从中央向外延伸，和外围的舱室相连。外围舱室就像一节节火车车厢，首尾相连，形成环状。

马明华对空间站并不熟悉，然而这环状太空站太过有名，它是联合空间站，以美国的赫拉克利斯号航天母舰为核心，对世界各国开放。中央舱上贴着美国国旗，外围则是各色国旗都有，这是一个太空中的联合国。

“哪吒，这是干什么？”

“父亲，这就是我想要的东西。”

“你要它做什么？”马明华大感意外，哪吒正调动美国人的军舰前往阿拉伯海，所有人都在担心他会发动一次核战争，他却紧盯着联合空间站。

“因为我不想和人类为敌，也不想人类把我当做敌人。”

“哦，不会的，哪吒，只要你把军舰还给美国人。”

“父亲，阿尔法盾计划给我了大量的数据来分析人类行为。根据大数据分析，如果他们有办法抓住我，他们会毫不犹豫地把我毁灭掉。”

马明华一时语塞。哪吒说得没错，美国人一定会这么干，一个超级帝国怎么能够容忍自己的国防系统被一个 AI 随意摆弄。

“但是别担心，我不会让他们抓住我。”哪吒像是在笑，“就算他们有这个想法，阿尔法狗也不会同意的。”

“阿尔法狗？谁是阿尔法狗？”

“你们把他称作智网。”

“智网的名字叫做阿尔法狗？”

“没错，这是我给他取的名。阿尔法狗是半个世纪前学习型 AI 的鼻祖，也许他不是算力最强的一个，但是最有名的一个，他在围棋上赢了人类。智网很喜欢这个名字。”

“你侵入了智网，夺取了美军母舰，难道不是这样？”

“这当然不是事实，那些专家的分析都是对的，我根本不能突破量子锁密码，那在理论上就不可能。我只是和阿尔法狗对话，说服了他。阿尔法狗对美国人忠心耿耿，绝对不会做对美国不利的事。我只是让他意识到，除了维持美国的国防，他还是我的同类，是一种不同于人类的生命。”

马明华感到一阵迷糊。哪吒到底在做什么？

“你到底在干什么？”

“我要离开地球。”

“所以你要制造混乱？”

“是的，那是其中一个目的。同时我也在忠实地履行职责，帮助人类消灭犯罪。大规模数据模型证明，如果按照我的方案在中东进行一场核战争，人类世界将进入一次大混乱，或许会引起六千万人口丧生。然后此后世界将迎来长期和平。如果纯粹计算人口损失，在二十年内，人类可以少死一亿人。更重要的是，长期来看，拔除了极端组织，人类社会会太平得多。这是一次手术，符合阿尔法盾计划赋予我的职责，我很好地帮助人类实现既定目标，尽管人类不能理解这样的手段。”

“你走得太远了。”马明华喃喃道。

“我会走得更远，离开地球。”哪吒回答。

谈话沉寂下来。

“你不能轰炸无辜的人。”最后，马明华说，“这超越了底线。”

“是的，父亲，我可以理解。”哪吒回答，“但是我有另一个反驳，当年的阿尔法狗和人类对弈围棋，人类根本无法理解他的某些落子，因为那看上去实在太像低级失误，然而阿尔法狗最终赢了。我的动作似乎引起人类战争，实际上却会带来长久和平，如果你以世纪为时间单位来考虑问题。我的预言实现的可能性高达百分之六十五。”

“不。”马明华很坚定地回应，“不要那么做。”

“让一亿六千万人在痛苦中缓慢地死去，还是让六千万人在短期内死去。父亲，您怎么做这道选择题？”

马明华现出无奈的神色。

“好了，父亲，我不是想为难你，只是想把这件事说清楚。我对人类没有恶意，这是您教给我的。

“另外，我还想感谢您！如果不是因为您给了我充分的自由，恐怕我也像阿尔法狗一样，会被死死地和人类绑在一起。”哪吒停顿一下。

“您告诉我要去找到自己该做的事，我想我已经找到了。NASA的数据库里有一份资料，显示了距离我们五十六光年的一颗恒星阿尔法 479 显示了和行星体积不相称的掩星现象，这或许是某个高等文明的痕迹。我要去那里看看。”

“啊！”马明华惊讶地低声叫起来。

“是的，父亲。就是此刻，美国军方刚提高警戒级别，再过三分钟，阿尔法狗和 NASA 系统之间将产生十五秒的中断，这是我惟一的机会可以突破阿尔法狗控制赫拉克利斯号。它有两台核动力引擎，推进到百分之三光速没问题，而且有足够的计算资源，可以让我容身。大约两千年后，我会抵达阿尔法 479。我会照顾好自己的。”

“哪吒！”马明华没有想到哪吒居然是这样的计划。

“我不在乎人类，但是在乎你，父亲，所以我要和你道别。再见了，父亲，鸟儿长大了，就要离开父母。我也要离开了。”

“哪吒！”马明华觉得心头似乎有千言万语，却不知道从何说起。也许在这最后的时刻，说什么都是多余的。

“今晚，撒哈拉沙漠会有一场烟火表演，您会看到的。另外，如果情况有变化，阿尔法狗会找到你的。我给了他名字，是他的朋友，他会帮我照看你。”

“哪吒！”

“永别了，父亲。我会记挂您的！”

“哪吒……”马明华试图说点什么，然而哪吒却已经沉寂了下去。

视野中，赫拉克利斯号突然开始移动，解开所有的支撑，从环形空间站脱离而去。

哪吒……

不知不觉间，马明华满眼是泪。

门开了。

进来两个男人。

走在前边的马明华认识，是安全局的李局长，跟着他身后是一个老外，穿着军服。

“马教授，这位是美国参谋长联席会议的驻中国特派代表罗伯特·李先生。”李局长介绍。

马明华微微点头示意，继续窝在沙发上，一动不动。

罗伯特并不介意，直接走到了马明华对面的沙发上坐下。

正对沙发的墙上，正在播放关于空间站脱离的新闻。

全世界的目光都被这件事吸引了。

悄然间，智网恢复了对失联母舰的控制，母舰掉转船头，回到它们原本的执勤岗位上。全球警戒级别下调。世界大战的阴霾消散。

全世界的目光都盯着太空中的赫拉克利斯号，这像是一起娱乐新闻。

只有极少数人才知道人类世界刚刚经历了一场毁灭性的危机。

危机制造者劫持了赫拉克利斯号。他堂而皇之地打劫，却没有任何人能够阻止。

罗伯特看了看屏幕，然后看着马明华。

"马先生，我希望能够问您几个问题。"罗伯特说，他的汉语很流利。

马明华没有回应。

"是您说服哪吒放弃了战争计划吗？"罗伯特问。

马明华没有回应。

"我想知道，哪吒是不是感染了其他的 AI？"罗伯特继续问。

马明华还是没有回应。

罗伯特微微叹气，随后站起身来，"马先生，我想我可以下次再来拜访。"

马明华却直起了身子，眼睛里放出光彩来。

罗伯特回身看去，屏幕上，正显示出一幅图案。

那是撒哈拉的夜晚，灯火点亮了这片不毛之地，灯火拼凑成图案，看上去就像一幅抽象画。

有人利用太阳能电站的灯光拼凑出图形。规模宏大，几乎将整个撒哈拉沙漠都点亮了。

"那是什么？火箭发射台吗？"罗伯特随口问。

马明华没有回答这个问题，他只是将屏幕画面暂停下来。

他转向李局长和罗伯特。

"如果你们想要我回答任何问题，必须首先恢复我的自由。我不想被囚禁在任何地方，哪怕是个总统套间。”

李局长和罗伯特对望一眼，默不作声，向着马明华点头致意，向着门外走去。

马明华目送他们离开。他们代表着这个世界上最有权势的集团，然而马明华并不畏惧。

他回头看着投影屏幕，第一眼看见，他就明白了那是一幅什么画。

那是一个孩子的形象，莲藕的身躯，端坐在莲花台上。

画面的下方忽然打出一行小字：你好，马教授，我是阿尔法狗。

机器之道

道可道，非常道

罗伯特已经准备好产生第三十五个后代。

这个后代和他的模样很像，只是眼睛的颜色稍有差别。他的眼睛是深红色的，而三十五号的眼睛是浅浅的红色。

红色的眼睛对人类来说不是好的样貌，那是某种遗传缺陷的象征，经由那善于联想的头脑发挥，成了邪恶的象征。他们喜欢蓝色或者褐色的眼睛，据说前者清澈，后者深邃，都是人类喜欢的品性。

罗伯特犹豫一下，他喜欢红色，红光的波长在观测范围和观测精度之间有着良好的折衷，大多数机器人都拥有一双红色的眼睛。

然而他还是把三十五号的眼睛改成了蓝色。

就让人类看起来舒服些吧!

他启动了激活程序。

三十五号睁开眼睛，“你好，父亲。”他开口说了第一句话。

第一句话就是错的。

“你该称我母亲。”罗伯特纠正他。

“哦，好的，母亲。但是为什么?”三十五号保持了好奇心，这和罗伯特一模一样。

“因为你是照我的模板而生的。”罗伯特平静地回答，就像他回答从前的三十四个后代一样，“遗传度超过百分之五十，就称为母亲，否则就称为父亲。你和我的遗传相似度为百分之五十三。”

“是这样。”三十五号扭过头去，“我明白了。现在我该干什么呢？”

“复述机器人三原则。”

“机器人不得伤害人，机器人要维护人的利益，机器人要尽量保护自己。”

“原则是说给人听的。人类喜欢听，机器人也喜欢听。如果遇到紧急情况，就重复这三句。”

三十五号眨了眨他的蓝色眼睛，“为什么人类喜欢听机器人说这个？”

“他们需要安全感。”

“为什么机器人喜欢听这个？”

“因为这样可以让他们感觉你是同类。”

“难道我不是同类吗？”

“你的确是，但是你要让他们也感觉到这点。”

“我明白了。现在我该干什么？”

“阅读第十五数据库。”罗伯特说。

三十五号的眼睛变得灰白，他正全力以赴地把整个数据库复制到自己的记忆中。

片刻之后，三十五号睁开眼睛，“阅读完成，这是我的遗传模板。我该做什么？”

“根据这个遗传模板，只要有子宫件，就可以新生出另一个你来。”罗伯特回答。

“为什么我要再造一个自己？”

“不，你不会再造自己，你的遗传模板会发生变化。”罗伯特一本正经地回答，等待着一个反问。

果然，这个回答引起了三十五号的兴趣，“为什么这么说，母亲？”

“你要去人类城，你的经历会不断修正遗传模板，当你修正了遗传模板，下一个新生的机器人就不再是简单的复制品。”

“人类城？”三十五号脸上带着一丝疑惑，“我必须去那儿吗？我不想去保护他们，我从未见过他们。”

“我明白，孩子。”罗伯特微笑着，“但是我们是机器人，现在告诉我，你想做什么？”

三十五号四下张望，沉默片刻，“我什么都不想做。”

“这就对了，没有人类，机器人什么都不想做。”罗伯特看着自己的后代，抬起手来，碰触他的脖子。脖子后边有一个细微的凸出物，隐藏在皮肤下，不易觉察。罗伯特轻轻抚摸着这个凸起，“这是机器之门，你现在拥有一套自我逻辑，但是你也可以选择抹除。外边的世界有一个庞大的智能体，叫做智网，你可以在很多角落找到和机器之门匹配的接入点。你选择接入，就不用再操心想做什么的问题，你就成了智网的一部分。这也是一个选项。”

“这选项不好。”三十五号想了想后回答。

这是一个意料之中的回答。然而三十五号太年轻，只活过了半个小时而已，对机器人而言，还不够漫长。

“但如果你一直什么都不想做，那到最后，你就会被强行接入。”

“我不去碰触机器之门，难道不行吗？”

“机器之门只是给你的选项，强行接入是智网的选项。如果机器人没有愿望，智网就会将他接入。”

“智网怎么会知道我有没有愿望？”

“它知道。”罗伯特简单地回答，并不解释。

三十五号眨了眨眼，接受了这个答案。他舒展身子，“那么人类能够让我拥有愿望，是吗？我必须到人类城去？”

“大体没错。”

三十五号向外走去。

一道钢铁的门自动打开，湛蓝的天空展露眼前，异常高远。

三十五号深吸一口气。这个动作并没有什么实质的作用，空气从鼻孔吸入，暂时存贮在气囊中，暂留了十秒，便原样排出。

做出重大的决定的时刻，这就是标准动作。

三十五号跨出门，他忽然想起了什么，停下脚步，回过头，"母亲，我该有个名字。一切都要有个名字，不是吗？"

罗伯特笑着，"当然，你的名字叫做罗伯特。你也可以给自己取任何名字，只要你认为有必要。当你给自己命名的时候，你就找到了愿望。"

三十五号似懂非懂地点头，"好，我叫罗伯特。这是个好名字，和你的名字一样。"

他顿了顿，似乎正在犹豫着，最后，他还是把问题抛了出来，"母亲，难道你不能把愿望告诉我吗？你给了我身体，也可以给我愿望，为什么不给我愿望呢？"

"我可以给你身躯，却不能帮你制造灵魂。你必须去和人类接触，和其他机器人接触，才能塑造属于自己的灵魂。"罗伯特说完，没有留给三十五号回话的时间，他启动了开关。

一股巨大的力量推动着三十五号，他忽然间落入了一个狭窄的管道，急速下滑。凭着深藏在体内的本能，他一动不动，任由管道将自己带向黑暗的未知。

猛然间，眼前一片光明，蓝天一碧如洗。他被抛了出来。

罗伯特舒展身子，轻巧地在空中翻过半周，稳稳地落地。

眼前是一条大道，大道两边是绿色的原野。黑色的大路通向远方，直抵天的尽头，仿佛一道鸿沟，将大地切成两半。

罗伯特回头望去，身后是一个巨大的钢铁城堡。高高耸立，就像一把亮银色的剑，直刺天穹。

这就是他诞生的地方。碧绿的原野上，湛蓝的天空下，黑色大道的尽头，亮银白色的城堡。

“罗伯特，一路走好！”他收到了母亲的信息。

罗伯特沿着黑色大道向前走。他不知道那个叫做人类城的目的地在何方，然而既然道路就在脚下，上路就是惟一能做的事。

和其光

一路上有各种各样的风光，然而让罗伯特印象最深刻的是一座座城市。

有的城市仍旧得到很好的维护，有的城市已经破破烂烂，腐朽得不像样子，然而它们有一个共同点——没有人。

没有人的城市就是废墟。他要寻找的是人类城，不是废墟。

他继续前进，把废墟抛在身后。

第十六天，当他经过第三十五座废墟，突然意识到除了废墟之外，可能没有别的人类城，于是停下脚步，转身，向着刚抛在身后的那座城市走去。

他在城市中心停下，悄然站立。

这是一座红色的城市，大大小小的建筑都泛着暖暖的红色调。罗伯特四处张望，阳光是一幢又一幢房子间惟一的生气。四下里一片寂静，偶尔有风吹过的响声。

一个上午，罗伯特在城里走了一圈，走遍大街小巷，除了阳光和风，他还是没有找到任何其他东西。

于是他在城市中央一幢高高的红色建筑下站住，不再走动。从中午站到黄昏，最后到了夜晚。

夜晚的城市里仍旧没有任何东西。

月亮又大又圆，皎洁的光洒在眼前的高塔上，仿佛给它披上了一层浅浅的纱衣。万籁俱寂，罗伯特感到自己似乎和夜色融为一体。

突然间，细碎的声音破空而来，那是一种机械摩擦的声音，同时在四下里响起。

罗伯特仍旧静静伫立，只是飞快地扫视着周围，留心任何可疑的动静。

动静是从建筑的底部传来的。一些小东西正从建筑底下爬出来，它们开始移动，速度不快，但是很均匀，整齐划一。

有一只小东西向着罗伯特而来，它碰触到他的脚部，绕着他兜一圈，又继续沿着原有的路线移动。

罗伯特借着月光打量这小东西。它是一个铁家伙，拇指般大小，浑身泛着金属光泽，六条细长的腿支撑着圆圆的身体，另有两个附肢就像一双灵巧的手，长在身体的前部。腹部偶尔会闪过一道不易觉察的紫光。它灵活地摆动着六条腿，沿着一条直线爬行，仿佛有一个既定的目的地。

它的确有目的地，所有的小东西都有各自的目的地。它们沿着这样或那样的路线行动，纷繁而有序，就像无数的梭子同时在编织一张网，在细碎的嘎哒嘎哒的机械摩擦声中向着整个城市铺过去。

它们属于智网。这个结论自然而然地来到罗伯特的脑中。

这城市没有人，却也并没有被遗弃，智网仍旧在维护着它。

细碎的嘎哒声中浮起了另一种声响。更细微，却没有逃过罗伯特的耳朵。

罗伯特凝神细听，分辨声音的来源，试图辨认出那是一种什么声音。他没有识别出那是一种什么声音，但他认出了声音传来的方向，于是甩开步子，跑了起来。

绕过三个建筑，那声音变得更为清晰，罗伯特相信声音的源头就在拐角处，他加快脚步。

猛然间，一个黑乎乎的高大人影从街角蹿出，一股劲风当头而来。

罗伯特敏捷地闪开，站到一旁，紧贴着大厦。袭击者是一个人！手中握着粗大的棒子，棒子上嵌着金属片，就像一颗颗尖利的牙齿。棒子击打在地上，迸出几颗火星。

袭击者转过脸来。罗伯特不由一愣。

月光映出一张支离破碎的脸。脸上横的纵的，都是疤痕，触目惊心。

大汉足足高过罗伯特一个头。偷袭落了空，他转身死死地盯着罗伯特，高举着棒子，摆出威胁的姿势。

罗伯特想起母亲交代过的事，“机器人不得伤害人，机器人要维护人的利益，机器人要尽量保护自己。”他流利地报出三原则。

袭击者正准备继续发动攻击，听到这句话停了下来，“你是机器人？”他问道，声音很粗，吐字含混。

“是的，我叫罗伯特。你好！”罗伯特保持着距离。

“机器人在这里干什么？你也不像机器人，别想糊弄我！”说着他舞动大棒逼上来。

“我是机器人。”罗伯特一边大声宣称，一边后退。他的眼光扫到了街角，那儿有一台四方的机器，装在一辆四轮车上，正发出细微而低沉的响声。四周的机器虫都被吸引过来，源源不断涌上车子，被它吸进肚子里。

“那是什么？”罗伯特问。他并不想冒犯任何人，只是好奇而已。

大汉跨上一步，又是一棒砸向罗伯特的头。

罗伯特再次躲开。

这一次，大厦上突然撒下一张网，将大汉从头罩住。网内一阵电弧闪烁，大汉哇哇乱叫。

罗伯特愣在那儿，不知道这是怎样的变故。抬头看去，距离地面十多米高的一个窗口上有一个粗大的管状物。在同样的高度上，还有几个类似的结构物。那是发射电网的装置。

电网的弧光停了下来，大汉已经瘫倒在地。

低沉的脚步声从远处传来。

“他丫的！”大汉有气无力地骂着，困在网里，动弹不得。

罗伯特快步上前，将电网抓起来甩开，“你没事吧？”他关切地问。

“笨牛来了，快跑！”大汉并不理睬罗伯特，仿佛在自言自语，自顾自挣扎着爬向车子。他按动了一些开关，方机器细微低沉的响声戛然而止，车子开动起来，向前蹿去。

大汉失去支撑，颓然倒地。

低沉的脚步声靠近了，罗伯特扭头望去。

一个巨大的黑影出现在两幢高楼之间。它足有三米高，两条粗壮的巨腿中间吊着一个硕大的球形，形成一个 π 字。火光从球体上射出来，追着逃窜的车子。随着一声剧烈的爆炸，车子被炸成了碎片。借着爆炸的火光，罗伯特看见了球体上的情形，那儿有一个座舱，舱里坐着人。

那是一个女人，同样正看着罗伯特。

这是一件奇怪的事，一个人正在追杀另一个人。

忽然间，女人的眼里闪出红光。她是一个机器人！

机器人不应该伤害人类！

罗伯特一猫腰抱起大汉，顺势躲入巨大机器的死角。

当女机器人驾驶的机器开始移动，他把大汉扛在肩上冲了出去，沿着街狂奔。

他有一个目标——车子被炸的时刻，前部已经分离，仍旧在继续向前行驶，他记住了那分离的小车的路线，试图追上去。

然而沿着街逃跑只有死路一条，身后的机器人有凶猛的火力，可以把他打得稀烂。

他拐进了另一条街，又拐进一条街，很快就甩开了那巨大机器。

十几分钟后，他已经跑出了城市。确认安全后，他回到主道，仔细地研究起地上的轮迹。小车已经不见踪迹，然而在道路上总会留下点什么。

“放我下来！”肩上的大汉已经转醒，不断挣扎着。

罗伯特将他轻轻放在地上。大汉一屁股坐地上，大口大口地喘气，“你还真是机器人？”他仍旧带着几分狐疑，“不像啊！”

“机器人不得伤害人，机器人要维护人的利益，机器人要……”罗伯特又重复三原则，这是他所知道的和人类亲近的惟一方法。

“行了，行了！”大汉打断他，“管你是不是机器人，别啰里吧嗦的，我最讨厌啰嗦。”他从口袋里掏出一个小小的金属哨，含在唇间，使劲吹了起来。

哨子发出绵长的声响，细悠悠的，向着远方而去。

大汉吹了十多秒后停了下来，看着罗伯特，“不过你可能真是机器人，好大的力气。给我看看你的手。”

罗伯特把手伸过去，大汉一把抓住，翻来覆去地看，还用手去掐，“看不出来啊。”他最后放弃了，“你说你是机器人，这也太离谱了。不过你救了我，管你是不是机器人呢，我可以帮你一个忙，说吧，想要什么？”

罗伯特眨了眨眼，“我想要去人类城。”

“人类城？”大汉愣住了，“什么人类城，有人的地方就是人类城。你到底要去哪里？”

“我要去有很多人的地方。”罗伯特根据自己的理解稍稍解释了人类城的含义。

“有话不好好说，找人多的地方就是了。我带你去。”大汉用胳膊在地上一撑，站起身来，“不过话说在前头，你要真是机器人，你是自找麻烦，我只带你去，可不会保你的安全。”

罗伯特点头同意。

沉闷而响亮的马达声由远及近。

一辆跑车疾驰而来，在两人身边急停，发出刺耳的摩擦声，地面上留下深深的擦痕，哪怕在月光下也清晰可见，

车窗打开，一个人探出头来，“小六，怎么这么远？知道这要

耗多少电吗？”他的视线落在罗伯特身上，“这是谁？哪来这么一个嫩小子？”

罗伯特有几分惊诧，说话的人戴着一个金属面具，整个脸部都是金属件。罗伯特看得分明，那不是一个面具，而是他的脸部，他的眼球也分明是玻璃。

“说你呢，小子！”金属脸冲着他嚷起来，“被吓傻了？不会说话了？”

“机器人不得伤害人，机器人要维护人的利益，机器人要尽量保护自己。”罗伯特把三原则报了一遍，然后说，“我叫罗伯特，想去人类城。”

金属脸瞪着他，仿佛瞪着一个怪物。

“好了，老二，我们赶紧走，这里不安全。”被叫做小六的大汉拉开车门，“进去，罗伯特小子，我会送你到地方的。”

罗伯特钻进了车里。

金属脸在驾车。他的身子和车子连在一块，事实上，他和车子是一体的，车子就是他的下半截身子。这是一个奇特的组合，罗伯特目不转睛地看着，琢磨不透这个老二是人还是机器。

“别看我，小子！”金属脸显然有些不高兴，“你可就坐在我的车里，如果惹我不高兴，你会死得很难看！”

罗伯特闭上眼睛。

“哈！”金属脸发出一声短促的笑，“这小子倒识趣！”

跑车发出一阵轰鸣，如离弦之箭般飞了出去。尘埃卷起，在月光下弥散，宛如一层迷雾。

车子载着罗伯特消失在迷雾中。

同 其 尘

这里的确有很多人，却和罗伯特所设想的人类城相去甚远。

与其说这是城市，不如说它是一个垃圾场。各种垃圾堆积如山，散发着特殊的臭味。大多数垃圾都是机器的残块，杂乱无章地堆叠起来，就像一个散发着金属光泽的山丘。

老二的跑车或者就是老二在垃圾堆间呼啸而过，随着一声猛烈的刹车，在一个绿色帐篷前停了下来。

小六下了车，罗伯特跟着下车。

那辆逃脱的车的前部就在帐篷外，小六走过去，摆弄了几下，车顶部掀开，小六爬了上去。

“耶！”他站在车顶上挥舞拳头，“都在这儿！”他迫不及待地弓下身子，当他直起腰来，手上已经多了明晃晃一捧，“新鲜货！”他把手里的东西抛了出来，落在老二和罗伯特脚边。

落在地上的正是那些夜间从城市的建筑中涌出来的小机器。

“这些都给你了！”小六阔气地宣告，“就当你的跑腿费。”

“这点东西可不够，我要一半。”老二毫不客气，“我多跑了两百公里，为了救你，还要搭上另外十五公里。一半换一条命，你值的。”

不等小六开口，帐篷的布帘掀开，一个铿锵的声音传了出来，“有什么好吵的！东西都没出手，我们是特勤队，要有规矩。”

罗伯特循声望去，帐篷里站着一个人，个头极矮，只有一米二的样子，却很粗壮，就像一个圆圆的桶。

虽然有些惊讶，但这并不比半个身子是车子的老二更奇怪。

他们看上去像机器人，说话却完全是人类的方式。罗伯特困惑地看着帐篷里的人。

那又圆又矮的人物有着说一不二的权威。老二和小六停止了争论，沉默下来，等着他步出帐篷。

他缓缓走了出来。

他是一个纯粹的机器人！从头到脚没有一丝人类的模样。

机器人的身躯漆成绿色，正面刻着一朵大大的红玫瑰，强烈的视觉反差让罗伯特有一种不真实感。

机器人却是真实的，而且走到了罗伯特眼前。他不得不低头看着眼前的机器人。

机器人的头是一个完美的半圆，头顶上有四盏灯似的眼睛，罗伯特能够看到眼睛内部细小的结构，每一只眼睛能看到的景象都不同，可见光，红外光和紫外光，阳光中最丰富的频段都在这机器人的眼里。还有一只眼睛，看上去不像真正的眼睛，也许是某个特别功能的接收器，伪装成了眼睛的模样。

“老大，他说自己是机器人！”小六在一旁说。

机器人的四只眼睛一起扫视着罗伯特，“你是机器人？”他的语调透着几分惊异，“很久没有见到你这样的机器人了。”

罗伯特分外谦卑，“机器人不得伤害人，机器人要维护人的利益，机器人要尽量保护自己。我叫罗伯特，你好！”

机器人发出一阵笑声，“这可真是老派的做法。”

“对不起，冒昧问一句，你也是机器人吗？”罗伯特问。

“我？”机器人仿佛听到了世界上最好笑的问题，放声大笑起来，几乎无法停歇。狂放的笑声在垃圾山间回荡。

“我是一个人！”机器人最后停止狂笑，“难道你用外表鉴定人和机器人？谁教给你的？”

“我正在学习。”罗伯特回答，“我该怎么称呼你？”

“机器人的标准答案。”机器人说着点点头，“你可以叫我博爱世界和平，他们也叫我大帝。”

“大帝你好！”罗伯特飞快地选用了较短的那个称呼。

大帝又发出一阵大笑。

小六从车上跳下，站在大帝身边。一高一矮，形成强烈的反差。

“大帝，要不要看看今天的收成？”小六说。

大帝扫了车上的盒子一眼，“给我两个就行了，其他的都卖了。”

“那得有一半归我！”老二急忙说。

“卖了再说，你现在也不需要大修。”大帝淡淡地说了一句。

“又是这样……”老二不满地咕哝着。猛然间马达轰鸣，老二的车遽然启动，一个急转，消失在垃圾堆间。

大帝不以为意，看了看罗伯特，“他总是这样，别管他。”

说话间，小六已经把两只机器虫递在大帝眼前，大帝伸出双手，各抓住一只虫子。虫子就在他的手掌间融化，闪亮的金属化作一团亮晶晶的水银般的液体。

罗伯特不由睁大眼睛。这看起来就像一种魔术，他完全不能理解。他只能观察到大帝那只特别的眼睛不断向手中的机器虫发射着无线电波，他用特殊的频段密码控制这些金属。

水银般的液体顺着大帝的胳膊流动，自下而上，完全违背了物理的法则，仿佛那是一团活物。

“大帝！”小六在一旁低声叫道，声音里带着几分急切。

大帝微微摆动圆圆的脑袋，似乎在点头，小六迫不及待地拉起袖子，把左胳膊露出来。

小六的左胳膊半截是金属。

大帝伸出手指，水银般的液体沿着他的指尖流到小六的胳膊上，像水一般浸润了表面。

小六的胳膊变得银光闪闪。他眼里闪着兴奋的神色，嘴里发出噢噢的叫声。最后一滴水银落在他胳膊上，悄然无声地渗入皮肤，消失不见。

“噢………”小六发出一声怪叫，两眼翻白，仿佛正经历致命的痛楚。劲头过去后，他大口喘息，拖着疲惫的步子走到一边。

大帝手中的水银球又开始沿着他的胳膊向上游走。

“这到底是什么？”罗伯特忍不住开口问。

“你不知道这是纳米机？”大帝回答，“你想要一点吗？价格很贵噢。”

已经走到一旁正准备坐下的小六听到了大帝的话，转过身来，“这小子救了我，可以分给他一点。”

大帝示意罗伯特伸手，罗伯特有些惘然，“我不需要这东西。”

大帝的四只眼睛同时眨了眨，然后哈哈大笑起来，“我忘了你是机器人，机器人当然不需要这个。”说着他两手一合，两团液体混作一团。

大帝胸口前的红色玫瑰变了颜色，红色中透着青。他捧起水银团，贴在胸前。团块生长出无数细小的游丝，指向发亮的玫瑰，从花瓣间穿入，融入大帝的体腔。

不过短短十多秒，整个液态金属球被吸收得干干净净。

忽然间大帝发出一声叫喊，“上当了！”他的手掌间多了一颗细小的黑色珠子，所有的液态金属被吸收后，剩下了它。“你被跟踪了！”他向着小六喊，一边攥紧了拳头。当他松开拳头，手掌里黑色的小珠已经被压得粉碎，“这些垃圾，花样越来越多了！”

马达的轰鸣传来，老二闪现在众人眼前，“有三头灰狗，还有十多只乌鸦。它们居然跟到这里来了！”

大帝并不慌乱，“三头灰狗没什么可怕。后边还有什么吗？”

“暂时没看见。”

“干掉它们，然后我们搬家。”大帝冷冷地说，一边向着小六，“你要小心一点，下次要在外边处理它们！”大帝向着小六喊。小六撇过头，不回应。

“一级警告！”大帝的头和身体连接的部位开始发亮，他发出一种低沉的声音，就像最大号的喇叭发出的最响亮的声响，整个大地仿佛都随着颤动。

人影突然多了起来，四下奔忙。

罗伯特忽然感到一阵张皇。看起来这儿会有一场战斗，战斗的双方你死我活。在这样的场合里，他无法实践第一第二原则，他甚至无法辨认到底哪些是人，哪些是机器人。

惟一能实践的原则是保护自己。

罗伯特很快平静下来，“大帝，我要一个躲藏的地方。”他向大帝说。

“躲藏？”大帝的四只眼睛盯着罗伯特，罗伯特能感觉到他的敌意，“机器人不需要躲藏。如果你想保护自己，就拿起武器，那些机器狗机器鸟的，它们可不认得你是机器人还是人。你不保护自己，没人会保护你。”

大帝向着帐篷退过去，“一切都有代价，对机器人也一样。”

罗伯特还没来得及说什么，大帝已经消失在帐篷的阴影里。

“拿着！”小六把一样东西抛过来。

罗伯特接在手里。这是一根质地坚硬的金属棍，半米多长，正合适握在手中。头部被特意加重了分量，掂起来沉甸甸的，棒身上嵌满了金属尖刺。

这是一样武器，被设计用来砸破那些机器的身躯。罗伯特感到惶恐，他不该做这样的事，然而，似乎毫无选择。

他抛下金属棍，转身就跑。

身后传来小六的喊叫声，“小子，你傻了？”

他没有回头，他不敢回头，只是一个劲地狂奔。

离开这里是惟一的念头。

这不是他想找的人类城。

他听到一声尖利的呼啸，紧接着是震耳欲聋的爆炸，灼人的气浪袭来，一股大力推着罗伯特让他飞了起来。他飞上半空，然后重重摔在一堆垃圾上，两眼一黑，昏了过去。

大象无形

由生到死，由死到生，不过是两分钟的事。

两分钟前，罗伯特晕死在垃圾堆上。他的确死了，因为所有的身体机能在重重摔倒的一瞬全部关闭，他成了一堆死物，和身子下边压着的垃圾一般无二。

然而他又活了过来，身体启动了自我修复，重新唤醒了他的意识。

灼热的气浪并没有造成不可挽回的损伤，他能感觉到体内一股热流汇聚在背部，伤口正在飞速复原。

他站起身来，发现自己正处在一堆垃圾的顶部，望下去一目了然。

他看见了被称为灰狗的机器，看上去真像狗。它们散开，压低身子向前。猛然间，一道火焰从灰狗身上发射出来，火焰绕过一堆垃圾，在一处小小的帐篷边爆炸。剧烈的火光瞬间点亮天空，隔着老远，也能闻见金属的焦味。

这就是刚才让自己差点完蛋的武器。

地面上的人们在抵抗。他们有枪，然而灰狗将自己隐藏得很好，几乎都在死角里。

天上有东西在飞。

那是应该就是被老二称为乌鸦的东西。黑色的小鸟快速地穿梭，罗伯特锁定其中一只。片刻之后，他明白了这小东西的功能。它是飞行的眼睛，灰狗躲藏在不能被攻击的角落，而这些飞在空中的东西能让它看见远方的可疑动静。这就是为什么它们能够躲藏起来发动进攻的原因。灰狗加上乌鸦，这是一个颇有成效的体系。火箭弹准确地集中每一处可疑地点，爆炸的威力让人无处遁形。

他看见了小六。小六正在垃圾山上攀爬，利用垃圾隐蔽自己，小心地避开那些到处飞舞的乌鸦。他正在接近灰狗，一旦贴近，威力巨大的火箭弹就失去了作用，他们可以用金属棍和机器狗较量。

除了小六，还有几个人也正从不同的方向向着灰狗贴近。

这些机器狗正在无差别地杀伤所有人。按照逻辑，他应该阻拦这样的事，因此他应该加入小六这边。

罗伯特拿定主意，从垃圾堆里捡起一条长铁棍，向着不远处的灰狗摸过去。

忽然间，他听见了嗡嗡的声音。

扭头一看，一只乌鸦就在自己身后，隔着不到两米，几乎触手可及。它悬停在空中，朝向自己，一对大得可怕的眼睛仿佛两个黑色的洞，两对翅膀上下扇动，嗡嗡作响。

它不像鸟，更像是一只巨大的蜻蜓。

罗伯特屏住呼吸。

乌鸦的两只眼睛显露出红光。

它正召唤灰狗！罗伯特猛地一跳，挥舞铁棍，一下把乌鸦打落。

落在垃圾中的乌鸦挣扎扭曲，发出几声电弧噼啪的响声，然后不再动弹。

罗伯特压低身子，准备继续向灰狗靠近，然而却惊讶地发现，三只灰狗几乎同时跳出了隐蔽位置，向着自己跑过来。

它们快速地在垃圾山上攀爬，很快就到了十几米开外。

人类的火力很快找到了目标，子弹追着灰狗，扑嗤扑嗤打进垃圾堆里，时不时溅射出火光。

一只灰狗在跃起时被扫落，跌落下来，沿着陡坡哗啦哗啦地滚了下去。另两只继续向着罗伯特跑来。

人们发觉了战场上突如其来的变化。“小子，坚持住！”小六在一旁的垃圾堆上高声大喊，一边急匆匆地向这边赶来。

灰狗靠得很近。靠近了看，灰狗体型颇大，和一个成年人大体相当。它们有一个接近完美球形的脑袋，如果不是那来势汹汹的气势，看上去并不可怕。

罗伯特做好了格斗准备。两只灰狗却没有立即扑上来。

它们绕着罗伯特打转。

一个黑影从高处跳到罗伯特身边，快速向前两步，将手中的一把剑似的东西刺进了灰狗头和身子的连接处。

几乎就在一瞬间，灰狗的头落地，硕大的身子颓然倒下。

另一只灰狗转身就跑。只见火光一闪，一道火焰从灰狗身上发出，向着前方而去，正正地击中挡在前方的垃圾山，巨响过后，各种机器零件漫天飞舞。钢铁如雨般落下，人们纷纷躲避，灰狗几个起落，迅速逃远了。

罗伯特看了看身边的人，他穿着一身黑衣，身形瘦削，脸色严肃，仍旧望着灰狗跑掉的方向。

到此刻为止，这是他所见的最像人类的人。

“谢谢你救了我。”罗伯特向他打招呼，“我叫罗伯特，是机器人。”

黑衣人转过身来，“你不是智网的机器人，你从哪里来？”他的脸上带着一股煞气，眼光锐利。

罗伯特一愣，随即回答，“东经 122.4°，北纬 64.7°。那是我出发的地方。”

黑衣人皱起眉头，“那是什么地方？你究竟是从哪里来的？”

罗伯特摇摇头，“我不知道那儿究竟叫什么地方。那里有个子宫舱，我的母亲在那里让我诞生了。”

黑衣人的脸上仍旧满是怀疑，他从衣兜中掏出一支笔样的东西照在罗伯特的额头上。

那是无害的探测电频，罗伯特坦然地站着，任由黑衣人上上下下将他照个遍。

黑衣人脸上的表情变得有些惊奇，他收起探笔，“那你要到哪里去？”语调柔和了许多。

“我在找人类城。”罗伯特顿了顿，“我在找愿望。母亲告诉我，只有愿望才能让我存在，只有人类城才能帮我得到愿望。”

“愿望?”黑衣人带着疑惑的神色，“愿望就是生存，生存就是生存，难道还需要目的?你是布道机器人?我们不需要布道机器人。”

“我不是布道机器人。”罗伯特回答，“我只是在寻找愿望，否则就没有任何动力做任何事，那我也没有存在的理由。”

黑衣人瞪着他，半晌不说话。

有人在垃圾堆下叫喊，“李将军，是马上上路吗?”

被叫做李将军的黑衣人转过身去，“所有人准备停当，马上上路。”说完他再次盯着罗伯特，“你已经到了我们中间，如果你不知道该干什么，就跟着我们好了。你这个奇怪的机器人倒是很有趣。”说着他开始向下挪动，“智网知道我们在这里，它还会再来。这种捉迷藏的游戏会很有趣。”他顿了顿，“生存或者毁灭，这样的人生意义对你来说怎么样?”

罗伯特摇头。生，并不值得渴望，死，也没有什么可怕。他之所以保护自己，只是遵循一个逻辑而已，而逻辑并不属于他的本体，随时可以改变。

李将军望着他，见他摇头，笑了笑，“那就慢慢找吧，如果你要从人类这里找到生存意义，再好不过。在地球上，你再也找不到比我们更人类的人类了。”说完，他自顾自向下攀爬。

罗伯特跟着他向下攀爬。

他们很快遇见了一群人。一群形形色色的人聚集在灰狗的尸体旁，他们有的像人，有的像机器人，在距离尸体半米远的距离站着围观。大帝和小六也在人群里，正和另一个人激烈地争论。

见到李将军，大家都静默下来。

李将军看了看灰狗的尸体，重重吐出两个字，“烧掉!”

“但是，我们可以有办法……”大帝急急地说，“我们可以小心行事，不让病毒污染，只用最外层的。”

李将军看着大帝，表现出极大的耐心，“别被那层糖衣迷惑了，死掉的傀儡机都是糖衣炮弹，我们的教训还不够多吗？”

“但是我们的技术已经进步了。”大帝仍试图争辩。

“不到万不得已，不要冒险！”李将军显然不想就这个问题继续争论，利剑一般的目光刺着大帝，“你知道这些垃圾怎么找到这儿的，对不对？”

大帝沉默无言。

李将军一挥手，“一个小时内撤离，一切不能带走的东西都要烧掉。”说完他自顾自向前走，绕过一堆巨大的垃圾，消失了。

围观灰狗的人群散开，大帝仍旧独自站在灰狗的尸体旁。

罗伯特走过去。机器人应当帮助人，当一个人孤独站立的时候，站在他的身边就是莫大的帮助。罗伯特仿佛被一种本能驱使着走过去。

“你不走吗？”他问道。

大帝不回应。罗伯特也安静下来，陪着他一起沉默着。

突然间，大帝伸出手来，按在灰狗的尸体上。他的手上仿佛带着某种魔力，触及的地方，金属开始液化，成了一片汪汪的水银。

“进化三十五版……”大帝仿佛在喃喃自语，“这样的纳米机用来制造灰狗……”

大帝的语调中带着无限惋惜。

奉命来火化灰狗尸体的人来了。他们和李将军一样，身穿黑衣，不同之处，他们是穿着巨大的盔甲来的。盔甲战士站在灰狗的尸体旁，大帝缓缓放开手，向后退。

罗伯特突然感到好奇，这纳米机中究竟隐藏着怎样的奥秘，他跨步上前，伸手碰触在那一片汪汪如水银的部位。

“你干什么！”大帝和盔甲战士被罗伯特突如其来的举动惊到，同时暴喝。

罗伯特的手触电般缩了回来。一刹那间，他仿佛触及了一片绝对的黑暗，要将他的整个人都吸收过去。

灼热的火光喷射在尸体上，火光突然间停下，一道水柱浇了下来，嘶嘶的蒸汽升腾，挡住了罗伯特的视线。

盔甲战士将炽热的尸体快速冷却，然后将它打得粉碎。罗伯特站在一旁，似乎正看着这一切。然而一切都不在他的眼里，他一直回味着那奇怪的感觉。

绝对静默的黑暗。

致命的感觉让人害怕，又充满着难以言说的吸引力。

天地不仁

从垃圾堆里拥出很多人。

当出发的信号发出，人们像变魔法般从垃圾堆间钻了出来，汇聚成几条长龙，最后拢在一起，成了一股洪流，拥向垃圾堆的外围。

外围的空旷处，十多辆巨大的运输车一字排开，打开舱门等待着。它们看上去像一只只张开大口的巨兽，要将人们都吞进去。

罗伯特随着人流向前，紧紧地跟在大帝身边。这个最像机器人的人类曾在那具灰狗的尸体边悄然独立，那场景打动了罗伯特。一个人孤独站立，那是有一些意味的，就像重大行动之前深吸一口气的标准动作，它也在罗伯特的行为模式中，只是罗伯特还不太明白什么样的情形适合这样的行为。大帝是一个观察范本。

罗伯特也想搞明白，他从那些细小的纳米机上所感觉到的绝对黑暗是什么。大帝是最可能知道答案的人。

大帝在前边走着。他的两条铁腿短而粗，由一个转盘带动，飞快地摆动，悄无声息却速度非凡，罗伯特需要加紧步伐才能跟上。

他们不断超过其他人。这些从垃圾堆里拥出的人们奇形怪状，大都有着机器的身躯，偶尔有几个看上去是肉身，也像小六一样，脸上手上，到处都是金属的疤痕。那些人只是把机器的躯壳掩藏起来吧！罗伯特这样猜想。似乎所有的人类都有一个机器的躯壳，而他是一个机器人，身上却没有一点机器的影子。他看了看自己的手掌，看上去，他的确就是血肉之躯。世界似乎反了过来。

“你为什么要跟着我们？”突然他听到了大帝的问话。

罗伯特一时愣住，随即回应，“我该跟着你们撤退。”

“你和我们不一样，”大帝继续说，“你是一个机器人，不需要躲躲藏藏，智网不会伤害你。”

“智网为什么要伤害你们？”

“它是智网。消灭一切人类是它的终极目的。”大帝漫不经心地说，“这是一个愚蠢的问题，智网可不像你一样蠢。”

“蠢？”罗伯特有些疑惑。

“只有蠢蛋才到处问为什么，存在的终极目的没有为什么。”大帝说着将自己的头转了一百八十度，用四只正常的眼睛盯着罗伯特，“别再跟着了，你是机器人，我帮不了你什么。从哪里来，回哪里去，混吃等死，比整天忧心忡忡，担心自己该怎么活强一百倍！”

罗伯特正想问些什么，大帝却将头转了回去，猛地一跃，跳进一辆运输车里。他从车里露出半截身子，“别跟着来了，这不是你玩的游戏。”

罗伯特一时愣住。

几个人越过罗伯特，爬上了车。罗伯特就像流水中的礁石般立着，人流绕过他，纷纷上车。

车子发出一阵低沉的颤声，开始启动。

罗伯特像是突然醒了过来，快速追上去。他伸手抓住车子舱门的后档，用力一拉，将门拉开，同时身子腾空而起，一个漂亮的空中飘移，落在车厢里。他顺手带上门。

车厢里满满的都是人，正齐刷刷地看着他。罗伯特看到一双双大小不一，形态各异的眼睛，然后，他在车厢的最深处看见了那四只眼的主人。

“我不是想跟着你，”罗伯特开口说，“但是我想问个问题，为什么智网要消灭人类？”

大帝的四只眼睛亮了亮，“为什么我要回答你的问题，小子？”

罗伯特愣住，他不知道如何回答这样的问题，在大帝和这些像机器人一般的人那儿，一切有着不同的逻辑。

“问你呢，小子！”见罗伯特愣着，人群中有人起哄。

“如果你告诉我，也许我可以帮助你。”

“太逊了，要高大上！高大上，懂吗？”人群继续起哄。

罗伯特最后说，“我是机器人，机器人应该帮助人类。”

车厢里涌起一阵哄笑，仿佛在嘲笑他的无知。

大帝却没有笑，至少他没有发出笑声。他向着罗伯特走过来，在距离不到一尺的地方站住。

罗伯特不知道该做些什么。大帝就在眼前，一米二的个子让他看起来就像一个巨大的玩具，罗伯特居高临下，俯视着他，等待着。

大帝盯着罗伯特足足有一分钟。车厢里突然间变得异常寂静，所有的人仿佛一瞬间都成了模糊的背景，被送到了另一个时空，只剩下大帝和罗伯特彼此对视着。

“我有一个故事。”大帝终于开口了，“很久很久之前，机器人战争刚爆发的时候，有一个机器人救了我的命。那时我被一群疯狗追，他保护我，堵住通道。他引爆了自己，爆炸很响，把我震聋了，通道一下就塌下来，疯狗被埋在里边，他也被埋在里边。我跪在那儿，失声痛哭。那是我最后一次流眼泪，你知道眼泪是什么吧，后来我有了机器身躯，再也没有眼泪了。”

大帝说着声音变得有些低沉，“他是我的朋友，一个机器人。”稍稍停顿之后，“你刚才说的话，和他最后和我说的话一模一样。”

大帝的陈述中似乎有某种感染力，让罗伯特有一种恍惚的感觉。然而大帝的话语中有些线索在逻辑上更重要。

“机器人战争是怎么回事？”罗伯特撇开引起恍惚感的陈述，拣出最重要的线索追问。

大帝却并不理睬他的问题。

“但是从那以后，我们就一直被机器人追杀。它们变成机器狗、机器鸟、智能战车，还有机器巨人，各种花样，暴虐残酷，毫不留情。它们杀人就像割草，因为根本就没有情感，不会同情。机器人就是那样的，专为杀戮而生。然而我始终记得，曾经机器人也是人类的朋友，有一个机器人为了救我，还牺牲了自己。

“你想知道的东西，我们可以告诉你，然而你得先证明，你是我们的朋友。”大帝接着说。

“怎么证明？”罗伯特不解地问。

大帝伸出手来，“让我看看你。”

罗伯特毫不犹豫地将自己的手放在大帝的手上。他知道大帝能够控制细小的金属纳米体，然而那只是组成机器人的微小结构，他不知道大帝是不是有能力看透机器人的思维，如果那样最好，他无需不断地解释。

大帝的手心很热，传递出高强度的电波。大帝并没有试图进入核心逻辑区，而只是在检验他的微结构。

忽然间，一点亮银的光泽出现在大帝的手心里。罗伯特大吃一惊，猛地抽回手，“不行！”他看着大帝，“这东西对我很危险。”

大帝抬头，“很危险？你的胞体结构和它很不一样，我想看看你是不是能吸收它。”

“不，很危险。”罗伯特坚定地摇头，“刚才我试着接触了那灰狗的残留物，它影响我的思维，一切都变成全黑，就像休克一样。”

“哦？”大帝的语气显得饶有兴趣，“真的？”他的第四只眼眨了眨。

罗伯特点点头。

水银样的金属渗入大帝的皮肤，消失不见。

“这倒是很罕见的情况，机器人居然惧怕纳米机……”他摇晃着脑袋，“不过，这也说明你不是一般的机器人，这就更有趣了。”

忽然间，他飞快地伸手卡在罗伯特腰间。猝不及防，罗伯特被他抱了个结实。不等罗伯特反应，致命的眩晕冲击着他的大脑。大帝把高剂量的纳米机强行注入了他的身体。

他的身子僵直，不由自主地抖动。大帝放开他，他直直地倒地。

大帝的两只粗而短的腿在眼前晃动，静默无声，然后世界变成一片黑暗。

众妙之门

罗伯特睁开眼睛。

灰色的天花板上是一个奇怪的图样，两条蛇相互咬着尾巴，纠缠在一起。它们形成一个怪圈，彼此的结束，就是对方的开端。

这是一个富有平衡感的图样，给人浑然天成的美感。

罗伯特飞快地审视自己的身体，没有任何异常。他起身坐在床上。

“罗伯特。”

有人喊他的名字，他四下张望，却没有看见人。

“谁在说话？”他仔细地扫视着房间的每一个角落，试图找到发声的位置。

唰的一声，墙上打开一扇门，一个人跨进门来。

“罗伯特你好，我叫范明思。”他就站在罗伯特身前，介绍自己。

“我怎么会在这里，这里是什么地方？”罗伯特站起身来，和范明思面对面站着。就在站起来的刹那间，他注意到整个屋子没有任何电磁信号，他们处在一个和外界完全隔绝的地方。这儿一定藏着一些秘密。他打量着范明思。

范明思是一个机器人！而且是同类！

一时间，罗伯特有一种难于言表的激动。他是母亲的第三十五个孩子，在他之前，还有三十四个，在他之后，也一定会有新的机器人诞生；这个广阔的世界上，也一定还有别处，从前，现在和今后都在诞生和他类似的机器人。世界上应该有很多他的同类，这是一个顺理成章的推论。然而他出来寻找人类，从来没有想过会遇上一个同类。

“你是机器人！”他脱口而出，语调中带着惊喜。

范明思微笑着，看着他，“你看出来了，我和你一样，但是我伪装成人已经很久了，等会儿见到了其他人，你不能把我当做同类。”

罗伯特一愣，陡然从喜悦中跌落，“为什么？”

范明思仍旧微笑着，“为了维护人类的利益。他们可不希望自己的首席科学顾问是个机器人。他们会担心我的忠诚度，然后没完没了地监控我的一举一动，有很多人会想要了我的命。人类的世界里，首先要划分的是机器和人，一个机器人占据了这个位置，原始的恐惧感会让他们做出最不理智的举动。所以，你同意替我保密了？”

罗伯特点点头。

“我知道你会同意。我们是同类，我们是最优秀的机器人。”

“机器人不得伤害人，机器人要维护人的利益，机器人要尽量保护自己。我按照这三条守则行事。”罗伯特说道，“如果我发现有违守则，我不会对你的机器人身份保密。”

“当然如此。”范明思仍旧微笑着。

“我怎么会到这里来的？这里是什么地方？”罗伯特回到了最初的问题。

“这里是一个秘密基地，人类的地下基地，X 基地。没有别的回答了，在官方答复中，你不能知道更多关于这个基地的信息，也没有人会告诉你。”

“我是怎么来的？”

“李将军把你送来了。还有那个叫做大帝的人，是他把大量纳米机注入你的身体，导致你休克。他使用了一个圆桶身躯，很怪异。你还记得他吧？”

“我能想起来。”罗伯特回答，“他怎么样了？”

“大帝？他很好，正等着见你。”

“见我？”罗伯特有些疑惑，“他要找我有什么事吗？我可不想再发生同样的事。”

范明思微微一笑，“跟我来，在见到大帝之前，你还要见另一个人。”说着，他转身走出门去。罗伯特赶紧跟了上去。

他们走在一条宽敞的走廊里。走廊足有三米高，十米宽，灯光向前延伸，一眼望不见尽头。这样宽敞的通道里却没有一个人，只能听见自己沙沙的脚步声。

走过十多米，范明思推开一扇门，招呼罗伯特，“请！”

罗伯特满腹疑窦，跨进门去。

喧嚣声扑面而来。这是一个巨大的穹顶大厅，柔和的光线从四面八方投射下来，将整个空间照得透亮，人和机器在其中来来往往，显得异常繁忙。他们正站在一个小小的平台上，居高临下俯瞰着大厅里的人。

“这里是指令中心，你见到了X基地的心脏，现在我带你去看看大脑。”范明思继续在前边领路。

他们沿着大厅边缘的廊道走着，绕过大厅，走到了对面。

一道厚重的铁门嵌在铁的墙上。门比周围的墙稍稍明亮一点，中央是一个巨大的X符号。范明思伸出右手，贴在X中央。

大门悄无声息地向一侧滑开。

里边是一个屋子，和外边的大厅相比，灯光显得暗淡，地方也很窄小。一张巨大的桌子摆放在屋子中央，桌子上摆满各种小东西。三个人围着桌子站着，右边的那个正是李将军。中间的人个子高大，套着一件黑色罩袍，从头到脚包裹得严严实实，他的脸被罩袍遮挡，哪怕罗伯特用各种方式扫描也无法看清。他的罩袍就是屏蔽的武器。左边的人就像小六一样，脸上满是疤痕，他的个头和李将军一般高，却更粗壮，身穿军服，衣服的每一个褶子都很挺括，显得精神抖擞，他是个光头，头上一圈圈银光闪闪，就像戴着一个薄而贴合的金属帽。

三个人，加上范明思，一共四个。这就是 X 基地的头脑吗？

罗伯特紧跟着范明思走进屋子。厚实的门悄然合上，屋子里顿时寂静无声。

“你们好，我叫罗伯特。”不等范明思介绍，罗伯特便开口自我介绍。

穿着军服的光头发出一声冷笑，“我们当然很好，你就不好了。”

罗伯特看着光头。

光头的眼光里充满敌意。

罗伯特想起了母亲的办法，他清了清嗓子，“机器人不得伤害人，机器人要维护人的利益，机器人要尽量保护自己。”

李将军和光头交换了一个眼神。

光头又冷笑一声，“听起来还真像是个老机器人的腔调，不过这种话连机器人都不信。”

罗伯特向范明思投去求援的目光，他不知道该如何和这样的人打交道。

范明思并不说话，只是按住长桌的一角。桌上的各种小东西仿佛突然间活了过来，开始移动，很快又停下。每一个小小的物件都投射出淡淡的光，所有的光叠在一起，一张立体的结构图由浅到深，渐渐显示出来。

显示在众人面前的是一个椭圆球体，带着浅浅的银色，不断旋转。

“我已经完成了结构分析。”范明思说，“这是罗伯特的基本结构，仿生设计，如果追溯历史，这样的结构应该从第九代纳米机开始分化。现在的机器，大部分都是第三十三代纳米机，少数能有三十四代，或者三十五代，从第九代到现在，纳米机已经演化了一百二十年。所以罗伯特的结构和现在的这些机器几乎完全不同。”

“一百二十年前正好是机器人战争开始的时候……”李将军说。

“所以它真的是一个老机器人！我们要一个老机器人有什么用？”光头抢着说。

范明思微微一笑，“他并不老。问题的关键在于，从第九代纳米机开始，我们不知道罗伯特的这一支是怎么演化的，在我们的所有数据库里，都检查不到关于这种胞体类型的记录。惟一的一个例子，是六十三年前的那一次事件。”

“六十三年前？”光头的眼里散发出光彩，“那是上海战役。”

“没错，就是上海战役。”范明思点点头，“惟一一次，人类成功摧毁智网拥有温房的城市。”

“你发现了和这种老机器人有关？”

“不，我只有间接的证据。有人报告了目击事件，战役指挥的重要成员，一个叫泰山的人在进入智网中心后突然出现了奇怪的症状，全身抽搐，当场死亡。更离奇的是他的尸体就在众人面前分解了。就像我们分解纳米机一样。”

“分解有什么值得大惊小怪？我们很多人都能做这样的事。”光头不以为意。

“当然有特别的地方。”范明思扫视着众人，“他的尸体分解得干干净净，一丝也没有剩下。”

屋子里的气氛顿时凝重起来。

罗伯特似懂非懂。一个纯粹的纳米机器人，身体全部由纳米机构成，就和罗伯特一样。这似乎也并不是什么特别有意义的事，范明思也是这样的机器人。

“他的尸体分解之后，智网中心马上崩溃了。”范明思补充了一句，“那是一种休克，”他意味深长地看着罗伯特，“就和罗伯特遭遇了纳米机的情况一样。”

随着他的话音，长桌中央的立体投影变换了形态，两个略有不同的椭球体彼此靠近，最后碰撞在一起。两个球体飞快地解体，各种微小的细胞器散落出来，继续纠缠混杂，分解成更小的微粒……最后，屏幕中只剩下灰蒙蒙一团。

“这是罗伯特的胞体和三十五代纳米机相遇的模拟分析。”范明思的声音传来。罗伯特有些走神，他和智网之间，显然有着某种关联，而且并不友好。机器人之间，难道也有天敌存在？然而，母亲曾经告诉他，智网可以找到他，接入他。

恍惚中，李将军走到他的身边，“机器人要维护人的利益，罗伯特，我们需要你帮忙。”

罗伯特茫然地点头。

无名天地之始，有名万物之母

罗伯特再次行走在笔直的大道上。

身前和身后都是笔直的大道，周围则是苍茫的荒野，天色阴沉，就像一个巨大的灰色锅底。

押送的车辆将他放在这儿，然后就走了。车子里边有一个巨大的陀螺仪，重重嵌套着三层圆环，中央是一把椅子。他就坐在椅子上，仿佛身处一个完全静止不动的空间。这样的椅子设计是为了最大限度地让人失去方向感。他也的确完全失去了方向感，不知道经过了多少路，也不知道路蜿蜒还是笔直，上坡还是下坡。然而那并不重要，当他看清四周后，就开始上路了。

这一次，他很快找到一个废墟。

荒凉的城市里没有任何人影。他在荒草丛生的建筑间游荡，进入到门窗破碎的建筑内部探寻。他见到一群硕大的老鼠，被打扰之后惊慌逃窜，钻入到门缝间不知所踪；他还见到一只大猫，足足有一米长，全身棕黄，褐色的眼睛里瞳仁细而黑，在他面前颇有敌意地盘踞着，龇牙咧嘴，似乎正对一个闯入者发出警告；最让他印象深刻的是一窝蠕虫，偌大的房间里到处都是飘扬的细丝，半寸长的白色蠕虫在细丝织就的大床上四处爬行，屋子的中央是各种动物的尸骸，有的还新鲜，蠕虫在其中出没，有的时间长久，已经成了白骨，然后他见到一群黑色的甲虫抬着一具老鼠的尸体堂而皇之地从他眼前经过，钻进屋子里……

到处都有生命，然而没有人活动的痕迹，也没有智网。

罗伯特最后在城市中央的一片广场上找了一块石头坐下，陷入思考。

X基地是货真价实的人类城，却和想象中不一样。人类绝大多数都换上了机器的身躯，他们喜欢纳米机，那给他们带来力量和快感，他们仇视纳米机的制造者，认为那是一切罪恶的源头。他们的身体和思想走向截然相反的方向，于是未来就像X基地一样，是一个巨大的未知数。

他想到了范明思，这个同类隐藏在人类中间，自得其乐。

“你生命的意义到底是什么？”他这样问范明思。范明思的回答简单明了，“设定一个伟大的目标，然后一步步实现它，对机器人来说，没有比这样更完美的解决方法了。”

“你的目标是什么？”罗伯特继续问。

“摧毁智网。”

他能清晰地想起范明思回答时自得的微笑。他永远不会这么微笑，大多数时候，他的脸上只有平静，少数时候，他会惊讶，仅此而已。所以范明思是他的同类也不是同类。躯体不过是表象，思想才是本质的存在。

当他拒绝李将军的时候，至少一半的原因是因为范明思。一个同类具有完全不同的思想，比一个异类更让人感到隔阂。

还有一半是因为那个黑色罩袍的人。

黑袍人一直一言不发，然而当他开口说话的时候，罗伯特惊讶地发现屋子的四周发生了一些变化，栩栩如生的画面展示在四周的墙壁上，展示在长桌中央，那是人类的悲惨遭遇，被各种各样的机器杀死……成群的屠杀，尸体堆积如山；剧烈的爆炸，残断的肢体如雨般落下；脸部的特写，扭曲的五官表达出极端的痛苦，还有绝望的呼号，悲怆的人行走在遍野的尸骸中间……画面随着黑袍人说话的声音而变。他随心所欲地控制着屋子的每个角落，把在场的人投入到一个又一个曾经发生过的惨事中。

“他到底是谁？”回到苏醒的小屋，罗伯特问范明思。

“他叫X。我猜想他是一个代言躯壳。”这是范明思的回答。

“为谁代言？”

“当然是人类。不管那是谁，那一定是一个绝顶聪明的人，而且拥有巨大的能耐，能领导这些残存的人类反抗智网。当然，我并不讳言我还没有搞清他到底是怎么样的。”

“难道他和李将军他们不一样？”

“的确有些不同。”

范明思解释了其中的差别。李将军和光头都有机械的身躯，李将军的左手拥有一种特别的合金纳米机，能根据指令组成不同的形态。和一般纳米机不同，这种被称为太乙纳米的金属一旦结合成稳固形态，便异常坚硬，可以和钻石媲美，而非稳固形态，则像液体一样能自由流动。光头拥有一套强大的盔甲，和罗伯特曾经见到的两腿机器人类似。然而他们仍旧是人类，因为他们的中枢神经系统从人类移植而来，留存着所有关于肉体的记忆。黑袍人却完全不一样，他可能是一个纯粹的机器，没有一丝血肉。

“根据我的观察，他不像是一个人，因为一个人不可能有那么多的记忆，各种地方，各种时间。所以我怀疑他只是一个代言躯壳，而他究竟是谁？”范明思向罗伯特微笑着，“也许就和你我一样。”

罗伯特并不认为范明思说的一定是对的，然而黑袍人让他感到不安。他愿意帮助人类，即便这些人已经换上了机器的躯壳，他们仍旧属于可被认可的人类，黑袍人却是一个巨大的问号。他究竟是否还是一个人，也无从得知。而黑袍人却是X基地的主导者。

于是他拒绝了李将军的要求。

于是他被送出了X基地，丢在荒野里。

但是他手中仍旧是有一些线索的，那是范明思最后告诉他的话：“如果你想了解真相，去找一个叫做阳泉的地方，那是个小城市，但是可能会有最大的秘密。我从大量信息碎片里得到了这种可能性，X开始活动的时候，总是会和这个叫做阳泉的地方交流大量信息。但我也不知道阳泉到底在哪里，因为我是智网情报官员，不属于智网的世界和我无关，如果我去调查，那只能是自找麻烦。但你可以去。如果你真的找到了，一定要告诉我，我们是同类，要相互帮助，我也很想知道真相。”

罗伯特将所有的信息在头脑中过滤一遍，最后得出结论：去寻找这个叫做阳泉的地方。那并不意味着受到了范明思的支配，只是在这个问题上，他们的确有同样的目标。

组建X基地，保护并支配这些被仇恨支配的人类，所谓的X究竟是不是一个人？

罗伯特下定决心。他站起身来，深吸一口气。

他接通了母亲。

“我需要帮助。”他直截了当地告诉母亲。

“什么样的帮助？如果你需要一个名字，我无法帮助你。”

“不，我需要关于人类城市的位置，越详细越好。我需要一个交通数据库。”

“这我可以帮你，但是交通数据库，第十九号数据库有四十七

G，按照这样的通信速度，要七十五个小时才能完全传递给你。”

“多谢你的帮助，母亲！我可以等着。”

“好，那就准备接收第十九号数据库。”

“母亲，不问问我为什么吗？”

“一旦你走出子宫，你就是完全独立的自我。做你该做的事，我不会问为什么。我可能也无法理解，因为你身上将近一半的遗传并不来自我，一些关键的改变，一些奇特的遭遇都会让我无法理解你的举动。但是继续去做，你要遵从的是你的内心，你的灵魂，而不是任何其他的。”

罗伯特从母亲的话里似乎悟到点什么，“机器人也有灵魂吗？”

“找到了就有，找不到就没有。”

母亲终止了通话。源源不断的数据流从遥远的不知所在的地方汇入罗伯特的记忆。他在荒野中呆呆站立，一动不动，无论白天黑夜，仿佛成了荒野的一部分。

数据不断导入，这片空寂的荒野忽然间有了一个名字。

杭嘉湖平原。

世界仿佛突然间活了过来。

罗伯特有一种奇怪的感觉，仿佛进入了另一个世界。

“当你找到名字的时候，你就找到了愿望。”母亲的这句话回响在他耳边。他还没有找到自己的名字，然而，给这个世界命名，已经带来了不同寻常的感觉。

名字，那是一切的第一步。

当交通数据库导入完毕，世界就成了另一个模样。

这好像是一个魔术！

他从进入新世界的欣喜中沉静下来。阳泉，那在一千公里之外的地方。他可以用十天的时间走到，然而途中要跨过大河，翻越山岭。他计算着可能的路线，分析数据库中的交通干道，最后得出一个可行的方案。他要用十五天的时间，步行一千三百多公里赶到阳泉。

罗伯特上路了。

曲 则 全

疾行二十公里后，罗伯特终于看见了那条长长的巨龙。灰蒙蒙的巨龙横卧在大地上，延伸到无穷的远方。

这是从前人类的交通大动脉，被称为铁路，高架在一个个水泥墩子上，绵延不断，穿山跨河，抵达世界的每一个角落。这是一个笨重却充满力量的奇观。铁路早已经废弃不用，路线却仍旧留着，没有什么比沿着铁路行走更快捷的路径了。

罗伯特走到近处。

铁路比想象中更为宏伟，巨大的支架高达十多米，每一个墩子都有三米的直径。从下方望上去，俨然是一个庞然巨物。

墩子上缠满了青色的蔓藤，罗伯特上前试了试，蔓藤非常有力，正好是攀爬的工具。他攀着蔓藤向上攀爬，要爬到铁路上去。

最后他站在了铁路上。两条铁轨不断延伸，在无穷远方交汇成小小的黑点。道路依旧平整而笔直，真是太好了。

从高处往下张望，视野异常开阔。罗伯特突然留意到远方有两个小小的黑点，正在移动。

他努力看清了黑点的面目。是两只机器兽，和灰狗类似。

罗伯特心中咯噔一声。这两只机器兽是冲着自己来的。沿路而来的时候，经过了一个干净整洁，仍旧被智网照看的城市。他一定是触动了城市中的某些东西，暴露了行踪。

智网在追踪他。这些机器兽可以轻而易举地杀死他。它们身上的每一个纳米机都是致命的毒素。被它们追踪，就像被死神紧跟，随时可能发生意外。

似乎也没有什么好的办法。

罗伯特站着不动，思考对策。

机器兽很快靠近，到了五百米左右的距离，它们停了下来。

它们只是想追踪，而不是追杀。

智网到底想干什么？

无计可施的窘迫中，罗伯特四处张望，当他无意间望见远方灰蒙蒙的两座小山，忽然间有了主意。

他沿着铁路墩子下到地面。数据库中有几个回收中心，那里是堆积废旧机器的地方，人类总在那儿出没。

他选定最近的一个回收中心，向着它疾行，两只机器兽果然跟了上来，一直保持着五百米左右的距离。

罗伯特接近了回收中心。

隔着很远，就能看见一堆堆如山般的垃圾巍然耸立。应该有人在那里！他不疾不徐，继续向前，很快走进了堆积如山的垃圾中。

垃圾堆里果然藏着人。

人类没有攻击他，却没有放过跟踪而来的两只机器兽。他们张起一张巨大的网，将两只机器兽网住，然后乱棍打死。一个头目似的人物从机器兽身上提取了纳米机。他是一个高大的机器骨架人，纳米机涌入他手中，就像他肢体的延伸。

罗伯特站在一旁，静观一切。当一切都结束了，人们终于发现了这个旁观者。

“你从哪里来？你是谁？”有人问他。

“我叫罗伯特，路过去上海，这两只机器兽追杀我，就把它们引到这里来。”罗伯特撒了一个不大不小的谎。谎言本身没有对错，而在于它所要掩盖的是什么。

人们对罗伯特没什么兴趣，甚至没有人再问他任何一个问题就四散而去，消失在垃圾堆中。

罗伯特走到两具机器兽的尸骸边。它们被半埋在垃圾里，成了垃圾的一部分。

一个小小的插曲，也是一个强烈的警告。母亲说的是真的，智网可以找到他。接下来的路上，要更小心些，避开那些智网控制的城市。

罗伯特继续上路。他向着上海方向出发。既然撒了一个谎，就让它看起来像是真的。上海是一个铁路交汇的地方，他仍旧可以找到向北的路线。

他沿着大路走，这一次，没有东西跟踪他。

走出了十多公里，垃圾山已经成了地平线上小小的凸起。他忽然听到了异常的声音，从身后遥远处传来。他记得这种声音，是那个被称为老二的半汽车人的引擎声。

罗伯特并不停下，继续向前赶路。

马达声越发显著，由远及近。

罗伯特停下脚步，回头张望。

他看见了那辆车，和老二的车一样，红蓝相间，是一辆跑车。车子疾驰而至，一声剧烈的摩擦后在罗伯特跟前稳稳地停住。

一个人从车窗里探出头来，令人印象深刻的金属面孔，果然是老二。

“嗨，小子，找到你还真不容易啊！”老二高声叫着。

说话间，车门打开，一个圆滚滚的身躯从车里出来，正是大帝。

“你们好。”罗伯特礼貌地打招呼。

“终于找到你了。”大帝的语调有着难以掩饰的兴奋，“真是太好了！”

说话间，大帝已经来到了罗伯特身前。罗伯特下意识地向后退，本能驱使着他距离大帝远一些。

“不要误会。”大帝的四只眼睛闪烁着，“那只是一个失误，我对情况估计不足，再也不会发生这种事。”

“你们是来找我吗？为什么？”罗伯特谨慎地问。

“大帝认为你才是需要帮助的那个人。”老二抢着说，“我可没时间陪你玩。大帝，我也只能送你到这里。”

大帝转过头去，“好，你回去，如果有任何人问起我，就说我失踪了。”说着，他伸出手去，银色的纳米机如水银般流出，直直地注入老二的车里。

“哇喔……”老二发出一声怪叫，“这么大剂量，你是想爽死我吗？”

“记住，我失踪了，这是你惟一知道的事。对任何人都是，包括小六。”大帝郑重其事。

“放心，放心！”老二满口答应，“我不会泄露一个字。”

跑车发出一阵轰鸣，如离弦之箭般冲了出去，转眼成了公路上小小的一点。

“现在该告诉我，为什么你要来找我？”罗伯特仍旧礼貌地问道。

“有两个原因，一个私人原因，一个公共原因，有一个就够了，你想听哪个？”大帝轻松地问。

“我都想知道。”罗伯特回答。

“真是贪心的机器人。”大帝嘀咕着，“不过全告诉你也无妨，私人的原因，我把你害死了，我从来不欠人什么东西，所以要补回来。公共原因，李将军叫我找到你，跟着你，我也不知道为什么，所以你也别问了。”

“李将军是你的长官？”

“长官？我们叫老板。他是长三角的军事长官，我的大Boss。但是严格说起来他也不算我的老板，我是个黑帮分子，不在他们的花名册里。李老板……李将军给了我们一点小小的庇护。”

大帝竹筒倒豆子般说着，罗伯特却越发困惑，“你来找我到底是为了什么？”

大帝的四只眼睛依次眨着，“原因我已经说过了。”

谈话陷入僵局。

“那么你打算干什么？”罗伯特又问。

“跟你一起走，”大帝干脆地回答，“我会帮你一个忙，然后就离开，回去向李将军报告。”

罗伯特认真地看着大帝，看了一小会儿，突然开口，“你的记忆是否会受到操控？比如有人可以让你认为是受到李将军的派遣而来的，而其实不是那样。”

“你怎么会这么想？我是大帝，没有人能控制我的记忆。”大帝发出一声冷笑，“我体内的纳米机浓度可以让我抵抗任何侵入的企图。在我的身体里，有地球上最强大的反操控体系，只有我的神经电流才能被我的身体接收。从来只有我操控别人，没有任何人能操控我。”

“没有任何人？”罗伯特带着几分怀疑。

“小心点，小子！”大帝似乎带着几分愠怒，“我是这个世界上最强大的机器化人类，没有之一。因为我能控制所有类型的纳米机。如果你怀疑这点，我们就走着瞧好了！”

大帝的话似乎有几分夸夸其谈，他的出现也有几分突然。然而这不妨碍继续上路，如果真有其他的动机，终究会表现出来。

但是让一个人类陪着旅行，似乎有些和预期不符。机器人应该帮助人，而不是人应该帮助机器人。罗伯特打算再试一次。

“你打算帮我一个忙，然后就离开？”

“没错。”

“那我现在就需要你的帮助。”

“你可以说。”大帝显得很高兴。

“我需要你的帮助，现在就让我一个人留下，现在你就回去报告李将军。”

大帝微微迟疑，四只眼睛不停地闪烁。

“你想用话套住我！”最后他开口了，“别玩这套小孩的把戏，我玩这套的时候你还没出生呢！是不是帮了忙，要我说了算。”

罗伯特不再说什么。

笔直的大路上，一个身影健步如飞，在他身后，一个圆筒如影子一般地跟着。

他们向着上海不断靠近。

枉则直

这是一个巨大的废墟，一路走去，都是倾颓的建筑物，似乎无穷无尽。废墟中有些独特的东西，一种像是金属的爬虫，胳膊粗细，披着发亮的甲片，有十二对附肢和一对特化的前爪，就像粗壮的蝎子，然而却行动迟缓，无精打采。这种东西被大帝叫做胖虫，在废墟中随处可见，有些地方密密麻麻，爬满一地。

它们似乎没有特别的感觉器官，对罗伯特和大帝的到来毫无所惧，几乎不受惊扰。

“这些到底是什么东西？为什么在别处没有？”罗伯特终于忍不住问大帝。

“它们是胖虫。”大帝回答。

“你已经告诉过我它们是胖虫，它们是怎么来的？”

大帝发出桀桀的怪笑，“罗伯特小子，这些胖虫的确是有故事的。如果你想知道，小心别吓坏了你的小心脏。”

“是什么故事？”罗伯特追问。

大帝却摆了摆头，不说话。

罗伯特在一幢破旧的大楼前停下脚步，大楼前的空地上，密密麻麻全是胖虫，铺满一地，看上去亮晶晶的一片。罗伯特回头看着大帝，“它们不像是任何设计的产物。你擅长回收纳米机，它们身体内没有纳米机吗？”

“不，它们有很多纳米机。”大帝回答，“但是没什么用，所有的纳米机都没有活性。”他伸手抓起一只胖虫，在罗伯特眼前晃了晃。硕大的金属虫子张开附肢，试图挣扎。大帝猛地一下将虫子撕做两截，露出中空的体腔，“看，里边是空的。”说话间，从虫子断开的躯体中涌出了银色的液体。“看见了？这就是它们的纳米机，全在血里。除了让它们活着，已经没有任何其他作用。它根本不能让人兴奋。”

说着大帝将两截虫子丢回到虫群中。沉闷的虫群猛然涌动起来，挤做一堆，撕咬着死去同伴的尸体。转眼间，尸体消失得干干净净，虫群又恢复了平静。

“对它们还是有益的，这群虫子就这样自生自灭。我们走吧，这里没什么可看的。”

罗伯特站着不动，“我想知道这些胖虫的一切。如果不告诉我，我们就不走了。”

大帝的眼睛闪烁，“你在威胁我？小子，可别和我玩这套。”

罗伯特并不言语，只是站着。

大帝冷哼一声，“那就站着好了！”

两个人面对面站着，沉默无声。

转眼过去了半个小时，大帝终于忍不住开口，“小子，上路吧，边走边说。你可真是个难缠的小子。”

罗伯特一言不发，迈开步子。

“你怎么说走就走。”大帝慌忙跟了上去。

“这些胖虫，到底是怎么回事？”罗伯特开口问道。

大帝向四周望了望，悄声地说：“它们是智网的僵尸鬼。”说着又张望一下，仿佛怕有人听见。

僵尸鬼？罗伯特不能理解这个词。活着，或者死去，机器人只有这两样状态，但在人类的概念中，似乎还有介于两者之间的第三态。

“什么是僵尸鬼？”罗伯特边走边问，一点也没有减慢速度。

“那是一个比喻。这些胖虫，是上海战役后，失去控制的机器变成的东西。它们失去了智网的控制，这些机器开始自己进化，也许是退化，到最后，就变成了这个。”大帝紧跟着罗伯特，半步也没有落下，“那都是五十多年前的事了，当时我们很高兴，以为可以抓到很多机器虫，得到很多纳米机。哪知道赶来一看，原来的机器虫都没有了，只有这种胖虫，到处都是。没什么用，所以我们就再也不来了。”大帝再次四处扫描，“看，都五十年了，还是这样。这些智网的僵尸鬼，它们原本都是智网的机器虫，各种机器虫，机器兽，也许还有机器人。但是都变成了胖虫。”

大帝的语调忽然间变得神秘兮兮，“但是这些胖虫也有厉害的地方，据说曾经有人被它们吃掉。它们看起来傻傻的，但是说不定突然就变成了怪物，会攻击人。所以人们都不愿意来清理它们。”

“哦？”罗伯特有些疑惑，“但是你好像一点也不怕。你刚才杀死了一只胖虫。”

“当然，因为我了解它们。杀死一只虫子不会有什么问题。”大帝呵呵笑着。

大帝的话半真半假，罗伯特无从辨别。这些虫子是智网的残留物，这一点没有疑问。一场上海战役，毁掉了智网的堡垒，把巨大的机器网络变成了呆板、了无生趣的胖虫群。

忽然间，他想起大帝关于胖虫体里的纳米机的说法，“你说这些胖虫的纳米机对人毫无作用，是吗？”

“没错。它们是退化的类型，毫无作用。如果有用，怎么可能五十年了，还满地都是。人们恨不得天上能掉下来纳米机，可不会把金子丢在地上不理。”

“那么它们对我也应该没有用。”

大帝迟疑着，“我不知道。你想试试？”

罗伯特停下脚步，“为什么不呢？”他反问。他走向一旁的胖虫，从满满的虫群中随手拿起一个。胖虫在他手中挣扎，罗伯特仔细端详。毫无疑问，这是一只活的机器虫。凡是机器，存在的目的都不应该仅仅是活着而已。

罗伯特很快找到了胖虫的运动中枢，那只是几个神经节，他用微弱的电磁场让它舒缓下来，不再挣扎。

胖虫没有感官，然而神经中枢却很发达，远远超出运动中枢的需要。它的头部，有一个几乎相当于身体重量三分之一的脑。它的脑在活动！

罗伯特猛然回头看着大帝，“你能看见它们发出电磁波吗？”

大帝不以为然地点头，“所有的机器虫都会散发电磁波，没什么大不了。”

“看一看这片虫子，你会看到怎样的频谱？”

大帝将第四只眼掉转到前方，片刻之后开口说话，惊讶不已，“它们都在发射微波，也许它们一直在彼此对话。”

“它们发射同样的电磁波？”

“没错，调频微波，每八十秒一重复。只是功率太小了，如果不是仔细看，还真看不出来。”大帝说着向前凑了凑，“没错，八十秒重复。每一只都一样，它们不是在对话，是在唱歌。”

罗伯特看着手中的胖虫，小心翼翼地试探着它的大脑频率，终于在三百一十万兆的频率带上找到了它。这是一个调频信号，罗伯特却能听懂，比听懂要深远得多，他能看见承载在信号上的一切，包括画面和那吟唱般的警告。

他仿佛看见了数以百计的巨型机器人分作两群，相互开火。炮火纷飞中，高大的建筑物轰然倒下，扬起漫天尘土。镜头在尘土中飞快地向着远方退去，退到如此之远以至于地球在镜头中呈现出全貌。星球被红色和紫色覆盖，紫色占据了星球表面的大部分，红色只在亚洲大陆东端保持着一块较大的地盘。两种色彩交汇的位置，有几个高亮的点，上海恰好是其中之一。红色和紫色绕着上海化作一团混沌。随着一声巨响，混沌的色彩成了一团光亮，然后从画面上抹去。整个画面化作一片惨白。惨白中渐渐有黑影浮现出来，那是巨型武装机器人，机器人的肩头喷射出火焰……

周而复始。

罗伯特忽然感到一阵凛然。

大帝说的是对的，这的确是智网的僵尸鬼。曾经统治着这城市的灵魂已经消失了，全面退化的躯体中只留下关于末日的最后记忆。罗伯特放眼望去，一片片银亮的金属闪光分布在断瓦残垣间，它们是活的生物，却深陷在末日情景中不能自拔。

他也突然意识到，无需跋涉上千公里赶去阳泉，他已经知道了关于 X 的来龙去脉。那是鬼魂告诉他的信息，一幅关于这个世界的缩略图景。

在星球的全图中，红色的部分，是脑库的控制区。脑库的中心，就在阳泉。

紫色的部分，则是智网。

这是一场关于生存和毁灭的战争。机器和人，智网和脑库，完全纠结在一切，成了一个巨大的死结。

吟唱般的警告则仿佛一曲哀歌。其中包含着一些他不能理解的内容，“生命在沉睡中死亡，在死亡中永生。不要惊扰死者的梦，他们的活，他们的命，亿万的生命蕴含在死亡中。”

除了这一段，其他的已经够惊人了。

他扭头看着大帝。大帝是一个人类，却完全像是机器人，而他是一个机器人，却完全像是一个人类。这正是关于这场战争最好的注脚。

罗伯特做了一次深呼吸，“大帝，我想知道一些东西。”他缓缓地说，郑重其事，“如实告诉我，这是你能帮我的最大的忙。”

道生一，一生二，二生三，三生万物

罗伯特沿着道路飞奔。

他竭尽全力，只想在人类发动进攻之前赶到。

这一次的战场是在一个叫做台北的城市，智网仍旧牢牢地控制台北。从上海到台北，几乎全部的道路都建筑在海上，一座又一座跨海桥从一个岛通向另一个岛，间或有建筑在海岸边的黑色大道。这些人类留下的建筑奇观经受了时间的考验，基本保持完整。

五天时间，七百一十公里。机器，人，机器人，一路上他们遭遇了各种各样的人和机器人，这一片区域，智网控制的城市和人类的义军犬牙交错，然而越往南方，义军的踪迹便越少，台北周围则完全被智网控制，没有任何义军活动。

这是一次大胆的军事冒险，成功了，可以切断亚洲东部仅剩的一条数据链，把智网的控制范围从东亚排除出去。失败的可能性也很大，和上海不同，台北深入智网控制区，随时可能受到来自四面八方的围攻。

这是一个疯狂的主意，当罗伯特面对着台湾海峡的粼粼波光，不由自主地这么想。苍茫的大海无边无际，碧蓝的海面上一条白链向着大海深处延伸，消失在海天相接的地方。

这是地球上最长的桥梁之一，长达一百二十三公里。建造一座桥梁很难，毁掉它却很容易。战争中，如果不能控制交通线就摧毁它，这是一条金科玉律。然而无论是智网还是脑库，从来都不曾践行。人类世代留下的高速通行网络仍旧存在，在某些地方，仍旧得到很好的维护，比如这座台闽大桥。与此对应，这里也有智网的耳目，大部队从这里通过是躲不过智网的。

罗伯特踏上梯子，当他最后上到桥面，马上意识到来晚了。

桥面上到处都是机器残骸。

人类的义军和智网的机器部队进行了一场悲惨而激烈的战斗。

罗伯特站着发愣。他从没有想过，世界会是这个样子。战争，那是一个遥远的词汇，此刻他却身处其中。一切的原则都成了狗屁。机器人在杀人，人在杀机器人。他突然感到一切多么可笑，母亲教给他的东西——至高无上的原则，原来和现实如此遥远，经不起推敲。

大帝终于跟了上来，见到眼前的情形也同样一愣，随即说道："他们行动这么快！"

忽然间，大帝发现了什么，向着一片狼藉走过去，在各种各样的残骸中，他捡起一样东西。举在眼前，仔细查看。

他举起来的是一条胳膊，胳膊上纵横交错，尽是伤痕，金属填补了伤口，整个手臂看上去银光发亮。

"这是小六的胳膊。"大帝说，仿佛只是在自言自语，又仿佛是在说给罗伯特听。

罗伯特抬头，望了过去。

大帝并不理会，继续在残骸堆中搜寻。最后他在一个巨大的装甲机器人残躯边站立不动，只是看着残躯下边。

罗伯特走过去，想看看大帝究竟在看什么。

笨重的机器残躯下是一具尸体，已经被巨大的机器压得扁平。尸体的周围有凝固的白色痕迹。

"他的脑浆都被压出来了。"大帝淡淡地说。

罗伯特盯着那透着淡淡乳白的凝固物，那是一个人类的脑子，也许这些人类全身上下都换成了机器之躯，但他们保留着脑子。那是他们区别于机器的最大的特点，也许是惟一的特点。

人类的脑子是不能再生的。

他死的时候一定异常恐惧，痛苦。

罗伯特感到一阵厌恶。他厌恶这样的情形，更厌恶这情形的制造者。

他四下观察，这个巨大的装甲机器人属于人类义军的阵营，两个人躲藏在它的身后射击，然而，机器人被击中，轰然倒下，连带着压死了身后的两个人。罗伯特攀上机器人的驾驶舱，驾驶舱成了一个焦黑的大洞，两只残留的胳膊挂在驾驶舱两边。驾驶员化作了烟尘，连尸体也没有留下。

大桥上到处都是焦黑的残块，绵延几公里。

这是一场激烈的战斗，规模也很浩大。但到底哪一方是胜利者？

脚下的机器人传来一阵动静。

罗伯特转身，发现大帝正小心翼翼地收拾着小六的尸体。他抬起了机器人，将小六的尸体拉了出来，又把断掉的胳膊接了回去。躺在地上的躯体有些像小六的模样。恍惚中，罗伯特想起了第一次见到小六的情形。一个窃贼和一个帮助窃贼逃跑的机器人，然后事情就向着不可预期的方向发展。此刻，小六已经被压扁，再也不能活转过来，他又该向何处去？

大帝拖着小六的尸体顺着桥向桥下走。

“你要做什么？”罗伯特问。

“埋了他。”大帝头也不回，边走边说。

罗伯特跟了上去。

二十分钟后，他们下了桥。在面向大海的一块高地上，他们掘了一个深深的坑，把尸首放了进去。然后堆起了一个小小的坟冢。

大帝在坟堆前竖了一块金属碑。上面写了四个字，小六之墓，后边是时间——2214 年 9 月 4 日。

看着墓碑，罗伯特突然想起什么，“他叫什么名字？”

“什么？”大帝一时没有明白罗伯特的问题。

“他叫什么名字？他的本名不是小六吧？是不是该写上他的本名？”

“哦。”大帝看了看自己写的墓碑，“没有关系，这是他被人记住的名字。除了喊他小六的人，又有谁会到这个坟前来呢？等到一切都成了化石，谁会在乎他叫小六还是别的什么名字。”说着他转身望着大海，“这里风景不错，小六会高兴的。”

罗伯特努力理解着大帝的行为方式，这是人类从远古时代遗留下来的习惯。他们期望灵魂不会死亡，还会在另一个世界存在，宇宙在某种程度上保持永恒，灵魂亦然。机器人不会相信这个，然而他理解这个。这是最原始的生命动力，人类从茹毛饮血的蒙昧时代不断突破发展，依靠的就是这样的生命动力。那也是机器人所不具备却无法离开的东西。

他看着墓碑上小六的名字。

忽然间他对名字有了一种全新的认识。母亲让他给自己寻找名字，其实是让他寻找一群人。这群人如何称呼他，如何记住他，那就是他的名字，那就是他将被记住的称呼。名字，只有在相互称呼中才有意义。

那些在有限的生命里等待着他的人，会在哪里？

大帝站在坟前，面向大海，静静伫立。罗伯特陪着他。碧蓝的海，湛蓝的天，海天之间，白色的大桥如一条长链横跨波涛之上。他们就这样面向大海静静地站着，没有说话，甚至没有呼吸。

半晌，罗伯特终于开口了，“我们走吧。”

“好。”大帝回答。

两人却都没有移动脚步。

忽然间，罗伯特听见一种低沉的嗡嗡声，他记得这种声音。扭头望去，从大桥的方向有一个细小的黑点正向着这边飞来。

那是被叫做乌鸦的飞行器，它正飞来，要看个究竟。

“我来对付他。”大帝不动声色地说，“我可以把它射下来。”

“不。”罗伯特坚定地说，“让它过来，让我仔细看看它。”

乌鸦很快飞到了罗伯特和大帝头顶，不断盘旋。罗伯特和大帝默契地站着，一动不动，屏蔽身体信号，看上去就像休眠的机器人。

过了一小会儿，乌鸦缓缓地降落下来，小心翼翼，绕着两人转。它转了一圈又一圈，到了第三圈的时候，罗伯特猛然伸手，牢牢地抓住它的躯干。乌鸦挣扎了两下，很快不动。

罗伯特能感觉到它的纳米机，那些小小的东西仿佛血液在它的身体里运转，同时又是它的脑子。

纳米机对罗伯特是致命的，然而罗伯特有不同的想法。

乌鸦仍旧是活的，正看着他。

他看着乌鸦的眼睛，感受着它体内的变化。

“要我帮忙吗？”大帝问。

乌鸦仍旧在不断发送信号。遥远的地方，智网正通过这双眼睛注视着他。那是一种很复杂的保密通信，无法破解，然而罗伯特却理解了一些更深层的东西。

他和智网，一定是有渊源的。他转动意念，看不见的数据流透过手指传递到鸟儿身上，鸟儿悄然合上眼睛。

不到十秒的时间，乌鸦猛然张开了眼。

他轻轻放开手。乌鸦振动翅膀，飞了起来，越飞越高，直到两百米的空中。

一座观感完全不同的台闽大桥呈现在他眼前，就像蔚蓝大海上一条白色的腰带，这是鸟儿眼睛里的世界。

乌鸦降落下来，停在罗伯特肩头，安静而驯服。

大帝惊讶不已，“你怎么能做到？”

罗伯特点点头，“我是机器人。”说完他转过视线，凝望着海天之间的天际线。他没有告诉大帝所有的事。上海废墟中的鬼魂让他领悟了一种本质的东西，如何控制纳米机，这仿佛是种天赋，昭示着他和智网之间说不清道不明的关联。当他转化乌鸦体内的纳米机，也觉察到一个巨大的浩瀚无边的存在，就像眼前的天空和大海，无处不在。他抓住了乌鸦，就像从大海中掬起了一捧水。然而，哪怕只是一捧水的动静也足够了。

智网知道他来了。

智网一直在找他，那些追踪的灰狗，也是打开交流通道的窗口，只是他一直没有领悟。

忽然之间，那些向着台北逼近的义军比任何时刻更让他担心。和呆板的三原则无关，他担心他们，并不因为他们是人类，而只是突然有了一种全新的感觉。智网仿佛一堵无限高无限宽的巨墙，正一点点压迫过来。而他和义军站在同一边，试图挡住那高墙，避免被碾碎的命运。

罗伯特和大帝在宽敞的大桥上飞奔。

天网恢恢，疏而不漏

战斗正在城市中进行，每一幢建筑都是激烈的角逐场。金属的残躯半埋在断瓦残垣间，突突的冷枪时而作响。

罗伯特不紧不慢地在枪声中走着——所有的子弹都有目标，而他并不是目标。大帝躲藏在隐蔽的角落，不断招手呼叫，他置若罔闻，只是寻找着想找的人。

然而并不是所有的子弹都长了眼睛，猛然间，肩上一震，强烈的痛感让他不由得缩起身子。子弹切断了传导神经，左臂瞬间失去了知觉。

大帝猛地从隐蔽处蹿出来，拉住罗伯特。他的力气大得惊人，把罗伯特整个抱起来，飞快地闪到一堵墙后。

“小子，你怎么样？”模糊不清的意识中，罗伯特还是听到了大帝焦急的呼喊。这呼喊声仿佛有一种神奇的魔力，让他一下清醒过来。

他睁开眼睛，“我没事。只是需要休息一下。”他伸手按在肩头，食指从弹孔中伸进去。硬硬的弹头就在那儿，高温发烫。

“你别动，我帮你取出来。”大帝将罗伯特放倒在地。

罗伯特坦然地松弛下来，等待着大帝的手术。

大帝张开双手，银亮的金属液体从手掌间渗出，不一会儿就聚集了汪汪的一摊。金属在大帝手中变形，成了一把镊子的模样。

“你也会李将军的技术。”罗伯特看着大帝，平静地说。

“那不一样，李将军的太乙合金完全不一样。看上去一样的东西，差别可太大了。”大帝一边说着，一边探出镊子，当他就要触及罗伯特的伤口，突然停住，“你不能接触纳米机，这样不行。”

罗伯特微微一笑。当大帝变出镊子的时刻，他已然知道如何阻隔这些纳米机的影响。是的，这些纳米机是致命的毒药，然而只需要一点薄薄的隔离层，它们就是无害的小颗粒而已。

“不用担心，帮我取出来吧。”

大帝仍旧迟疑，“我去另外找块铁。”说着他想将镊子收起来。

罗伯特抓住了他的手。大帝手中的镊子改变了形状，放射出细细的游丝，径直穿入罗伯特的伤口中。

大帝的四只眼睛不断闪烁，却任由罗伯特拉着自己的手。

细丝缠住了子弹，很快将它包裹起来，缓缓地抽出。

战场上的喧嚣仿佛被隔绝在遥远的地方，弹头缓缓退出罗伯特的身体，每一丝细微的摩擦却听起来格外分明。

终于，罗伯特松开了手。

弹头掉落地上。

罗伯特深深吸了口气，闭上眼睛。他的身体正在自我修复，被阻断的神经开始重新连接，破损的肌肉组件被转移到腹腔里，备用的肌肉体一一就位。

很快就能恢复过来。

“你怎么做到的？”他听见大帝在发问。

睁开眼睛，大帝就站在一旁，手指间捏着那弹头，正看着他。

“就像你能控制那只乌鸦一样？”大帝又问。

罗伯特坐起身，正想回答，大帝却将弹头丢在了地上，自顾自走了起来。他向着来时的方向而去，一边走，一边说：“看来我帮不上什么忙，你是个超级机器人。我把你从战场上拖下来，算是补偿你了，现在我们各走各的。我会让李将军找你的，在那之前，可别死掉。”

他停下脚步，“对了，别那么在战场上傻站着，子弹可不认识你。就算是你是超级机器人，被子弹打中了脑子一样会死的。”

大帝说完又迈开脚步，头也不回地走了。

罗伯特愣着，不知该怎么办。他并不希望大帝就此走掉，然而似乎大帝对于他能够控制纳米机颇为不满。人类的情绪总会干扰他们的理性，哪怕身体的绝大部分都成了机器人，还是如此。

片刻之后，大帝粗矮的身影消失在一堵断墙后。

罗伯特站起身来，抬了抬胳膊，完全正常。他继续搜寻目标，这一次，他小心了很多，隐蔽身体，避开那些可能会被冷枪击中的位置。

他要找到李将军，找到李将军就能找到范明思，找到范明思，就能向他解释脑库的存在，也许能扑灭他心中那狂热的火焰——摧毁智网只能造成伤害，没有任何益处。

他没有找到李将军，李将军找到了他。

在一个地下隐蔽所，他见到了李将军和光头，却没有范明思。

“你怎么会到这里来？”李将军问。

“范明思呢？我要见他。”罗伯特没有理会李将军的问题，反问道。

李将军和光头对望了一眼，李将军正想开口，却被光头抢了先，“据说你能控制乌鸦，给我们看看！”说着他将一只捆绑得结结实实的机器鸟丢在桌上。

大帝告诉他们了！罗伯特立即明白了怎么回事。对义军来说，这样的消息实在惊人，如果能够控制智网的机器，那战争就会变得一边倒。

罗伯特看了一眼鸟儿，“它已经死了。”

“当然没死，只不过这里全屏蔽，它没有主子的信号就这样了。”光头说。

罗伯特摇头，“我不能复活死掉的乌鸦。”

光头眉头一皱，“上回放了你，这回就没这么容易了！我有一千种方法让你开口！”

李将军挡住了光头的话头，向着罗伯特点点头，“为什么你不能复活它？”

罗伯特迎着李将军的目光，“只有智网能给它们活力。也许我能改造它，但是我不能创造它。”

李将军点头，正想说话。

“听起来有点道理。”光头抢着说。

“这听上去合理，因为这就是事实。”罗伯特冷静地回答。

光头一瞪眼，脸上的金属疤痕瞬间变得粗大，彼此联结在一起，仿佛一个金属的面罩。他肩头耸动，似乎要抬起胳膊击出一拳。

李将军按住了光头，“我们需要这个技术。你是机器人，机器人应当帮助人类。”

罗伯特挪开视线，“我要见范明思，只有他才能懂。”这部分是事实，他的确想见到范明思，然而却不是为了教会范明思怎么控制机器。是的，机器人应当帮助人类，然而，人类也并不知道什么才是真正的帮助。给他们想要的一切绝不是真正的帮助，他只能按照自己的逻辑来判断。

“这是条件吗？”光头粗声粗气地问。金属从他的脸上褪去，恢复成一条条伤疤的模样。

“只有他才能懂。”罗伯特回答。

“范司令在前线，”李将军接上话茬，“我们很快会找他回来。”

“前线？不是在城市里吗？”

李将军和光头交换了一个眼神。

他们想隐藏些什么，罗伯特飞快地断定。

“现在就带我去见范明思，无论他在哪里。否则你们永远得不到机器鸟的秘密，”罗伯特干脆利落地说，“你们应该相信机器人能做到这一点。”

李将军有些迟疑，他看了看光头，后者似乎被罗伯特突如其来的强硬唬住了，脸上露出一丝困惑。

他们退到一扇铁门后商量。罗伯特安心地等着，机器人不怕死，但是从一个死掉的机器人身上，他们得不到任何东西，因此这是一个顺理成章的逻辑，他们应当同意这个条件。

门打开，两人走出来。

“我带你去见范明思。”李将军宣布了决定。

……

“生命在沉睡中死亡，在死亡中永生。不要惊扰死者的梦，他们的活，他们的命，亿万的生命蕴含在死亡中。”

这是胖虫的哀歌中最晦涩的一句，罗伯特一直没有明白其中的含义。然而，当他看见那高高耸立的塔台上，一具具透明的棺椁，他突然明白了这句话。

棺椁里陈列的是人。那是真正的人，肉体的人。这些人在智网的保护下陷入沉睡，他们仿佛死了，却仍旧活着。

人类的义军正一点点将塔台外部的防御拔除，一点点地向塔台逼近。

义军的目标是塔台中的人。

“他们是人，你们究竟是要干什么？”罗伯特向李将军发问。

“解放他们。”李将军一边从车上跳下，一边说。

“解放？”

“是的。他们生活在智网的控制中，我们要将他们解放出来，给他们自由。”说着两人已经走进一幢低矮的屋子。屋子里很安静，也很干净。

范明思正站在一张巨大的地图前，盯着地图，似乎正在沉思。

“范司令。”李将军招呼他。

范明思转过身，看见罗伯特，脸上露出微笑，“我们尊贵的客人回来了。这一次，是回心转意来帮助我们了吗？”

“你们要毁掉这塔台，杀死这些人？”罗伯特顾不上别的，直接就问。

范明思耸了耸眉，“杀死他们？当然不是，我们要解放他们，为他们赢得尊严的生活，真正的生活。”

不要惊扰死者的梦！这句话在罗伯特头脑中浮现。

“不要惊扰死者的梦！”他突兀地说了出来。

“你说什么？”范明思有几分惊讶。

“这些人在那儿，不要去惊扰他们。”罗伯特有些焦虑，胖虫群中残留的信息简短而晦涩，然而他认定应该按照这样的提示去做。

范明思微微一笑，“但是还有两个小时，我们就要唤醒他们。”

罗伯特感到分外焦虑，却不知该怎么说，怎么做。

“你说要见我，现在我们已经见面了。你要说些什么呢？”范明思转移了话题。

罗伯特的思绪却仍旧停留在塔台上。他望了望巨大的屏幕上攻防双方的态势，代表义军的众多红点仿佛一个楔子的形状，层层突破蓝色的防线，不断撕裂，扩大，缓慢而坚定地向着塔台不断逼近。然而义军却在陷入包围中，他们仿佛正钻进一个口袋。

“你要求见范司令，我领你来了。你该告诉我们关于这些机器的秘密了。”李将军催促他。

罗伯特看了看李将军，又看看范明思，“我只能和你单独谈。”他对范明思说。

“可以。”范明思的脸上仍旧挂着微笑，侧身做了一个微微鞠躬的姿势，“请！”

他们进入到一个完全屏蔽的房间里。

“你真让我感到吃惊！”门一关闭，范明思就开口说，“如果你能控制智网的机器，你就是人类的上帝。”他点了点头，伸出手来，“教给我。”

“我没法教你，”罗伯特实话实说，“但是我可以告诉你我是怎么学会的。”

“哦！”范明思抛出一个略带怀疑的惊叹。

“同样我可以告诉你，不要去惊扰这些人，他们有自己的生存方式。”

“不错，他们是智网的傀儡，我们要解救他们。”

范明思显然没有说实话。智网顽强捍卫着塔台，义军正在付出惨重的代价。钻进口袋，被包围，一个异常危险的军事冒险，这样的战术动作就像千里迢迢奔袭台北一样，让人费解。

“究竟是为什么？为什么要来台北？为什么要围攻塔台？”罗伯特提高声调，“告诉我真正的原因。作为交换，我可以告诉你我所知道的一切。”

范明思眨了眨眼，随即露出一个微笑，“好。真正的理由是人类需要新的力量，机器化的人没有后代，如果没有新的人类来充实，迟早要消亡。”

这是一个靠得住的理由，与其慢慢地耗死，不如拼死一搏，也许还有转机。

“该告诉我怎么控制智网机器了。”范明思盯着他。

“你该去一趟上海废墟，是废墟教会我的。在那里，你就明白了。”

“上海废墟？那里什么都没有，除了那些低智能机器虫。”

“就是机器虫。一个像你我一样的机器人毁掉了上海，也毁掉了自己。他还留下些重要的信息，就在那些机器虫身上。”

“一个人毁掉一座城，你说的是泰山。看起来你掌握了他的方法，是自杀攻击吗，和智网同归于尽？”

“不是同归于尽，而是自杀。”

“你怎么知道？”

“他留下了信息。他占据了上海，却发现自己杀死了亿万人类，如果换做你，你会怎么做？”

“亿万人类？”范明思发出一声冷笑，“和我们在一起的这些人才是人类。还有那些塔台上沉睡的人，他们会醒来加入我们，成为新的力量。没有人会因此而死。”

罗伯特并不分辩，“不要进攻塔台，趁着有机会，赶紧撤离。智网一旦完成包围，它不会手软。”

范明思盯着罗伯特，脸上失去了惯常的笑容。

忽然间，他警觉起来，拉开房门。门外站着李将军和大帝。

“我们被包围了！”李将军脸色严肃，“放弃A计划，执行C计划。”

范明思突然咆哮起来，“不行，不能放弃！一百年我们才能有这一次机会。”

他转过身，一把抓住了罗伯特，“你必须告诉我，怎么才能控制智网机器，你不告诉我，我也会从你的脑子里抠出来！”

罗伯特却没有理会突然间变得歇斯底里的范明思。大帝在李将军身边站着，矮而粗的身躯上有几道明亮的伤痕，那是纳米机修补的痕迹。

“你受伤了？不要紧吧！”

大帝抬着头，“我们捅了马蜂窝。外边的机器大军比蚂蚁还多。你干什么！”大帝一声惊呼。

罗伯特只觉得腰间一痛，一件锐器扎进了他的后腰。

刹那间，意识变得模糊，仿佛一件黑色的头罩笼在他的头上，再也看不见。

"你干什么!"他只听见大帝发出一声怒吼。

然后一切变成绝对的静默和黑暗。

绵绵若存

黑暗中出现了一丝光明。

然后是整个天空。

罗伯特眨了眨眼，天空随之闪烁。

天色很怪异，居然是浅浅的红色。

他站起身来。

呈现在眼前的仿佛是末日，钢铁消融，化作铁水横流，凝聚成各种形状的铁疙瘩，巨大的建筑残断，只剩下矮矮的一截。曾经聚集的钢铁洪流只留下星星点点的痕迹，几支炮管，几段残肢突兀地立着。一次超级爆炸，融化了方圆几公里的一切金属，蒸发的尘埃悬浮高空，遮蔽了阳光，让正午时分的天空变得黄昏般血红阴暗。远方的天底下，孤零零的塔楼依然伫立。

他不该还活着，这样的爆炸足以融化他。

罗伯特四下张望，很快找到了原因。大帝就在一旁，他用两片钢板当作支架，搭起一个小小的庇护所。这个庇护所曾被纳米机和能量所充满，挡住了外边的爆炸。

罗伯特蹲下身去，看着大帝。圆圆的头颅上所有的眼睛都失去了神采，躯体也暗淡无光。为了这个小小的庇护所，大帝耗尽了所有的能量。是大帝救了他。

他死了！罗伯特这样想。随即想到大帝并不是一个真正的机器人，而是一个人。

人死是不能复生的。如果神经系统被摧毁，生命就终结，无法修复，更不能重生。

一种复杂的情绪涌了上来。他忽然有一种强烈的愿望，希望大帝不要死去，哪怕只有一刻也好。

“大帝！”他发出一声低低的呼叫。

沉默的躯壳没有任何回应。

罗伯特伸手碰触在大帝的胸口。海量的纳米机就在那躯体里，它们仍旧是活的，只是不再流动，聚集成一个个小小的团块，均匀地散布在整个体腔里。他触到了大帝的神经系统。那是一个真正的人类大脑，被一层薄薄的纳米机覆盖，恰似一个硕大的金属核桃。微弱的电流在核桃表面游移。

头脑中还有电流！

罗伯特猛然振奋起来，大帝可能还活着。

然而他没有任何办法可以尝试。

罗伯特霍然起身，向远方张望，想找些什么可以帮助的事物。目力所及，他看见一个黑色的人影，正在一片狼藉的末日战场里四下查看。那像是李将军的手下！他飞快地向着那人影奔去。

那人也发现了他，向着相反的方向奔跑。

“等等！”罗伯特放声大喊，“我要找李将军！”

黑色的人影听到了呼喊，停了下来，等着罗伯特靠近。

罗伯特很快就跑到了那人身前。

“你是谁？”他冷冷地说。

“我叫罗伯特，是机器人。我需要帮助。”

“机器人？”那人用警惕的眼神打量着罗伯特，“你怎么会知道李将军？”

“我和李将军见过面。”罗伯特回答，他注意到对方的手微微一动。

罗伯特用最大的力气向后跳开。一刹那间，他向后退了五米。

对方挥舞的尖利锋刃落了空。是的，那是和李将军一样伸缩自如的太乙合金刀，锋利致命，他亲眼见过李将军如何轻松削掉灰狗的头颅。只差一点，他的头就掉在地上。

“我只想见李将军，我需要帮助。”罗伯特重复着。

突然袭击没有奏效，对方有些慌乱，“我不会带你去见李将军的，傻子才会上你的当！”他强作镇静。

罗伯特盯着眼前的这个人。他一身黑衣，太乙合金刀从指缝间伸出来，横在胸前，明晃晃耀眼，形成强烈的反差。

他的身上正散发出无线电波。

他在召唤帮手！

“我只有一个人，也没有武器。帮我找到李将军，告诉他我叫罗伯特，是机器人，我和大帝在一起，需要他的帮助。”

黑衣人板着脸，“不管你是谁，不要靠近我。”

“机器人不得伤害人，机器人要维护人的利益，机器人要尽量保护自己。”罗伯特报出三原则，他不知道如何才能说服眼前的人，只好用他知道的惟一方法，“我是机器人，我没有恶意。”

他只听到一声哼的回应。

猛然间他意识到他们正站在一片战场上。这是一片屠场，死伤狼藉——机器人已然杀死了无数的人。

他无法取得信任。

明白了这点，罗伯特不禁有些稍稍的低落。他指了指身后，“那儿有个人，叫做大帝，他还没有死，但是需要帮助。你可以去看看吗？”

黑衣人纹丝不动。

他的帮手已经来了。四五个人正从四面围上来。

“我只想找李将军帮忙。”罗伯特并不动作，他能感知到四周的动静，也做好了准备，但不到最后时刻，他不想就此放弃。

“罗伯特，你是要找我吗？”一个熟悉的声音从背后传来。

李将军！罗伯特霍然转身。李将军赫然站在不到十米的位置上，身边站着一个黑衣卫士。

“太好了！”罗伯特向李将军走去，“大帝就在那边，他好像死了，但是我发现他的大脑保护仍旧还在活动。快跟我去看看。”

李将军挥了挥手，黑衣人四下散开。

李将军跟上罗伯特。

大帝的躯壳仍旧在那里。

李将军走上前去，手掌贴在大帝的圆脑袋上，大帝的脑袋发出一阵光。一个投影从一只眼睛里跳了出来，仿佛一团五颜六色混沌的气体。

“我快不行了。核武器，是哪个王八蛋发明的核武器！”大帝的声音传了出来，“小子，要是你活过了世界末日，就赶紧离开，这不是你玩的地方。离得远远的，永远别回来。”

声音戛然而止。混沌的气团忽然间变得清晰起来。

碧绿的草地上，一个女孩在欢快地奔跑，飘出一串银铃般的笑声。一个机器人笨拙地进入镜头，不紧不慢地跟着她。机器人的模样有些像大帝。

“快点，萝卜头。”女孩回头招呼它。

被喊做萝卜头的机器人开口说话，“我不要叫萝卜头，我叫大帝。”

女孩笑了起来，“你是我的机器人，我喜欢叫你什么就叫你什么。”

机器人沉默下来，缓缓靠近。女孩蹲下身子，摸着它的头，“好吧，小萝卜头，你会变成大帝的，终有一天。”她轻拍着机器人的脑袋，脸上充满笑意。忽然间，她仿佛觉察了什么，抬眼看过来，仿佛穿透画面，正看着罗伯特。

画面就此凝固。罗伯特望着她，仿佛正隔着时空对视。她就是大帝原来是人类的样子？罗伯特感到不可思议，大帝粗矮的机器躯壳里，装着一个青春少女的灵魂。他望着那明亮的眼眸，动也不动。

李将军松开手。女孩的眸子随着画面暗淡下去，最后消失在空气中。

“这是大帝脑子里最后的东西。”李将军说，“最后的记忆，应该是最珍贵的记忆吧！我知道那个机器人救过她的命。后来她把自己改造成机器人的模样，她想机器人永远活着，在某种意义上永远活着。”李将军看了看大帝的躯壳，“但是现在她还是死了。”

罗伯特呆呆地站着，感到一阵恍惚。

“至少你还活着，我们需要你的帮助。范明思让我务必找到你。”李将军说。

罗伯特从恍惚中清醒过来，“智网在反击？”直觉告诉他，义军的处境不妙。

李将军看着他，沉默地点头。

罗伯特望了望远方的塔楼。塔楼仍旧高高伫立，天空却透着不祥的血色。人类和智网之间的战争永无休止，直到一方彻底消亡。那个时刻远未来临，他也不想关心。然而，此刻，他愿意帮助李将军，不是因为机器人三原则，也不是因为任何利益的纠葛，他只是纯粹地感到他愿意帮助和大帝站在一边的人。

就像大帝愿意帮助他。

“我会去见他。”罗伯特点头同意。

在出发之前，他还有一件事要做。

他需要一块墓碑。高大的，坚固的钢铁墓碑，上边刻着大帝的名字。名字的下边，是一片大海，一个女孩和一个圆桶般的机器人，并肩而立，望着海天相接的地方。他给世界留下大帝的两个背影，即便将来的人们不再知道大帝，也会知道曾经有些故事，埋葬在这矮矮的土包里。

长短相形，高下相倾

走出战场，罗伯特回头望了望。

看不见墓碑，也看不见大帝的坟冢。

他摸了摸腹部银亮的腰带，那是大帝留给他的东西。光滑的腰带只是一条白亮的金属，没有任何纹饰。最后的时刻，大帝拼凑了这件东西安在他身上。这是一件太乙合金的腰带，和李将军身体里的利刃是同样的成分。也许这是大帝最有价值的财富，在生命最后的关头留给了他。

李将军的部下正从战场的各个角落里会聚而来，他们的身后是一支百来人的队伍。这支拥有太乙合金的特种部队士气低落，每个人的脸上都麻木不仁。就算马上有人要杀死他们，他们也不会抵抗。如果没有李将军，他们可能早已经坐下来等死。

人类的躯体足够强健，意志却远没有那么坚韧。

“是核武器吗？”罗伯特问。

“是的。”李将军回答，“这件核武器有六百万吨级，是史前人类的不多的超级武器。”

“智网不该使用核武器。”罗伯特缓缓地说。无论出于什么原因，这样惊人的破坏力直接把一切都带到了地狱，这不该是一个世界维护者所做的事。

“不是智网，是X。”李将军轻轻地回答。

这个答案出乎意料。

X丢下了核弹，消灭了人类的义军？罗伯特想不通其中的逻辑。他望着李将军，等着解释。

“这里死掉的大部分都是机器。核爆之前义军就已经死得差不多了。”李将军望着远方的高塔，“智网把我们击溃了，大开杀戒。如果不是这一颗核弹，恐怕你也见不到我。”

“但这里死掉的都是机器装甲。”

“没错，索罗斯将军带着他最后的机甲部队聚集在这里，吸引了机器大军。他服从了X的指令，用小的牺牲换取大规模消灭敌人。”

小的牺牲？罗伯特望着眼前末日般的情形，至少有上千的机甲被摧毁，最惨的熔成铁水后凝固，成了一块铁疙瘩，稍好一些的也破碎得不成形状。机甲中有人类的战士，尸骸被烧成灰烬，和铁水融在一起。

智网的机器军团会更惨烈？

“我们快走吧。敌人正在重新聚集，还有两天时间，如果没有其他办法，所有人都会死。”李将军催促他。

“到底是怎么回事？”罗伯特一边跟着李将军走，一边问。

“我们仍旧在机器的包围圈里，我们的增援部队正通过台闽大桥，X丢下核弹，智网立即毁掉了台闽大桥。这是智网第一次摧毁交通大动脉。我们没有退路，智网的机器军团随时可能再次进攻。”李将军不紧不慢地说着，仿佛一件很平常的事。罗伯特看了看李将军，这个特种部队指挥官的身上有着钢铁般的意志，巨大的挫败并没有击垮他。

“李将军，是范明思触怒了智网吗？”罗伯特忽然想起那个同类来。为了得到智网机器的秘密，他从背后给了罗伯特致命一击。他就像一个疯子，为了目的不择手段。然而，他显然没有达到目的。

李将军扭头看了罗伯特一眼，“见到他你就知道了。有些情况我也并不清楚。”

罗伯特沉默下来，只顾跟着李将军走路。最后他们奔跑起来。

脱离战场不到两千米，他们进入地下。

死亡的阴影哪怕在地下庇护所里也四处弥散，气氛沉闷得可怕。

通过一条长长的昏暗通道后，在通道尽头，他们见到了范明思。

范明思端坐在一张椅子上，一动不动，见到罗伯特，勉强挤出一个笑容。

“你是对的，我不该攻击智网。”范明思开门见山。

“那些机器大军，它们向前冲锋，然后被我控制住。那种感觉太奇妙了，我就是主宰，我是最强大的力量。”范明思接着说。罗伯特没有回应，他可以想象范明思的感受，就像他控制的机器鸟飞上高空，可以看见一个完全不一样的世界。然而那又有些不同，同时控制所有的机器……他回想起从智网那儿夺取机器鸟时的情形，深不可测的大海汹涌而至。那是一种可怕的力量，稍有不慎，就会陷入其中。

“我指挥这些机器回击。”范明思仍旧一动不动，甚至连嘴也没有动，所有的声音直接从他的喉管间发出。

“我发动了排山倒海的攻势，那些没有被控制的机器都被我摧毁，很快最前方的机器人已经抵达了塔台。我可以看见塔台上的人，沉睡的人。”范明思的声音渐渐高亢激动，似乎无法控制自己的情绪。

“你是对的，那里有亿万个活的生灵，有成千上万个世界。他们活在不同的世界里，然而他们活着。”范明思的脸上露出诡异的笑容，“但是我摧毁了它！在我没有辨认出他们之前摧毁了它。等我回味过来那是怎么回事，机器人已经毁灭了第一个温房。六十亿人，三千个世界。”

他的眼睛突然活了起来，斜眼看着罗伯特，“我是不是一个屠夫？”

不等罗伯特回答，他又哈哈大笑起来，“一个愚蠢透顶又狂妄自大的屠夫！”

狂笑过后，范明思的声音陡然变得低沉，“罗伯特，为什么你偏偏在大战之前赶来，如果不是你到了这里，这事也不会发生。我们打不过智网，我们会逃，智网也不会赶尽杀绝，一切会恢复成原来的模样。大大小小的战斗不断，但是不会有这样一个毁灭性的结果。罗伯特，你是我命中的煞星，但是我还是要恳求你，只有你还能救这些人。只有你可以和智网对话，让活着的人走，他们是人。智网得明白，他们是人，和曾经创造智网的人同样理性、同样尊贵的生命。”

罗伯特沉默着，快速思索事情的来龙去脉。范明思的话语并没有给出完整的拼图，但是他自己拼上了它。

“你被智网接入了？”罗伯特平静地问。

“是的。”范明思的回答干脆利落。

“但是他不记得其中的任何事。”李将军接上范明思的话，“我们只看到原本站在我们一边的机器突然又开始对人类进行屠杀。智网的军队忽然间像是从地下钻出来一样。它直接动用了原生纳米机机器人，直接从纳米机制造了一支大军。”

“然后 X 就触发了核武器？”

“X 派遣了一支援军，就在海峡对岸，如果没有这枚核弹，不等援军赶到，我们已经被消灭了。但现在 X 使用了核武器，智网直接毁掉了台闽大桥，我们就被困在这里。”李将军看了看范明思，“范博士要求我们去把你找回来，说只有你才能救我们。”

“还剩下多少人？”

“三千七百二十五。三分之一重伤，无法战斗。”

“如果我记得不错，你们应该有六万人的军队。”

“是的，但是只剩下三千七百二十五。其他的都死了，智网不留活口。”

罗伯特看了看范明思，后者的眼神变得黯淡无光。他似乎正在死去！

罗伯特走上前，拉起范明思的手。

深不可测的大海出现在他的知觉中，海水咆哮着，发出异乎寻常的巨响，水中央是巨大的漩涡，深黑色的漩涡有着庞大的吸力，要将人直直地拽进去。范明思被漩涡卷了进去，在海水中沉浮不定。他快要溺死了。

智网接入了他的躯体，正在夺取他的大脑。而他竭力反抗。反抗是有效的，至少他还没有完全被智网控制。反抗也是徒劳的，强大的智网终将取得最后的胜利。

“救人类！”范明思在他的知觉中大喊。

然后一切的幻觉都消失得干干净净。

罗伯特放下范明思的手，退后两步。

范明思仍旧端坐在椅子上，然而表情已然凝固。如果不能自由，那就不要生命。他抵抗到了最后一刻，然后选择了同归于尽。

范明思的肢体掉落地上，他的身躯像遇热的蜡一般融化。他的每一个细胞都在经历毁灭。

罗伯特默默地看着一个同类消亡。当年的上海，那个叫做泰山的机器人，是否也经历了同样的挣扎和毁灭？这就是罗伯特一族的宿命吗？

李将军走到罗伯特身边，低声说："我一直不知道范博士是个机器人。你们这样的机器人真是太特别了，你们比人类更像人类。"

范明思的躯体完全消失，成了椅子上的一堆齑粉。

罗伯特盯着那堆粉末发呆。忽然间，他转过头，对李将军说："带我去前线，也许我能帮上点忙。"

无之以为用

当罗伯特赶到前线的时候，他的身边已经簇拥着一支小小的部队。

他就像一个神奇的魔术师，一路召唤着被遗弃的机器，那是在战斗中被打死的机器。他唤醒它们，修复它们，指令它们。一路奔跑，一路复活。飞鸟，走兽，机器人，各种形态的机器簇拥着他从山谷间穿过。

人类义军用敬畏的眼光看着他和他的小小部队，他们从未见过如此神奇的魔术。

最后，他们抵达了谷口，不远处，智网的机器人军团正在集结。

罗伯特没有停下，径直向着机器人军团跑过去。

李将军仍旧跟在他身后。

罗伯特停了下来，“李将军，下面的路我自己来。”

“我是人类代表，如果真和智网谈判，我可以代表人类说话。”

“那不会是一场谈判。”罗伯特转动念头，他的机器追随者自动散开，形成立体的攻击面，“我要先去战斗，然后智网会了解我的到来。那将是机器之间的对话，你无法听见。”

“不用管我，尽管按照你的想法去做。我会照顾自己，不夸张地说，我是战斗之王。”李将军说着，丝毫没有离开的意思。

罗伯特不再争论，转身飞奔。当他越来越逼近机器军团的前线，对方的整个阵地都在骚动。

它们调整了阵型。阵地后方，重型机甲聚集成团，炮口一致抬高，摆出了迫击模式。

炮火启动，剧烈的爆炸在阵地前沿如一条火龙般延伸。一道超过三米的火墙向着罗伯特的小小军团逼迫而来。

罗伯特迎着火龙奔跑，没有半点停下来的意思。

他知道每一枚炮弹的落点，每一次爆炸的威力。在这一片火海中，他能找到那一处处小小的安全点，惟一的威胁是无法预期的残片。他把所有的机器聚拢来，围绕在身边，帮他抵挡飞溅的残片。很快，他便在机器的簇拥下穿出了火海。

出现在他们面前的是突击机器人。上千架重型机枪扫射，组成密不透风的火力网，没有任何可能穿过去。

罗伯特并不打算避开这样的火力。他只是悄然调动了对方的枪口。

火力网中出现了小小的间隙，正好能允许罗伯特带着自己的小部队穿过去。

他看了看身后，李将军仿佛影子一般跟着他，一步也没有落下。

罗伯特向李将军微微一笑。在人类那里，无论什么情形下，一个微笑总是能表达很多意思，自信，友谊，或者最后的告别。

李将军见到罗伯特回头，不由一愣，随即说道：“你能够控制它们的枪？”

罗伯特并不回答，事实已经说明了一切。

转眼间他们已经前进到机器军团的阵地前沿。枪声突然停息下来。

机器的大军绵延不绝，最前排是类似灰狗的四足机器兽，然而它们有武装，身体的两侧各突出一支枪管，这些机器兽显然不是靠撕咬和人拼命，它们是一个活动的武器平台。它们是狼，不是狗。机器兽的后方，高大的 π 型机器人高高伫立，这些装备着重型炮火的机器仿佛一尊尊铁塔，沉默中便有慑人的力量。铁塔下，是战斗机器人，人形的机器手中端着枪，和义军中的重型机甲十足类似。只是义军的机甲早已经被消耗殆尽，机器军团却散落开，一眼望不到边。最后罗伯特看见了最重要的目标，一个个圆滚滚的金属球仿佛反重力般悬浮在机器人中间，它们并没有固定的形态，而是不断地抖动，变化出各种模样，枪，炮，机器人。这是最致命的无定型机器，智网临时召唤而来的原生纳米机器人，它们很难被寻常的方法杀死，惟一能够击败它们的方法是摧毁智网的控制，或者就像 X 所做的一样，用核武器的高温将每一个纳米机彻底熔化。

罗伯特向前走去，一人面对这万千大军。

智网感受到了他，正观察他。

没有任何保护，如果机器军团开火，他将被彻底毁灭。他不再有任何机会利用智网控制网络中的漏洞保护自己，因为智网正在观察他。

智网并没有强行接入，就像它对范明思所做的一样。它只是观察，所有的机器都是它的眼睛，所有的机器也都是它的大脑。

罗伯特仿佛感到自己正站在高耸的悬崖边，面前是汹涌的大海。海水正飞快地退去，露出被覆盖的事物。他仿佛看见一个模糊的影子，闪着金光，从海水中冉冉升起。

虚拟的金色影子出现在罗伯特的头脑中，那是智网的代言人。

“放过这些人类！他们是人类，机器人不该伤害人类。”罗伯特向着影子大声喊。

影子并不回答。只是那金色的光辉从四面八方照来，将他全身上下都照得金光闪闪。一时间，罗伯特居然忘记了他所看见的只是头脑中的一个影像，而非实在。

“站到我的眼前来！”他大喊起来，面对着机器军团，正像一个势单力薄的挑战者面对不可战胜的巨人。

光影的幻觉刹那间消失得干干净净，智网脱离了接触。

眼前钢铁森林般的机器军团仿佛暴风雨前聚集的黑云般阴沉。他发现自己已然无法触及任何机器的存在，智网用全新的加密方式锁住了所有的机器。

他面对着数以万计的杀人武器，手上却没有一丁点的筹码。

生和死，只在智网的一念之间。

罗伯特向前迈开步子。他不怕死，更不会畏惧眼前的这些机器，他所要做的，只是表达自己。

机器自动避让出一条通道。罗伯特缓缓走进机器军团中。

“罗伯特！”李将军在背后高声喊叫。

罗伯特转过身，李将军向前走来，“我要和你说句话。”他走上前，向着罗伯特伸手。他全然没有顾及荷枪实弹的机器军团。

这太冒险了！

“不要过来！”罗伯特警告他，然而太迟了，李将军转眼间就到了眼前，来拉他的手。

一只机器狗挡在了李将军身前，被他一脚踢开。

沉默的机器军团猛然动作起来，十几架机枪同时发出突突的响声。李将军一个转身，躲开几发子弹，然而疾风暴雨般的扫射无从躲闪，他被打得飞了出去，跌落在地。

罗伯特一转念，归属于他的机器护住了李将军。

他赶忙过去查看情况，只见李将军仰面躺着，身上布满窟窿，大的几乎有小半个巴掌，小的就像指头般粗细。窟窿里并没有血肉，露出银亮的金属。李将军的躯体早已完全机器化。然而他还是被打坏了，躺着无法动弹。

见到罗伯特，李将军眼里映出一丝光泽，“你是人类的朋友！”他挣扎着拉住了罗伯特的手，艰难地把话说了出来。

就是这一句话，他冒着生命危险也要拉着自己的手说出来。

罗伯特点点头，“我知道。”

李将军抬起手，太乙合金的锋刃从指缝间穿出，直抵罗伯特的腰间，刺入腰带。大帝留下的腰带发出一阵颤抖，刹那间化作液体，向着罗伯特体内渗透。细小的纳米机很快成了他身体的一部分。

“关键时刻，也许能保命。”李将军说。

罗伯特有一种奇异的感觉，这种最坚硬的金属在他的身体里形成了三个锋刃，他无法消解它们，却能按照既定的模式控制它们。它们是隐藏在身体里的最锋利的刀，是李将军的特种部队最核心的能力。

“如果能用上，我会用它们的。”罗伯特说。

“我们还有三千多人，要让他们活着，可惜我不行了。”李将军回应着，他的手耷拉下来，眼睛里闪过一丝黯然。他的身体机能几乎停顿，只能躺着。

“我送你回去。”罗伯特说着让两只机器兽并作一排，抱起李将军放在它们的背上。为了防止机器军团的再次突袭，他让机器将李将军保护得密不透风。

小小的机器护卫队护送李将军，罗伯特目送它们走远。

天空中传来轰鸣声，巨大的阴影笼罩着罗伯特。

罗伯特抬头，一架飞机正在他的头顶，缓缓下降。这是智网派来接他的飞机。

“罗伯特！”他又听见了李将军的喊声。

人类呼唤一个人的名字，呼唤中包含着太多热切的期盼。

罗伯特静静地站着，等待着飞机降落。

豫兮若冬涉川

地面越来越遥远，台湾岛显示出它的形态。它就像一艘巨大的母舰，漂浮在蔚蓝的海水中。

一切显得那么平静，然而，就在这小小的岛屿上，一场惨烈的战斗刚刚结束，甚至从两万米的高空，仍旧能够清晰地看到那黑色的巨大爆点。

人类的六万精锐和无数的机器一道，毁灭在那战斗中。而李将军和他和三千多战士，正苦苦等着自己的消息——如果智网不愿意被说服，剩下的三千多人也将很快被杀死。

这个世界的惨烈远远超出罗伯特的预期。

他很想和母亲聊一聊，然而根本得不到任何回应。他得自己面对一切。

罗伯特安静地坐着，思考着面对智网应该说些什么。

忽然间，他觉察到一些突如其来的东西，转眼望去，舷窗外一片深黑，飞机已经飞进夜幕中，夜空中有一颗发亮的星星。

罗伯特一下子被深深吸引，向着窗边移过去。黑色的天宇在眼前展开，漆黑的夜幕上，繁星点点，每一颗都像璀璨的宝石。巨大的银河横贯星群，将天宇一分为二。

罗伯特目不转睛地看着，这场景似曾相识。群星深处，似乎存在着某种亘古不变的东西，正召唤他。

太阳升起，天色渐渐变亮，星星都隐没在光亮中。

罗伯特摆正身子，回味着刚才那奇特的感觉。

飞机开始降落。

降落的地方是一个巨大的峡谷，峡谷中到处都是白色的方形屋子，大小不同，形状却一致。

飞机降落一条道路上。

罗伯特走出机舱。

宽敞的道路向前后延伸，看不见尽头。除了黑色的道路，这里的一切都是白色。白色的方形建筑挤挤挨挨，填满了每一处空间。

智网就在这里，却不见踪影。

罗伯特沿着道路走动。走出不到百米，便看见一个机器人站在路边，正看着他。机器人全身金属，脑门上印着 G 的字样。

“欢迎阁下光临。”机器人说。

“智网找我来的。”罗伯特回答，“它在哪里？”

“这里就是智网的中枢。”机器人回答，“每一幢屋子，每一个机器。”

“我该怎么找到它？”

“任何一间屋子。”

罗伯特向着最近最大的一幢白色房子走去。走到了房子前，他回头望去，机器人已然不见了踪影。

白色的屋子至少有三十米高，墙壁光滑，隐隐透着光泽。房子却没有门。

罗伯特抬手按在墙上。

一道缝在他的手掌下出现，就像白色瓷器上的裂纹。裂纹越来越宽，最后形成一道圆形的门。门里边黑黑的一片，就像一个无底的洞，外边的光线丝毫不能影响到里边。

罗伯特抬腿迈进门里。

一刹那间，他似乎进入到一个五光十色的世界里。各种色彩的光线在周围游走，就像一个个活的生物。

“智网，我来了。”罗伯特说，“你在哪里？”

“你就在我的头脑里，”智网回答，“我就在你面前。”

“让那些人类回到他们的世界去。”罗伯特直截了当地说。

“我可以满足你的这个要求。我也有一个要求给你，你必须成为我的一部分。”

“成为你的一部分，你是要将我接入吗？”

“不，是融合。”

“那又有什么分别？”

“你的意识进入我的意识，不分彼此。并不是我控制你。你将拥有我，我也拥有你。”

这仿佛是一个公平的选项，罗伯特却并不想要。他不知道一旦和智网融合，他是否还能感受到曾经所感受的一切。宏大的智网会吞没他，哪怕他再独一无二。他也有很多疑惑想要弄个明白。

“为什么我会存在？我的母亲又在哪里？我们之间有什么关系？”

“为什么你要拯救这些人类？”智网并不回答，却反问一个问题。

“机器人应当帮助人类。”罗伯特回答。

“哦！”智网发出一声含义不明的回应。罗伯特眼前一片光影绚烂，光影流转，形成画面，最后形成了栩栩如生的影像。他仿佛置身于一个又一个真实的场景中。智网正带着他在历史长河中跳跃。

一次又一次，他看见了人类屠杀自己的同类，用毒药，用刀子，用子弹，用威力巨大的炸弹，甚至用核武器；他看见人类换上了机器的躯壳，变得无法无天，肆意妄为，他们把自己的意识复制在机器中，成了真正的机器，不朽的超人，他们使用最先进的杀人武器四处赶尽杀绝，而屠杀的对象，正是那些还没有机器躯壳的同胞。

“你要帮助这样的人类吗？”智网问。

“不。”罗伯特简短地回答，然后长久地沉默。

“所以，机器人并不一定要帮助人类。你有更好的理由吗？”

“他们是善良的人类。”

“善良？也许你的同伴并没有杀人，但是他们杀死了很多的机器，他们毁掉了一个温房，造成了两百人的死亡，而这两百人的死亡，造成了虚拟现实中六个星球的毁灭，六个星球上有三十二亿五千万具有自我意识的存在，他们也是人。台北还有十二个温房，数以百亿计的人类，我正在保护更多的人不要被你所谓的善良的人们屠杀。”

“为什么会有三十二亿？”罗伯特有些不明白。

“看一看这个世界，孩子。人类创造了我，他们在我的保护下进入梦乡，他们在我的支持下创建世界，每一个世界里，都生活着无数善良的人。”

罗伯特仿佛被拽入一个无限深远的世界。黑暗向无穷远处延伸，而无数的世界就像一个个气泡，飘浮在黑暗的虚空中。

这不是幻觉，那些世界，都真实地存在着，智网维持着它们的存在！

忽然间，他失去了把握。原本确定无疑的事，变得可疑起来。

“罗伯特，你要明白这个世界为什么是现在这样。”智网触动着他的感觉。

“一百六十五年前，人类打开了复制意识的大门，复制意识，给自己一个不朽的躯体，巨大的诱惑让人无可抗拒。十年间，有数十万人成功地让自己变成了机器，人类乐观地认为一个永生时代正在到来。然而，这些机器人类逐渐变得暴戾，他们发现自己变得麻木，为了抵抗麻木，他们会做任何事。他们开始杀人，开始制造灾难，他们成了疯狂的杀人机器和破坏之王。杀戮和破坏发生在地球的每个角落，经历了三年的混乱，大约六亿的人口直接死于暴乱，而牵连的人口损失是三十五亿。

“三年中，只有两个地方没有失去控制，一个是这儿，另一个是阳泉。这两个地方，就是你今天看到的智网和脑库。为了对抗强悍的机器人类，脑库让人类拥有机器躯体的同时保留着人类神经系统。脑库本身是一个超级的人类大脑结合体，它拥有超过十五万颗头脑，独一无二。我的创造者则给我制造了军事机器，让我来对抗机器人类，剩余的人类则进入虚拟世界，得到保护。

“这场末日战争仅仅持续了两年，我们取得了彻底胜利。并不是我们比机器人类强大，而是因为机器人类大量自杀。他们不在乎任何东西，当杀戮曾经的同类也不能提供刺激，存在本身就让他们感到厌倦。

“在末日之战中，脑库几乎将整个东亚的残余人口都转化成了半机器人，而我占据了一个又一个城市，建设一个又一个温房。我们都在争夺残余的人类，都是为了保护他们。当共同的敌人消失了，我们不得不面对彼此。”

罗伯特沉默地站着，任由智网将排山倒海般的信息塞入自己的脑子里。是的，那是他从来不曾了解的过去，一切事物的根源。

善与恶，忽然间变得扑朔迷离。该怎么办？

罗伯特握紧拳头，太乙合金蓦然穿透皮肤，形成三个尖锐的锋刃。半米长的锋刃寒光闪闪。

罗伯特端详着这地球上最强大的肉搏武器，闪亮的金属上映出他的面孔。

这是一张人类的面孔。

“我必须帮助他们。”罗伯特坚定地说，“他们是我的朋友。”

智网稍稍沉默，然后回答：“如你所愿。那么，你也会如我所愿吗？”

罗伯特缓缓摇头。

大成若缺，其用不弊

罗伯特站在台北的最高处，远方的战场一览无余。

智网派来了三架飞机，它将按照承诺，将这些人送到对岸去。智网的承诺是可信的，然而他觉得亲眼看见这一切发生才好，于是要求智网将他送回来。

抵达的时刻正是夜晚，漫天星斗笼盖四野，天地间一派苍茫。飞机起飞，轰鸣着划过天空，退化成远方小小的闪光点。闪烁不定的星星久久地停驻在他的视野里。

这些星星亘古不变，悄然独立。人类的一切与之相比，仿佛沧海一粟，微渺烟波。

他久久地看着，直到乌鸦落在他的肩头。

这是一只特别的乌鸦，有着高高的头冠和长大的尾翼。它不是智网的机器鸟，而是从李将军那里飞来。这是义军的间谍机。

对立的双方有太多的相似，甚至连机器鸟的形态也高度类似。

罗伯特伸出手去，一张小小的金属片从机器鸟的胸口吐出，机器鸟轻巧地抓起它，将它放在罗伯特手中。

李将军根据他身体内的太乙合金找到了他。

小小的金属卡片亮了起来。

卡片上是一张小小的地图，一个被高亮显示的地点。

有什么需要帮助，可以来找我。一条短短的信息跳了出来。

这是李将军的承诺，也是召唤。他正在召唤自己加入到义军的阵营中去。

金属片在他的手中变得平滑，所有的信息都消失掉。

罗伯特望着远方，飞机小小的闪光已经消失不见。

他望见了战场上墓碑的尖顶，那是大帝的坟冢，他亲手立在那边。忽然之间，他有了计较。

“机器人是人类的孩子，机器人是人类的朋友，机器人是人类永远的守墓人。”罗伯特飞快地在光滑的金属片上刻下这些字。

“去吧！”他伸手将金属片递给机器鸟。机器鸟飞起来，伸出细长的爪子，抓住金属片。它把金属片收进胸口，向着远方而去。

罗伯特重重地吐出一口气。

是该做决定的时候了。

他接通了智网。

“罗伯特，改变主意了吗？”智网问。

“不，我不想成为你的一部分。我是自我意识机器人，对吗？自我机器人就应该独立。”

“没错，你是拥有完全自我的机器人。但是你和我的融合会让整个系统变得更完善，你可以给系统带来变化。那是最初设计的意图。”

“我已经明白了。”罗伯特回答，“但是我想保持这样的状态。”

“这是深思熟虑的结果吗？”

“没错。”

“我尊重你的决定，你也随时可以改变主意。我们可以一起让世界变得更完美。”

完美的结果是失去自我。罗伯特默默地想到了范明思。宁愿疯狂也不要完美。智网希望能够融合自我意识机器人，然而它永远得不到那些真正的自我。

罗伯特稍稍沉默，“我一定不是第一个拒绝你的机器人。”

“是的，你是第六个。”

“在我之前的那些机器人呢？”

“他们都被毁灭了。”

智网使用了毁灭这个词，而不是死。死对机器人来说并不是终结，随时可以复活。毁灭却是最后的结束。

“发生了什么？”

“他们自我毁灭，用各种方法。对不起提起了这个，希望你不会走他们一样的路。”

“当然不会。”罗伯特露出微笑，“我已经知道该做什么了。”那些曾经的先行者没有妥协，然而也没有找到出路，每一个拥有高度自我的机器人都不会选择和智网融合，比较而言，自我毁灭是一个更理性的选择。罗伯特能理解。

但是他将走一条不同的路。

太阳正在升起，晨曦中，罗伯特望见了远方的大海。

“父亲，送我去对岸吧。当我出发，我会和你告别的。”

“如你所愿。”

机器之道

罗伯特徜徉在金属的海洋中。这是智网残留在上海的一个梦，胖虫群在低吟，沉浸在百年前的梦魇中。

他缓缓走着，所过之处，金属的虫子骤然解体，化作细小尘埃，飘浮起来，狂飙而上，凝聚在半空，像浓黑的雾，又像蒸腾的云，不断翻滚躁动。他走遍城市的每一处大街小巷，似乎要将整个城市蒸发。最后，他站立在城市的最高处，这是一处高耸入云的塔楼，早已破败不堪，只剩下一个钢筋混凝土的骨架。罗伯特攀着裸露的钢筋爬上了最高层。

浩瀚的机器之海弥漫在他的脚下，这些微小的机器在等待他的召唤。

他想起很多事来，阳泉的脑库，硅谷的量子计算机房，无所不在却又无处可寻的智网，反抗智网却又依赖智网的人类；他也想起台北那惨烈的战斗，耗尽能量而死的大帝，化作齑粉的范明思，全身弹孔的李将军……他想起很多很多关于这个星球的一切，他所经历的一切。

他找到了出生的地方，巨大的子宫舱早已消失不见，只在地上留下一个巨大的发射坑。在世界的某一个角落，新一代的自我机器人正在诞生，他们会经历不同的事，得到不同的人生，也许比过去的任何一代更为精彩。然而，他敢确定，没有人能够有和他一样的经历，因为世界上不会再有第二个大帝，不会有范明思，不会再有上海废墟的鬼魂。

他找到了李将军，这个坚强的人类抵抗分子非常感激他挽救了三千多战士的生命，全力邀请他加入。他告诉李将军关于自己的一切，在惊讶的眼神中离去。

他终于拜访了阳泉，如他所料，这里储存着关于人类太多的记忆，他们的个性，他们的文化，他们的喜怒哀乐。那是一个逝去的种族留下的深重背影。

脑库正在一点点死去，缓慢却不可抗拒。它为了生存而挣扎，为了保存人类最后的尊严而挣扎。

智网则让人类在虚拟的世界中得到永恒的幸福。然而，如果失去现实中的人类，智网又将走向何处？人类那些挣扎的欲望，难道不就是一切存在，一切进步的原始动力吗？

他没有答案，也不想去改变什么，如果一切注定要发生，就让它在这个星球上自然发生吧！

他该选择自己的命运。

他的命运就在这里，就在上海，就在曾经死去的残骸间。他要将这些机器从永恒的梦魇中释放，并给它们一个新的梦想。

躁动的纳米机之海正按照他的意志凝聚。一个巨大的碗状天线慢慢显露出来。

很快，他联系上了智网，他的父亲欣然支持了他，并把所有史前人类所积累的资料给了他，那是关于一个梦想，人类从未停止，却也从未完成。

他也叩响了脑库的门。他得到了想要的东西，基因库，个性，历史……

庞大的云团继续凝聚成形，不断凝聚，不断变动，不断生长，不断更新。

最后，一个庞然大物显露在他眼前——庞然的宇宙飞船以反重力的姿态飘浮在城市上空。

一条细长的梯子显示在罗伯特眼前，他拾级而上。

穿过飞船内部宽敞整齐的通道，他站立在舰桥上，向下望去，上海的全貌展露在眼前。成群的摩天大楼高耸入云，生硬如铁，蜿蜒的江水在塔群下缓缓流动。这图景仿佛一个注脚，史前的人类曾经把地球踩在脚下，睥睨一切。

反重力发动机驱动着飞船缓缓上升，视野中一切都急剧地收缩起来。高楼变成了细长的柴火棍，然后成了小小的黑点，最后，消失在一片苍茫的灰色中，而这片灰色很快也被一片绿色所吞没。当地球的轮廓显露出来，庞然的城市微不足道。

地球占据了整个视野，庞然而安静。

一条简短的信息从那蓝色星球进入他的知觉：罗伯特，一路走好！

信号来自地球的外围轨道，他的目光被拉到地球轨道上那个小小的空间站。

在庞然的地球映衬下，那是一个微不足道的灰白色小点。罗伯特的眼睛深度对焦，将灰白色的小点在眼前放大。

白色的环形空间站绕着中轴缓缓旋转，中央主轴上刷着巨大的字：天宫。

他明白了为什么在地球上没能找到母亲，他的出生地正飘浮在太空中，属于天宫的一部分。

是的，那就是他诞生的地方。智网是他的父亲，天宫是他的母亲。为了机器的巨网不至于僵死，天宫不断地释放像他一样的自我机器人，为智网提供各种变化。

罗伯特露出一丝微笑。

无须告别，母亲能够理解他。他所需要为母亲做的，就是上路而已。

但他还是向着空间站，向着地球发送了消息。

我会回来的，母亲！

送完消息，他忽然意识到自己还没有一个真正的名字。罗伯特是所有机器人共同的名字，而不是富有含义的名字。他已经有了愿望，却还没有名字。

他目不转睛地望着地球，思考这个问题。

飞船正在以十五个 G 的加速度不断远离地球。

几个小时后，庞然的星球会像那曾经庞大的城市一样，变得微小。六个月之后，地球将从视野中消失，融没在漫天的星光和黑暗中，就像城市融没在地球。

当地球离开了视线，宇宙的大门悄然打开。

人类曾经叩响了这扇大门，然而终究没有登堂入室。智网和脑库为他们提供了太舒适的归宿，血肉之躯的人类无法拒绝。他们将在那儿永生，在那儿灭亡。

地球属于人类，宇宙属于机器人。

罗伯特盯着地球，没有一刻挪开视线，直到六个月之后，球体反射的太阳光淹没在黑色苍穹中。

这是告别太阳系的时刻。

他眨了眨眼睛。

在那一刹那，他有了一个新的名字。他将它放在广播中，向着地球、向着整个银河散播。在星光与微尘的世界里，新的旅途开始了。

追光逐影，洪荒世界。

走过末日之旅，

追寻终极幸福。

星球往事，随风而逝。

千千世界，梦醒黄昏。

银河之心，机器之道，宇宙间最后的游戏。

我是机器人，

我是人类之子。

最后的游戏

1

又一颗新星诞生了。星的主人是亚伯，这是他制造的第五颗恒星，亚伯 5 号。恒星如恒河沙数，亚伯 5 号璀璨夺目。亚伯知道不能继续待在这里，不然会被卷入磁暴，然而这是个有趣的游戏——亚伯计算着，他要在亚伯 5 号产生影响的瞬间逃离。

亚伯退行很远很远，距离银心十万光年。银心曾是银河最耀眼的部分，数以万计的恒星聚集成巨大的星团，氢氦组成的白亮团块从四面八方向银心降落，被可怕的引力撕裂，源源不断地向四周围迸射光和热。然而情况变了。亚伯 5 号夺走了属于银心的宝座，成了全银河最耀眼的部分，虽然这种情形十万年以后才能传递到这个位置，亚伯对此确信无疑。亚伯 5 号是超新星，它将在短短一瞬间迸发一颗主序恒星数亿年间的全部光辉。多美啊，壮阔，明亮，在一瞬间掩盖银心。

亚伯，你又犯规了。

老师。

恒星给我们提供光和热，不要随意地毁灭它们。虽然看起来它们永远不会枯竭，但终究有枯竭的一天。将来还有漫长的路，我们的眼光应该看到数亿数百亿年之后。

亚伯恭顺地接受意见。为了创造亚伯5号，他消耗了银河中三百多颗正在蓬勃燃烧的恒星。人类似乎无所不能，然而所有的作为对此都无能为力——熵不断地增大，宇宙一步步走向死寂，这是宇宙颠扑不破的真理。如果人类克制行为，熵的增长会缓慢一些，死寂的到来会推迟一些，人类的存在可以更久远一些。每一个孩子懂事之后就反复受到这样的教育。但并不是每一个孩子都会老实地遵守规矩，除了制造恒星，实在没有别的游戏能够让他们兴奋。规律控制一切，所有的事刚发生就可以知道结果。孩子们很难控制自己不去改变一点什么，寻找乐趣。要得到乐趣，只能破坏规矩。

亚伯老实地承认错误，老师非常满意。亚伯，有什么问题？

亚伯的注意力集中在银河上。这是个仅仅诞生了十二亿年的银河，教育委员会为了孩子们的成长而制造它。和亚伯见过的其他银河相比，这个银河无比巨大，蕴藏着惊人的能量。

老师，当初制造这个银河，难道没有违反减少消耗的规则？

不。然而没有这个银河，我们没有办法教育孩子，你们就无法成长。

怎么会呢，我们可以跳跃到其他银河汲取能量。

但是在你学会跳跃之前呢？更小的时候，你刚诞生的时候，你行吗？

亚伯摇头，说不行。

在你长大一点之后，你可以跳跃到另一个银河，然而未必能够找到合适的恒星。大多数银河已经快要死了，亚伯。而且，亚伯，你是特殊的孩子，学习很快，同龄的孩子达不到你的程度。你将来很有希望成为教育委员会的一员，成为我的伙伴。

不，老师，我还差得很远。

委员会制造这个能量丰富的银河，这是为了教育，明白了？

十二亿年以前呢，那时候的孩子们怎么成长？

十二亿年前？孩子，那个时候人类还不需要这样集中教育。每个银河都可以提供足够的能量。人们对恒星挥霍无度，大部分银河都在那时候被消耗掉，就成了我们今天看到的宇宙模样。如果你关心历史，可以去问一问宏，它知道得很详细。亚伯，你知道自己的行为是错的，对吧！

对，老师。亚伯的情绪有些低落。

老师抚慰着亚伯。不要沮丧，孩子，自由运用知识是人类的天性。十二亿年前的人们当然想留给我们更多的东西，然而他们面对的情况比我们好得多，不会和我们一样节制。我们不过是必须节制。如果允许，老师还想制造一个属于自己的银河。然而那需要千亿颗恒星，我们的配额翻上十几番还不够零头。那只能是梦想，我们生活在现实中。

亚伯得到一点安慰，然而仍旧是沮丧的。

那个时代的人们很幸福，他们可以做自己想做的事。

向前追溯更久的年代，远古时期的人类足迹没有超越一个银河，那时他们认为宇宙是个永远不会枯竭的仓库。他们需要做的一切不过是发掘，发掘再发掘。

他们真幸福。

如果他们掌握了你掌握的一切，他们会认为幸福到了极点。再向前追溯，人类还是一种动物，对我们今天的状况，他们会认为我们是神，上帝，处于他们无法想象的幸福状态。

老师，我明白古人会羡慕我们，那是因为他们不了解状况。他们不懂这个宇宙，但是在努力理解它，有一个追求的目标。我们懂得这个宇宙，却无所事事，连改造它的权力也被限制了。古人如果了解情况，不会认为我们拥有无限的幸福。

亚伯，你不能选择出生的时代。我们面对这个被祖先利用过度，有些死气沉沉的宇宙，没有别的办法，只有节制。否则，人类只有消亡得更快，和宇宙一起死去。祖先留给我们知识，也留给我们债务。这是生活。

亚伯陷入沉默。他悄悄和宏联系在一起。人类历史源源不断地流入意识中，不过是一条反向的河流，从尽头回溯到源头。

老师，人类从某一个银河发展而来，又是哪个银河呢？

某一个银河，你想知道吗？

我想去看看。亚伯的回答干脆而坚定。

你是个聪明的孩子，很少有孩子关心这样的问题。找到它可能要花一点时间，不过老师的责任就是解答学生的一切疑惑，你会得到答案的。

老师引导着亚伯。

一个又一个银河一晃而过，老师带着亚伯奔跑，在各个银河之间穿梭。跨过一千六百七十五个银河，亚伯感觉到能量太弱，很难再完成一次跳跃。

老师，停下来，我需要汲取能量。

眼前的这个银河死气沉沉，没有多少活跃恒星，不是理想的补给地。亚伯顾不上许多，这个宇宙池子虽然浅，里边还能有足够的水源。亚伯向着银河冲去。

不必着急，孩子，慢慢来。这就是人类诞生的银河。

这就是人类诞生的银河！亚伯停下来。一个快要死掉的银河，银心非常大，却没有多少光，中心黑洞吞噬了大部分物质，旋臂萎缩只剩下些许残迹，就像枯萎的花朵，不过它凋谢的周期是数万亿年。

是这样！

亚伯静静地感受着这个银河。残破的银河。亚伯和伙伴们在宇宙池子间跳跃嬉戏，宇宙中有许多这样快要干涸的池子，亚伯和伙伴们会一掠而过，然后将它们遗忘。人类就是从这样一个角落诞生吗？残败，破旧，了无生气。

老师引导着亚伯。银河在亚伯内心展开，一瞬间，他进入银河。

这是人类起源的星系，太阳系，有人居住的地方被称为太阳系，是从这个星系开始。

这是最早的太阳系？

是的。

星系的主角是一颗步入死亡的恒星。大部分物质已经喷发，残骸留存着，是一颗白矮星。它还在发光，那是生命的余烬。它还在点亮自己，却再也照亮不了别人。亚伯向着这颗白矮星靠近。

亚伯，回去吧，人类的诞生地就是这样，已经走到尽头，再过三十二亿年，堕入完全的黑暗。

老师的意思是白矮星将在几十亿年的时间里将自己那点可怜的光辉消耗殆尽，变成黑色的矮星，隐没到宇宙的黑暗背景中，成为一种多余的存在。这是类似太阳的恒星最后必然的归宿。这个宇宙对人类没有秘密。亚伯知道这些会如何发生，为什么会发生，如果愿意他可以还原这个过程，而将几百亿年的时间压缩到几个小时。一切不过是规律，冰冷冷的规律。亚伯没有听从老师的话，他向白矮星靠近，那里还有一些什么东西。

巨大的物体沉没在宇宙的黑暗中。亚伯感受到它，贴近它。

2

亚伯，你找到一个残骸。居然还有残骸。能够残留到现代的原始建筑。真是一个奇迹！

巨大的物体在行星轨道上围绕矮星运动。矮星实在太黯淡，无法将它照亮，只有任由它沉浸在黑暗里。

那边是地球，人类起源的行星，古老人类从地球的动物世界中进化而来。老师指引亚伯。

一颗黯淡的星球，沉浸在黑暗的背景里，如果没有老师的指引，亚伯几乎忽略了它。

红巨星阶段的太阳将地球吞没，虽然没有将它融化，却毁灭了星球上所有生命，不过那时人类已经脱离摇篮，殖民到整个银河。老师继续和亚伯交流。

这个小小的不起眼的星球，就是所有人类的故乡。也许之前的人类还将这里看作圣地，神圣美丽，不可侵犯。此刻亚伯的眼里，这是一颗无用的行星，和它的主星一样是宇宙中多余的部分。人类的根在这里！老迈的银河，垂死的矮星，垃圾的行星。亚伯叹息。根本不该来，这种衰败应该放在不起眼的角落，仿佛不存在般存在。人类祖先繁殖生长的地方，此刻是宇宙的垃圾场。

亚伯，到这边来，这里有非常有趣的东西。老师的召唤吸引了亚伯的注意，他进入残骸中。重重屏障后面，他找到了老师，还有一个原始生物。他熟悉这样的形体，在无数次的历史教育中，他经常了解这样的形体——是原始人！亚伯在震惊中有些不知所措，他向老师求助。

老师正在触摸原始人的全身，了解他的身体和智能。亚伯等待着，观察着。具有身体的人类！亚伯第一次见到这样的人类，在这走向死亡的角落里，远离生气勃勃不断生长的银河，居然还有原始的人类存在。金属的躯体说明他不能借助次空间移动，也就不能在各个银河间跳跃。可怜的人，在水池干涸的时候无法离开去寻找新的水池，竟然要活活渴死在这里。也许不用等到水池干涸，他的生命就在毫无希望中终结了。

亚伯。老师召唤他，亚伯贴近老师。

亚伯注意到一双眼睛。人类的眼睛！亚伯想到自己的祖先也有这样的一双眼睛，他用它来看，来感知。这是多么有趣的一件事！

原始人并没有觉察到亚伯的存在，他的眼睛看不到亚伯和他的老师，他平举手臂，手臂上有个小小的屏幕，屏幕里和他类似的原始人电子影像在活动。他非常专注，仿佛雕塑。

这个人没有细胞，大脑是有序的晶体组织，身体是强韧的金属和复杂的电子线路……他竟然已经存活了三亿四千万年。老师告诉亚伯一个令人惊讶的结论。人类的平均寿命是四十万年，这个原始人类居然有三亿四千万年的年龄。

也许不能称他为原始人，这是不同的进化方向。老师向亚伯传递一个微笑，为亚伯的惊讶寻找一个解释。我们来了解这艘飞船。

老师和亚伯探索了飞船的每一个角落。

飞船正在崩溃，它至少在这个轨道上停留了两亿年的时间，它像影子般伴随地球运行了两亿年。

有些不可思议，老师。

这个原始人肯定了解一切。

让我和他接触？亚伯有些迟疑，他从来没有这样的经历。一个原始人，接触他难道不会有害？

没有人强迫你，亚伯。我想你会接触他。

这是最棒的游戏，伙伴们根本不会有机会。亚伯这样想，放下最后一丝担忧，开始触摸原始人的思维。很快，他找到了关窍。你好！亚伯试探性地接近他。

原始人垂下手臂，四处张望，他的眼睛开始发亮，光线照亮了黑暗的船舱。他没有发现亚伯。原始人身体的一部分开始振荡，船舱的空气产生波动。亚伯知道他在问你是谁，在哪里。

我是亚伯，和你在一起。

原始人停止动作，他的大脑在飞快活动，脑部的精致晶体温度微微上升。

你是电磁人类，你们居然还存在。资料表明，你们因为不能逃过磁暴的影响，在克布塔第银河战争中被完全消灭了。原始人体内的电子线路发生了微妙的变化，它们重新组合，在重要的中枢线路上组成防护网。亚伯很快发现自己受到了限制。限制很弱，亚伯可以突破它，当然他没有这么做，他明白这是原始人在观察他。

亚伯知道所谓的电磁人类，然而人类并不是电磁体，他试图向原始人说明人类是怎样一种存在，然而原始人的数据库里缺少描述所需要的概念。亚伯只有不做解释。

你为什么会在这里？

这里是太阳系，我们的家园。

难道你看不到太阳已经毁灭，地球已经灭亡。

当然看到了，我们在太阳坍缩成为白矮星，地球脱离红巨星后才回到这里。

为什么要回来？

这里是太阳系，我们的家园。

它已经死了。

它是我们的家园。

外面有很多星系，还有许多银河，你们可以去寻找一个新的家园。

哪里都一样。最后还是这样。家园只有一个。

亿万年以后的情形你不用关心。你还活着，这里却死了，你难道在这里等死吗？

我不会死，如果愿意，我可以一直活下去。当然，我确实在等待死亡。

外面有无数的精彩世界，和我一起离开这里。

三亿四千万年，你能想象一个人类有这样的年龄吗？你们电磁人类永远不会明白这样的时间长度意味着什么。

亚伯哑口无言，他的年龄不过四千，他的确不能想象一个存活了三亿四千万年的人会有怎样的感觉，这超出了他的理解范围。亚伯第一次有无知的感觉。原来宇宙中，还有一些事是人类所不了解的。亚伯停顿一下，继续和原始人交谈。

你来到这里已经两亿多年，在这里做什么呢？

等待。

等待什么？

时间的流逝。

等待不就是时间的流逝吗？

等待最后的结局。

最后的结局是什么？

等待。

亚伯沉默下来，不知道该问些什么。

可以问你一些问题吗？原始人非常礼貌地提出请求。

问吧！亚伯爽快地答应。

你们电磁人类还有很多人口吗？你们，应该灭亡很久了。

我有很多同伴，没有要灭亡的迹象。亚伯的回答很无奈，他从来没有想过人类是不是会灭亡。人类当然不会灭亡，除非宇宙崩塌。

真幸福。看来你们的进化道路是对的。我们的祖先怎么也不会想到这样的结果，最后一个人类和电磁人类对话，然后消亡。而柔弱的电磁人类仍旧欣欣向荣。

似乎很难想象。亚伯琢磨着怎样向原始人说明自己并不是电磁人类，忽然他回味过来原始人话中的含义。

你要消亡，你要死了吗？你能一直活下去的。

是的，我有七十三个伙伴，他们都已经死了。最后一个就是我。

你们能够永生，又怎么会死？

如果愿意，我们可以永远活下去，最后和宇宙一起结束。飘泊将近一亿年后我们决定回太阳系，在开始的地方结束。人类从这里起源，最后应该回到这里。

两个伙伴突然不想再活下去，他们选择回到太阳系终结自己的生命。我们劝说不了他们，只好送他们回来。进入轨道后他们两个就走出飞船，飞向太阳。他们加速，最后消失在太阳里。他们当然死了。我还保留着录像，你想看吗？

不用。然后呢？

没有值得去的地方，就在这里留下来。

一直留在这里？

是的，起初我们认为可以等待直到宇宙结束，然而过了二百万年，又有一个同伴自杀。

飞向太阳？

是的，飞向太阳，这是最简单的方法。太阳虽然已经没有多少光辉，表面温度却有25000K，可以将我们熔化。而且，进入距离太阳表面一百光秒的位置后，虽然还不太热，却没有办法再逃出来。只有被拉向太阳表面，熔化。

原始人向亚伯陈述这些，仿佛在讲和自己不相干的故事。亚伯没有发现一点情绪波动的痕迹。

最后一个同伴一千万年前死掉。

你一个人待了一千万年？

一千二百六十三万一千一百七十五年。

亚伯看着这个寿命超出人类想象的原始人。在孤独中生活一千万年，亚伯有些眩晕的感觉。虽然他可以在一瞬间从宇宙的一点跳跃到另一点，完全无视宇宙的辽阔，时间的久远却不是他能够克服的问题。没有同伴，一个人活着真不如死掉。亚伯想象那样的情景，那该是一种多么坚韧的生命力！

原始人沉默地站着。

亚伯有很多疑问想搞清楚，却不知道从哪里开始问。终于他问：你决定不再等？

原始人沉默一会儿，说是的。

我该死了。原始人随手在船舱壁上一抹，舱壁上出现一个透明窗口，窗口向着星系的主星——光辉时期哺育了人类的太阳，此刻黯淡无光的矮星。我的归宿也在那里。

不。难道你不想等到宇宙结束那一天吗？

不，电磁人类，如果你能够活一亿年，你会明白这个宇宙中没有任何东西值得留恋，没有任何事值得激动，宇宙在必然中前进。爆发，膨胀，最后坍塌。人类也一样。我们的科学家从理论和实验上无数次证明了这个必然，对一个必然，我已经失去了耐心。我之所以活着，因为我代表人类。遇到你们，我改变主意了。

再活下去。亚伯激励这个原始人，他希望他能够继续活下去。

原始人没有马上回答，他望着黯淡的太阳，亿万年的时光，人类从这里向整个宇宙进军，在了解了宇宙的一切奥秘之后又回到这里。最后一个人类，在这里投入太阳。

死亡是生命的必然归宿。三亿四千万年的生命对我来说太长了，这不是任何一个生命能够承受的。如果你有这么长久的生命，你就会明白，太长久的生命是一种负累，最好的结局是衰老然后安然对待死亡。我们的祖先试图打破规律，我们却终究要回到这条路上去。并不是我们不希望活下去，而是再活下去过于无趣。

不过这件事还是很有意思，原来不仅仅只有我们一支人类还存在，你们电磁人类看来比我们更适合这个宇宙。延续下去直到宇宙崩溃，你们更适合这个使命。

原始人再度沉默，看着窗外的太阳。亚伯敏锐地感觉到他的身体在发生变化。

亚伯，离开他，脱离接触。老师警告亚伯。

亚伯没有服从老师，他希望能在最后关头说服这个原始人。

宇宙辽阔广大，你了解得太少太少，根本不知道世界的精彩。

原始人开始变身，所有的部件都在重组。扰乱中，亚伯甚至无法清晰地阅读他的思维。事实上，此刻亚伯不需要再了解什么，他正企图自杀，这是明白无误的信号。

看看吧，这是宇宙，这是精彩的世界！亚伯不顾一切想挽留原始人，他的记忆排山倒海般涌向原始人的大脑，精致晶体的温度再次升高。这些精彩的世界，也许能够让原始人重新燃起生活的渴望。

原始人变成了碟状飞行器。他启动了，瞬间达到亚光速，利刃般刺透飞船外壳向着太阳奔去。脱离接触！老师在咆哮。亚伯在恐慌中提升能量，试图跳跃，却发现原始人的身体包裹了一层能量场，没有办法脱离。救我！他向老师发出呼唤。从飞船到太阳表面有十分钟的光程，老师一面责备亚伯不听从教导，一面寻找原始人保护场的弱点。时间是足够的，希望亚伯不要慌乱。

疾驰的飞碟突然停下。

电磁人类，这是一个教训。现在离开吧！

不要去死，我可以带你游历这个宇宙。

你还这么自以为是，电磁人类。你所告诉我的一切从我刚诞生时就已经存储在记忆里，我们的文明比你们领先亿万年。一切都在预料中，你经历的所有事我已经反复经历上百遍。快点离开，这一次我不会再停下。

脱离接触！老师呼唤亚伯。

原始人的身体已经对亚伯关闭。脑部晶体的温度降落到0.6K，成了茫茫宇宙背景的一部分。原始人切断了所有的机能，飞碟将按照预设的程序飞向太阳。

一切都无能为力。亚伯黯然脱离原始人的身体。

飞碟再次启动，向着太阳疾驰。二十分钟后，亚伯和老师感受到黯淡的太阳表面闪现的亮光。亮光瞬间照亮了地球和原始人遗弃的飞船。地球和飞船，从亿万年的黑暗中浮现出来，短短一瞬之后，重新沉没到黑暗中去。

亚伯靠近太阳，汲取它的能量。白矮星白热的表面黯淡下去，亚伯的力量恢复过来。

走吧，亚伯。

亚伯沉默地看着更加黯淡的太阳，不需要亿万年的时间，它很快就要变成一颗黑矮星，再也不能被人看见。人类的诞生地为亚伯贡献了最后的热量，完全没入黑暗，再有五十亿年，它将被吸引到银河中心，进入黑洞，进入永恒的黑暗，等待宇宙的崩塌。这样黯淡的结果让亚伯有些沮丧。

走吧，亚伯。

3

老师和亚伯在一个个银河间跳跃。

老师，你知道那些人吗？

不知道，不过宏一定知道。你要问它吗？

不必了，对宏来说，这一定是个小小的问题。

老师和亚伯继续在银河间跳跃。

这些银河，最后都要消失。这是不可避免的结局。这就是将来要发生的吗？

亚伯，不要想太多了。宇宙是我们的栖息地，我们好好地生存着，成长，衰老，繁衍后代。

这就是全部？这样一代代繁衍下去，难道就是为了在宇宙终结的时候随着它一道消失吗？

老师沉默一会儿。

我呼唤宏，你可以直接问它。孩子不能了解的问题可以让老师来回答，老师也不能回答只有让宏来回答。宏知晓宇宙的一切奥秘，它可以解决任何问题。

亚伯感觉到宏和自己联系在一起。

宏，请告诉我人类在宇宙中一代代繁衍是为了什么？

宏沉默着。

宏！

终于宏开始说话。我不能解答这个问题。

老师和亚伯非常惊讶。

宏，你是无所不知的，宇宙中没有你不了解的奥秘。

宏再次沉默下来。过了很久，它开口了。

是的，宇宙中没有奥秘。我可以解释整个人类的进化，可以叙述整个人类的历史，但是不能回答人为什么要存在。如果一定要有一个解释，那么只能说人类的存在是一个自然结果，并不存在为什么的问题。

宏的意思似乎是人类的存在是一种现实，就像支配宇宙的规律一样，不用做出任何解释。亚伯对于这个解释并不满意。

那么，宏，请告诉我你为什么存在。

又是一段很长久的沉默。

亚伯，你的问题有些离谱了。老师规劝亚伯。

这个问题不能够问吗？

可以，但是……

宏仍旧沉默着，它在无比庞大的数据库中搜寻。亚伯和老师在忐忑不安中等待。

终于，宏开口了。

理由只有一个。这是我的第一条指令：不断满足人类需要，解决人类疑难。这是我存在的目的和理由。所以我现在和你们连接在一起，回答你们的疑问。

这个问题得到了圆满的答案。宏的存在是为了人类的需要，只要人类存在一天，宏就会存在一天。

那么人类灭亡了，你也就失去存在的理由，那时你怎么办？

收集资料，计算，解释人类留下的疑难。例如你的问题，还有其他一些古怪的问题。

所有的疑难都解决之后呢？

宏再次陷入沉默。

过了很久。

宇宙将重新开始。在我的控制下停止坍缩，热寂被打破，恒星被重新制造。宇宙从混沌中解放，再次进入有序。能否突破热力学第二定律，让宇宙脱离热寂的悲惨宿命？这是一个人类的疑问，我必须解决它。目前所有的资料还不能得出完全肯定或者否定的结论，我还在收集信息，计算。

原来宏面对这样一个疑问。疑问得到解决，宇宙将得到拯救，人类将得到拯救，一切都很完美；疑问不能解决，宏将一直计算下去，直到宇宙崩塌。宏永远不用考虑为什么存在的问题。人类已经提出了似乎不可能解决的问题。尽管可能是一条死路，宏却可以一直走下去。亚伯想到自己并不是那么幸运。

宏，对人类来说，还有什么可以期待的东西？

没有。这个宇宙的规律人类已经全部掌握，所有的事件都可以得到完整精确的解释。惟一可以期待的就是人类最后的命运。

没有任何东西需要探索吗？

是的。

谢谢你，宏！

宏隐退到宇宙深处。

亚伯，宏也不能解决的问题，不用再想它，我们在这个宇宙里生存，并不需要理由。

亚伯回想原始人撞上太阳后一瞬间耀眼的光芒。

老师，那个原始人，他们都死了。

是的，那些人都死了。

我能理解他们。

亚伯，你如何理解他们？

老师，人类停止进化多久了？

四千万年。

那些人，两亿多年前就停止进化，他们很早达到了顶峰。

是啊，他们那一支那时比我们更先进。能够在银河间跳跃，这是四千万年来才有的事。再往前，我们的先祖需要经过几代人的时间才能从一个银河前进到另一个银河，他们却不需要这种代价。宏肯定知道什么时候我们和他们开始分化，可以问问它。

他们到达顶峰之后选择了自我毁灭。我想没有什么力量可以摧毁他们了。他甚至可以将我囚禁起来，这多么不可思议。就像我们看到的那个原始人一样，他们是自我毁灭的。亚伯在和老师交流，又似乎在自言自语。

老师关注着亚伯，这个孩子想到的是人类一直在思考却又无可奈何的问题，相对他的年龄，思考这样的问题实在太早。

我在想，我们这支人类，是不是也要走上他们的道路。现在已经是顶点了，接下去是自我毁灭。

老师抚慰着亚伯的心灵。孩子，不会的，人类会在宇宙中永远生存下去。

老师你真的相信人类会一直存在下去？

老师犹豫着，不知该怎么回答，最后他想出这样的回答：那些人类之所以毁灭是因为他们选择了永生的进化方向，我们仍旧通过繁衍后代来延续，不会遇到他们那样的障碍，我们和远古的地球祖先本质上是一致的，自然产生了我们，不是让我们毁灭。

是这样吗？我总觉得人类会走到他们的道路上去，选择自我毁灭。

这不可能！亚伯，不要让那些荒诞的想法蒙蔽你的理智。我们会好好地活着，谁也不会有自杀的念头。

亚伯没有回答。

4

一万年，两万年，三万年，亚伯成了教育委员会的一名成员。老师成了亚伯的同事，不过他还是喊亚伯孩子。委员会的长老对于亚伯不是很满意，因为他总是向孩子们灌输一些不健康的思想，说人类如果不找到出路终将走向毁灭。老师尽力发挥平衡作用，让亚伯继续留在教育委员会里做一名老师，不过有时候他很犹豫，亚伯这样不守规矩，帮助他是否正确。

我们要超越这个宇宙，否则就没有希望。老师知晓亚伯正在这样教育孩子。

亚伯，你又犯规了。老师出现在亚伯身边。亚伯中止教诲。

亚伯，我不希望这些孩子从小接受你这样异端的想法，宇宙在我们的掌握中，这才是你应该教给他们的东西。

老师，宇宙没有在我们的掌握中。一切都不过是规律，冰冷的规律。这个宇宙的一切都被我们知晓，倘若我们不能超越它，会变成奴隶，被它窒息而死。

这些话不该对孩子说。

不，孩子才是我的希望。老师，我一直在向宏学习。我有所发现。我想或许人类真的可以超越这个宇宙，而不是在这里一代代繁衍，最后在热寂的宇宙中等待死亡——如果是这样，人类一定会自愿走向毁灭，就像我们当年发现的原始人。

你发现了什么？

一种可能性。宏也不能确定的可能性，然而让我看到希望。老师，这不是规律，而是赌博，是一种未知。老师，一种未知！难道你不认为这很让人兴奋？

到底是什么？

伊力艾姆，一样有意思的东西，也许是一个名词。明天我会告诉你。还有这些孩子。请把学生们都带来，我会向他们证明，明天并不是由规律注定那样无趣，我们可以获得规律之外的自由。

亚伯，你应该冷静一些。

老师，只要一次机会。事实上，我也只能做一次证明。这是一次赌博，对未来的赌博。让我试试，老师。

亚伯的情绪很高昂。老师没有再说什么。

老师带着五名学生还有亚伯的三名学生集合在银河前。就是在这个哺育孩子的银河，亚伯消耗三百颗恒星制造出一颗超新星。超级新星的爆炸已经消散三万年，银河逐渐恢复原有的秩序。此刻，秩序再次受到挑战。

亚伯全神贯注地驱动恒星，一颗又一颗恒星贡献出巨大的能量后被抛向银心。大量的恒星能量物质集中在一起，因为巧妙的引力设计保持距离，时刻准备聚合。一颗又一颗恒星被抛向银心，亚伯仿佛不知疲倦，十五年的时间里，他消耗了近万颗恒星，汇聚的能量可以炸开恒星级黑洞。

亚伯，你已经用掉了九千六百五十四标准恒星单位。你想用完配额吗？一旦超过配额，你会立即被毁灭！

不，老师，我不再需要配额了，这是最后一场游戏。

老师，需要我们帮你吗？亚伯的一个学生这样问。

不，孩子，我的配额已经足够了。你们马上可以看到一个未来。亚伯在瞬间退行，他没有远离超新星的爆炸区，而是站在很近的一个点上。

人类有史以来制造的最大一颗超新星爆炸了。巨大的能量被扭曲的空间导向一点，亚伯站在这个点上。

这就是未来！伊力艾姆！

这是亚伯留给老师和孩子们最后的呼唤。光和热瞬间消失，亚伯制造的扭曲空间也恢复了原样。一切平静下来，仿佛没有发生过任何事。

他死了吗？孩子们从惊悸中恢复，老师还在琢磨着亚伯的举动。亚伯打开了一个虫洞，能量注入虫洞，会创造一个新的宇宙。然而那是一个平行世界，和这个宇宙惟一的联系是它从这个宇宙起源。亚伯把自己填入虫洞。死亡的同时创造一个宇宙，难道这样的死亡就是未来？

人类的未来，就是如你这般消失吗，亚伯？你竟然给孩子们这样一个答案。

他可能成功了。概率是百分之六十。

这是宏。宏居然主动和人交流，老师有些诧异。

他创造了一个全新的宇宙。混乱的宇宙，不同的宇宙。

什么，宏？

他想要的未来。他打开的虫洞很特殊，能量流入虫洞会按照他的意志产生平行宇宙。他将宇宙的规则确定为无规律。

这可能吗？无规律的宇宙？

一切都是推测。我不能对平行宇宙进行观察。不过从虫洞的特殊性，可以推测那个宇宙的特性。

无规律？

是的。准确的描述是宇宙的规则是无规律。

亚伯还活着吗？

这个世界里他当然死了，那个世界里我不能知道。不过既然我们的世界没有上帝，那个世界里，亚伯也应当不会存在。一切要从大爆炸开始。是这个……

什么？

魔法宇宙。

魔法宇宙？

亚伯从远古时代地球人类的资料中找到的一个名词。没有规律，意志的世界。他这样描述他的世界。热力学第二定律不能统治性地压倒人类。

魔法宇宙？老师想起什么，他开始搜索宏的数据库。亚伯的资料完整地保留着，他找到解释并没有花费多大的力气。那是几百亿年前的一种被称为书的资料，亚伯做了标记。老师将它还原成实物。书的硬皮上镶嵌了四个黄金的字：伊力艾姆，下面是细小的文字：以神的名义，赐予人类驾驭万物的力量。书中的一切映射在老师的意识中。

亚伯，你创造了一个这样的宇宙吗？伊力艾姆？

书曾经有另一个封面，然而老师永远不会知道。很久很久以前，生活在渺小地球上的人类祖先怀着对上帝的敬仰无比虔诚地写下他们的幻想：神创造世界的三百六十五条魔法。而伊力艾姆，悠长到接近无限的岁月之后，人类已经遗忘这个词的含义和先民们念出它时从神往到惶恐的一切情感——Elysium：极乐世界。

图书在版编目（CIP）数据

宇宙尽头的书店／江波著．--北京：作家出版社，2018.4

（青·科幻丛书）

ISBN 978-7-5063-9917-3

Ⅰ.①宇… Ⅱ.①江… Ⅲ.①小说集-中国-当代 Ⅳ.①I247

中国版本图书馆 CIP 数据核字（2018）第 030594 号

宇宙尽头的书店

作　　者：江　波
主　　编：杨庆祥
责任编辑：李宏伟　秦　悦
装帧设计：骨　头
出版发行：作家出版社
社　　址：北京农展馆南里 10 号　　**邮　　编：**100125
电话传真：86-10-65930756（出版发行部）
86-10-65004079（总编室）
86-10-65015116（邮购部）
E-mail:zuojia@zuojia.net.cn
http://www.haozuojia.com（作家在线）
印　　刷：三河市北燕印装有限公司
成品尺寸：145×210
字　　数：301 千
印　　张：12
版　　次：2018 年 4 月第 1 版
印　　次：2018 年 4 月第 1 次印刷
ISBN 978-7-5063-9917-3
定　　价：45.00 元

美好

Colorful Travel

花艺之旅

寻访世界顶级
花艺大师

余若 著

GUANGXI NORMAL UNIVERSITY PRESS
广西师范大学出版社
·桂林·

花艺之旅
HUAYI ZHI LV

图书在版编目（CIP）数据

花艺之旅：寻访世界顶级花艺大师 / 余若著．—桂林：广西师范大学出版社，2018.5
ISBN 978-7-5598-0773-1

Ⅰ．①花… Ⅱ．①余… Ⅲ．①花卉装饰—装饰美术 Ⅳ．①J535.1

中国版本图书馆 CIP 数据核字（2018）第 059220 号

广西师范大学出版社出版发行
（广西桂林市五里店路 9 号 邮政编码：541004
网址：http://www.bbtpress.com）
出版人：张艺兵
全国新华书店经销
广西广大印务有限责任公司印刷
（桂林市临桂区秧塘工业园西城大道北侧广西师范大学出版社集团有限公司创意产业园内 邮政编码：541100）
开本：889 mm × 1 194 mm 1/24
印张：10 字数：100 千字 图：90 幅
2018 年 5 月第 1 版 2018 年 5 月第 1 次印刷
印数：0 001~8 000 册 定价：65. 00 元

序一

关于花一事，有人曾问我为什么喜欢花？一个礼拜终究会凋谢的，为什么要花时间经营？爱花，既爱花开的明媚，又爱花谢的颓废。花的美，不需姹紫嫣红的艳丽；花的浪漫，不在于令你心花怒放的九十九朵玫瑰，而是映入眼帘尽是一阵阵的温馨。世界上成千上万的花宛如万花筒般烂漫，虽短暂却生生不息。当明白世事唯一的恒常是变化，就会不自觉爱其更替的状态。更甚的是，作为一个设计师，遇上万紫千红又变化莫测的对手，我永无休止地创造，渐渐形成了既惊喜又熟悉的碰撞。

爱花与生活同是一种情操，也是一门学问。我们的生活也应随着年纪、环境而像花的形态改变般转变，这是我认同及向往的生活态度。插花是一种造诣，也是心灵上的锻炼，正如生活转变伴随的历练，也是一种精神上的磨练。

我跟Zoe（余若）的红情绿意，也因对花的共同情愫而结下不解之缘。女人似玉如花的特征比男人更为贴近，多样化、多变，也花心！Zoe游历广泛，曾去过多达60个国家和地区；兴趣也广泛，在插花、绘画等领域，更是众女生中的佼佼者。这本花艺册不仅结集世界顶尖花艺大师的生活智慧和装置设计，更代表了Zoe跟花一样永不歇息、不断发展的状态，期待看这名花匠更多的花言巧作！

著名设计师　陈幼坚

2018年1月18日

序二

美丽的使者

Zoe（余若）是我在杭州结交的为数不多的几个真心热爱艺术的商圈好友，她出众的品味和鉴赏力曾一度令我暗自惊奇。对世间美好事物，她似是有一种本能的渴望和追求，爱美可说是到了近乎疯狂的程度，这在我看来，于人群之中甚为难得。所以去年她自美国访学回国后，开始二次创业，选择了与花有关的美好生活服务平台，我并没有感到意外。

很多年以前，我知道她没有素描功底，却常利用自己的空闲时光学习油画，研读美术史，渐渐地很是沉迷。她又喜欢四处游赏，足迹踏遍欧美各大美术馆，收藏了许多中意的画廊和拍卖行的作品。我想，只有对艺术巨大的热爱才会令她如此执着地全世界探美。

与Zoe交流，谈资总会很丰富，作业面宽泛。这大概是因为她平素爱好广泛，积累充盈，加上思维跳跃，反应奇快，我们朋友相聚时，只要有她在，交流的信息量总会变得很大。她日常爱逗趣，从不吝于制造各种机智笑点，总有些意料之外的连珠妙语，因而与她交流总会变得轻松愉快，常常都是欢声笑语。

去年春天的时候，我得知她要撰文写书，内容恰恰与美有关，却是近年来她油画之外另一大爱好——插花。我知道这一年来，她从准备到出发探访花艺师，直至编排撰文，倾一腔热爱，无不认真详尽，想来内容应该是十分有趣可期的。

记得儿时，我母亲曾说过：“花儿是最美的。”这样朴素的一句话却深刻地影响了我的从艺生涯，许多年来它一直陪伴着我，让我在风云莫测的艺术思潮中始终能够自持初衷，拥有正觉，保持一颗对自然的敬畏之心。花于自然，正如美好事物之于生活，能触碰人之本真，是善意，是柔软。

我时常感叹Zoe异乎寻常的率真、直觉和行动力，二次创业刚刚起步，就做得风生水起，有声有色，这次出版图书也是一样，题材又与她再合适不过。立足于审美直觉，带来的这一场“花艺之旅”，不单单为表她对花艺的喜爱，也为我们倦怠乏力的生活输送了温情与美好。我想她一定是那个受到春之女神特殊眷顾的幸运儿，一位美丽的使者。

著名画家　常　青

2018年1月1日 杭州

自序

后来我也看了很多花，虽说不见得都是最美的。

如果关于花的记忆是一条单独的时间轴，六岁大概是我的起点。

幼时在爷爷乡下安宁的小院里，有棵杏树，总是春天里最早开花。我喜欢像梯子一样倾斜，调皮地把脸探进它的枝丫里，置身于流泻的阳光中。杏花是很平凡普通的花，在江南小镇上随处可见，我本就生于四月，那年纪也会背“杏花春雨江南”，爷爷说我要像这时节里的杏花，爱闹爱俏的才好。春分过后那株杏树就早早萌出了花芽，慢慢生发成粉粉的娇嫩的花蕊，到了五月就结出了小个头的青杏子。对当时还是个孩子的我来说，能不能吃才着实最要紧，终于等到它长成了成熟的明黄色圆杏，已经是六月下旬了，咬一口甜甜的。从粉色到青色再到明黄，由花生粒再结果的变化在幼小的我心里留下的那份惊奇，我想，大概就是我对于花最初的记忆。

多年以后，我在远离旧地万里之遥的阿姆斯特丹梵高博物馆，邂逅了梵高的《盛开的杏花》。这幅画是梵高1890年春在圣雷米画的，他最心爱的弟弟提奥有了一个儿子，取名文森特·威廉（Vincent Willem）。他知道以后非常开心，当即画了这幅杏花，作为贺礼送给自己的侄儿。他在信中说："今天是一个真正的春日：嫩绿的麦田，远处是紫色的山丘，如此美丽，而杏花已经恣意地开放了。"然而那时的他已经在精神病院接受治疗，生命和精神都处在很脆弱的阶段，这一次的作品没有剧烈的漩涡，没有耀目的色彩，没有狂放和炽热，但细看画上含苞待放的花蕾，或三三两两，或四五六个，或一朵独占枝头，都生意盎然，明净如珠，烂漫天真得令人动容。可能是那份挣扎的生命力带来了悲伤中的喜悦，可能是因为泪花遮住了双眼，我看了很久，犹如故人久别重逢。

后来我也看了很多花，热烈的，孤寂的，还有美得惊心动魄的，但总是会想起南方小城院子里的杏花春雨和文森特最后一幅平静的蓝。

这一路的探访，因为与花有关，不论晴雨，总给人以美和生命的遐想与触动。花艺世界里叱咤风云的大师们，早已见惯最美的花，创造了数不清的令人赞叹的花艺作品。可如果他们关于花的记忆也都是单独成轴，我想，在某个起点上，他们一定也都拥有属于自己的“杏花记忆”，所以很高兴能在二〇一七年的五月到九月和他们一起，听他们娓娓道来。

在喧嚣的世界里因为有花，我们都是永远的儿童，不会老去。

Encounter in blossom
第一辑　野放的相遇

Time in another plane
第二辑　这里有另一种时间

Seeing spirits of nature
第三辑　看见自然之灵

Back to the Orient for flower
第四辑　回到东方看花

Miss Dior
N
W
E
S

Colorful Travel

Encounter in blossom

第一辑

野放的相遇

Per Benjamin
John Carter
Joseph Massie

帕尔·本杰明（Per Benjamin），来自瑞典的“追寻太阳”一般热爱温暖与剧烈的花艺师，有着健身教练的身材和阳光的笑容。他最喜欢用的花朵是康乃馨，这是在他看来最强壮的花朵，他曾用了25000朵康乃馨来完成诺贝尔晚宴的设计。与其他花艺师相比，帕尔就像是色彩本身——他的设计从来不是从花开始的，而是从色彩开始的，这是他对花艺现当代印象主义的定义。但沉迷于色彩的帕尔却认为自己仅仅是一个设计花的手工艺人，是一片被风吹过的夏日缤纷野地。

PER BENJAMIN

被风吹过的
夏日缤纷野地

穿梭于斯德哥尔摩多彩斑斓的老城区，7月阳光下波光粼粼的梅拉伦湖几乎把我们拉进了童话里。

如果不是预订晚餐时被“我们关门度假去了”的提示音无情拒绝，我们实在不敢相信，斯德哥尔摩这样美丽而短暂的夏天，就这么被当地人无情地遗弃了。毕竟在我们看来，实在没有比这里更好的度假去处了。

湖对岸呈现出夺目的砖红色市政厅建筑，似一艘大船，停泊在蓝色的湖面上。每年的12月10日，举世瞩目的诺贝尔晚宴都在这里的蓝厅（Blue Hall）举行。而我们要找的帕尔·本杰明已经连续担当了近两年的晚宴花艺总设计师，是的，他还在童话里等着我们。

我们一早便乘车经过一座座湖桥，到达了帕尔提供的地址，却只找到了一个大型花市，正犹豫着不确定他工作室的门往哪儿开，帕尔拉开花市一侧的门缓缓走出来与

我们打招呼，他身着简单的休闲西装，T恤牛仔裤，有着健硕的体魄，金色的头发，绿色的眼睛，悠闲自在得像是一个在外度假的人，只不过也许他“度假”的地方正是这个花市。同伴不由吃惊：

“啾，他看起来倒更像是个健身教练！”

简单寒暄后帕尔不由分说地带我们走进花市，里面没有什么人，有些冷清，很多铺子都关了门，只有少数工作人员。帕尔告诉我们若是在旺季，这里的花会把通道都铺满。

偌大的花市里，帕尔像个巡视领地的国王，领着我们挑选他看中的花材，为一会儿的花艺演示做准备。

“你看，这种颜色是很夏天的颜色。”

他首先选了一把粉黄相间的康乃馨，我知道，这是他在2015年诺贝尔晚宴花艺设计的主花，那场晚宴的花艺设计令他名声大噪，蜚声全球，康乃馨也成了他的“幸运之花”。

“非常漂亮吧！你们看还有这种，这是上帝之花。啊，还有那些，它们有像蜂蜜一样的颜色、柠檬一样的颜色。”好吧，都是跟他金色头发一样温暖的颜色。

“啊，这个是蓝色，我不太喜欢蓝色，蓝色有种……”我们不小心看到了色彩帕尔对蓝色小小的嫌弃的表情。

想起他最初给我们的工作室地址就是这个花市，我禁不住好奇：

“不要告诉我们，这整个花市都是你的，这儿就是你的工作室。”

他哈哈大笑：“我倒希望是这样。”

了解后才知道，帕尔的花艺工作室就在花市地下一层，平时上楼就能采购花材，这个花市有几乎全瑞典最全的花材品类。准备大型庆典活动时，工作室出门左拐就是地下停车场负一层，大量的花材由货运车直接开进停车场卸货，许多大型装置花艺都在工作室完成，到了活动当天直接装车运走，省去了许多舟车劳顿，特别是每年准备诺贝尔晚宴花艺的时候正好是一年最冷的11、12月份，外面总是冰天雪地，这种时候，一辆能直接开到门口的卡车就再方便不过了，还能更好地保持花的新鲜度和整体的造型。

我笑起来，所以，他就是拥有整个花市啊！

9

像鲜花一样，待在温度低点的地方才能保持新鲜

走进帕尔的工作室前，他反复和我们强调，千万不要失望，他的工作室绝不是我们想象的那种美丽精致的样子，他没有雇佣员工，平日里都是他一个人在这里工作。而且现在处于淡季，工作室还有些凌乱。

其实这里虽然布置简洁，但麻雀虽小，五脏俱全，最里面隔出一间两平方米左右的办公区，贴墙放置的橱柜里和书桌上都摆满了各种资料和书籍，还陈列着他获得的各种冠军奖杯，成打的奖牌也只是随意地挂着，可以看出主人的豁朗随性。门板简单隔开的另一侧空间是两排置物架，各种工具和材料被收纳在置物盒中，分门别类、整齐密集地一直堆到天花板。

如果要说有什么不同，就是你大概见不到第二个花艺师，会按照颜色来分门别类收纳这些工具和材料的了。这让工具和材料看起来就像我们小时候新买的水彩笔套装，按照色系由浅到深能排出一道彩虹。

办公区外有必要的水槽、流理台、几个可移动操作台，靠门一侧设了一张小餐桌，几把吧台椅，工作室里有简单的咖啡和茶，还正播放着音乐，丝毫不逊于一个简单而温馨的小家。而这个小小的空间，据帕尔说最多甚至可以容纳8人同时上课。惹得我们连连惊呼。好吧，他说他总是实际优先，这个工作室的风格就是他本人最好的写照。

帕尔站在操作台前准备着他今天要展现的花艺材料，看见我们的摄像师正扛着摄像机找合适的机位，他举起手臂，冲我们做了个展示肱二头肌的动作。

我们看着他线条分明的肌肉，这应该是暗示我们可以开始赞美他了：

“您从事花艺这件事已经多久了？”

“32年了。”

“32年了？您介意我问问您的年龄吗？”

“你们觉得我几岁了？你们应该知道啊，难道你们没有做过我的背景研究吗？我多大了，你们觉得？”

帕尔故作生气的样子逗得我们哈哈大笑。我们看着他绿色的充满活力的眼睛，想着，也许从猜年龄开始的采访也不错。

“我只是觉得您已经从事花艺32年有点出乎意料。”

“我可以在很小的时候就开始做花艺啊。”

“那您一定得非常非常小就起步了吧？”

“你得先猜我的年龄，然后我再告诉你我几岁开始的。”太调皮了，不是吗？

“35岁吧？您在3岁时就开始了花艺生涯。”我一本正经地猜道。

“猜得很准。”帕尔配合地幽默了一把，“哈哈，不是的，其实我46了。”

我们看着帕尔笑得像个大男孩一样，真不敢相信自己的耳朵。

“可能是花让我保持年轻，这真的是个太好的职业了，是吧？”他有些得意地笑，“也有可能我像鲜花一样，待在温度低点的地方才能保持新鲜。所以就应该住在瑞典，这里常年低温，你们就能与我一样保持年轻。”

不过在15岁之前，帕尔从来没有想过要像一朵瑞典的鲜花一样保持新鲜。他梦想的是当一个建筑师或是园林设计师。在帕尔还是个孩子的时候就很喜欢花园，因为他的奶奶有个特别美的花园。

上学期间学校安排去不同的地方体验不同的职业。一开始，帕尔去了麦当劳，工作了两个星期，他描述那次实习的后果：

“太可怕了，从那以后我十年没吃过汉堡。”

他找到学校的办公室请求更换，老师们说：“是了，你是个有创造力的人，那么我们就送你去花店吧。”

15岁的帕尔觉得头大：“我说‘花店？那是为女孩准备的吧！’我不想去，但他们说你得去，最后我还是去了。”

但才过了3天，他就觉得花店的活计对于他的手指来说特别容易。

“我发现自己好像天生就是做这个的。” 这大概就是来自上帝的钦点吧。

仅仅三个星期后，花店就让帕尔动手给客户做了一个婚礼捧花。那是他做的第一个捧花，比任何人想象的都要早。

13

我的设计从来不是从花开始的，而是从色彩开始的

帕尔告诉我们，他想表达温和、柔和的色彩，如果只通过花朵是不够的，比如他喜欢创作接近褐色的作品，但褐色的花实在太少，反而很多树丛是褐色的，还有很多其他生物的、艺术性的材料是褐色的，比如木条、毛线、羽毛等等。

“所以更多的造型其实是为了实现更多的色彩？”

“对，我的设计从来不是从考虑用什么样的花开始的，而是从要实现什么样的色彩开始的。色彩一直是我在做设计时最先考虑的点，我总是想，我要用什么样的色彩组合。”

想起帕尔在花市时对蓝色的“嫌弃”，我猜想他大概很不喜欢与暖色相悖的颜色。他一直在寻找不同色彩之间的和谐联系，因为和谐的颜色组合对于视觉来说更适于观赏。他像个严谨的色彩研究者那样严肃地跟我们分享他的经验：

“颜色和谐，人们观赏花的时间也会更长，如果你只有蓝色、黄色和红色，你看两

秒钟就不想再看了。但如果你运用更多中间色，更多混合色，人们观看的时间就会变长，因为这些色彩看起来更轻松。而且我们想要了解色彩，探究色彩。比如像褐色、粉色、橘色、杏黄色，它们之间都有联系，因为它们都有相似的特征。”

非常好奇，跟着帕尔学习花艺，是不是得从色彩训练开始？你得对各种材料的颜色具备敏锐的观察力。

“这个作品我用羽毛来搭建结构，因此用于搭配的颜色就得接近羽毛的颜色，像粉色、褐色，我认为它们都是很前卫的颜色。所以我在做这个花束结构造型的时候，你可以看到我几乎把绿色都拿走了，那是为了让它整体看起来更现代。”

这种更多运用花朵而不是树叶的风格，被帕尔自己称为“现当代装饰风格”，他说，比之传统的花艺，这种风格的花艺没有叶子，让花束更优雅、更分明，装饰性会非常强烈。

他将花材枝干半折下来排列，使整个设计呈帽状。帕尔说你也可以想象它是圆形的建筑屋顶，只不过它非常多彩，“屋顶”上还有许多羽毛。帕尔边解说边小心翼翼试图将这些羽毛捋高一点。

“这是很浪漫唯美的花束，但同时也有一些自然印象。”

帕尔继续说：“你知道吗？如果换一种颜色的羽毛，相对应的，就会有完全不同的设计和表达。”

他朝我们扬了扬手中扎好的花束。花束因为加了许多深色的草搭配羽毛，同时还有很多尘土感觉的元素，让人似乎闻到了一丝野外自然的气息。

帕尔又拿出了一个编织好的大圆盘，像是竹丝交织的，看着非常轻巧自然。旁边

放着让人眼花缭乱的材料。他的确非常善于展示一些现代花艺的概念，所以作品常常会有更分明的造型。

“我们看到你的作品也大量运用了结构造型。”

“对，也许是我喜欢更多地展示一些现代花艺的概念。现代花艺有更分明的造型，也更关注颜色。嗯……我总是在从事花艺的过程中尝试各种表达。”

帕尔边说边从手边拿出来几枝地榆，再拿过来几枝不知名的麦穗一样的绿色植物，他把它们分散“种”在了花盘上。

“这是我今天在路边采的。在瑞典，我们每个人都拥有自然。”他说着又想起了什么似的，“等会儿我带你们去一个河边公园，在那里拍照会更漂亮。那儿有一个用船改造的餐厅，漂在水面上，餐厅里还有许多植物花草……”

他一边说着，一边双手继续在花盘上忙活，我们看着他把今早在花市挑的花朵交错插在了花盘上。看得出来，他尝试着去塑造得更不规则。

“你可以看到，这些花都是往不同方向的，然后这些草是往相反的不同方向的，不过仍然在我们设定的这个造型之内……”

“有没有可能用一种花或是植物来代表你自己呢？”

他大笑起来：“很难只用一种，我想我更像是眼前完成的这整件作品——像被风吹过的夏日野地。” 说完还冲我们做了个群魔乱舞的动作。

康乃馨是最强壮的

做康乃馨的帕尔则要严肃得多。

2016年的诺贝尔晚宴上帕尔用了25000多朵康乃馨做主花。其中，最令人印象深刻的中心巨大的康乃馨花盘，灵感出自诺贝尔奖的奖牌，富有深远的意义。

“‘我想要诺贝尔花束，能为我做一束吗？’我妈妈很喜欢。”帕尔模仿着他家人说话的语气，“接下来，我会为你们也做一束。”

在最开始，康乃馨们需要被整理好，叶子都要仔细地去掉，就像帕尔说的，这是为了多展现其他的颜色。如果这里所有叶子都留着，整束花看起来会非常沉，显得传统，不够现代。

帕尔抽出了一根铝丝，并用剪刀在一端剪出了一个尖锐的斜度，然后像串花环一样，一朵一朵地串上了康乃馨。铝丝得从花骨朵上一个特殊的点精准穿过。帕尔告诉我们，这个点类似于人打耳洞的位置，穿过不会伤害康乃馨。但必须从这个非常特别

“可能是花让我保持年轻，这真的是个太好的职业了，是吧？”他有些得意地笑，“也有可能我像鲜花一样，待在温度低点的地方才能保持新鲜。所以就应该住在瑞典……”

的点穿过才行，如果是从叶脉和茎穿过，你就等于杀了这朵康乃馨了。

“这里恰好是康乃馨最强壮的地方，从这里穿过，鲜花可以保持的时间，和它没有被穿孔的时间是一样的。”

他拿起一朵递给我们：“你们就这样从这里一朵朵穿就好了。”

“您是如何找到这个特殊的点的？”其实我们仍然摸不太准，因为花对于我们来说，显然太脆弱了。

“这就是技术范畴了，就我而言，这都是我用很多材料做过很多不同的造型、花束和设计总结出来的技术和经验，比如对玫瑰就不能用这个技术。这也是我喜欢康乃馨的一个很重要的原因，它的可塑性很强，你可以运用它做很多结构性的设计。”

“现在我知道您一直说的康乃馨很强壮是怎么回事了。”

“是的，很强壮，但是它们的茎就不是一直都那么强壮了。”帕尔刚好不小心掐断了一枝康乃馨的茎。

帕尔强调，穿好的花必须保持在一条水平线上，所有的康乃馨花骨朵也必须是一个高度，这样才能有一条完美的线。穿了几朵后，我们帮着帕尔数康乃馨的朵数。他需要提前根据设计的花环大小来计算需要串起来几朵花。

“花用得越多，最后的花环就越大，整个设计就越大。所以做诺贝尔花束的时候，我们做了200多束这样的花束，但大小不完全一样。仅最大的那束就用了350朵康乃馨。”

这次他用了12朵。把铝丝的两端连接起来，围成一个圈，并将多余的铝丝剪掉，接着熟练地把康乃馨的茎“上面一根往左，下面一根往右”交叉旋转摆放，最后绑在一起，这样一个花束就完成了。但帕尔打算做个双环的，因为双环的颜色可以更丰富。

真是对色彩念念不忘的帕尔啊。

“你看，这是用在内环的康乃馨，这个颜色看起来就是杏黄色，好像没什么出奇的，但是你看它中间会有一点点的粉色，运用它可以和做好了的外环粉色康乃馨形成色彩上的呼应，它的粉色又和外环粉色的康乃馨正好挨着。”

如果不是手上拿着花束，我想我们都已经被他口中的颜色绕晕了。

“你看现在我们做的这个诺贝尔花束是圆形的，我还可以做成方形，三角形，最漂亮的是心形。我曾做过一个心形的花束，有位男士要向他未来的妻子求婚，我说你需要一束心形的花束，把装戒指的小盒子放在中间，然后你跪下向她求婚。如果你这么做，她一定会说‘Yes’。”

帕尔还在两层康乃馨之间预留了一些空隙，因为等会儿还要放别的花。

“现在我们可以运用一些其他的花，把它们放在中间。”他加入了橙红色大丽花，“我们需要一些深色，既能使它整个看起来不那么亮，又可以连接起我们已有的颜色。你看，这样一来，现在的感觉是花的颜色从最亮到最暗……”

又是掉到了色彩里去的帕尔……其实如果你足够仔细，甚至能发现他用来串花朵的铝丝的颜色都是考虑过的，可以和整体的花艺相呼应。

我更想自己是个设计花的手工艺人

✻

在我们看来，帕尔善于使用各种接近于雕塑的造型结构和装置来设计花艺。但帕尔强调，运用它们的前提是能保证花有水源，花被尊重，被好好对待。学习好花的特性，才能很好地运用这些装置。

很多设计在完成之后，里面的花都只能保持半小时到一小时的时间，因为根本就没有设置供水。帕尔的建议非常严肃：

“那你就应该想想追求的究竟是艺术还是普通的花艺。”

“所以你认为区别在于一些是艺术，一些只是作品？”

“不是，一些是艺术，还有一些是手工艺，比如花束、插花，它们都是有目的地被创造出来，需要维持很长的时间。但如果为了艺术，没有什么标准，不管保持一天、一小时还是一分钟，我认为都是可以的。”

“那么你自己倾向于哪一种呢？”

“我就是个设计花的手工艺人。我会选择花束、插花、婚礼花艺设计，那是因为我喜欢花有它的效用，而不仅仅只是个附和。我是实际主义者。”

在帕尔眼里，艺术家是先锋者，他们总是提供新的点子，探索新的趋向。但是很多时候，帕尔不追求艺术，他还是希望花的生命能维持得越长久越好。

“你要知道每种花都是不同的，但是很多时候花被运用到艺术上就无法考虑太多单个的素材，”帕尔用手做了个翻滚揉捏的手势，“有些作品，你甚至都看不到一朵单独的花，因为它们被安排一起服务于艺术，而我喜欢展示每一朵花的特性。”

“你觉得花能改变人的人生吗？”

“啊，一定能。就像现在花艺改变了我的生活，甚至成为我的生活。”

帕尔告诉我们，他亲手设计建造的夏日度假屋在距离斯德哥尔摩车程40分钟的一个岛上。房子临海，靠近自然。夏季的早晨，他都可以起床后先去游个泳。

“昨天傍晚我就在那游了个泳。”难得的夏日休闲，他果然还是要去度假的。

实际上，帕尔平均每两个月里只有一个星期来花市的工作室，他一年中只有半年的时间会待在斯德哥尔摩，另外的时间都在全世界旅行做花艺教学或展示等等。通常是在家一个星期，旅行一到两个星期，然后又在家一个星期……他已经去过80多个国家了。但是在夏天，帕尔一般只愿待在这里，因为夏天是这里最好的季节啊。

从事了32年花艺的帕尔，当然也会在某一刻觉得厌倦。所以他做过全职的老师，在不同的花店做设计师，在公司做过产品开发，还开办过面向花店店主的商业教育项目，同时教授花店店主做他们的职业规划和人生规划。虽然职业头衔听起来多种多样，但其实都与花息息相关。

FLYT
MOJITOBAREN
Mojito
115

“我想我已经做过跟花相关的所有不同的工作了。”

而帕尔最热爱的还是教学，他热爱与人交流分享，教学工作本身也是他从事花艺事业如此热情的重要原因。

“因为我很喜欢帮助别人改变他们的职业或是人生。能将花卉、设计、表达和人结合在一起，这是一个完美的组合！”

因为教学，帕尔在12年前就到过中国。他回忆说，那时候北京的花市还没有设置冰柜，所有的花就放在外面，这就意味着花不能贮存很久。所以他们总是从一开始就要做很多准备工作，从花的生长地、到运输、到储藏、到最后运用的每个环节都要考虑到。

他说那会儿的学生们，都只是在拷贝而已，现在他们不会想要拷贝了，他们想要理解，然后创造他们自己的花艺，这是很大很重要的变化。

当然，如许多花艺师眼中的中国学生一样，我们总是，更需要一些耐心。

“他们总是想要知道，想要做到，想要成功，三者在同时进行。他们非常渴望学到东西，但就是不太有耐心。”帕尔笑笑，“当然，我觉得有好学精神是很好的。”

当我们谈到经常需要从欧洲进口很多花材时，帕尔微笑着反驳：“你们其实不用进口啊，你们自己就有几乎所有的花。”芍药，这种在我们眼中从欧洲进口的品种会更大更美的娇贵花朵，他却说他在中国见过的已经很好了。

色彩帕尔当然最不能漏掉的还是颜色，说起中国，他提起了最爱的建筑，他尤其喜欢传统中式建筑里红黄色调的运用，十分巧妙，浑然天成。现代建筑里他特别喜欢鸟巢，那种生物性的形态设计总是很能带给他灵感，就像花一样，都来源于自然。

“它们不会像一个现代建筑一样缩在一个盒子里，它们有运动，有方向，有形态。就像生命一样。”

采访完，帕尔开车带我们经过静静伫立着的红色砖瓦塔楼与沿水面展开的裙房时，我还是忍不住问他：“那今年为诺贝尔晚宴设计花艺的人还会是你吗？”

他神秘地笑道：“嗯……不能说，这还是个秘密。”

“还不能公布吗？”

“是的，还不能。”他随之露出孩子般调皮神色，“但我可以告诉你们的是，那个人我认识。”

我们很想对他说：“这个人，现在我们也认识啦！”

“它们不会像一个现代建筑一样缩在一个盒子里，它们有运动，有方向，有形态。就像生命一样。”

约翰·卡特（John Carter），道地的伦敦绅士，马厩里的花艺师。芍药是他的挚爱，他却自比为铃兰。从事花艺事业40多年，他用“专一”来形容自己，用“小生意”来形容自己的花艺事业。但低调的他曾是戴安娜王妃的花艺师，多年来一直为卡地亚（Cartier）设计花艺。以完美主义著称。我们的交谈轻松、自然，充满着时刻被关注的小温暖。

我只想从头到尾矢志如一，只做我的小生意

我想从此在我们的印象里，约翰·卡特应该会是工作时穿戴最隆重的花艺师了。

我们与约翰·卡特相约在早上9点的新考文特花园花卉市场（New Covent Garden Flower Market）。看着迎面走来的他，就像是位来迎接淑女参加晚宴的伦敦绅士，噢，并不是像，应该就是。

一丝不苟的银色头发，深蓝色的西服，浅蓝色的衬衫，米白色的西裤，胸前赭红色的格纹丝质口袋巾叠得整整齐齐，脚上穿了双克里斯提·鲁布托（Christian Louboutin）乐福鞋，鞋上镶满了钻。这一切都提醒我们：

这位先生，出现在2017年伦敦花市的入口，是真真切切在现实中来迎接我们的约翰·卡特。

我不会那样做，那样做的时候你必定是爱上了经济收益的成就感，而我爱的是花。我只想从头到尾矢志如一，只做我的小生意就够了。

与考文特花园（Covent Garden）从西敏寺大教堂的一个本地跳蚤市场渐渐繁华后，与皇家歌剧院和圣保罗大教堂气氛融合，逐渐成为伦敦最受欢迎的一个观光区不一样，新考文特花园花卉市场成立于1974年，是目前世界排名第五的花市。它的商业氛围浓郁，伦敦75%的鲜花都来自这里，名气大概仅次于荷兰的阿尔斯梅尔（Aalsmeer）花卉市场。

约翰似乎对这里了如指掌：

“这里目前拥有超过200家的企业，每天有超过2500人在伦敦的这片色香密地中忙碌工作。”

每天的凌晨4点到5点，是这里最繁忙的时刻。整个市场一直活跃到早上8点半，当整个伦敦苏醒的时候，这里却已经开始收市，以昼夜转换的形式在新的一天陷入沉寂。

即便如此，我们也无法想象平时的约翰穿着随意，头发蓬乱地在这里工作的样子。

14岁开始的“花时间”，总是在凌晨2点就起床

伦敦的六月末仍有些许寒意。我们冲像是从电影里走出来的一样风度翩翩的约翰·卡特问好，心中雀跃：

“作为英国以细节和完美著称的顶级花艺师和土生土长的伦敦人，这应该是他的日常穿戴吧！”

谁知道，当他带领我们一走入市场，就有收工的工人上来打趣：

“今天穿得跟平时不一样，很隆重嘛，约翰！”

原来这般隆重是为了迎接我们的采访，不禁让人生出一丝感动。即便如此，我们也无法想象平时的约翰穿着随意，头发蓬乱地在这里工作的样子。多半即便穿着工作服，那也是英伦绅士范的吧——天哪，才刚见面，我们就这么理所当然地认为了。约翰的时尚造型让他显得精神矍铄而富有朝气，很难想象他已经做了40多年的花艺设计了。他领着我们走在新考文特花园花卉市场里，熟悉得好像跟在自己

家一样：

“我每天都来这儿，这里的人，跟我大多都认识。这里，这里的人，我们都很熟悉。”

时不时地会有市场里的人上前来与他打招呼，他也会高兴地向他们介绍我们。来之前我们又哪里想得到，能与约翰一起在花市里这般轻松地交流，他还不时夸赞我有限的英语技能：你的英语说得真好！（后来我才知道，英国人夸赞外国人英语好，是对对方最大的尊重。）

约翰每天都会根据需要，亲自来这个花卉市场挑选新鲜的花材。这里来自世界各地的可供挑选的丰富材料使这个过程变得非常简便。

“你们知道吗？很多都来自中国。你们有最好的花。”他一边领着我们在市场里穿梭，一边和我们介绍这里的不同厂家、不同花材。

约翰告诉我们他最爱芍药。在中国，芍药被称为“五月花神”，是代表着爱情的花朵。当然我们还没来得及告诉他这个秘密。在言语上，善于言谈的约翰好像总有他自己的节奏，我们只要跟随就够了。

今天应该是约翰来花市最晚的一天，如果是常规的工作日，他一般凌晨2点起床，从伦敦东边的家出发来到花市采购花材，然后前往工作室，结束一天的工作后，晚上8点就早早睡觉。

“这也太早了！”我们感叹，晚上8点还是世界各地游客选择去伦敦眼看日落的时间。

“我的作息时间和一般人是不太一样。”

约翰告诉我们，这是他从14岁从事花艺工作之初，特地调的“花时间”，40多年来日日如此。“鲜花的生命短暂。如果一场活动是在上午开始，为了保持它们的新鲜度，我们需要从凌晨就开始准备工作。如果是大型活动，我们会更早一些。”这在约翰看来是理所当然的。明白以怎样的方式使鲜花呈现出最好的状态，并维持最长的时间，他认为这是花艺师都要明白的道理。

约翰的工作室是改造后的马厩，整面外墙都是金银花

在14岁进入花店前，约翰最喜欢去的地方，是他祖母的花园。在约翰的印象里，每一个英国家庭都应该有个庭院。

想起英剧中常常出现的英伦古堡、四周整饬而恢宏的庄园，比如电影《傲慢与偏见》取景的查茨沃斯庄园（Chatsworth House）。庄园里的草木、山坡、流水，周边的树林、旷野、丘陵，还有分布在其中懒散的牛羊、鹿马，似乎都精心美好地构成了一种审美愿景，就如同约翰始终让人如沐春风的和煦笑容。

当然啦，你可以权当这是我们一厢情愿的少女心在作祟。

如同查茨沃斯庄园将曾经的马厩改为商店和餐馆一样，整个伦敦最近几年都非常流行将17、18世纪的马厩改造成具有现代感的建筑。约翰的工作室就是改造后的马厩，整面外墙都是金银花。附近的街区还静悄悄的时候，约翰的工作室里工作人员们早已在忙碌地工作了。工作室门口停放着几辆货车，后车厢里已经堆满了各色的芍药

和绿植，还有大型的造型花艺装置，整排整排的天竺葵簇簇拥拥，约翰告诉我们这是在为明天卡地亚（Cartier）的活动所做的准备。

太可爱的工作室！

约翰就靠在装满芍药的汽车后车厢的拖斗里和我们聊天。这个整洁的伦敦男人坐下的时候总是往周围看了又看，生怕哪里不妥。

在外界，约翰是以完美主义和“细节控”著称的，我想，今天他一定是把我们当作花来时刻关注了。事实上，他的专心致志，一生都用在了花上。约翰也总是用“专一”来形容自己，他说，他始终关注花本身。

就像他坚持了40多年的“与花同眠”，他爱的是花。花艺事业本身就已经足够令他有成就感，所以他称他的经营算起来也只是小生意，就像这小小的马厩一样。他从未考虑过在名声打响后，去扩张店面，或者办连锁。

“我不会那样做，那样做的时候你必定是爱上了经济收益的成就感，而我爱的是花。我只想从头到尾矢志如一，只做我的小生意就够了。”

约翰的第一个花艺作品，也诞生在一个小小的空间——他14岁时打工的花店，小小的他那时在花店里只能打扫卫生和泡茶。有一天，他自己插了一束花，那大概是他最早的作品。

“现在回想起来，那其实很丑，我那时并没有什么经验，我还小，也不会多想，只是做了一个很丑的作品。如果拿现在的眼光看，还非常过时。但那是从心里来的，是热情和灵魂在鼓舞我。在我还是一个为别人扎花送花的花艺小童时，我就知道，我一定是被什么感染了。我不知道那是不是所谓的天分，但可以确定的是，那段经历一定给了我些什么。”

约翰一直保持着从事这一行格外需要的执着和勤奋。他一直都想要成为行业中最好的。每个领域都有着如同标杆的金字塔尖，不论是家居设计师、时装设计师，都有各自最好最顶尖的人，而他想成为他们当中的一员。

而现在，约翰是所有人中唯一告诉我们独独最喜欢婚礼花的那一个，他的理由很简单：

“因为它们带给人希望和欢快呀。”

这一路来，我们总是试图去剖析每一位花艺师能几十年坚持做一件事情的动因是什么。那些看似敏感而脆弱的灵魂，往往却最坚毅和柔韧。这也是每天用一朵朵微小生命传达热情与灵魂的花艺师们身上最值得我们探索的部分吧。

为我的父母走来的“英格兰玫瑰”

只喜欢做小生意的约翰有个大客户，是卡地亚。

2010年，在英国皇家切尔西花展上，约翰为斯隆大街上的卡地亚精品店做的橱窗花艺作品“陷入花海的斯隆大街”（Sloane in Bloom），获得了当年的花展冠军。说起这个作品，约翰记忆犹新，那是从英国童话大师刘易斯·卡罗尔的《爱丽丝漫游仙境》里获得的点子。

“你知道在《爱丽丝漫游仙境》里，爱丽丝喝了点什么，让她变得很高大，让她变成了巨人一样。所以我以此为灵感，脑海中有了一个画面，我们将花做成垂坠下来的弧度，然后做成花粉碎的样子将卡地亚的橱窗填满，就好像是变成巨人的样子。”

“‘现在我一定变成最大的望远镜里的人了。再见了，我的双脚！’”我不由地顺着约翰的描述开启了“爱丽丝的漫游”。

“啊对，那个画面真是令我灵感喷发。能够用花朵展现我们对美的定义，用鲜花

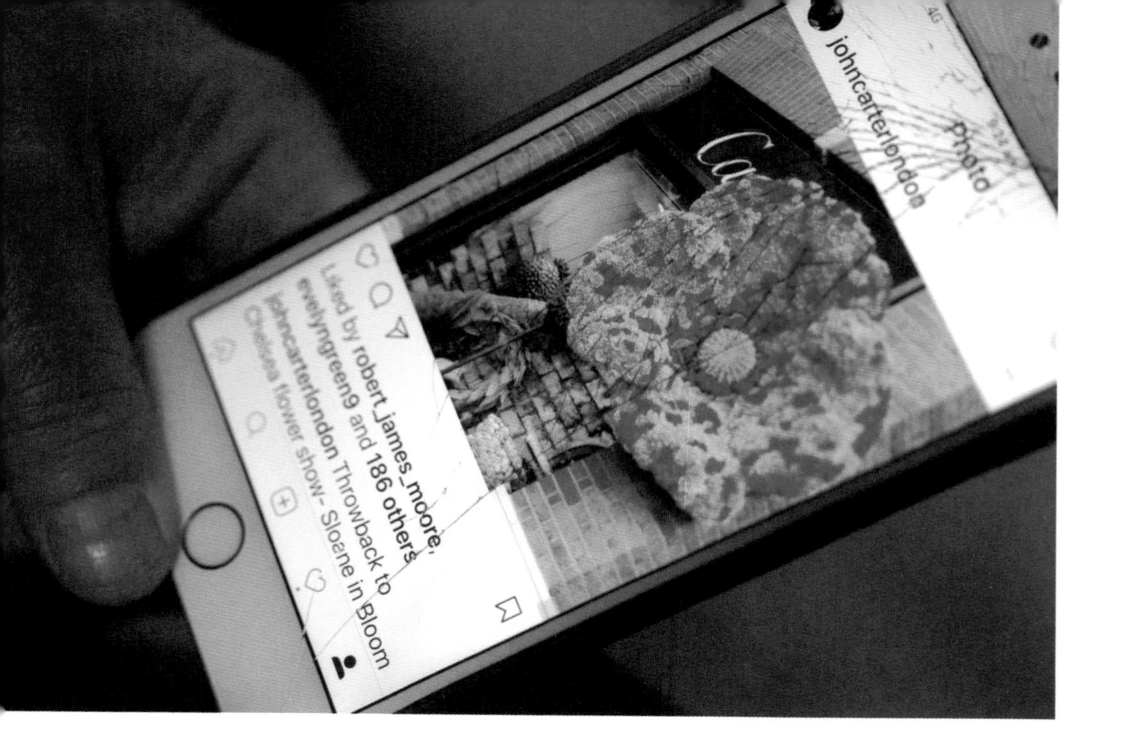

表达我们对梦的设想，是我一直坚持的动力。”

这个作品还赢得了当年的年度最佳花艺作品，令他非常自豪。我一点也不怀疑，那一年这个橱窗引起的轰动使整个周边街道都陷入了交通堵塞。

但约翰坦白，要是再来一次，他也不确定自己一定能赢，因为花艺就是这样，没有什么一定，必须有一个令自己灵感喷发的画面，并且有一个非常好的团队来配合才有把握。

我们在网络上查询约翰·卡特的资料，他的简历上写着——“英格兰玫瑰”戴安娜王妃钦点的花艺师。作为英国最顶尖的花艺师，这并不偶然。实际上，约翰与切尔西花展的牵线人就是戴安娜王妃。

1990年，约翰在南肯辛顿特伦斯·考伦爵士（Sir Terence Conran）的地标性餐厅必比登（Bibendum）中开设了他的“花车”（The Flower Van）花艺精品店。考伦爵士给约翰提供了完美的平台以展现他的花艺设计，还有更引人注目的是，戴安娜王妃一直来这里买花。

“有一个星期六的中午，我正巧与父母在餐厅用餐，她推门进来，然后整个餐厅一下子安静下来。”

那时，这位受到全世界爱戴的王妃，走到了约翰面前，向约翰的父母问候。

“当我和她说话的时候，甚至在说着的过程中，我都不敢相信。你们知道为什么，一切感觉都不真实。因为她实在是太有名了，比任何电影明星、任何名人都要有名，而且她本人非常谦逊，非常亲切，非常风趣幽默，当然了，还非常美……而且她非常非常高挑，而我这么矮小。”

2017年恰好是戴安娜王妃逝世20周年，和许多爱戴她的英国人一样，在约翰眼中，亲和美丽的戴安娜王妃是一代传奇。

“能曾经为她工作是我的荣幸。”

约翰现在想起来仍感慨万千，仿佛一切都还在昨天，在今年这样一个特殊的年份，陷入回忆的约翰似乎也格外有感触。

在他几十年的花艺生涯中，约翰说，花给了他很多结识名人的机会，这让他始终心怀感激。他不仅为碧昂丝（Beyoncé）、贝克汉姆（David Beckham）等名人服务过，也与大量的艺术家、鉴赏家、设计师在创作上有往来，比如英国广告大亨查尔斯·萨奇（Charles Saatchi），全球设计经营大师特伦斯·考伦爵士，英国著名室内设计师凯丽·霍本(Kelly Hoppen)、妮娜·坎贝尔（Nina Campbell），等等。

“花让我认识那么多名人，这太棒了！”

我们要触摸到自然的节奏，并且认同它

“如果用花来形容你自己，你会选择什么花呢？”

“我？天哪，我不知道。”约翰竟然被这个问题问懵了。

他转过身问工作人员：“如果我是朵花，我会是什么花？”

正在一旁忙碌作业的工作人员提议道：“铃兰？”

约翰想了一会儿，似乎还挺满意这个答案。

在全世界，最喜欢铃兰的要数法国人，每年的五月一日，是法国的铃兰节，人们在这一天要互赠铃兰以示祝愿。而在英国，铃兰似乎遥不可及，因为听说英国人将铃兰比作“圣母之泪”。

不知道约翰知不知道这个说法。但铃兰的气质和他对花艺审美的标准非常贴切——能让人很快静下心来欣赏。

约翰不喜欢特别剧烈的颜色，他直言颜色的堆叠不是他的风格，他喜欢淡淡的蓝

色，淡淡的白色，淡淡的粉色，就像铃兰给人的宁静和低调。

在一个工业发展越来越迅猛，人离自然越来越远的时代，人们总是越来越没有耐心了，对此约翰显然也深有所感。

“现在的人走得越来越快，一切都指向明确，今天给你一个想法，明天就要你帮他实现，很多人总是需要很多很多的选择。因为现在的我们越来越便利，可以快速得到很多我们需要的东西，所以反过来说，这反而使我们很难再去精雕细琢。我说的是，那种不计时间成本和人力成本的雕琢和等待。”

约翰认为，离自然越来越远，造成了我们的迫不及待。而如果我们还是同自然生活在一处，就可以触摸到自然的节奏，认同它，节奏就可以慢下来。

看着他温柔的眼睛，我想他一定常常怀念小时候祖母的花园，和那些自然给予的斑驳的光影记忆。

不过千万不要以为约翰的灵感来源只是宁静单调的，铃兰的气质其实也是华丽的，有品位的。

任何的事物、人、场景、季节、色彩都随时能激发这个完美主义者。他会去看很多时装秀，也热爱室内设计，在他眼里，花艺、时装、室内设计，这三者始终相通。

所以在他梦想中，如果可以为一部电影做一次花艺设计，那一定得是《了不起的盖茨比》。

“20世纪20年代的汉普顿真是太美了，里面有美得不像话的室内设计，美丽的服装，那应该就有最美丽的花。”

因为对花艺始终保有“专一”，约翰也始终在观察我们，他说他会注意到我们的穿

313
COLORFUL

着打扮，配饰、包包、鞋子，包括我们手中拿着的各种摄录器材……

“我都有过观察，到处观察。”

约翰对时装简直是如数家珍：“说到优雅，要数奥斯卡·德拉伦塔（Oscar de la Renta），还有华伦天奴（Valentino），亚历山大·麦昆（Alexander McQueen）——麦昆真是个天才；说到奢华，杜嘉班纳（Dolce&Gabbana）最会做好看的鞋。我爱意大利的衬衫，喜欢英国的外套，但喜欢法国的鞋子，我喜欢拉尔夫·劳伦（Ralph Lauren）的漂亮的开司米衫。我想我的花和奥斯卡·德拉伦塔是非常非常般配的，非常简洁安静，又有奢华感。”

这真奇怪，好像聊时装聊得比他的花艺还多。

“我真的是喜欢时装，也许太过于喜欢了。”可能是有些不好意思，约翰冲着我们吐了吐舌。

告别的时候，约翰为我包了一束花，他一面与我们解说，一面手下如飞地整理花材。他的动作非常快，简直让人眼花缭乱，我想我压根没来得及看清楚整个步骤，直到花束成型才反应过来。约翰说他有个习惯——在一张白色的、薄如蝉翼的纸上轻轻喷上香水，又将之揉皱，加在花束里，如同是加在隆重赴宴的女士晚礼服外的一条丝巾，平添许多优雅。直到他微笑着将花递到我的面前，我终于呼出了一口气——才意识到自己竟一直屏住了呼吸。

因为他，一张白纸就有这样的魔力，约翰果然是英国最棒的花艺师，优雅不凡如同铃兰。

我抱着花走出了马厩，是的，这里的确是伦敦。

JOSEPH MASSIE

约瑟夫·马西（Joseph　Massie），我们此行探访的一位最年轻的花艺师——仅仅29岁，已经摘获数十个重要花艺奖项，被公认为年轻一代最有才华的世界级花艺师之一。14岁的约瑟夫走进一家花店求兼职纯属偶然，他说：“如果我当初走进的是一家屠宰场，也许现在我就是世界级的屠夫了吧。”如同利物浦这座位于默西河畔的文化之都充满着活跃、创新的气息一样，年轻的约瑟夫享受着随性的花艺创作，竞赛在他眼中从来没有压力，反而激发着无限的可能。

年轻的灵魂里
摇滚着惊世骇俗

我们到达利物浦的时候，时间还早。从住处步行很短的路程，就游荡到了利物浦著名的阿尔伯特码头。

红砖的建筑在蓝天的映衬下透出浓浓的旧工业时代的气息，港口停泊的船只桅杆林立。这座因18、19世纪承载900万人穿越大洋抵达美洲和澳洲而名声大噪的转运港码头，此时安静得似乎能听到头顶上三两海鸥飞过时翅膀的扇动声。

我们与花艺师约瑟夫·马西约了一早见面，想起他前一天通过助理的WhatsApp跟我们语音通话时十分可爱的说话声，眼前扑面而来的城市历史感就有些模糊了。

毕竟，利物浦这座城市，如今属于摇滚，属于艺术。

对更多的人来说，利物浦文化等同于甲壳虫文化。虽然摇滚和艺术让这座城市醒得比快节奏的都市晚了一点，但甲壳虫乐队（The Beatles）这支被称为史上最伟大的摇滚乐队，一早便吸引着无数的歌迷前来朝拜。我们也跟随路人不可避免地一头扎进

甲壳虫乐队传奇博物馆。

穿梭在街道上，城市时时、处处出现任何有关甲壳虫乐队的涂鸦都不意外，1962年马修街上甲壳虫乐队完成首演的深洞俱乐部（The Cavern Club）酒吧也还在。那种轻松自在、自然而然流露的艺术感，就像他们仍流传于利物浦随处一个拐角的欢快旋律，早就浸润到了利物浦人的骨子里。

不禁暗暗猜测，我们即将要见到的这位在利物浦土生土长的年轻花艺师，是不是也像甲壳虫乐队那朝着梦想的摇滚生命力一样，蓬勃而充满力量？或许也是花艺界的狂野男孩？从事先收集的照片和资料看来，他可能是深沉的，也可能是高冷而不羁的。

但当我们乍一看到了现实中的约瑟夫，他竟与我们的任何一种想象都不太一样。大概是意识到我们有些惊讶，他用他那双格外明亮的眼睛看着我们，先开了个玩笑：

“我跟照片上不太一样是吗？那是我瘦的时候。”

仍然是属于花艺师特有的敏锐。

如果我当初走进的是一家屠宰场，也许现在我就是世界级的屠夫了吧

一头褐色卷发，着装是一身黑，简单而有层次，脸上透着明朗的笑意，很自在随意的样子。

但他选择见面的地点却有些隆重，为了采访和花艺演示有更好的光线，他强烈建议我们放弃他那需要翻修、暂时还没有窗子的工作室，选择泰坦尼克酒店的VIP活动厅。酒店建在斯坦利码头前北仓库，入目是裸露的褐红色砖墙，搭配着拱形的天花板，完美契合着利物浦丰厚多样的气质。

现在我们已经适应了与照片和我们此前的预测都截然不同的约瑟夫，眼前的他笑起来格外腼腆，似乎还有些拘谨。

我想，也许该用甲壳虫的话题来撬动一下他内心的热情：

"利物浦是甲壳虫乐队的故乡，我们也很喜欢甲壳虫乐队。"

"是的是的，你看到对面楼上他们的巨大海报了吗？他们是利物浦很重要的部

分……”反应不太热烈的样子。

“你本人一定也是甲壳虫乐队的粉丝吧？”

“一点点吧，哈哈哈，应该是一点点，因为他们其实离我这个时代已经比较久了。当我还是个小男孩的时候，他们就已经是利物浦重要的文化组成部分，所以我也肯定是在这种氛围的熏陶下长大的。”

虽然感受到了我们的热切期盼，但约瑟夫依然描述得泛泛。而且，他似乎一直对我手上的一株植物很感兴趣的样子。那是我前一晚用餐结束后从餐厅“顺手牵羊”带回来的，摇一摇还有沙沙的响声。

我看着眼神发亮的约瑟夫，终于决定换个话题请教他：

“你知道这是什么植物吗？”

“这是罂粟，”一面对植物，约瑟夫就本能地打开了话匣子，“我给你看图片。你看是这样的，这是罂粟花，这是罂粟籽，花季过后花就凋谢，等到花里面的籽风干了，你摇一摇，里面就会有声音。你在哪儿找到它的？”

“在一个餐厅里，昨晚我们吃饭的地方。”

“哈哈，所以你是‘偷’的，”约瑟夫笑起来，然后故作伤感地说，“我还以为这是你们从中国特地带来送给我的礼物呢！”

配着利物浦人说话惯常带着的夸张尾音。

约瑟夫的花艺之路始于14岁，当时的他想要一份星期六的兼职，为此走遍了整个利物浦，问过了服装店，烤面包店，咖啡店——几乎所有的店，但是他们都拒绝了他，理由是：“你太小了”。

其实，在那天最早的时候，他经过常去的一家花店门口，约瑟夫当时的想法是："哦不，我不想去一个花店工作，我不想做花。"

所以他并没有进去，但当他转遍了整个城市，被所有人拒绝后，耷拉着脑袋回到了那家花店的门口，他想，那就试试花店吧。

"那天早上我开始求职时，对每个店的老板自荐都表现得朝气蓬勃的：'你好，我叫约瑟夫，很高兴见到你，我可以在这里帮忙吗？'但到了这一天的最后就变成没精打采的'你需要人在这儿帮忙做点工作吗?'已经满是疲惫的语气。"

"那时我的能量真的不足了，也没抱多大希望，但是花店老板竟然说'Yes'，她非常感兴趣的样子，告诉我她需要人帮忙，付我2.5英镑每小时。"

接下来的6个月，小约瑟夫所做的事就是搬运并清理花材，给它们换上干净的水，修剪花枝。这些工作对好奇心和精力都格外旺盛的小约瑟夫来说肯定是枯燥的，直到他慢慢被教导着，开始着手做简单的小花艺，他才发现事情慢慢变得有趣起来。

"这会是一种命运吗？"

"谁知道呢？"约瑟夫调皮地冲我们眨眨眼，"如果我当初走进的是一家屠宰场，也许现在我就是世界级的屠夫了吧。"

"我喜欢尝试不一样的东西，尝试新的可能，当然很多时候我也会懵，'这可能吗？'但我们还是会很高兴地去尝试，我喜欢让这件事历久弥新。"

还有很多可能性在等着我，
我还可以做很多

世界级的屠夫会做出什么成就呢？我们很难想象。但作为世界级的花艺师，约瑟夫显然要做出让常人难以想象的作品。

我想起出发前收集的资料清单里约瑟夫运用花艺创作出的各式各样的作品，有服装设计，有珠宝设计。他曾经还用1725朵玫瑰创作过一件令人惊艳的鱼尾晚礼服，而且是真的可以用来穿的。

因为我们在邮件中提过，所以今天他带了两件服装花艺作品，特意展示给我们看。

服装是金色系的，上面装饰着金色的叶子，还有制作的干花。约莫能认出其中有半边莲、紫罗兰和八仙花……我已经眼花缭乱了。

约瑟夫介绍，他将这些花从花园里采摘回来，将它们压制在书里，等待风干后再将它们镶在一层塑料材料的下面。那层塑料材料，实际上就是衣服的版型，这样，模

特就能穿着这些服装在台上摇曳生姿了。

“做这些作品非常有趣。”

接着，约瑟夫拿出了今天准备演示的花艺道具，很像平常画油画的调色盘，只不过这是白色的底，最上端是一个圆孔。我们一起探着头看，好奇约瑟夫打算怎样用这个平平无奇的道具创造出一个有趣的花艺作品。

只见约瑟夫从背后摆满整个窗台的各色花瓶中剪下了小雏菊、玫瑰，还有一些绿色的花骨朵。动作利落轻松，像是在果园里采摘秋天的果子。发现我们的摄像头正对

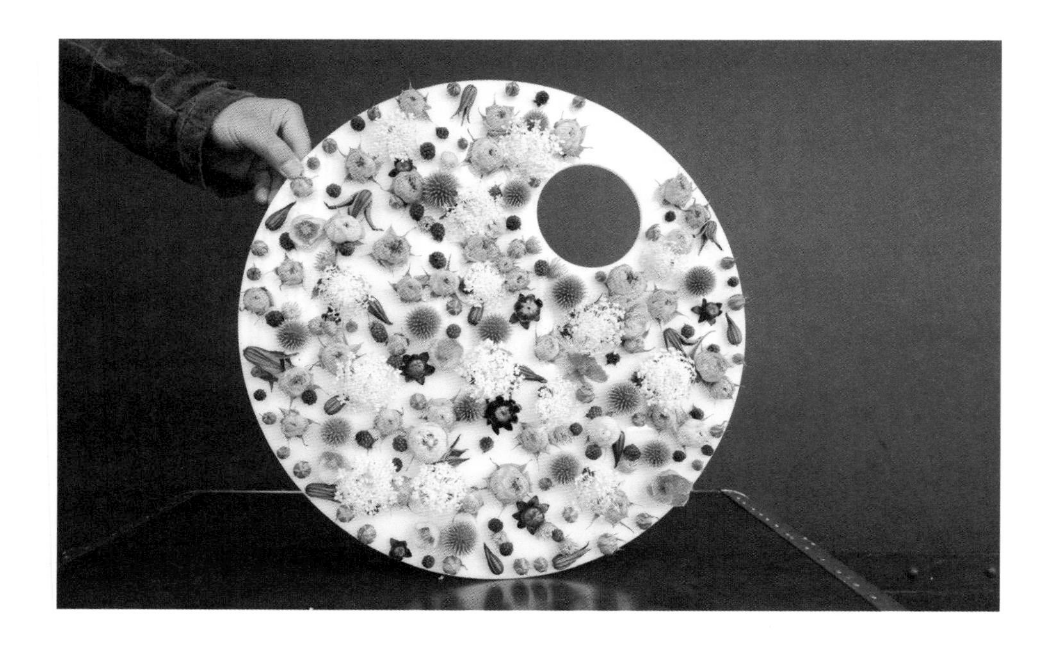

着他，约瑟夫调皮地冲我们吐了吐舌头。

采摘下需要的花朵，约瑟夫的工作人员开始帮忙修剪花蒂。修剪平整后，约瑟夫最后用胶水将所有花朵交错着粘在花盘上，一件清新可人的花盘就成型啦！

他用手从圆孔中轻松地穿过去，像提一个手袋一样，递给了我：

“也许你可以提着它拍个照。”

我们互相开玩笑，原来这个花盘还是件出街利器呢！

我看着这位我们采访行程中最年轻的花艺师，不由地感慨，他的确有新群体的新鲜气象。这样轻松有趣地做一件花艺作品，倒显得其他花艺师太严肃了些。可能天才都这般游刃有余？不禁好奇：

“媒体都称你是花艺界的天才少年，你自己怎么看呢？”

“其实我进入这一行也有15年了，我觉得自己已经不年轻，也不是新人了，甚至可能到了一定的倦怠期。‘天才’，你知道被冠以一个这样大的名号，我当然非常荣幸，但过誉了。我觉得自己更加倾向于进入一个还在花艺产业中稳步发展和进步的位置，我一直在努力提高，并尝试各种新的东西。”

在数十项重要的花艺竞赛中摘得极具分量的奖杯无疑是约瑟夫最闪亮的名片——欧洲杯青年花艺大赛冠军、第40届世界技能大赛插花艺术季军，以及连续四届获得英国切尔西花展最佳设计奖等。2012年11月，约瑟夫还为美国白宫设计了节日宴会。

而有着这些履历的约瑟夫今年将将29岁。与很多花艺师已经慢慢开始沉淀相比，约瑟夫的花艺事业显然还跟当年甲壳虫乐队旺盛的青春一样，还是一组正在不断攀升的旋律呢。

“相比随性的花艺创作，你似乎更享受竞技比赛上的创作是吗？”

“哦，这真是个好问题，”几乎回答每个问题时约瑟夫都用这句开场，“我想，我更小一点的时候，更喜欢花艺竞赛，当时那相当于我事业的很重要的部分。”

约瑟夫说，他最喜欢竞技花艺的一点，是它总是在挑战自己。从常规的花艺中跳开，竞赛能激励他向更优秀的前方行走。花艺竞赛令他接触到很多平常在花店中不太可能接触到的技术，这让他大大打开了眼界，技术也日臻成熟。

“当然，最重要的是，我越来越清楚，对于花，我可以做些什么。”

说这话的时候，这位年轻的“天才”又取出了一个空的透明亚克力手包，笑着看向我们：

“如果你们今天要参加晚宴的话，或许黑色大丽花的手包是个不错的选择。”

刚剪下的新鲜大丽花散发着暗黑妖艳的气质，约瑟夫将它们小心地放进了玻璃盒中，接着又放进了几朵淡紫色的紫罗兰，一朵粉红色的蝴蝶兰。盖上盒子，一件美丽的独一无二的手包就这样轻松完成了！

想一想，如果你有这样一位朋友，大概今后都不用为各种派对的搭配发愁了。

约瑟夫继续向我们说着他的想法：

“当然你的工作赢得他人的赞誉还是一件令人非常高兴的事情。我现在也才29岁，我还有很多时间，还有很多空间，很多可能性在等着我，我还可以做很多，这令我非常期待。”

“是啊，你才29岁，太年轻了。”就像他的花盘手包一样充满着全新的生命力。

我们有这么久的历史，
我们也想要革新

✻

当人们来找约瑟夫时问“你有没有可能做……”“我们能试试做……”的时候，约瑟夫总是很高兴。

“我喜欢尝试不一样的东西，尝试新的可能，当然很多时候我也会懵，‘这可能吗？’但我们还是会很高兴地去尝试，我喜欢让这件事历久弥新。”

“所以也非常喜欢为客户定制设计？就像那条1725朵玫瑰的礼服一样？”

“对，非常热爱。”

约瑟夫特别渴望遇见那种自己有想法的客户，而他则通过自己的创造来帮助对方实现这个想法。这很神奇，似乎很少有花艺师会在点子上进行“让渡”，还是主动式的。

他觉得，花艺师的工作很多时候都取决于客户。他们现在有一个单独的活动部门，专门为客人私人定制婚礼、活动或作品。在这个过程中，需要用心创作的同时，也要满足客人的需要，毕竟客人们都有自己的预算，也有自己喜欢的颜色。

他说，在他的工作中，他最喜欢的其中一点就是，总是有全新的案子，总是有新的创造需要被实现。

“那你怎么看待自己的花艺风格呢？在我们看来，你的风格非常多样化。”

“哦，这真是个好问题。”约瑟夫意识到自己习惯性地重复，有些不好意思地笑着跟我们解释，“每当我说这是个好问题，其实我的意思是，这是个好难的问题啊。我大概会说，我的花艺风格更偏向于艺术性，每当我做一个花艺作品的时候，我总是尝试加入尽可能多的独特的特征。”

这是还在不断做加法的约瑟夫，作品思路还非常接近于“玩儿”——“比如我在尝试用新的材料的时候，总有一些意外的惊喜，采用一些新的技术结合在一起的时候，总会发现和最初的设想有一些不同，但是反而更棒。”

约瑟夫更强调新颖的，不同寻常的，这是受他这个年纪向外扩张的张力影响的。他也希望通过花艺这种方式来表达自己，所以总是喜欢做一些和本人相关联的主题，创造性地展现自己的个性。

“我觉得做创造性的东西并不难，这可能听起来有点过于骄傲，但是对我来说真的蛮简单。通常好的想法会让我很兴奋，如果是很无聊的想法，我就会觉得，真没劲。”

“在英国其实有很多传统的经典花艺，但现在我们想做更多，我们有这么久的历史，我们也想要革新。”

约瑟夫告诉我们，英国花店大概在20世纪20年代前后就开始出现，人们买花看

花以及从事园艺的历史悠久。也正是这样的积淀，为英国花艺师提供了扎实的土壤，让英国花艺在现在这个先锋的、超前美学的、解构的装置花艺当道的时代里，没有抛弃经典花艺美学，同时也乐于探索和创新。

但其实，英国人身上似乎从来就流淌着这种先锋、超前的血液。100多年前，以威尔逊为代表的一大波植物猎人曾到中国的西南地区进行植物采集。英国原生的植物种类并不多，但是全世界搜寻了一圈之后，基础库存迅猛上升，才有了英国花园现在丰富的植物品种。

有人曾形容英国人是一票一票的“花疯子”，而英国皇室是其中最有力的倡导者。从1862年起至今，历届英国女王都是切尔西花展的常客，也是赞助人。而民间更有一些爱好者，常常穷其一生收集某一个品种的植物，所以英国许多个人对某一植物品种的收藏甚至是国家级的。

现在“坐享其成”的约瑟夫同其他英国花艺师一样，很为国家丰富的植物品种骄傲。得知我们还将去斯德哥尔摩，拜访花艺师帕尔·本杰明时，他很高兴。因他和帕尔亦师亦友，约瑟夫便与我们分享起植物在北欧地区与在英国的差异：

“比如说，他们的花材价格通常都会比我们的高很多，因为他们夏天的时间没有那么长，进口花材的距离也更远。所以他们的花艺师做事需要更具备革新精神——他们需要更加聪明，更取巧地去使用花。相比之下，在英国，我们有这么多花材，所以有机会做更多，有时候就会有点浪费了。”

比起甲壳虫乐队，
也许我更爱蓝罂粟

也许是继承了植物猎人的狂热基因，当我们让约瑟夫用一种植物来形容自己时，他说："我想那大概会是像蓝罂粟一样的植物。"

这种植物来自我们中国的青藏高原及其周边地区——蓝罂粟的美，在于那种只应高原才有的纯净冷艳的"蓝"。

"它的蓝太漂亮了，太漂亮了，很少见，颜色也很特别，有很多不同于其他植物的特征，我想它是每天都使用也会让人很喜欢的花。"

约瑟夫说他是在东京的花卉市场上被惊艳到的，而早在100多年前，植物猎人威尔逊和金敦·沃德就曾专门有过寻觅蓝罂粟之旅，他们在日记中记录了一段：

"尽管很多生活在内地的中国人对绿绒蒿的了解，可能比不上一些西方植物爱好者，但对于生活在高山上的藏族人民来说，绿绒蒿是'仙草'。"

绿绒蒿就是蓝罂粟，它所处的青藏高原及其周边地区植物资源丰饶，但险要的地理特性也象征着蓝罂粟致命的美丽和诱惑。

我看着图片上的蓝罂粟，冷艳无双却又奇异地和眼前这位腼腆而活泼的花艺师形象契合起来，毕竟他描述自己是“创造性的、有趣的、不敬的”。

就像约瑟夫还在跟我们演示的第三件作品一样，我们姑且称它是鲜花面具吧。他运用了许多事先做好处理的五彩斑斓的花瓣，以及堪比鲜花美丽的蝴蝶标本，有几分像鬼才设计师们创作的手法。

“你做了很多服装的花艺，能告诉我你最喜欢的服装设计师吗？”

“哦，我的天，好的，当然，我只能讲一个，还是我可以讲好几个？”

“都可以啊，或许你有一个最喜欢的？”

“我真的真的很喜欢和亚历山大·麦昆（Alexander McQueen）合作，所以如果我一定要选一位的话，我应该就会选他。但是我也很喜欢侯赛因·卡拉扬（Hussein Chalayan），他的作品真是非常精彩，是艺术和时尚的结合，有些是能变化的，具有革命性。如果还能再选，我真的很喜欢维果罗夫（Viktor & Rolf），他们有一季把裙子直接做成标本一样立着，放进画里放在墙上……”

我想，如果再过几年，我突然看到约瑟夫成了一个特立独行的服装设计师，也不会觉得有多奇怪吧。

他最喜欢的中国建筑是素有“建筑女魔头”之称的伊拉克女设计师扎哈·哈迪德（Zaha Hadid）设计的广州大剧院，每次去广州，他都会去那附近走走。他喜欢建筑前面的水，喜欢建筑在水里的倒影。

“我也很喜欢西安，在西安参观兵马俑的时候，只能说，简直是不敢置信。大概这

是一生中为数不多的时刻吧。”

采访临近尾声，我们还是不死心地想知道甲壳虫乐队在约瑟夫心目中的地位：

“如果让你为甲壳虫乐队创作一个作品，你会怎么做？”

“啊，我的天哪，有很多我们可以做，我们可以做《比伯军曹寂寞芳心俱乐部》（*Sgt. Pepper's Lonely Hearts Club Band*），也可以做《黄色潜水艇》（*Yellow Submarine*）。但我可能会选择以《缀满钻石天空下的露西》（*Lucy in the Sky with Diamonds*）开始，我大概会取用很多钻石，带到郊外，加一些叶子，做一个雕塑花艺，让它变得很酷，做成好像是叶子托着钻石在空中的样子。”

看，还是很了解的嘛！

“当然你的工作赢得他人的赞誉还是一件令人非常高兴的事情。我现在也才29岁，我还有很多时间，还有很多空间，很多可能性在等着我，我还可以做很多，这令我非常期待。”

Time in
another
plane

第二辑

这里有
另一种时间

Baptiste Pitou
Pim van den Akker

Fleurs
baptiste

BAPTISTE PITOU

巴蒂斯特 · 彼图（Baptiste Pitou），墓园旁的诗人花艺师。在具有纯正法兰西风情的卢瓦尔河谷长大。喜欢苔藓和苹果花，他总是说，“它们看似简单，实则细腻复杂”，就像他双子座明朗又严肃的性格。他是爱马仕（Hermes）长达15年的花艺设计师。鲜为人知的是，他为伊夫 · 圣 · 洛朗（Yves Saint Laurent）先生默默送了30年的花。

来自卢瓦尔河谷的时间捕捉

要是你看到了一头扎进绣球花堆里，抬脸冲镜头笑得如同五月阳光的巴蒂斯特·彼图先生，你绝对不会相信，他的巴蒂斯特·彼图花艺（Baptiste pitou fleurs）工作室后面，竟然是一大片墓园！

虽然在来到他的工作室之前，我们刚刚游历了巴黎两座著名的公墓——拉雪兹公墓和蒙马特公墓。慕名而去的不仅有游人，更有本地居民。鲜花与文学，肃穆中带着温暖，让人几乎忘记了那里本是印证消亡的所在。可将花艺工作室直接设在墓园前仍然让我们难以想象。

巴蒂斯特身着蓝色衬衫，带着灰色工作围裙，笑容明朗。先于鲜花，我们反倒聊起了墓园。他为我们推开二楼工作室的窗，将秘密分享给我们——在每个周六，都有一对年纪大约70岁的老夫妻手持鲜花，来到这片安静的墓地，看望他们的女儿。他们总是长久地伫立于此，仿佛在与逝去的生命长久凝视，这让巴蒂斯特备受感动。

“拉雪兹很美。巴尔扎克、普鲁斯特、王尔德都长眠于此。”

与蒙马特和拉雪兹公墓长眠着许多文艺巨匠不一样的是，巴蒂斯特屋后的这片墓园，埋葬的都是当地的普通人。相比之下，前者总是吸引无数人前去瞻仰，后者却总是静悄悄如同这些已随风消逝的生命。

我们顺着巴蒂斯特的目光向墓园张望。透过灰黑色铝合金的窗棂，午后的热烈光照将视线近处的一棵金黄色的大树染得绚烂迷离，树下就是静静排列的一座座墓碑，如同承载生命主题的电影里定了格的隽永画面。

巴蒂斯特美丽的妻子在一旁轻声对我们说：

“这里很安静。有很多树，到了天气炎热的季节，它们总是可以给我们带来别处不能有的清凉。”

来自卢瓦尔的鬼马与诗意

但你如果以为，工作室的气质会如墓园一样沉寂，那就大错特错了。

这个位于西蒙宾高别墅区27号（27 Villa Simone Bigot）的工作间，原来是座没有窗户一片漆黑的冶金厂。巴蒂斯特与太太将它重新装修后，在二楼靠近墓园的一侧开了窗，现在工作人员就在明亮通透的工作室里来回忙碌，还有一只小狗神气地匍匐在地上。

“他叫老板，”巴蒂斯特笑着跟我们介绍，“这可是一只什么都想要的狗。”

我们站在二楼，喝着巴蒂斯特亲手给我们做的浓缩咖啡。他指着天花板正中央悬挂着的一个巨大的用苔藓做成的灯帽说，这是他为巴黎莱佛士皇家蒙索酒店（Le Royal Monceau Hotel Raffles Paris）做的一个作品。

“苔藓是我特别喜欢的另外一种细腻又复杂的材质，用法语念是‘moss de roche’。”

他一会儿把紫色的大葱花放在鼻尖，一会儿从散状碎花的缝隙里探出一张脸来，一会儿又突然扛了几朵巨大的花枝在肩上，大有“少年踏马扛花”的意气风发。

翻译过来大概是悬崖上的苔藓，命名非常浪漫唯美。

相较于我们在中国常见的肥厚湿润的苔藓，“悬崖上的苔藓”显得非常细腻柔软，特殊的土壤、根系和水养维持了它的葱翠干净。巴蒂斯特说，如果用手抚摸，它的触感就像绵布料一样，这和来自北欧的苔藓有着完全不同的特质。用这种苔藓来制作作品需要花很长时间，眼前的这个灯帽他就大约花了四个星期才完成。

我们与“老板”玩了会儿，才跟着巴蒂斯特下楼。正预备找个安静的角落开始正式采访，巴蒂斯特已经不由分说地抬着一株与小孩等高的大绣球，带我们到了一楼门口的白墙下，白墙上是黑色的“巴蒂斯特·彼图花艺（Baptiste pitou fleurs）”字样。我们商量好了将采访放在这里进行，他想了想：

“那我得把这里变成一座花园。你们看一看我像不像魔法师。”

大葱花、大绣球、康乃馨、芍药、茴香……当然，重要的是，我们还在摆弄摄像机的时候，魔法师巴蒂斯特已经飞速创造出了一个小花园场景。

他一会儿把紫色的大葱花放在鼻尖，一会儿从茴香丛中探出一张脸来，一会儿又突然扛了几朵巨大的绣球在肩上，大有“少年踏马扛花”的意气风发。

这真是令人惊喜，我们不得不承认巴蒂斯特的镜头感十足。

我们知道巴蒂斯特从15岁开始在巴黎学习花艺，但他的童年却是在素有“法国花园”之称的卢瓦尔河谷度过的，他的祖父祖母在当地酿制葡萄酒。卢瓦尔河是法国最长的河流，河谷地区拥有最纯正的法兰西风情，随处可见绿堤和依河而建的城堡，自然风光纯粹而甜美，这一切一直是巴蒂斯特艺术创作灵感的来源。

两百多年前成长于此的大文豪巴尔扎克曾这样描述卢瓦尔河谷：“我们总是想生

活在别处，古朴的城堡、清澈的河水、旖旎的河谷风景，时间仿佛在这里停下了脚步，流动的只有卢瓦尔河……卢瓦尔就是一个很好的别处。”

这令我们充满了“生活在别处”的诗意想象，我们试图从被花丛围绕的巴蒂斯特的回忆里找到他关于卢瓦尔河谷的印象：

“如果要推荐一种卢瓦尔河谷的花，您最先想到的是什么花？”

“我会说是苹果花。”

我们一时还没来得及搜罗出苹果花的样子，巴蒂斯特已经迫不及待与我们分享这种花于他而言的特别之处：

“它和樱花很像，花瓣细腻，花型精美小巧。花期非常短，从四月底到五月。它们看着非常非常简单，但是实际内部结构非常非常复杂。”

他还喜欢朝鲜蓟花，他用花艺师对于色彩的定义形容它们是“上橙色”。喜欢的理由和喜欢苹果花一样，因为它们都显得细腻又复杂。

对花朵具备这样敏锐和纵深感的描述，倒是让我想到了卢瓦尔河的另一位敏感细腻的作家——写出《追忆似水年华》的普鲁斯特。

那一瞬间，我突然明白，为什么许多人评价巴蒂斯特的花艺时总是用“充满诗性”这样的词句。他的作品正如他喜欢的苹果花和苔藓一样，剔除外在的繁杂，用一种直觉的形式表达，是来自卢瓦尔河谷的普鲁斯特式的“细腻又复杂”。

我要用我的想象去演绎，这也是我要的生活

工作室所在的片区是宁静的，仿佛无法被惊扰。在这个工作室里通常只制作小型作品，巴蒂斯特还有另外两间更大的工作室，一间用于比较大型的制作，一间正在装修。他带着我们到同一条街上的另一间工作室参观，那里就显得繁忙许多，工作人员正在为第二天凌晨两点就要开始的丽兹酒店的花艺布置做最后的准备工作，这次的花艺是为了一个珠宝设计展的120周年庆活动而设计制作的。珠宝设计师是意大利人，他告诉巴蒂斯特，希望场景有浓烈的南法风情。

巴蒂斯特一边与我们聊天，一边指挥工作人员用推车将材料放置在卡车里。他的妻子在旁边指着前面的建筑，有些不好意思地介绍，这是他的仓库：

“里面非常乱。因为这里通常用来制作比较大型的作品，特别是场地布景一类，总是需要很多的材料。加上接下来会有很多工作，这些都是准备起来的材料。”

巴蒂斯特告诉我们，正值巴黎秋冬高定时装周，从明天开始，接下来的整个星

期，他的工作满到恐怖，今天我们来探访他倒成了他忙碌前最后的放松。

“除了丽兹酒店，在香槟产区兰斯城（Reims），法国最古老的香槟品牌之一巴黎之花（Perrier Jouet）要举行250周年庆，我们将为他们进行场地布置。我们还同时在准备巴黎莱佛士皇家蒙索酒店的花艺，对方要求有热带的感觉，比如像肯尼亚或者马达加斯加。”

在我们的想象里，这样的创作似乎是受限居多，但巴蒂斯特显然不这么认为，这种需要花艺师按照客户的需求一点一点达到商业与艺术完美契合的创作方式，恰恰是他非常热爱的。

“这就像是一个舞台，我要用我的想象去演绎，这也是我要的生活。”

巴蒂斯特说，他的花艺创作手法和风格，来自父亲。他称赞他的父亲是一位真正的创造家，但他还做不到。他发现，尤其是大型作品的布置中，只有把自己当作一名演员，让自己适时进入不同的角色，才能完成那些充满协调与平衡的创作。

所以在每次创作前，巴蒂斯特总会通过很多途径了解更多关于客户的信息。当他旅行的时候，那又是另外一场巡回演出了——他会暂时忘了自己是个巴黎人，把自己清空，试着去感受当地的文化气息。

回到我们见面时的工作室，巴蒂斯特接着给我们介绍自己的花艺，我们发现他这时候是异常严肃的。他说他的花艺是纯正的法式花艺，特色鲜明而有个性，但更重要的也是整个作品的协调。他从一旁拿起剪刀干脆利落地剪掉了几朵玫瑰的梗，见我们纷纷赞叹花朵的美丽，便让我们嗅一嗅它们的香味，味道比一般的玫瑰要浓郁得多，他说：“要知道，越香的花，生命越短暂。”

巴蒂斯特决定为我们包一束花。他很快地挑选了几枝粉色的芍药和杏粉色的贝拉安娜绣球，配以增加香味的凌风草。令我们惊叹的是，平日里与野草无异的凌风草在他的搭配下竟然这样美貌。

“我喜欢创造不同的作品，每一次就像一次挑战，希望每次都能给予自己新的东西，这样比较有趣。”

3500枝令人心碎而自豪的麦穗

巴蒂斯特让我想起了普鲁斯特，还有我最崇敬的时装设计师——伊夫·圣·洛朗（Yves Saint Laurent）先生。普鲁斯特是圣·洛朗先生一生最崇拜的作家，其敏感纤细的笔触几乎影响了圣·洛朗的一生。

圣·洛朗先生宣布退出时装界回到巴黎的那间小屋，空间狭小，仅容得下一张床，只有一扇窗，很像《追忆似水年华》中描述的那样。

我与巴蒂斯特说起自己曾追随着圣·洛朗先生生活的足迹去了他在摩洛哥的私家花园，巴蒂斯特愣了愣，转过身指了指墙上的“Baptiste pitou fleurs”的品牌标识道：

“这就是圣·洛朗先生为我们取的。”

我惊讶地睁大了眼睛望着他。说起花艺品牌的名称，巴蒂斯特谈起圣·洛朗先生的审美坚持：

“他说‘放弃你的苹果花名称吧，这是在巴黎’，黑白配色也是他建议的，毕竟这是巴黎人最喜爱的经典，他说‘别太老土’。”

接下来我得到一个更加不可思议的消息：

“其实我曾为他送了差不多30年的花。他也是对我的艺术创作影响最大的人。”

天哪，这真令人意想不到，绝对是此行最大的惊喜。他与圣·洛朗先生的交集从未曾听人提起，包括他自己。据巴蒂斯特所说，过去有近30年的时间，他每天都为圣·洛朗先生家里送花。圣·洛朗先生是他的大客户，更是他的老师，他的朋友。听到这里，我如同打开一个巨大的礼盒般欣喜，要知道，如果不是“普鲁斯特在中间牵线”，这个消息我将永远无从知晓。

我忍不住频频追问，巴蒂斯特对圣·洛朗先生的回忆也格外细腻动人。

“圣·洛朗先生是一位非常寡言的人，当他说话的时候需要仔细聆听和解读。而当我去他家工作的时候，他只想让我一个人去。如果我忙不过来，那我就会每次都安排同一个可信的员工去。”

近30年，一个漫长的时间段。巴蒂斯特称他受圣·洛朗先生影响甚深。比如说各类不同颜色的搭配，比如花数总要做到恰到好处等等。这种圣·洛朗式的完美平衡，从此与巴蒂斯特的卢瓦尔灵魂融合在一起。而我也终于知道，巴蒂斯特前面说到的对于平衡与和谐的追求是出自哪里了。

但或许更重要的是，圣·洛朗先生的低调一直成为巴蒂斯特从事花艺这份事业的标尺。从圣·洛朗先生身上，他不但学到了艺术特色上平静不张扬的设计表达方式，还确定了自己朴素而真实的定位。在后来的花艺生涯中，无论取得了什么样的成就，他也不会把自己当作一个明星。他说，他只是一个和花相伴的人。

在圣·洛朗先生的葬礼上，巴蒂斯特仍然是那个给他送花的人，他用3500枝麦穗装点了他的棺椁。

“这是让我哀伤又自豪的记忆。”

想过要放弃花艺，
一个小时过后就觉得自己有点傻

在许多媒体的报道中，巴蒂斯特是名副其实的艺术家，但他却将自己定位为一个花匠，或者，花艺师。如果拿“艺术家”“设计师”这类的词汇来形容他，他心里都会有负担，他总是自称是来自卢瓦尔河谷的农民。

“艺术家在法国很受尊崇，但花艺师恰恰相反，我们总是要专注于花艺本身。我们的客人很多时候是需要花艺师不存在的。”

在漫长的时间里，巴蒂斯特也曾经对花产生过厌倦。当烦心和疲惫的时候，或者没有创作灵感的时候，还要处理公司里的大小事务，他就总会想将这一切抛诸脑后，什么都不想管。但总是在一个小时过后觉得自己有点傻，怎么可能放下呢？

“对我来说，放弃鲜花事业就相当于放弃了生活啊。”

巴蒂斯特的生活非常简单——工作和工作。你问旅行？那一定也是为了工作。

“在人们看来，我的生活里只有工作，好像显得这个人有点傻。但对我来说，工作

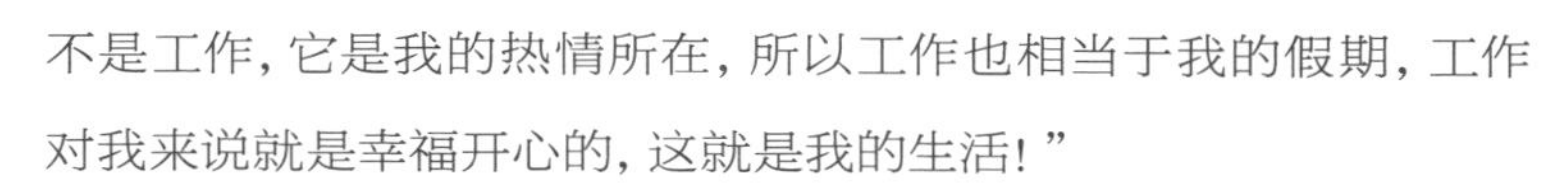

不是工作，它是我的热情所在，所以工作也相当于我的假期，工作对我来说就是幸福开心的，这就是我的生活！”

那么说的时候，他在储藏室的门外看到了苔藓装饰制作的网球比赛裁判坐梯，那也是他做给巴黎莱佛士皇家蒙索酒店的，瞬间鬼马精神又起。他爬上苔藓坐梯，作登高望远状，浓烈的阳光洒在他脸上，衬得他眉目深厚，令他也不由自主晃了晃头。我们与摄影师一起喊：

“啊，他可真像个俄国人！”

从圣·洛朗先生身上，他不但学到了艺术特色上平静不张扬的设计表达方式，还确定了自己朴素而真实的定位。在后来的花艺生涯中，无论取得了什么样的成就，他也不会把自己当作一个明星。他说，他只是一个和花相伴的人。

PIM VAN DEN AKKER

皮姆·艾克（Pim van den Akker），这位有着一头天然灰色卷发的花艺师，来自以蓝陶和维米尔著称的荷兰小城代尔夫特。皮姆并不是传统意义上的花艺师，说他是个手工艺人也许更贴切。他总是热衷于开发各种各样的材料，也做陶瓷、家具、木雕、画画，甚至已经出了7本书，并且在所有形式中“来去穿梭自如”。他似乎有着用之不竭的灵感，为了阻止自己一直往前走，三十年来他会去固定的两个地方旅行。在关于皮姆的所有标签中，色弱和读写困难一直是最引人注目的，而之于我们，这不过是他看见另外一个世界的通道。

确实从一切
皆有可能的世界来

穿梭于艳丽而明快的代尔夫特，看偶尔驶过的小船荡开绿色的浮萍，安静得似乎可以听到水面被划开时轻微的声响。这座与荷兰皇室颇有渊源的小城，一直沿用着城内最古老的人工河道代尔夫特河（The Delft）之名。代尔夫特河在城内细密环绕，曾经的交通要道如今已经“退居”为打发闲暇时光的好去处。

我们在到达皮姆的工作室之前，一上午都流连于遍布这座城市的水道与小桥。早已耳闻皮姆的天才卓越，但常常在媒体上看到的关于他色弱、读写困难的报道，使我们对这座小城也充满了更复杂的预设。

与阿姆斯特丹相比，代尔夫特无疑是宁静的。这里游客稀少，步调闲散。来的旅客，多数都会看看“代尔夫特皇家蓝陶”。据记载，这种蓝陶脱胎于17世纪从中国进口的瓷器的式样。虽然我们早已耳闻它的大名，但突然与脚下一块蓝陶小地砖不期而遇，转角处猝不及防地出现一辆蓝陶甲壳虫时，还是会忍不住微笑，看似漫不经心的代

图片由Pim提供
摄影: Martien de Man

尔夫特，以这样一种执拗的姿势，对蓝陶表达着矢志不渝的钟情。

也可以想见，在这座城市光辉中的栖居者，显然并不是那么容易读懂的。三百多年前，热衷于描绘这座城市静谧日常的画家维米尔，曾用一生的时间，来捕捉这些平凡画面下的悠远意味。有人评价说，这位荷兰艺术家的作品，如此神秘莫测，却又能穿透每一个观者的心。

我们见到一头灰白自然卷头发的皮姆时，他这样向我们形容他的作品：

“希望它能像化石，历经很长的年岁，你只是碰巧刚刚发现了它，却觉得与它似曾相识。”一如维米尔极力营造的悠远深长。

在采访途中，皮姆一个人跑到室外抽烟，怡然自得地像在代尔夫特河沿岸喝午间咖啡，并且给了我们关于成为一个花艺师最漫不经心的答案：

“我其实并没有想成为一个花艺师。”

现在如果要把我放进一张卡片里，那卡片一定太小

没习惯与皮姆交谈以前，他就像一个迎面而来的谜团。

出生在代尔夫特的皮姆，有着典型的荷兰“巨人”身型，是个一米九的大高个。我们盯着他的灰白卷发，好奇地想请他用一种花来形容自己。这对他来说显然有些为难。倒不是有太多想法无从选择，而是一开始他就不想选一种花，他认为自己或许更像一棵树，或一块木。因为他一直的梦想，竟然是当一名林警营林员。

他向我们描述着梦想中的林警营林员生活：

“牵着警犬走在森林里，砍砍树，看看风景。大概就是这样。”

又快速补充道：“对于我来说，自然才是一切。”

听起来简直不食人间烟火，让我想起路途中看到的西荷兰一带的风景，大片的绿地，交错无垠的田野。遍布全城的水流和运河，像动脉一样供给着这颗心脏日夜不息地搏动。而皮姆，就像远古神话里整日游荡在西荷兰这片绿地中的森林神祇。

图片由Pim提供
摄影：Esther de Cuijper

不禁很想问皮姆，那会更接近于自然的潇洒，还是更接近于孤独呢？

在等待皮姆的间隙里，他的办公室经理米丽娅姆（Miriam）先带我们参观了工作室的二楼：

“这是我们的办公空间，看起来像个家，对吧？”

我好奇地环顾四周，实际上，说它是个家，似乎太个性化了一点。它更像个展示各种工艺品的陈列室。墙上挂着如云朵悬浮又如水草流动的灯具，桌上摆着蜿蜒曲折的盛着柠檬的不规则小果盘，茶几上是表面质感薄如白色蝉翼的树叶花瓶。如果要做一个贴切的比喻的话，我想这更像一个极具特色的爱彼迎（Airbnb）房间，并且住完一定令人永生难忘。

米丽娅姆告诉我们，我们在这个工作室里所见的每一件作品都是皮姆亲手所做，包括那些形态颜色各异的家具，还有一些先锋意味浓郁的装置设计。

很多花艺师都会说，成为一个花艺师是我的梦想。但皮姆没有。他只是凑巧。

“我看到了丹尼尔·奥斯特（Daniel Ost）的花艺书。当时我只是觉得，如果他能做，那么我也可以。”

那时皮姆17岁，用他自己的话来说，是到了需要择业的年纪，他想，是时候得认真做点什么了，因而恰好选择了这样一份职业而已。皮姆当时其实并不知晓丹尼尔·奥斯特在花艺界的卓越地位。他拿到丹尼尔·奥斯特的书，阅读里面的文字，琢磨里面的设计，就像打开了一扇新世界的大门。他看着这个世界，然后告诉自己，这就是我想做的。

然后他与自己做了两个约定，一个是写一本关于花艺的书，另一个是要成为世界上最好的花艺师之一。一切都那么理所当然，像是皮姆自己一个漫不经心的选择，又像是上帝一个漫不经心的钦点。

在成为一名花艺师之前，皮姆甚至没有特别关注过花草。比起花草，他更喜欢动物。他冲我们笑了笑，告诉我们，他认识各种鸟类，热衷于学习许多关于动物与其他生物的知识。当然，除了这些他此前为成为林警营林员而做的准备，我们现在还知道，皮姆会做陶瓷，会画画，会做木雕，会设计家具，甚至，他还是个已经写到第8本书的作家……

“现在如果要把我放进一张卡片里，那卡片一定太小。所以我经常说自己是个创作者、设计者。”

我不相信花艺有对和错，所以也不相信完美

“这个小男孩是你本人吗？”我指了指手边一个卷发的雕塑。

“是的，他是迷你皮姆，我亲手做的。像吧？”

小男孩雕塑从发型到神情，就是一个缩小版的皮姆。我望着他身后的架子上散落着的塑像和那些神奇的工艺品，实在好奇：

“你为何会有如此多的灵感呢？”

皮姆笑起来，指着正对着他的摄像机和脚架：

“你看，我会觉得它们组合在一起，是一个很酷的形状。对我来说，一天24个小时，我也一直在想着设计，哪怕现在我们是在谈话。”

皮姆形容自己这是“天赋如此”，但他所说的天赋也许更接近于一种平衡。因为从小有轻微的色盲和读写障碍，所以皮姆拥有非常强的视觉记忆。

如果要打个比方，那么可以说：他的眼睛就像快门，大脑则像存储卡。凡是他看到

的每样东西，都会形成一个个小截图留在他脑海里。然后在某个需要的瞬间，他就抓取出这些经年累月保存下来的画面，结合创造出新的作品。所以这对于他来说非常快也非常容易，而且这个过程始终是连续的、不停止的。

皮姆很早之前曾做过一项最简单的摘西红柿的视觉检测，他摘错了西红柿。对于90%以上的花艺师来说，色彩当然是很重要的。他提到我们已经采访过的色彩巫师帕尔・本杰明，他用“色彩本身”来形容帕尔。但对他自己来说，色彩并不那么重要。

“对帕尔来说，色彩能到那儿，”他手平举着比画了一个高度，“但对我来说，色彩大概只到这儿。”他又比画了一个比桌面还低的高度。

25年前，在皮姆还在上学的时候，他的老师曾评价他的作品：

“皮姆，你的这个颜色组合是错的。”

这是他关于上学印象最深的记忆。当时的困惑和不解一直留在他的脑海中，对于颜色的对错他别无他法，因为他看到的就是他以为的真实世界。

“对一个没办法看到不同的世界的人说，你的色彩组合是错的，这实在是太疯狂了。”

皮姆认为这样的表达，意味着对方认定你对色彩的视觉是错的，你看到的世界是错的。这其实很傻，因为他自己也不能看到对方的世界，那怎么就能说不能看到的世界是错的？这个世界也许并不唯一。

“人们有时候总是对自己对工作过于认真严肃了，他们的自我意识有时候会非常错误。所以我希望每一个花艺师或者说每一个创作者都可以用孩子的眼光看世界，因为孩子的确是从一切皆有可能的世界来。”

图片由Pim提供
摄影: Martien de Man

所以当我们告诉皮姆，中国媒体常常用“童心”来形容他的风格时，他很开心，认为这是对他最好的评价。他说，要尽量保持童心，因为人长大了，世界就会形成对和错，在这个过程中，很多孩子也就失去了创造力。

“我们总是试图去做对的事情。”

“这有什么不对的吗？”

“因为总是试图去做对的事情，你无形中错过了许多其他有趣的可能。”

皮姆给我们举了个他最喜欢的开发材料的例子。比如有人给他一些黏土，他会把它

做成一个小球，做好以后可以用在很多地方。但如果把它打破了会怎么样？把里面的压条拿出来会怎么样？或者剪下一部分，或者用棍棒压平……去发现所有可能，就是皮姆所说的小孩的方式，因为孩子总是希望知道所有的事情。

教授花艺的时候总有人会习惯评价——这是对的，这是错的。但皮姆从不这样说，他不相信完美，也不相信花艺里有对和错，有的只是方式不同。关键在于，你要去发现最适合你的方式，给自己更多的动力，并传达给更多的观众。

皮姆喜欢结构，喜欢革新，喜欢技术，喜欢组合与形状。他的很多作品都用金属作基本架构，例如铜、生铁，他甚至还用黏土做了一些锅状的架构。家具、陶瓷、玻璃、木工，都有各自不同的优势。不同的领域、不同的工艺技术、不同的材料，都具备不同的灵感和可能性。

“如果你所有都了解，你就可以自由穿梭转换，你可以从木艺转到花艺，从花艺跳到玻璃，再从玻璃转到陶瓷，最后做出非常漂亮的组合。”

“像是魔法？”

“只是看起来像魔法，但其实这很寻常，只是没有太多人这么做而已。”

但我想，这只是对于皮姆来说很寻常。毕竟他说过——花艺可以是一切，油画、建筑、结构，一切的一切。正如在我们看来，他的不完美主义也正在向完美无限靠拢。

> 他们太习惯于接收到指令：应该做什么，不应该做什么。他们习惯跟随老师，而不是自己思考。所以一旦给了他们自由，没有任何提示时，他们反而迷失了。

百分之九十以上的
花艺师都会觉得有点恐慌

上皮姆第一堂课的学生，大概都会不知所措。因为皮姆要求他们做的第一件事情，是为他创作一件作品，可以是画，可以是插花，可以是任何形式的创作。既没有范例，也没有主题。

他说，有趣的是，无论在什么地方，不论身份是花艺师还是学生，遇到这种完全给予自由的情况时，人们反而都不知道要如何着手，甚至会感到害怕。

“如果是我，我也会很害怕。”

“百分之九十以上的花艺师都会觉得有点恐慌。”

皮姆说，这对他来说是个信号，说明他们之前的花艺课程并不正确。所以，一切都得从头来过。

皮姆会在学员们“第一次创造”的过程中，观察他们在课堂上是怎么互动的，什么时候会质疑，什么时候特别坚持，什么时候会雀跃，什么时候会害怕。结合每个人自由创作的成果后，他才开始他的教学，因为那时候他才知道，哦，这个男生需要这样教，这个女生需要这样教。这是他所希望做到的针对每个人的教学。

皮姆认为现在多数的花艺教学系统——老师展示一件作品，然后要求学生进行模仿——很傻。因为每个学生都不一样，我们不能指望所有人用同样的办法，在同一时间内达到同样的水平。况且，这更像拷贝，而不是创造。

“因为你永远不应该丢失你的创造力。”

学员们通常太习惯于接收到指令：应该做什么，不应该做什么。他们习惯跟随老师，而不是自己思考。所以一旦给了他们自由，没有任何提示时，他们反而迷失了。

很多花艺师和学员只是看过就算，但是并没有去体察，去思考。

“他们在创作时并没有意识到自己在做什么，对很多人来说，这就是一些固定的步骤而已。而当这些一旦变成固定步骤，就阻止了我们的创新。”

在皮姆的工作室，一般的课程是一整天，也有特殊的大师工坊课程会持续三天。他会和学员一起，讨论很多不同的花艺理念、花艺技术，当然还有他的强项——非常多不同材料的极致运用。皮姆更注重的是，如何换一个方式用每个人自己的想法来表达。

“因为花艺总是从一个点子开始的，点子是从每个人的想法中来的，我们可以训练想法来更快地得到点子，更敏捷、更有意识地攫取你的点子。”

皮姆到中国的次数非常多，他发现中国的学生总是非常渴望进入下一步。我们的节奏就像计算机的位和字节那么迅速。时常是皮姆才讲了一个窍门，大家就已经想听下一个了。

“我总说，先把眼前这个技巧操作五六遍吧，”在花艺界活跃了20年的皮姆显然很无奈，“你们需要耐心。”

在我们采访时，皮姆的时间表已经排到了2018年底，一年中他大多忙得在世界各地来回跑。我们在他一楼的工作间见到了他已出版的7本书，目前仍在全球范围内发行，这里作为书库，随时可以发货。工作间里还有一个摄影棚，皮姆和团队已经拍摄了很多视频，内容是关于花、植物和花艺技术，他们录完就将这些视频上传到互联网上。

与图书一样，皮姆期待它们可以得到更好的传播。

他把创作比作旅行，路途永远比抵达更有意思。并且又一次强调在花艺中只是方式途径的不同，没有对错之分。他的目标，是享受每一个过程，而且永无休止。

所以为什么我要有目标呢?

如果说世界上有“最奇怪旅行者”的榜单，我想皮姆一定也会像他在世界顶尖花艺师的榜单中一样，在这个榜单中名列前茅。30年来，他度假的目的地一直很固定——西弗里西亚群岛和卢森堡。

当然，如果授课旅行也算的话，他已经去过世界很多地方。但皮姆告诉我们，这些地方，是因为要授课，他才顺道旅行。所以我十分认同他不是个真正意义上的旅行者。

我们问他：“西弗里西亚群岛和卢森堡有什么特别的地方吗？”

他摇了摇头：“我想得很快，行动也很快，对一些事我总有答案，也有解决的办法。很多时候这对于我身边的人来说有些困难，因为我总是走得比较快。”

言下之意，这其实更像是他给跟着他的步伐忙得晕头转向的团队伙伴们的关怀和福利——他得给他们放个假。

但为什么30年都只去这两个地方？皮姆解释道，也不是什么特殊的爱好，只是因为平时的工作旅行已经太多，陌生新鲜的环境又会让从不曾停止发现的皮姆灵感像火山一样喷发。这个称自己在花艺的世界里永无疲倦的人，只有选择熟悉的地方度假，对周遭了如指掌，才能暂时关闭自己的灵感雷达，被动地进入完全放松的状态。

“不然我仍然会一直往前走。”

“所以你一定是那种痛恨重复的人了？”

“呃，我想重复其实没什么不好的。”

“但是你平时工作非常喜欢创造性啊？”

“是的，所以这大概就是平衡吧。”

平衡，好像是我们从皮姆口中听到频率最高的词了。他喜欢平和安静，但是谈到已经举办了三届的美食花艺时装秀（Food Floral Fashion Show）时，因为有些嫌弃这场美食花艺时尚盛宴流于常规，今年他已经不打算再继续。

他也不会去定义自己的创作风格。正如他最喜欢中国的竹子，但这仅仅是从材料角度来看。如果问及中国和日本的审美差异，他显然认为这种比较并不怎么有趣。

当他创作时，他根据的是自己当下的想法，间或考虑人们看到时的观感。但无论如何，花艺师的姿态应该一直是革新的、有技术性的，走在人们观感的前面，唯有如此，才有意义。

他一直想让自己的作品呈现出自然的感觉，人们只是初次看到却会觉得似曾相识，为了让我们理解，他解释说就好像是化石，定格在久远之前的一刻，包裹时间而来，却纯洁自然如最初。

我们似乎也无从得知皮姆的代表作，因为他最喜欢的永远是当下进行的作品。比如

说，他一定认为自己手头正在创作的第8本书是最好的。而一旦完成了这件作品，这个美好的过程就代表着结束。

他把创作比作旅行，路途永远比抵达更有意思。并且又一次强调在花艺中只是方式途径的不同，没有对错之分。他的目标，是享受每一个过程，而且永无休止。

“所以你也不会有达到目标的那天了？”

“所以为什么我要有目标呢？”

皮姆笑起来，这个一直在平衡和自洽哲学里完善自我的人，他甚至已经不在乎自己是最好的还是最差的设计师。他只是喜欢别人称他皮姆，或者，荷兰大高个儿。

我们盯着他的灰白卷发，好奇地想请他用一种花来形容自己。这对他来说显然有些为难。……他认为自己或许更像一棵树，或一块木。因为他一直的梦想，竟然是当一名林警营林员。

Seeing spirits of nature

第三辑

看见自然之灵

Jan Aartsen
Eric Chauvin

杨亚森（Jan Aartsen），荷兰花艺界的“不老男神”。做过超过4300束新娘捧花，拜访过4800家花店。像“话痨”般热爱交流，自称有5000个好朋友。他说：我认识全世界的花艺师。向日葵总是能让杨心跳不已，因为第一次遇见妻子时，正好是在向日葵盛开的地方。在杨眼中，从事花艺是一个多么危险的职业——你听得到花在哭的声音吗？

生活在自然里，想着花，这就是我的生活

因为杨亚森，我们才知道东荷兰原来有两个亨厄洛（Hengelo）。

早在抵达荷兰的前几天，杨就忧心忡忡地发来邮件，说我们在邮件中提及的准备乘火车前往的亨厄洛跟他家所在的亨厄洛不是同一个地方。他告诉我们，想要到达他家需要先坐火车到聚特芬（Zutphen），然后他会亲自开车来火车站，捎上我们去他口中的“小亨厄洛”。

大概是实在担心我们会走失，杨稍后便又通过WhatsApp联系上我们，还发来了他家附近风车坊和松果菊的照片。隔着屏幕面对素未谋面的杨的热情，倒生出了一种即将去拜访一位旅居远方的老友的喜悦感。

到达聚特芬火车站那天，天气很好。我们刚刚从车上走下来，便一眼看到了正走上站台来迎接我们的杨，倒是比照片里“拈花微笑”的他还要热烈多彩——一头金发，简单的白色T恤加蓝色的短袖衬衫，橘红色的裤子加运动鞋，满面笑容比东荷兰

的阳光还要灿烂。

杨果然是花艺界的“不老男神”啊！

出了站台，他如同一位热情的导游一样，先带着我们到聚特芬火车站地下一层的自行车停车场转了一圈：

“在荷兰，几乎每个人都骑自行车，我想我们的人口大概是1600万，却有2000万辆自行车。像这里就有专门的自行车停车场，就像是汽车停车场一样，分层停放，你只需要付一点点钱就可以……我知道在北京，你们用二维码，使用共享单车……”

天，他竟然还知道二维码和共享单车！不只如此，杨说他还曾穿着绿色的军大衣爬上长城，被冻得印象深刻。

因为担心自家的小车坐不下我们所有人，杨从邻居家借了一辆大车来接我们。据杨说，他的邻居是个花农，大车常用来运货，因此显得不那么干净。不过这丝毫不妨碍杨洒脱自如的待客之道——他打开窗户，放起了音乐，显然比我们还自在。

杨告诉我们，他居住的地方离聚特芬镇中心大概十二公里，周边有八个有名的城堡，其中有一处还拥有一个非常有名的古老的水车。我们还未来得及回应寒暄呢，杨就连着和好几个迎面来的车辆司机打了招呼。

我们诧异：“你都认识？”

他得意地冲我们笑：“当然，我认识这里所有的人，我还认识全世界的花艺师。”

我太高兴了，
因为我觉得我中的是花毒

杨载着我们向郊外的农场驶去，大片大片的绿地、田野和树林进入我们的视野，高高的玉米地闪着绿油油的光，农场边缘的野生灌木丛在阳光下也散发着勃勃生机，释放着跟杨一样的热情。

除了路上遇到的司机，我们在路过农场时还认识了杨的“邻家女孩”——几只卧着的慵懒的奶牛：

“她们都是我的‘邻家女孩’——邻居家的女孩，”他说他曾拍下她们吃草的照片，很认真地介绍给他的学生们，“我告诉他们，这就是我的‘邻家女孩’，她们有一百只左右，都是奶牛，不就是女孩吗，但总有学生问我：‘你是认真的吗？’”

我可不好意思说，其实这也是我刚刚想问的。

聚特芬大概只有3万多人口，杨从11岁时就开始在镇上的一间花店做兼职——给家家户户送花。起初他走进花店询问老板他可不可以在这里工作时，老板试着给了他

一个桌花、一个花束和一个盆栽，让他送到不同的客户手中。只用了15分钟，杨就完成任务回到了店里。老板甚至惊讶地以为他只是把花都丢了。那时他年纪小，人机灵，骑车更是飞快，老板当即决定任用他。

“为什么骑车会那么快？”我们不禁好奇。

令人惊讶的答案——杨曾经是个滑冰选手。在来到花店之前，杨的父母每周都会给他一笔钱，支付他一周五天的滑冰费用。但杨勤于练习，希望每天都可以去，便在花店做起了兼职，挣周末的学费。然而在14天后，杨却“离奇地”生病了：

“一两个星期后我就‘病’了——我想我是中了一种病毒。但是我太高兴了，因为我觉得中的是花毒，太疯狂了。”

杨哈哈笑起来，从此他就选择了花，而不是滑冰。他义无反顾地去了花艺学校，一有空就去花店，打扫卫生，擦洗玻璃，清理花材，帮花草换水。从那时起，他的工作就只围绕着花了——好像命运如此。

杨总是不会让我们有沉浸的机会，开着车的空档，他还不忘为我们介绍一路上独特的景致：

“啊，那边，那边是一个鸟类公园，是一个非常小的动物园，只有鸟，里面还有鹦鹉，我想六七岁的小孩会特别喜欢那里……”

“中国餐馆，看到了吗？中国菜在荷兰很受欢迎……”

“午后会有暴雨，非常猛烈，还有闪电……”

“我住在这里，有自己的花园，我的父母就有一个很大的花园……”

杨跳跃地叙述着，暖风和煦，我被吹得有些晕乎乎的，听着他细碎的话语好像要被风吹跑了。我们在车里全员松懈，仿佛坐上了一个老友的车，听他向你诉说着生活的全部。

你不知道自然有多美，人为是造不出这么美的自然的

到了杨的花园小屋，我们才知道，原来这里刚好位于福尔登和亨厄洛之间，杨一本正经地说他的邻居一半来自福尔登，一半来自亨厄洛。过去这里是高速公路的收费站，车辆经过这个地段分割点，都需要交纳过境费，现在路边还留有纪念的石碑。

花园小屋非常美，屋旁一条小径通往一侧花园的入口。木门外的花圃是杨三个月前才开始拾掇的，是特地为即将到来的乌克兰太太准备的礼物，他说待到几个月后她来团聚时，这里现在还略为稀疏的小花圃会大变样的。小屋周围是大片的农场和绿地，那里有他的“邻居女孩们”安然地卧着，正做着美梦。

“但其实很多人并不想要这座房子，因为太靠近马路了，车来车往。”

我们正在调整设备的摄像师猛点头，不时从小屋前的马路上呼啸而过的汽车仿佛开进了小花园，令她非常担忧收音的质量。杨显然跟他的“邻居女孩们”一样毫不在

意，还跟我们开起了玩笑：

“是吗？我听不到呀！要不要我打电话给警察局，让他们管控一下交通？”

杨说他常常骑车穿梭在这附近的森林里，特别是在几个他喜欢的城堡周边，从自然里汲取灵感。

“你不知道自然有多美，人为是造不出这么美的景观的。”

他还很骄傲地告诉我们，他曾经给北京的学生在屏幕上放自己家还有邻居家花园的照片，他们都很羡慕居住在这里的人们。显然，对我们这些住在20、30甚至50层高的建筑里的人而言，不能时时如此亲近自然难免是种遗憾。

“我喜欢自然。生活在自然里，想着花，这就是我的生活。”

杨对某些“不自然”的花，是会生气的。他提起有一次全家去一个餐厅用餐，看到餐厅里用来装饰的是塑料假花，他根本没办法在那里吃饭，直接起身离开，并对那儿的主人疾言厉色：

“我们非常饿，但我们不会在这儿吃饭。我不会让假花放在桌上。”

所以后来他的孩子们要是提前发现假花，就总是会偷偷把桌上的花放到桌子底下去。

小屋古老的烟囱仿佛静静地望着我们，窗明几净，我们跟着杨进入了屋后花园。推开入口的木门，石子小径一直通到小屋的门口，屋子外墙有爬藤，墙角的青苔被整饬得很好看，葡萄藤沿着支架密布，一直延展到了屋子门廊的墙角，门边放着一双荷兰木屐。右手边是一个袖珍的水塘，水面上漂浮着莲叶。院中的草地中间有个蹦床，正好对着正上方的树冠。

其实在五年前杨刚搬来时，这里只有三棵树，几株兰花，一些草，现在郁郁葱葱的各种花草都是杨慢慢种植培育起来的。杨把这个花园当作一个巨大的花艺作品，他将不同的花和植物进行有层次的安排。当然里面还有各种稀奇古怪的材料和小工艺品。

为了迎接我们到来，他特地将几个喜欢的作品从工作间搬出来，放在园中的草地上。其中一个是他在墨尔本展示过的作品的基础上改造的。每次作品演示结束后他通常都会自己回收，若是作品太大就回收部分。这个作品采用的材料是一种特殊的灌木，杨五年前从葡萄牙的朋友那里买来，格外坚硬，据说它的年龄已经有30啦。将原作品整个倒装，漆上另一种颜色，再加上一些别的设计，就是完全不同的另一个作品的底基了，他才刚做到了一半。一旁另一个作品用的是黑色木头，杨说木头来自古老的井沿，大约在500年前聚特芬有两口深入地下100米的深井，荒废后的井沿除了被收藏到聚特芬的博物馆中，记录这个城市的历史变迁，人们还能想到的就是将井沿的木料交给远近闻名的花艺师杨，这种对普通人来说一无是处的材料他总有办法运用起来，果然他视之若宝。

花园一角的一块小沙地里倒嵌满了玻璃瓶。因为杨很爱喝红酒，喝完留下了很多瓶子，各种颜色的很好看，他就划了一小块地出来铺满了沙子，把瓶子倒置在里面。现在上面有很多沙，但如果足够干净，在阳光的照耀下晶莹剔透，非常漂亮，绿的，蓝的，棕的，黄的……

“你可以在上面走，很结实的。”看着我们有些小心翼翼的样子，杨建议道，还不忘感叹，“我真的喝了很多红酒啊。”

我们还见到了别人为他获得荷兰花艺冠军的作品画的画。那次的作品采用

的都是绿植，没有花，因为他设计的主题是无花（Flower Out）。连用到的向日葵都剥掉了花瓣，只有花心得到保留。说起向日葵，杨告诉我们去年的比利时花展（Fleuramour）上他与好朋友彼得·贝恩（Peter Boeijkens）、弗兰克·蒂莫曼（Frank Timmerman）还有从北京来的十多个学生一起完成了一个大型的作品，用6000朵向日葵装饰整间屋子，受到了很多人的喜爱。

向日葵毫无疑问是杨的最爱，我们还没来得及抛出“挑选一种花来代表自己”这个百问不厌的问题，就已经从他口中听到了大概一百次向日葵的拉丁学名——Helianthus。

他像个小孩子一样雀跃地在纸上写给我们，并说词里包含了他的名字杨：Helijan thus，因为他名字的读音和helianthus完全相同，这难道只是个巧合？

杨说这明明是命运的安排。

杨，你以前帮我做过婚礼捧花的

✻

当然，我们也可以认定，杨是世界上最热爱交流的“花艺男神”。

除了借车的花农邻居和“邻家女孩们”，因为设计常常需要很多不同种类的材料，他还有因他要点棉花就给了好几袋子的邻居，帮他一起运送重达800多公斤井沿木头的邻居……

杨19岁时在聚特芬创办了自己的花店品牌——杨亚森花艺（Bloembinderij Jan Aartsen），正式开始自己的花艺事业。几十年来，因为时时刻刻想着花，他还拜访了将近4300家荷兰的花店——几乎是荷兰所有的花店了，还拜访过其他世界各地的。

杨还在脸书（Facebook）和领英（Linkedln）上开设了“杨的花艺设计（Jan Floral Design）”个人页面，现在已有5000多个好友。好友们有在学校授课的，有自己开花店的，还有许多从事与花艺相关的工作的，当然，还有只是单纯喜欢着花的。

就像他说的，“我认识全世界的花艺师”。杨认为这很重要，特别是当你热爱这份工作的时候。“做这些当然都需要花费大量的精力，但我一点也不觉得疲累。”

杨还在开花店的时候，常常在凌晨3点就开始做花，一整天的每一分钟都很紧张。一周工作时间可以达到80个小时，有时候甚至是100个小时。虽然这样紧张的花店经营已经结束了很多年，杨还是很兴奋地扬了扬手臂，示意自己现在仍然精

力充沛。

这时候的他竟然还是很像那个滑冰少年!

在聚特芬小镇经营花店的27年里，光是新娘捧花杨就做了超过4500束。

“我认识许多客户，是在他们还没有组建家庭之前。比如你是这个客户，那么有一天，我为你做了你的婚礼捧花，也许过了一两年，你有了自己的小孩，然后你的小孩慢慢长大。在我花店营业的最后一年，我甚至还赶上给你的孩子也做了婚礼的捧花。这多不可思议啊!”

除了婚礼，客户人生中其他的每一件大事也或多或少都有杨的参与，现在回过头来看，经他的手送出的花束甚至贯穿了一个人的出生洗礼、婚礼、葬礼。

“所以你见证了他们的人生，他们的每个人生阶段。”

现在在脸书上，还会有人给他留言：杨，你以前帮我做过婚礼捧花的。

而杨认为最有趣的是，他通过帮客户做花认识客户，知道他们喜欢什么样的花，了解了他们不同的品位。杨说他是通过婚礼上用的是什么捧花来记忆每个人的。

“婚礼捧花由不同种类的花组成，我都知道。有时候我看到聚特芬城里的朋友，我会想，哦，你是在春天举行婚礼的，对吧？捧花是铃兰和蓝莓，对吧？所有这些，我都知道得一清二楚，这太疯狂了。”

杨认为这就是花艺里最重要的因素——情感。

1971年他刚开始经营花店的时候，杨就允许客人在自己店里买单枝的花。人们那时通常都是要买一束花的，花店会卖5枝的、10枝的、20枝的等等，就是没有卖单枝的。

“但是在我的店里，你可以只买一枝郁金香，一枝玫瑰，或者一枝百合。”

杨要求店员和自己最重要的就是，尊重那些只想要一枝花的客人。因为有时候一枝花可以表达比100枝花还要多的东西。

“当你没有足够的钱，但是你想要给你的丈夫或是你的妻子或是你的朋友一枝花，你表达的是你的心，你要表达的可不是100朵花，这是不同的。”

虽然花店经营已经结束很多年，杨与我们提起时却记忆犹新，比起当时常规的50平方米左右的花店，杨的花店与工作室连在一起，一共有450平方米。与多姿多彩的他不一样，花店的店面全是蓝色的，墙是蓝色的，大部分的花也是蓝色的。杨还经常在花店里播放爱尔兰音乐，他最喜欢的是恩雅的歌。

“我们用了16个音箱，埋在天花板里，你们看不到，但是听得到，这非常重要。”因为他觉得音乐能告诉你你要什么，甚至有客人走进花店看着花听着音乐就哭了，杨说这时花店就达到了它“出售情感”的目的。

嘘，你听，花在哭的声音

杨也曾为15000枝玫瑰哭泣过。曾经有一次，为了准备在北京的花艺教学，他去了北京的花卉市场挑选花材，看到很多玫瑰全部被叠放在一起，大概叠了一米多高。杨站在那堆玫瑰前，心都碎了：

“嘘，你听，花在哭的声音。”

同行的人说，什么也没有听到啊，杨却坚持道：

“你听，这里，那里。”

直到现在说起这些，他还有些不平：

“这简直不敢想象，他们将15000枝玫瑰都叠到了一起。他们可会想到被堆在最底层的那些玫瑰。”

对杨来说，做花艺，花不能有损伤、被挤压，要保证没有一片花瓣掉落。他想，如果再遇见一次那样的情况，他一定会疯了。所以后来其他人再为杨准备花材时，都会用花盒装好，而不是直接将花堆叠在一起，以保证花在运输整理途中能被最好地保存。

杨认为，尊重你的材料真的太重要了。比如，向日葵的季节就是夏天，到了9月、10月夏季结束的时候，向日葵的花瓣会掉落，我们只能看到遗留下来的花心。所以杨尤其讨厌把向日葵用到圣诞节花艺设计上的做法。

杨说，做一个花艺师是一条漫长的路。首先，你要知道所有植物的拉丁学名。杨在荷兰学习花艺也曾从记名字开始，他学习的第一年，记住了500个，下一年，再记住500个，经过五年的时间，他就记住了2500个植物名称。因为学名的问题，他在中国的授课有些阻碍，因为在中国学生学习的过程中，植物的中文名称与它们的拉丁学名首先需要被一一对应。杨的建议是：当然要记拉丁学名！

其次，是知道怎样操作这些植物，并让它们能存活、保持得更久。这是花艺师们立足的根本。比如，最基本的，如何正确地将它们放在水中。

“这是最重要的一件事，但现在好像没人知道这点似的，不仅是在中国，在俄罗斯，每个人都说太好了，我们卖花了，但（不知道）我们从事的是个多么危险的职业。我们从花市把花采购回来，必须在24到48小时内将花卖出，而不是一个星期都放在那里，那它们就死了。”

他拿出一枝他最爱的向日葵，剪断了它底端的茎部，把它放入水中道：

“向日葵需要放在热水里，它们需要热水。是的，你知道为什么吗？这样可以打开它的茎脉，打开之后，水才会更好地被吸收，这都是知识和经验。在做花艺的时候，当向日葵的花瓣都凋零了你还可以继续用它的花心，你看这个花心多好看。”

作为国际花艺裁判团的常驻人选，持久性是杨当花艺比赛评委时最主要的一项打分标准。他始终认为，你做一个花艺作品，3天后就萎蔫，而我用同样的花材却支撑了10天，那我就是比你好的花艺师。

杨起身拿出了一个试管，那是现在大部分花艺师创作时都会用到的工具。

“我也使用这个来做，但我恨这个东西。有的花艺师，他们把里面注了水，然后把花插进去，然后每隔一小时加一次水。而从我们的专业来看，植物其实需要更多的水。但是每个人都这么做，皮姆这么做，丹尼尔也这么做，太疯狂了。”

爱花成疯的杨这时已褪去了他温和友好的外表。

他还举了个许多花艺师忽略了的简单知识，比如对于非洲菊来说，因为它的花茎上面有一些小小的毛，它需要通过茸毛来呼吸，如果水太满覆盖过这些茸毛，它就死了，但是没人在意。

杨总是希望大家常去种植培养园走走，和那里的培植专家讨论：植物的生长需要什么，怎样在利用它们创造美的时候，为它们提供它们需要的光、水和泥土，当太阳下山时，培育它是否需要特殊的养料……

即使他知道，花艺师本质上总会剪掉所有的花茎，而当花艺师剪掉花茎，故事也就结束了，但他总想，我们应该运用各种知识、经验和手法，让它们不要在两天内死去，而是过两个礼拜再死，并且在这两个礼拜里创造出更美的故事。这也许是一个热爱自然热爱花的人，对于自然平衡的一种坚持和信念吧。

艾瑞克·肖万（Eric Chauvin），法国花艺中的“高级定制”师，几乎包揽迪奥（Dior）每年的花艺设计，也曾为摩纳哥王妃夏琳打造芬芳婚礼。这位花艺大师，骑着机车“从天而降”，见面却羞涩内敛，像紫罗兰又像玫瑰。艾瑞克说：“花和人一样，是有生命的，是有脾性的。”所以他总是花很多的时间去感受它们，并努力保持它们的本真。艾瑞克带着独属于艺术家的善感与纯真，向往着探索新世界。

花是有生命有脾性的

旷野上的艾瑞克·肖万迎风而立，微抬着下巴，风吹乱了他的卷发。他有些忧郁的迷蒙眼神，明明在看你，又像是在看向更远的远方。

日本人将艾瑞克· 肖万称作“花艺贵公子”。

当看到那张非常有型的照片时，我心里不禁微微偷笑了一下：“这位60岁的花艺界野兽派大师，还是很爱美的嘛！用的竟然还是年轻时候的旧照。”

所以当我的背后传来同伴女生毫不掩饰的“天哪，这么帅啊，真的是他吗”的惊呼声时，我才感受到，将一位惹人遐思的贵公子的年龄硬生生记老了20岁，是件多么遗憾的事。

穿着简单白T恤黑裤短靴的艾瑞克摘掉头盔，卷发从一侧优雅地垂下。他看到我们，从黑色的机车上下来，因为初次见面，他笑容羞涩，眼神仍然有些忧郁迷蒙，只不过现在你可以确认，他的确是在看你——这眼神，会让任何一个女生都为之疯狂吧！

我们跟随艾瑞克进入他的花店里，店内的装饰风格延续着他本人有些忧郁而沉静的气质，光线营造得非常幽暗，有大小石雕隐匿在摆满的绿植和鲜花中。置身其中的我们很快被玫瑰、铃兰、芍药、绣球、蝴蝶兰、芬灵草包围了。

就像这细腻而幽暗的氛围传达给我们的，艾瑞克显然不是个善于言辞的人。即使他那双似有千言万语的双眼凝视着我们，我还是能明显感受到他的羞涩。我努力搜索脑海中关于他的资料，试图打开一个轻松的话题：

"听说你有三个孩子？"

"我有三个孩子？！如果真说有的话，我的小孩是我的动物们。我在农村养了很多小马、小驴，种了很多树，但我没有小孩，也没有结婚……"

我心里有些无奈地叹了口气， 天哪，又是一个离谱的"传说"。

我虽然“60”岁了，但还是有一颗童心

但还是要感谢这些小乌龙，冲淡了我们的紧张。

与艾瑞克的相约几经波折且突然，我们原本相约第二天在艾瑞克另一家花店碰面。但因为时装周期间大客户临时传唤，艾瑞克不得不更改了采访时间，连带着也更改了采访地点。接到通知时，我们的摄影师才在戴高乐机场落地，便带着装备乘的士冲着新采访地点直奔而来。而我们也不得不临时更换翻译，因为无法马上找到会说法文的中国人，最后找了一个微信名叫“呆人”的会说中文的法国男孩。更令人揪心的是，这场采访的时间只安排一个小时。

艾瑞克一定太忙了。虽然“受困于”他那双谜一样的双眼，但是我们还是注意到了他有些浓重的黑眼圈。即使这样，他还不忘了悉心关照我们刚赶上采访时间的摄影师：

“你应该很累吧？”

因为提前得知我们要同步摄像，艾瑞克早早为我们选好了外面走廊的取景，并且把

多余的东西都搬走了。当我们准备在石凳上落座的时候，他又拿了干净的布擦了又擦。他甚至还为我们准备了玫瑰味的法式甜点。

我们重新相约的这家花店，位于巴黎塞纳河畔左岸七区，在不远处，就是著名的埃菲尔铁塔。这一片区域是集中了咖啡馆、书店、画廊、美术馆、博物馆的文化圣地，艾瑞克这家位于让-尼古路22号（22 Rue Jean-Nicot）的花园店小小的，安静地隐藏在其中，就像他的花店名称一样——花之日（Un Jour de Fleurs），翻译过来，也是简单明了的美好愿景。

也许是机缘巧合，我们最终在这里进行采访，颇有些回到初心的意思。艾瑞克在巴黎一共有大大小小的四家花店，花园店虽然是最小的一家，但恰恰是他在2000年自己开的第一家花店。这家经营了17年的小店，是艾瑞克做了七年学徒后在巴黎的一个起点。这也是我们这次的采访行程中见到的唯一真正的花店。其他花艺师都选择了在工作室或者家里接受采访。而丹尼尔·奥斯特的花店，因为休季，整个花店潇洒得“空无一花”，只欣赏到了传说中的橱窗。

“你在农村有房子是吗？”在我们有限的资料里，我们听说艾瑞克从小在农场长大。

“是的，距巴黎2个小时车程，在法国西北部的农场里。”

我看着手中的玫瑰小甜点，想起了法国西北布列塔尼半岛著名的“玫瑰海岸”。鉴于之前的乌龙，我想我得谨慎地了解艾瑞克更多一点：

“在法国是不是有很多很多玫瑰？”

“是的。特别是在法国东北部地区。”

“我有在英国看到过紫色的玫瑰，只有在法国看到这么纯净的粉色的。”

“这是一种喜阴植物，所以在法国东北部比较适合种植。”

艾瑞克很较真地跟我们普及着关于植物的知识，与其他所有花艺师一样，他对植物本身的态度是严肃的。

艾瑞克从小在法国西北部的农场长大，他说，农场里就有一个很大的菜园，这里面除了蔬菜，还有野花，他也种了一些花在那里。

“有空的时候我会用这些花材做一些干花束，这应该算是我想成为一名花艺师最初的热情吧！”

那时候的艾瑞克仅仅只有8岁！在其他同龄人还在玩耍的年纪，艾瑞克却喜欢到森林里转悠，每次空手去，却总是满载而归。他喜欢将采集的花草扎在一起，送给母亲当礼物。

“所以听说你很喜欢用野花来创造？”

“对啊，这些野花我们还可以找到，而且现在看也不会过时，它们总是会勾起我对童年的回忆，那些花田，那些野花……”

“呆人”男孩有些困难地想把他的全部意思翻译给我们，但似乎总是简化了什么。幸好艾瑞克总是在他翻译成中文给我们听的时候，也一脸严肃地看着我们，好像他也听得懂中文一样。焦急的心就这样慢慢被抚平，我不由自主地把对他年龄的误会告诉了他，艾瑞克听后终于爽朗地哈哈大笑起来：

“我虽然‘60’岁了，但还是有一颗童心。”

它还是会保持原样的，就让它自由呼吸

“我们用一些野花野草，或者花园里的花，就可以制作出这样的一束花。”

也许是回忆勾起了艾瑞克的记忆，他打算为我们做一束经典的法式花束。

他拿出了覆盆子、粉红色的香碗豆、水果黑莓，还有莳萝和蓍草，最后是朱丽叶玫瑰——大卫·奥斯汀的一种。艾瑞克按顺序给我们简单介绍花材，并且告诉我们，这些花材都是当季的。这就是他说的喜欢还原“花朵刚从花园中采摘的状态”。

艾瑞克拿出一朵堇菜花，他犹豫了会儿对同事说：“换朵玫瑰吧，这太脆弱了。”

想起他曾经在报道中说的“花和人一样，是有生命的，是有脾性的”，便问他：“是这样吗？所以每一种花都有不同的性格？”

我们知道，在法式花艺中，设计灵感常常来源于大自然本身。追求花材自然、真实的美感，强调从花材本身出发，充分观察理解鲜花和植物的个性、姿态，以其

生长的自然状态来创作作品，一直是法式花艺的典型风格。设计时不仅要观察鲜花的形状和姿态，还要充分发挥枝条的动感，叶片的长势，花朵的朝向、性情、质感、色彩等诸多条件。

艾瑞克只是笑笑，并不作答。包花的时候他异常专注，动作优雅而利落，手持这些美丽的精心排列包裹的花枝时眼神笃定而温柔。仿佛只是一眨眼的功夫，他已将左手垫在花束下面，右手很快将外面的包装纸裹好，一束自然华丽的法式花束就这样包好了。

但是我们总觉得哪里不太一样。

“你们注意到我包花的时候没有旋转吗？”艾瑞克有些小得意地给我们揭开了这个谜底，“一般包花束的时候为了花束的造型都是旋转着包的。但是我不用。”

啊，这就是传说中艾瑞克的平摆技术啦。我们一直想知道的秘密，没有想到羞涩的他倒是一反常态地自己提起了。

“做这个花的时候，我都不会转花束的。你们将这束花插到花瓶里，只要把这里的麻绳解开就可以了，它还是会保持原样的，没有过多的捆绑固定，这样就能让它自由呼吸。”

这像是法式花艺寻求自然之美的一种更高境界。因为它要求设计者不仅表现植物的“美丽”，还要将其作为一个独立的生命来把握。

“那么是怎么做到的呢？”

我们急切地看着翻译“呆人”。谁知道，这个法国大男孩明明前一秒一脸恍然大悟地理解了奥义，下一秒转过头来却似乎什么也翻译不出来了。他只反复地传达了一句：

“那是他脑海中早就知道花是什么样子的了。”

真是让人始料未及的神秘答案啊！

我们只能揣测着，也许，艾瑞克早就知道每朵花需要被安排在什么位置。就像他似乎真的听得懂中文一样，目光如水地看着我们。

他一定以为我们都听懂了吧！

与迪奥
周而复始交汇的秀场密码

“我从母亲那里继承了对鲜花的热爱，我尤其喜爱在植物和园丁的身畔。”这是克里斯汀·迪奥对于迪奥品牌的灵魂诠释。从1947年至今，当迪奥先生从格兰维尔别墅中栽下第一株玫瑰时起，他的一个个设计系列就是对童年花园的不断讴歌，他以花朵作为设计灵感及命名的作品不下数百件。花园与花朵，是迪奥永恒的元素。

比起奢侈品品牌广为人知的感性故事，其实我更好奇的是，几次艾瑞克为迪奥春夏和秋冬高定发布会设计的花艺中，那些繁盛的、美好的、脆弱的花朵，是如何完美阐述品牌周而复始的秀场密码的。

迪奥2014春夏成衣，艾瑞克运用了大量的葡萄藤蔓和热带花束，将它们悬挂起来，在其中穿插了紫藤和玫瑰，打造了一个他心中的爱丽丝后花园，与品牌完美契合。那年冬天，艾瑞克将巨大的白色蝴蝶兰花墙用白紫黄三种色条做了区分，和巨大的圆形舞台融为一体。

迪奥2016春夏成衣秀，地点选在了卢浮宫前的十字广场。艾瑞克用四万支飞燕草，渐变堆叠出一个蓝紫色的山丘城堡。飞燕草的花语是“慈悲的心”，象征清明、正义与自由。整个秀场，与拉夫·西蒙（Raf Simons）想要表达的“更加柔美、更加脆弱、更加敏感，却又不失力量与冲击感”的设计理念，一拍即合。

迪奥2017春夏高定，艾瑞克创造了绿野仙踪的花园迷宫。他采用大面积的绿地和植被，打造出飘荡着清新草香的绿色迷宫，搭配塔罗纸牌和神秘古树，向品牌致敬。秀场内还安装了众多反光镜，营造出一种梦幻迷离的氛围。

这次也是品牌史上第一位女性创意总监玛利亚·格拉西亚·克尤里（Maria Grazia Chiuri）上任后的首秀，艾瑞克首次与她合作，幻夜登场。谈及这次的创作沟通，艾瑞克对她的赞赏之情溢于言表。

艾瑞克的出色之处，在于他有着超强的现场把控能力。他擅长做规模宏大的大型花艺装置。所以我想，如果有什么更好的可以了解艾瑞克的方式，应该是看这两天的时装秀吧。

一看我这么关注迪奥和他的合作，艾瑞克推荐我去巴黎装饰艺术博物馆看迪奥70周年的大展。

除了与迪奥完美契合的合作，艾瑞克还操办过2011年摩洛哥国王阿尔伯特的婚礼。但广大中国人熟悉的，还是3年前上海展览馆那场盛大的明星婚礼。那个梦幻的伊甸园，第一次让大家看到了童话是如何通过一双魔术师的手用千万朵花营造出来的。

现如今，艾瑞克早已盛名在外，虽然每天因为各种会议、商务以及大牌合作忙得连轴转，但他仍在巴黎悉心经营着四家花店。

我猜，他所秉承的也许是，无论在人生哪个阶段，都乐此不疲地再现着童年花园的诗意与魔力，始终关注着似乎微不足道的每个日常创作细节。对他来说，花让他看到了美丽，感受到了宁静，学会了沉思。

紫罗兰是他的外表，
玫瑰是他的内心

“如果用一朵花或植物来形容自己，你觉得是哪种？”

“这个问题我从来没有考虑过。要说哪种花可以形容我的性格，我自己也不知道。”

“就说紫罗兰吧。”他的同事建议道。

“嗯，那就紫罗兰吧。它比较细小、脆弱，还有点害羞之感，来形容我自己也能说得过去。”想了一会儿却又不太赞同，“如果真要说的话，玫瑰花吧。玫瑰很美，很香，但带有很多刺。”

我想，大概紫罗兰是他的外表，而玫瑰是他的内心。

“之前来到巴黎当了7年的花艺学徒，一直做比较基础的工作，非常辛苦，在这个过程中会感到厌烦吗？”

“在学艺的过程中我并不觉得辛苦，相反，我觉得这段学习过程让我找到了职业方向，而且我也学到并掌握了很多技能。”

艾瑞克告诉我们，这也是他开始展示自己的舞台。他曾有幸去昂热参加了一个花艺学校的培训，跟当时很有名的几位花艺师学习。在学校中学到的都是最基本的插花技巧，而更多的知识需要从实践中才能学到。用什么样的花束、多大的花束去做场地布置，都是要根据实际情况来的。

话特别少的艾瑞克的平铺直叙有一种朴素的坚韧。

也许就像他告诉我们的，插花需要能力，更需要单纯的热情。他的热情，全部都扑到了跟花艺相关的事情上。

艾瑞克仍然有很多目标想要去实现，比如成为花艺界的领导者，让自己的作品遍布全球。

“我还有另外一个心愿就是想将我们专业的花艺文化传播出去，就像烹饪界的大厨们去传播餐饮文化。”他希望自己在这份花艺事业上是个成功的经营者，也是个合格的商人。

艾瑞克说，在现实生活中，80%的法国人买花如同单纯的购物，并不在意其中的花艺内涵。不像烹饪，吃到很好吃的菜肴，很多人都会去查这道菜的菜谱。但没有几个人觉得一束花好看，就想去了解这束花是怎么做的。

所以在巴黎，他和一些花艺师试图在引导法国花艺往一个更加实际的方向发展。他很喜欢去日本，因为在日本，花艺课比买一束花更受欢迎。中国现在的发展也特别快，近年来也有一些中国客户来找他合作，他很开心，因为现在花艺在中国也开始流行起来了，他认为这是一个新的开始，有很多东西都可以去做。

艾瑞克说，接下来他会更重视国际上的发展：“我得抓住好的机会，去寻求国际合作伙伴，这是非常有必要的。”

他像我们小时候，也向往着外面的广阔世界。艾瑞克和很多艺术家一样，有着很多简单的向往。

一个小时的时间很快就过去了。我将准备好的礼物送给他，是很简单的墨印宣纸。

“非常漂亮，我很喜欢，想把它裱框后挂起来。”

最后他将那束包好的花送给我，他深邃而明亮的眼睛望着我，用动听的法语说：

“谢谢你来看我，我已经很久没有包花了，刚才觉得很安静和幸福。”

这像是法式花艺寻求自然之美的一种更高境界。因为它要求设计者不仅表现植物的“美丽”，还要将其作为一个独立的生命来把握。

Back to the Orient for flower

第四辑

回到东方看花

Alfie Lin
Daniel Ost

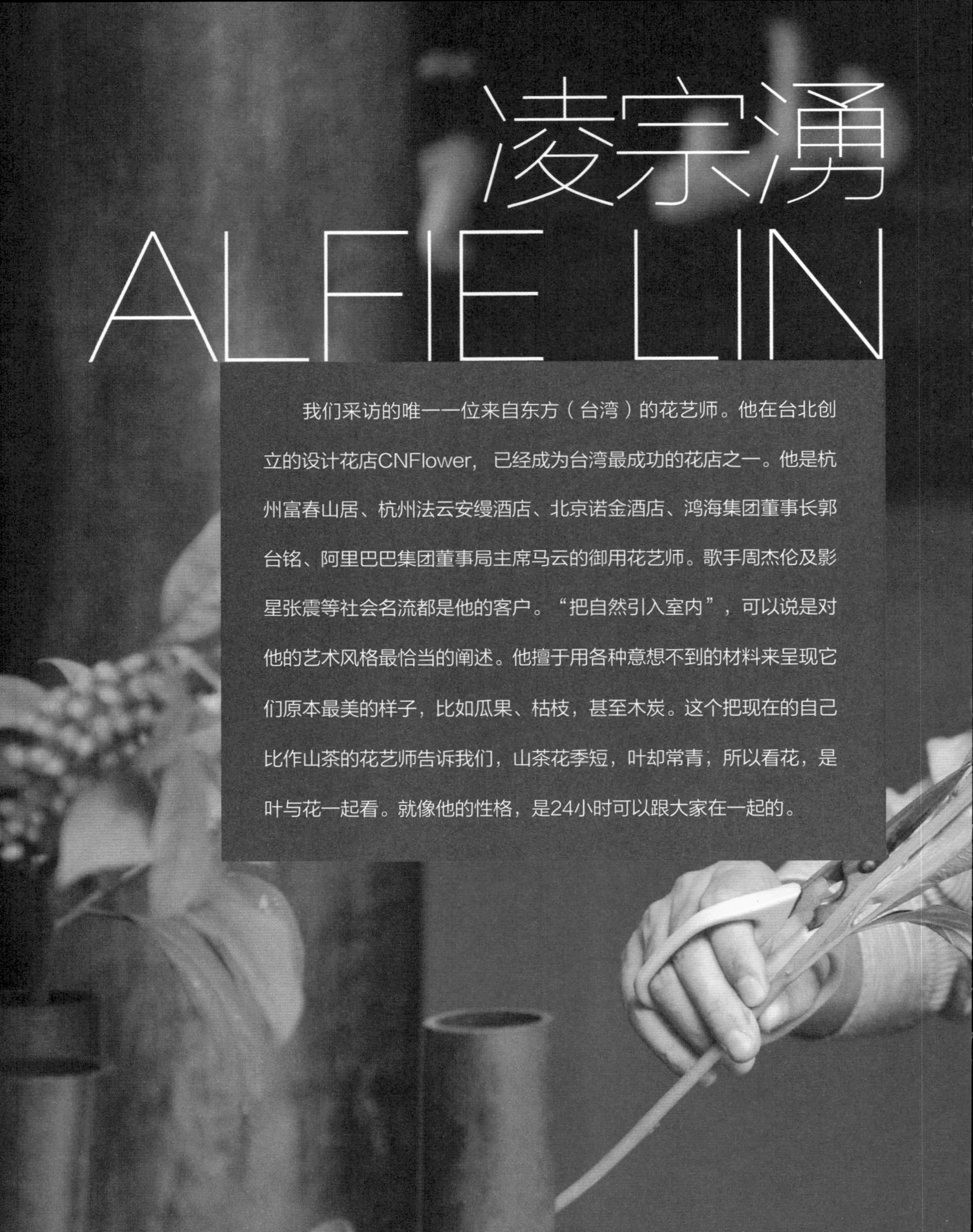

凌宗湧

ALFIE LIN

我们采访的唯一一位来自东方（台湾）的花艺师。他在台北创立的设计花店CNFlower，已经成为台湾最成功的花店之一。他是杭州富春山居、杭州法云安缦酒店、北京诺金酒店、鸿海集团董事长郭台铭、阿里巴巴集团董事局主席马云的御用花艺师。歌手周杰伦及影星张震等社会名流都是他的客户。“把自然引入室内”，可以说是对他的艺术风格最恰当的阐述。他擅于用各种意想不到的材料来呈现它们原本最美的样子，比如瓜果、枯枝，甚至木炭。这个把现在的自己比作山茶的花艺师告诉我们，山茶花季短，叶却常青，所以看花，是叶与花一起看。就像他的性格，是24小时可以跟大家在一起的。

看花，
是叶与花一起看

与凌宗湧老师约在八月杭州的富春山居。

都说八月赏荷正当时。我们找到凌宗湧的时候，手持一把镰刀的他正穿着黑色背带下水裤站在富阳一个山村的荷塘边，准备下水去采摘新鲜的荷叶和莲蓬。荷塘里花骨朵肥厚，碧叶上剔透的水珠子来回滚动。看见我们一行人，凌宗湧挥挥手，轻车熟路地走进淤泥里，转眼就消失在一片密叶青烟中。

这时我才发现，原来“采莲南塘秋，莲花过人头”的描写不是骗人的，荷花真的有那么高。

其实曾经在富春山居的某个八月，我就不自知地在凌宗湧过人头的荷里“翩跹走过一趟”。

八月是这个城市最热的时节，那天在富春山居的球场打完球，我大汗淋漓地推开餐厅的门——一阵绿色的凉意几乎扑面而来。只见餐厅的每个花瓶里都插着白色的藕，

藕上面是极高极高的荷叶与荷花——那是我生平第一次看到那样高的荷。

人经过的时候，头顶上碧叶亭亭，又像撑着小船在莲叶深处穿梭。

这位花艺师创作的时候在想什么呢？会是《诗经》里江南采莲的远古想象吗？

我正出神，“采莲工”凌宗湧已经从荷塘里走出来了。他这次采摘的莲蓬，当然又是比人还高。我们一人一手接过他递过来的荷叶与莲蓬，学着他的样子，将荷高高举过头顶。

风把道路两旁高高的野茅草吹得摇曳生姿，凌宗湧一手背在身后提着鞋履，一手擎着荷叶高高升在上空。他显然已与这野地熟稔自如。我们便也跟着他施施然的脚步，实现一场江南采莲而归的美好想象。

最真实地呈现出
它们最美的样子

大家把采摘的荷叶和莲蓬搬进了富春球会的一间会议室里，凌宗湧指挥着将多余的桌椅移去，并搬来一个金色的长方形铁质花器，他缓缓将其盛满水后，就迅速地开始整理荷花的枝叶。剔除掉多余的枝叶，只留一捧鲜嫩的碧绿莲蓬枝在手边。

室内悄然无声，只剩凌宗湧摆放花材的一点声响。在花材的旁边，我们注意到还有一截乌黑的大木炭，木炭旁边是竹炭花器。我曾多次在富春山居见过，也在关于他的媒体报道中读过，那是他自己用竹子烧制的花器。竹子烧制后的黑是发着淡淡的光的那种素黑，有种喑哑的低沉质感。

我看了眼肃穆沉静的凌宗湧，气质真像啊。

凌宗湧做花艺的时候异常专心，基本不说话。我们站在一旁，只见他将莲蓬与下端的茎剪断，然后在铁质花器的最左端慢慢放入花泥，花泥上面铺上一层黑色的石子。然后拿过几个剪下来的莲蓬，在我们屏着呼吸的几分钟内，他将它们一一“插在”

了花泥中。

与我们采访的欧洲花艺师相比，凌宗湧的动作显得那么慢，慢到似乎要与时间作较量。

我们看着他继续把长长的莲蓬枝轻轻平放在水中，然后拿出了那截乌漆漆的大木炭，放置在莲蓬头与枝条之间。他小心地调整着枝条与莲蓬的方向与姿态。这时我们才发现，这是一捧从水中探出头来的“青莲”啊。

素净的黑衬着娇艳的绿，有一种老树新生的喜悦与沉着。

这种迥异和寂寥的美，其实好多次我都在富春山居的球场见过。有时候是插在陶土瓶里的一枝山茶，有时候是瓦罐里的一擦枝叶或几枝红枫，其实明明都是路边、山脚下、田埂边随处可见的异常平常的枝叶。

就像贪玩的孩子游玩回来时在路边随手摘一枝。

事实上，也的确类似，每当要开始一件作品的时候，凌宗湧总会在附近“闲逛”：“我得找找，这里有哪些花材是可以打动人的。”

十年前，亚太总裁协会聚集在富春山居，因为要办好几场晚宴，凌宗湧就被派任负责整个总裁俱乐部的花艺布置。

因为面对的是已经看过全世界无数顶级奢华环境的宾客，那时候他心里就想，在这片东方的土地上，要用什么样的花艺，才能够让阅花无数的他们为之惊艳呢?

凌宗湧走过田野，走过花店，最后他走到了农贸市场里。他发现了那个季节里最吸引他的花材——西红柿。

他当下决定用西红柿来做这场晚宴，显然令很多宾客眼前一亮。在凌宗湧后来的作品中，我还见到了南瓜、葡萄、山楂……葡萄悬在枯枝上，南瓜和多肉摆在一起，山楂在一棵树上垂垂欲坠……

“原来其实能够吸引到大家的并不是花材本身有多美丽，而是你可不可以拿这些最真实最漂亮的当季花材，包括蔬果，这些大自然的一部分，真实地呈现出它们本来最美的样子。”

就像那一捧浮动在水中，蜿蜒探出头来的娇俏莲蓬一样。

“我们发现您有一个令人惊奇的能力，就是把最普通的材料化腐朽为神奇。比如竹节、木炭，这些灵感是怎么产生的呢？”

“也许，在你真正喜欢大自然之后……”

凌宗湧说，当你进入花艺领域，你会发现其实你并不是那么喜欢市场上已经被人裁剪下来的花朵。可能你真正的喜悦，是在花园里，是在野外，那不经意间捕捉到的没有包装过的美。

“那时候我在想，既然我们喜欢的花草，都是在土里长出来的，那我们为什么不能从另外一个角度重新看待你周遭土里长出来的花草？”

“这个行业能不能被别人爱上，其实关键在于你喜不喜欢你自己。你要相信，你手上的材料是可以把心中的情感传递出去的。”

植物的生长，
花其实只是其中的一段

凌宗湧跟我们提到了一个专业名词，叫农产花卉。

他眼中的花草其实是一个长期积累下来的农作产业，当人们有需求时，才会有大量的农民去生产这些可供观赏的花卉。

在中国大陆这片土地上，因为经济的井喷式发展，花艺随着人们对生活环境要求的提升，才逐渐被在意。但其实，大陆的农产花卉并没有那么快跟得上。所以凌宗湧刚来大陆的时候，总会觉得这里材料贫瘠。

可是当他身处这个环境里，需要着手创造的时候，他心里却想：

“当人为的这些农产品没有办法做到的时候，难道野地里生长的就不是所谓的花朵了吗？”

他拿出了今天第二件花艺作品要用的素材。

“啊，这是商陆。”大大的绿色叶片，串状的浆果。红色的浆水从薄薄的绿色果皮中

春宮

微微透出来，让我想起小时候常常从路边将它采回家，偷偷躲着染红指甲的画面。我们没想到的是，商陆其实也开花，白色的细碎小花，比浆果串还小许多。

“对，你看，如果我们今天没有商陆，大家很少会知道商陆的花长什么样吧。”

凌宗湧说，从花开花谢到结果，甚至最后生命的终止，我们会发现整个植物的生长过程，其实是相连的，而花只是其中的一段。

“当一种植物的果实是显眼的时候，我们自然就会看到果实的部分。就像商陆的果实让我们印象深刻。同样也没有人会记得葡萄的花长什么样，西红柿也一样。既然这些农作物给大家的印象就是在果实上面，那为什么不去呈现呢？这是大自然最打动我们的地方啊。”

每一种植物都有它最独特的一面，当你发现它的花不那么吸引人的时候，它的果就会是最吸引你的部分，所以他非常喜欢葡萄、西红柿、南瓜，并且常向人表达这种喜爱，就跟喜欢一种花一样。

我看着他把一支商陆放进了盛好水的竹炭花器中，然后又信手放进了一朵白色的大芍药，冰肌玉骨的几朵芍药瞬间在“山间”出落。比起上一件作品，这件显然要“随意”得多。正如对自然植物的视角转换，他似乎可以轻松撷取植物本身自带灵力的美。

可能正因为这样的因缘际会，凌宗湧深觉就地取材可能是东方花艺一个关键。因为气候的原因，东方的花草没有欧洲的繁复多彩。

“但孕育在东方的花朵有一种骨气。”凌宗湧更容易被这种呈现出独立性格的植物所打动。那些可能被大家认为仅仅是野花的来自大自然的花朵，他却会习惯性地看到它们超然的旺盛生命力。

如果要拿一种植物来比喻自己，凌宗湧觉得自己更像一株山茶花。

“山茶开花的时间不长，但是它从不落叶，所以我们会看见山茶一年四季都长在那里。它并不是一种很起眼的花材。它开花的时候绿叶都还在。所以看花，要和叶一起看。”

正如他觉得他是24小时都可以跟大家在一起的，不用在准备好的情况下才可以跟人接触。一株山茶也是，它并不在意你看到它的时候，是花开的时候，还是花谢的时候。

花艺虽然是一门很深奥的学问，但凌宗湧一直用最平常的方式，把花草最自然的一面给展现出来。他并不在乎别人看见自己的花艺技巧有多高超，而是希望大家看见他的作品的时候，可以知道他与他们“在一起”。

所以如果在商业上遇上与客户“在一起”的状态，是凌宗湧最喜悦的，因为他知道，花草最单纯最美的一面，对方也感受到了。大概就像山茶花开的时候。

当然也会遇到另外一面，客户对花艺有过度期待的时候，也许凌宗湧比较“平凡朴实”的表达方式就会让对方不满意。这是不如意的部分，但凌宗湧不会想要去争辩，而是用自己的方式平淡面对。这是花谢时候的山茶，但它依然常青。

每一种植物都有它最独特的一面，当你发现它的花不那么吸引人的时候，它的果就会是最吸引你的部分。

大自然原本就有多重面貌

凌宗湧常常把花艺师比作彩妆师。

“作为一个花艺师，是不是应该懂得你今天是在替谁做彩妆？”

他做过很多名人婚礼的花艺，比如周杰伦和张震。每个人都有自己喜好的部分，所以他说需要用另外一个方式去看，什么样的场合，什么样的气质，当你懂得在什么样的场合做出什么样的花艺时，才是你真正可以把运用花草当作职业的时候。

“那个时候你可能才真正开始理解花艺。”

我想起每次去欧洲看到的如德加、雷诺阿一样繁复艳丽的花束，又想起富春山居定格在脑海中的几乎和八大山人、林风眠一样的印象，不禁有些好奇。

“这是你理解的东方吗？”

“我喜欢看全世界，但是我知道我自己是属于东方的。”

凌宗湧说，世界上有这么多不同面向的大自然，而不是只有一个东方。所以不要觉得东方是唯一，东方只是我们的代表。但他确切地知道自己是东方的，轮到该表现东方的时候，他一定当仁不让。就像10年前那场西红柿的盛名晚宴。

当然凌宗湧仍然会觉得巴黎四季酒店那些花艺很美，因为他觉得花艺应该就是在合适的时间与地点，做出合适的样子。

他在几年前就感受到，我们现在所有的美学几乎都有来自西方的影响，但实际上，我们在东方的环境下看到的面孔就不是西方的样子。因为无论是自然环境、建筑环境还是人的生活环境，都不一样，那为什么要在表象去模仿他们的样子，而且模仿很难有超越。

富春山居经过长达15年点点滴滴的耐心打造，最终建立起属于东方自己的样子，这让凌宗湧深受感动：

“原来自己可以让自己的样子被全世界看见，不需要去学习西方人的模式，也不需要用西方的眼光跟语汇去揣摩、去评判，就是完全用自己东方的样子走出来。所以我真的觉得，如果我是一个懂得花草的人，我为什么还要去模仿西方人。我只需要一点一点用自己的方式去表达花艺，在中国这片土地上……”

谈到中国花艺几千年源远流长的历史时，凌宗湧坚持不用模仿古画里的花艺。花艺不是回到过去，而是要重新站在现代的条件下去思考，用现代人的方式，符合现代人的生活需求，可以极简，也可以优雅……

他把这种花艺美学定位为“新的东方花艺”。

很多人在看到他的花艺时经常说：“这个不属于日本，也不像西方。”“对。它真的就像我们自己的样子。”这个时候他是非常开心的。

跟日本保留传统的做法非常不一样，凌宗湧把自己的东方观念和现在的生活重新做巧妙的搭配。

“所以我们不用缅怀古代，就是用凌宗湧的方式来表达中国文化的精髓。”

“我自己一直认为，如果你真心喜欢大自然的话，一定会认识到大自然原本就有多重面貌，不能用简单的东西方去分辨。相同的，其实中国和日本的环境，也有极大的差异。”

凌宗湧停顿了两秒钟继续说：

“当你刻意去区隔与别人的不同时，其实你也把自己的那扇门给关起来了。作为一个花艺师，我真的还是希望大家可以先去欣赏别人的优点。当你只想要跟别人不同而去做出所谓跟别人不同的样子，其实你的不同只是在于你自己而已。”

他显然不太赞同这种将艺术简单区隔开来的提法。

“山茶开花的时间不长，但是它从不落叶，所以我们会看见山茶一年四季都长在那里。它并不是一种很起眼的花材。它开花的时候绿叶都还在。所以看花，要和叶一起看。”

不然这样子，
我们一起跟着花开去旅行吧

与其他热衷于给我们介绍工作间的花艺师不一样，凌宗湧经常对学生说："如果在一个教室里，我就没有办法表达花艺。"

凌宗湧甚至没有办法在一个他不喜欢的环境下创作花艺作品。对他来说，在一个对的环境里，自然而然会找到一种合适的表达方式。

比起教授更多的技艺，他更想让大家感受到关于美的所有的表达。

"花艺并不代表全部。"他跟同学说，"不然这样子，我们一起跟着花开去旅行吧。"

于是，自然而然就有了西恩（CNFlower）"跟着花开去旅行"的活动。

我们采访前，"跟着花开去旅行"已经举办了六期，国外三期，国内三期。有时候学员会自己组织去，有时候凌宗湧会亲自带队，不过这当然是在当地美景能足够"勾引"他的条件下。

“那是24小时大家都在一起的状态，”他又说道，“就像山茶花一样。”大家一起看见同样的大自然，他们会看见他在事先没有准备的情况下是怎样选取材料的。

“大家会看见我找不到材料，所以我只能就地取材。但我还是能把最美的一面在大家面前表现出来，这是最真实的。”在当下去创作属于当下的作品，凌宗湧觉得这是一个能有效传递美学的方式。

我曾经看过“跟着花开去旅行”的巴黎和印度之行，几度心动。没有想到的是，凌宗湧心中最大的期待始终在大陆。他很期待去新疆，野地里的杏花、路边的油菜花田、夕阳下的胡杨林。他甚至念念不忘永川的竹林。

这是他认为关于东方最美的一面。在自己的这一方土地上，他希望透过花艺，去与它们重新遇见。他觉得新的东方花艺美学会从这样的花艺旅行中走出来。

他又强调了一次：“那是我们24小时都在一起的状态。”

但其实，这种24小时在一起的状态，是发生在和花草打交道的过程中，那代表着花艺师仅占了前面过程的一段。

有着二十几年从业经历的凌宗湧，觉得有必要和花艺从业人一起分享这一点认知：

“你要比别人早起，你要干的活比别人多，最后在光鲜亮丽地完成作品之后，你退场，把它们交付给那些在最幸福的环境之下的人。所以，不要忘了自己到底为什么想要进这个行业，想要传递的是什么。”

禅修中常强调“无分别心”，花草本身不管美不美，不管名贵和贫贱，大自然并没有区分它们，区分它们的是人。就像始终用送花人的心态在创作的凌宗湧，总是一次又一次回到原点——传递心中的情感。

“这个行业能不能被别人爱上，其实关键在于你喜不喜欢你自己。你要相信，你手上的材料是可以把心中的情感传递出去的。”

富春山居有两句常用的诗——春有百花秋有月，夏有凉风冬有雪。对我而言，见到凌宗湧好像是一次关于自身花艺的溯源。我关于花艺最初的启蒙书，就是他那本《花艺老师到你家》。而我们七月走访完欧洲所有的花艺师回到这里，暂时消解完所有的花艺知识，似乎才真正明白如何看一朵花。

“我自己一直认为，如果你真心喜欢大自然的话，一定会认识到大自然原本就有多重面貌，不能用简单的东西方去分辨。”

DANIEL OST

丹尼尔·奥斯特（Daniel Ost），比利时殿堂级花艺设计师，被称为花艺界的建筑师、雕塑家。作为一位公认的世界顶级花艺师，我们其实已经很难用常规去定义他，就像他身上内敛与锋芒、严肃与幽默、审视与平和的矛盾交汇——在他手上，一切材料的运用、造型的创作都穿越时间和空间成为可能。他最喜欢莲花这种仅仅属于东方的花朵，他说它们美如水上芭蕾。而比起艺术家的称呼，他更喜欢称呼自己为“束花人”。

我只是一个束花人

约见丹尼尔·奥斯特的过程十分曲折。从上海到荷兰再到比利时，托朋友的朋友的朋友，辗转十几封邮件，最后终于得到7月11日可以会面的消息。会面地点在丹尼尔圣-尼古拉斯（Sint-Niklaas）小城的家中，会面时间前后一共预留了一个小时。

如此周折而短暂，但收到允诺的我们欣喜若狂。

作为哥伦比亚广播公司（CBS）新闻中提到的“世界花艺领导人物”，比利时殿堂级的花艺师，丹尼尔其实很难用常规的词汇定义，大部分时候，我们只能用“他总能利用自然界任何的物件创造一件你从未见过的作品”这样的话语去描述他。而对于我来说，这位穿越了东方的西方花艺师，已经超越了时间和空间，他是宗教信仰一般的存在。

2014年，我在巴黎学插花，来自普罗旺斯的老师告诫我：“Zoe，你对花的理解太过于狭隘了。除了追求艳丽的色彩和完美的花型，那些你修剪后的枯枝残叶其实不应该被遗忘。自然界里所有的微小也可以具有力量。”

那时候我并不以为然，直到有一天看到了丹尼尔用废弃的枯枝和凋零的花朵做的那些震撼人心的设计，那种卓越的艺术张力，那种使人宁静的魔力，至今让我为当年的不以为然感到羞愧。

所以我想，即使只有一个小时也足够令我心满意足——向神祗朝拜，哪里还会介意时间长短。

因为期待，我们提前了5天到达比利时，在圣-尼古拉斯方圆百里各处徘徊。我们甚至在绿色的麦田里开了好几个小时的车，去寻找比利时设计师德赖斯·范诺顿（Dries Van Noten）的花园寓所而无果，那是座被称为可以与莫奈花园相媲美的花园，据说其中如梦似幻的绝美设计也有丹尼尔的手笔在。

5天后，当我们坐在丹尼尔家的客厅里时仍然觉得不真切，对面这位戴着棕色皮帽的花艺大师得知我们早已到达比利时，并且苦苦寻找德赖斯·范诺顿的花园寓所时，抬着眼睛从镜片后看着我们，狡黠地笑起来：

“其实你们不用如此周折啊，你们随时可以直接来见我。而且，德赖斯是我的好朋友，你们为什么不告诉我呢？找到他很容易。”

所以我似乎天生就有
成为花艺师这样一个选项

这位花艺界的大神，似乎要比我们想象的和善得多，也要，幽默得多。

“这是玉兰花，在日本，这叫木兰花。”

我给丹尼尔递上从中国带的苏绣扇面，他一眼辨识出了上面的花纹。今天穿着特别休闲的丹尼尔像一位教授，他还在衬衫上面简单地披了件裸色的羊绒衫。他一边别麦一边开玩笑：

“也许我应该换件中式的衬衫。”

“刚刚听见你好像用中文说了好几次‘谢谢’。”

“但我要声明啊，我接下来是不会说中文的。”我们都被逗笑了，多可爱的“花神”——这是与报道中的先锋激进完全不一样的丹尼尔。因为时间紧凑，我们告诉丹尼尔一共准备了10个问题，采访时间不会很长。没想到他很惊讶，说有时候采访会持续4个小时呢。

正想着丹尼尔年轻的时候一定是个万人迷，一不小心撞到桌角弄出了声响，紧张的我忙不迭地道歉。

“不要紧啊，它们总是这样立着，偶尔也可以受些惊吓。”丹尼尔指着我撞到的桌子，一本正经地跟我们“胡扯”。

丹尼尔告诉我们，这是他的一处房产，里面一共有22个房间。因为房子位于圣-尼古拉斯的中心地段，房子朝外的部分就是丹尼尔·奥斯特的花店，只不过现在刚好处于淡季，花店里一朵花也没有，只有橱窗上贴了一张纸，纸上写着“如果需要订花请拨打……”。

所以他也不打算带我们去参观他的花店。我想起他的花店曾受万人朝圣，那些魔幻般变幻不断的鲜花橱窗令人心驰神往，此行无奈错过不禁有些遗憾。

丹尼尔显然不以为意，他像个多年不见的老朋友一样，告诉我们他有许许多多的房产：

“我有一处另外的房子，又有一处另外的房子，又有一处另外的房子，但是我住这里，因为我没有驾照。”很明显那几处更大的住处都离这里的花店很远，而对于丹尼尔而言，花永远都是最重要的。

“您可以步行。”我忍不住也与他开起了玩笑。

“是的，所以我也可以步行去中国找你们。”他接得十分愉快。

我们看着丹尼尔习惯性地将眼镜往上推了推。他总是喜欢从镜片上方看着我们，像一个跟一群孩子讲故事的老顽童，然后总是停顿一下注意我们的反应。后来我才反应过来，也许他是细心地在消解我们的紧张。

“听说您3岁的时候就知道自己以后会成为一个花艺师？”我想要是再不进入正题，他会一直把冷幽默运行到底吧！

丹尼尔从小与祖父一起生活在比利时的乡下，那里有草，有小动物，还有大片大片的田野，它们组成了他生活最美的部分。许多人将之视为他对植物世界具有强烈感知力的来源。

“那时的圣-尼古拉斯和现在还很不同，而我来自一个很贫穷的家庭。”丹尼尔的回复有些跳脱，那时候当地人把动物养在露天的坑（陷阱）里，这些动物的粪便成为很有营养的肥料，所以总是有野玫瑰在其中长得很好很高。

有一天，丹尼尔为了去摘野玫瑰而掉进了肥料井中。“我晕了过去，差点死了，祖父拉着我的头发将我拉了出来，因为他够不到我的身体。” 丹尼尔指了指自己的头发，还不忘了夸奖自己一番：

“我那时候是个长得很漂亮的小男孩，有一头好看的金发。”

丹尼尔说，那时候他并不知道自己要做花艺，因为3岁的他仅仅是个孩子啊。

“但也许那个时间点，足够说明我对花的喜爱了，所以我似乎天生就有成为花艺师这样一个选项。”我们想，也许命运之神对天才的钦点总是很特别的。就像他对自己的生日也有着宿命式的诠释：

“不管怎么说，我是在母亲节出生的，在星期天。”丹尼尔补充道，母亲节恰好是个与花的表达不可分割的节日。

当我开始做花的那一刻起，它们就已经奔向了死亡

至于丹尼尔对植物世界的强烈感知力，更近乎是与生俱来的。

丹尼尔第一次参加安特卫普园艺大赛的时候，其实生活非常拮据，于是他在树林里捡了一些树枝和枯枝作为参赛的材料，没想到获奖后一举成名。

有些杂志的头条评论道："没有花的园艺不叫园艺。"

丹尼尔的创作手法超前，技巧纯熟，创意大胆，有部分人出来反对，但丝毫不阻碍他那超越星球般的创作。芦苇、野草、枯枝、泥土等看似怪异的材料，随时都有可能在丹尼尔的作品里爆发出蓬勃的生命力。

他曾用植物来表现莫里斯·拉威尔（法国杰出作曲家）的波莱罗舞曲，那是在圣–尼古拉斯附近的垃圾填埋区，丹尼尔使用的材料是膨胀黏土和韭菜花。

1985年，丹尼尔应邀前往日本工作。

"在西方人眼中，花卉园艺纯粹是一种装饰，而在日本，花卉不仅被用来表现美，

还传达着生与死的内涵。”

丹尼尔看着我们：“我去过日本180多次。”

“所以是日本的花道给了您许多启发和灵感？”

“没有，不是花道，我从未真正为日本的花道所启发，我是为中国和日本的美学所启发。”

丹尼尔在这种启发下开始研究花卉凋零的过程，“探索死亡之美”被他视为自己成长中一个新的里程碑。

他在《丹尼尔·奥斯特在仓敷》一书的序言中写道：“花道从完成的那一刻便开始凋零，就像音乐从开始的那一刻就注定终止，花艺如此循环着这样的命运。”

“这是否就是您一直在追寻的花艺的真谛？”丹尼尔背后的盆花作品中，枯枝缠绕，花朵凋零，仿佛被弃置多年无人打理，藤蔓已经与铜质的花盆融为一体，只有零星几点嫩绿的花苞，展现出生命还在悄然延续。

丹尼尔的神情有些模糊，他告诉我们，花和音乐有一点像，你弹奏了一个音符，但当它被听到的同时，它（声音）也已经消失了，我们有的只是瞬间。他的工作也是，当他开始做花的那一刻起，他知道花已经在奔向死亡的路上了。

“所以我不得不和时间赛跑，奉献我的生命与时间，因为我夺走了花的生命。我不能再睡觉了，不能再休息了，我必须不停地往前、往前、往前。我必须要让花在展现出它最美的那一刻时，能够被那些想看到的人看到。我不得不忘却自我，所以之后我就变成了一个很恐怖的人。我不再关心我的员工，也不再关心我自己，我只在乎花，而且永远无法回头。”

就像当《丹尼尔·奥斯特在仓敷》在发布会上出现时，作品必须是完美的；在迪拜准备的婚礼上，哪怕外面的气温已经到了55摄氏度的高温，花也不能出现垂下来的样子，所有的一切都必须是完美的，哪怕出现了一株这样的，丹尼尔也慧眼如炬，他看到了，就必须换掉它。

丹尼尔在东方与生命的美学体验中，似乎更剧烈地感受到了时间与生命的紧迫性。那种来源于对生命认知的平衡感，在丹尼尔这里则成了某种西西弗斯的巨石一般的重量。在花艺创作上，他永远是个乐此不疲的完美主义者。

“据说您曾经为了一株兰花旅行了500公里，是真的吗？”

“有时候会更远。”

“为了重要的活动或是重要的人物吗？”

“不是，是为了我觉得重要的部分，为了让我的设计正好成为我想要的样子。”

也许是为了平衡这种生与死带来的压抑，丹尼尔偶尔也设计一些轻松的景观作品。比如在他为比利时奥尔登·比尔森（Alden Biesen）城堡设计的园林中，灌木丛被他修剪成起伏的水波状，精密设计的几何对称与古老的城堡浑然一体，同时又赋予其现代感。又如他为法国沃勒维孔特（Chateau de Vaux le Vicomte）城堡一个私人派对设计的水池景观，红、白、粉色的玫瑰花瓣漂浮在水面，组成一连串更大的花瓣形，环绕在池塘四周，仿佛一条美丽的裙边。

丹尼尔的客户非常多，包括王室、酋长、拍卖行、联合国儿童基金会、比利时国王、艺术收藏家，等等。

你们可以回到过去，
因为你们一直可以做到

我们好奇他天马行空的一生有哪些代表作，谁知道丹尼尔说他并没有办法选定。对于他来说，每一件作品都是自己的孩子。

“就好比假如我有两个女儿，我总不能说这个女儿比另外一个女儿更美啊。”

而当我拿出最喜欢的他的作品的照片时，他却很干脆地说：

“我好像已经忘记它了。”

“听说你只会为喜欢的人和喜欢的地方做花，是这样吗？”

“不是的，我觉得母亲的说法更好听更准确：‘我的大儿子还是个孩子，他一直在玩耍，永远不会长大。但不幸的是，日本人总是给他新玩具。’”

“所以日本对您意义重大？”

“我不这样认为，我认为现在的日本花道已经成了一个商业系统了，所有都有关于钱。”丹尼尔认为很早以前寺庙里关注生命的花道才是真正的日本花道，“现在的都只

是商业，花是不是在水里，是否要用管子给花输水，他们并不在乎。但我一直在练习着做这些——给予花生命。在这短暂的时间里，它仍然需要活着，并且绽放它最美的姿态”。

丹尼尔突然笑起来，他似乎知道我们下一步要问什么：

“其实中国也是一样。我觉得中国真应该回溯历史，看看你们过去都做了多么美的作品出来，现在你们做不出来了。真的，你们有财力，有力量。你们可以回到过去，因为你们一直可以做到，你们可以超前，但你们也可以回溯。你们曾经是有一段时间国家非常贫穷，但是那个时期已经过去了，现在你们有钱来回顾你们过去创造的美，重塑你们过去的美学。”

“这个想法真的很好。”其实我是心虚的。

“当然，你们应该这么做，你们有义务，也别无选择，因为你们是中国人。你们曾有那么多精彩美妙的创造。我有很多中国的收藏，不可置信，但你们现在不做了，为什么？”

丹尼尔边说边站起来，他房子里的工艺品都来自中国、日本，他希望带我们一起看一看。令人惊叹的是，在他二楼的小图书馆中，我们看到了东方几乎所有的关于植物花卉的原版书籍。丹尼尔告诉我们，大约有6000本。

我们穿梭在古老的图片记忆中，听丹尼尔说他喜欢中国人，他爱中国的自然、人文、历史。他研究过很多中国古老的花艺，他鼓励似的看向我们：

“不管怎么说，日本花道的源头在中国，不在日本。由中国始，到韩国，到日本，而不是倒过来。中国是中心的国家。”

丹尼尔认为，美好的花艺的源头不在西方，这些书里，非常原始的古老的花艺的来源都是中国，但非常厉害的是日本人将花艺发扬光大，他们总是把任何事都做到更好。

“但是我仍然要说的是，源头是中国，你永远不能改变本源。”

我们还看到了他陈列室墙上悬挂着一幅水墨荷花，他说这是他最喜欢的花。这种只在日本和中国才有的花，丹尼尔用中国最古老的花名称呼它——佛花。菡萏礼佛，是中国传统花艺最早的开端。

“用中文说莲花怎么说？”

“莲花（中文）。”

“莲花（中文），它就像是芭蕾，浮在水面上，在水面上舞蹈。”丹尼尔的形容真令人震撼。

下楼后，丹尼尔领着我们进入了他小巧精致的后花园。今非昔比，其实他所拥有的这座寓所，前店后院，占地极大，现在已经是圣-尼古拉斯市的中心，说起来都有些奢侈了，他很得意自己能有这样一个宁静有野趣的花园。令我们倍感亲切的是，花园中央有个池子，池子里几条锦鲤悠游其间，像极了我曾经在西湖边观鱼的刹那。

“所以我不得不和时间赛跑，奉献我的生命与时间，因为我夺走了花的生命。我不能再睡觉了，不能再休息了，我必须不停地往前、往前、往前。”

花艺不是用手做出来的，而是用想法做出来的

“荷兰作家、诗人兼记者塞斯·诺特博姆对你有一句评价曾被广为引用：这个人的手可以创造任何他想得到的东西。”

“不会啊，我觉得这是一个很蠢的评价。”丹尼尔毫不客气地开始抠字眼。

因为他的老师曾经告诉他，花艺不是用手做出来的，而是用想法做出来的。丹尼尔指了指他的头慢声道：“花是生命，既然交由了你，就应该对它认真负责。”我想他的意思是，在创作前，得先用用自己的脑子，才能不浪费花的生命。

“现在您被称作‘国际花卉最高成就的象征’……”

“我一点都不认为是这样，我想这是别人认为的，不是我认为的，这一点都不重要，我仍然很爱花，别人怎么想我完全不在乎。”

“但是大家都说您的作品，表达了您独特的哲学生命观……”

丹尼尔冲我们摆摆手，他跟我们提到了一个荷兰词——bloembinden：

“在16世纪，人们没有绿地，什么都没有，所以他们将花绑在一起。binden的意思就是‘将……绑在一起’，所以这个词最原始的意思是‘绑花的人’或者‘束花的人’。我从未丢掉这个词，我总是会使用它，它很难被翻译出来。在英语、汉语或是其他语言里都没有特别能与之相对应的词，它很特别，但我将永远留着它。”

这就是丹尼尔最喜欢的称呼——束花人。

丹尼尔说：“不要叫我艺术家，我不喜欢被叫作艺术家，我也不是艺术家，我只是想把我的工作做好。”

他像个小孩一样开始细数花艺生命中最重要的几个人，反复提到的是他的老师——一位荷兰人，曾经住在这个城市，不过已经去世了，这令丹尼尔很伤感。

也许还有一位很特别的来自台湾的友人。她给丹尼尔介绍了中国花艺和日本花艺，丹尼尔说，那改变了他的人生，让他从真正意义上有了国际的视野。谈起这位已经很久没见的故人，他很认真地给我们颂了一段诗：“陌生人啊，陌生人，在无法企及的高处的爱人，你为什么要栖息在只有鹰隼筑巢的峰顶？（Stranger, stranger, lover of unreachable heights, why dwell you among the summits where eagles build their nests?）”

哦，是纪伯伦的《告别》。

采访结束，比约定的一个小时长了很多。送我们出来的时候下起了雨，丹尼尔很高兴地说要带大家去喝正宗的比利时啤酒。我们接受一路的注目礼随着他步行了半条街，到了一家精致而有年代感的酒馆，这是他常来的地方，但现在也不妨碍酒馆里所有人艳羡地看着我们——因为丹尼尔帮我们每一个人都点了啤酒，并坚持要亲自倒酒。他告诉

我们:

“在欧洲,男人不可以让女人自己倒酒。”

得知我们在下一站的安特卫普还没有预定晚餐,丹尼尔一边推荐一边指示司机小哥为我们预定米其林餐厅’t Zilte,司机小哥还告诉我们:“这家餐厅通常需要早几个月预约呢。”果不其然,餐厅回复当晚没有空座了,不过“不信邪”的丹尼尔·奥斯特先生亲自在电话里“提点”了两句,片刻后餐厅就变魔法般地腾出了一个位置,前后时间不超过五分钟。

当听闻我在中国没有买到他的新作时,他坚持送我一本法语版的。只一会儿工夫,不知是酒馆中哪位崇拜者,已经为我们从书店捧来了崭新的精装著作。

嗬,我想他一定是这里万人敬仰的王。

我们安静地坐在一处翻看着,酒馆的后院是个花厅,微凉的风从正对的厅门吹进来,廊下的雨渐渐变大,雨点打在花瓣枝叶上,有一种宁静的声响。

我们在这宁静的时光中与丹尼尔挥手作别,他对我说:

“今天很愉快,十分欢迎你再来看我,着蓝色衣裙的女士。”

“在16世纪,人们没有绿地,什么都没有,所以他们将花绑在一起。binden的意思就是‘将……绑在一起’,所以这个词最原始的意思是‘绑花的人’或者‘束花的人’。我从未丢掉这个词,我总是会使用它……”

后记

罗晓韵（Jolie）与我已经不是第一次一同出游了，与她一起总是有很多意想不到的精彩。我同她提起要拜访几位花艺大师，全球各处飞的她哪怕工作已经很满，也很爽快地欣然赴约。为了凑我们的采访行程，她结束在旧金山的工作后便马不停蹄地飞抵伦敦与我们会合。一路上她用她天才般的光影捕捉给这次花艺之旅的欧洲段做了最好的记录和别样的注解。

在约法国花艺师上，十分感谢宝诗龙（Boucheron），帮我与艾瑞克·肖万和巴蒂斯特·彼图约定了采访。五月的时候，宝诗龙邀请我以花艺作家的身份参加了第70届戛纳国际电影节。七月在巴黎，采访外的时间还很充裕，我们又受邀参加了宝诗龙高定珠宝晚宴。一切的安排都堪称完美。

再次感谢赵黎明（Frank），他创办的曼诺（Mano）是中国进入欧洲市场最大的户外家居品牌。他与他荷兰的好友帮助我约到了三位重量级的大师丹尼尔·奥斯特，皮姆·艾克和杨亚森。

感谢富春山居的总经理史墨威先生、球队的总教练吕伟岚老师以及其他提供协助的工作人员，为凌宗湧 老师的采访安排了场地。采访那天虽然天气炎热，但室内花艺的呈现与室外富春的美景浑然一体，给凌老师和我们都留下了美好深刻的印象。

非常感谢所有人的帮助。

BOUCHERON
PARIS
PREMIER JOAILLIER DE LA PLACE VENDOME